Gärten, Gift
und tote Männer

Dieses Buch ist ein Roman mit frei erfundenen Handlungen und Personen. Ähnlichkeiten mit lebenden oder toten Personen sind nicht gewollt und rein zufällig.
Die Pflanzenporträts wurden dem Buch »111 tödliche Pflanzen, die man kennen muss« (Klaudia Blasl, emons 2018) entnommen.

KLAUDIA BLASL

Gärten, Gift und tote Männer

KRIMINALROMAN

emons:

© Emons Verlag GmbH
Cäcilienstraße 48, 50667 Köln
info@emons-verlag.de
Alle Rechte vorbehalten
Umschlaggestaltung: Nina Schäfer, unter Verwendung
eines Motivs von shutterstock.com/Yevheniia Lytvynovych
Gestaltung Innenteil: DÜDE Satz und Grafik, Odenthal
Abbildungen S. 311–315: shutterstock/NINA
IMAGES (Bilsenkraut), shutterstock/Yevheniia
Lytvynovych (Eisenhut), shutterstock/Bodor Tivadar (Mohn)
Lektorat: Dr. Marion Heister
Druck und Bindung: sourc-e GmbH, Köln
Printed in Europe 2025
Erstausgabe 2022
ISBN 978-3-7408-1384-0
Originalausgabe
3. Auflage

Unser Newsletter informiert Sie
regelmäßig über Neues von emons:
Kostenlos bestellen unter
www.emons-verlag.de

Die automatisierte Analyse des Werkes, um daraus Informationen
insbesondere über Muster, Trends und Korrelationen gemäß
§ 44b UrhG (»Text und Data Mining«) zu gewinnen, ist untersagt.

Misstraue der Idylle,
sie ist ein Mörderstück,
schlägst du dich auf ihre Seite,
schlägt sie dich zurück.

André Heller

Sah ein Knab ein Röslein stehn,
Röslein auf der Heiden,
war so jung und morgenschön,
lief er schnell, es nah zu sehn,
sah's mit vielen Freuden.
Röslein, Röslein, Röslein rot,
Röslein auf der Heiden.
Knabe sprach: Ich breche dich,
Röslein auf der Heiden!
Röslein sprach: Ich steche dich,
daß du ewig denkst an mich,
und ich will's nicht leiden.
Röslein, Röslein, Röslein rot,
Röslein auf der Heiden.
Und der wilde Knabe brach
's Röslein auf der Heiden;
Röslein wehrte sich und stach,
half ihm doch kein Weh und Ach,
mußt' es eben leiden.
Röslein, Röslein, Röslein rot,
Röslein auf der Heiden.

Johann Wolfgang von Goethe

»Also mir hat Tschül Wern überhaupt nicht gefallen«, merkte die dicke Emma bei unserem abendlichen Lesezirkel an, während sie sich ungeniert die größte Zimtschnecke zum Kaffee griff. Und das bei ihrer Figur. Missbilligend neigte ich ein wenig den Kopf, während Bobo, aufdringlich geschminkt und schmuckbehangen wie ein Christbaum, zustimmend nickte.

»Mich hat er auch nicht gerade vom Sofa gerissen«, pflichtete sie Emma bei. »Ich meine, in achtzig Tagen um die Welt zu reisen, das wäre heute ein Kinderspiel, aber damals ist sich das zeitlich bestimmt nicht ausgegangen, da fuhr man ja noch mit Segelschiffen herum.«

Bobo, die als Einzige im ganzen Ort einen knallroten Sportwagen besaß, dem sie mehr Pflege hatte zukommen lassen als ihrem früh verstorbenen Gatten, schüttelte zweifelnd den Kopf. Für sie galt wahrscheinlich alles unter hundert Kilometern pro Stunde schlichtweg als Stillstand.

»Fogg und Passepartout mussten die Welt ja nicht mehr entdecken, sondern nur noch drum rumfahren«, erwiderte Pater Ägydius verärgert. Der Herr Pfarrer hatte Jules Vernes' Hauptwerk vor zwei Wochen zur gemeinsamen Lektüre vorgeschlagen, wohl in der Hoffnung, unserem provinziellen Geist neue Horizonte zu eröffnen. Dabei litten die meisten von uns schon unter Jetlag, wenn sie nur nach Wien in die Hauptstadt mussten.

»Ohne Navi echt eine beachtliche Leistung«, warf nun auch die erzkatholische Elsbeth ein, die ohnedies nicht an Büchern interessiert war, sondern nur am neuesten Tratsch, »mein Mann findet nicht mal das Klopapier im Supermarkt.«

»Alfred scheitert sogar an der Suche nach der Butter fürs Brot«, erzählte ich, »und das in den eigenen vier Wänden.«

»Ich hab meinen Hubsi vorgestern um Petersilie in den Garten geschickt«, berichtete Emma. »Und was bringt er mir, Karottenkraut. Das muss man sich vorstellen, der hat doch glatt den ganzen Möhren das Grünzeug abgerissen, dabei hab ich eine riesengroße Kräuterspirale. Mit Beschriftung.«

Rasch langte sie nach dem letzten verbliebenen Nusskipferl.

»So gesehen ist es total schwer vorstellbar, dass ausgerechnet ein Mann Amerika entdeckt haben soll«, bemerkte Bobo, die einzige Witwe unter uns.

»Das war eh reiner Zufall«, stellte Elsbeth fest, während sie eins ihrer silbergrauen Lockenwicklerlöckchen in Form zupfte, »wenn ich mich recht erinnere, wollt er ja ganz woandershin.«

Zum Thema »Männer und ihre Suchfunktion« wussten offenbar alle Frauen was zu sagen.

Das konnte ja richtig heiter werden, dachte ich und lehnte mich auf Elsbeths altersschwachem Biedermeiersofa zurück. Das gute Stück hatte bestimmt noch ein paar Jahre mehr auf dem abgewetzten Buckel als ich. Doch kaum hatte ich es mir einigermaßen bequem gemacht, um entspannt den launigen Ergüssen unseres pseudoliterarischen Quintetts zu folgen, fragte Bobo den Pater allen Ernstes, wie er denn eigentlich Gott gefunden hatte, wo die Wege des Herrn doch bekanntlich auch recht verschlungen waren.

Und schon war die entspannte Stimmung wieder dahin.

Pater Ägydius warf Bobo einen Blick zu, der wenig mit Nächstenliebe zu tun hatte.

»Meine Liebe, es gibt verschiedene Wege, Gott zu finden. Auf dem einen rast du mit deinem roten Rennwagen dahin. Über kurz oder lang wirst du damit auf direktem Weg zu unserem Herrn gelangen.«

Er nahm einen großen Schluck Tee, dann fuhr er mit zunehmend lauterer Stimme fort: »Den anderen bin ich gegangen. Den gemächlicheren Weg. Zu Fuß und von nichts getrieben als einem offenen Herzen und tiefem Glauben. Der Weg war verschlungen, das stimmt, doch ich ging ihn voller Zuversicht, denn in der Bergpredigt steht geschrieben: ›Bittet, und ihr werdet erhalten. Suchet, und ihr werdet finden. Klopfet an, und die Tür wird euch geöffnet werden. Denn wer bittet, wird erhalten. Wer suchet, wird finden. Und die Tür wird jedem geöffnet, der anklopft.‹«

Es klopfte.

Beinahe synchron hielten wir den Atem an.

Es klopfte erneut.
Pater Ägydius räusperte sich.
Elsbeth schielte zur Tür.
Emma starrte ein Punschkrapferl an.
Bobo blickte zum Geistlichen und bemerkte betont süffisant: »Vielleicht steht ja Ihr Chef vor der Tür.«

Ich sagte: »Herein.« Göttliche Erscheinungen und teuflische Gestalten pflegten bestimmt nicht anzuklopfen – und der Gansterer Gustl torkelte ins Zimmer. Seine weit aufgerissenen Augen und der kalkweiße Teint verliehen ihm tatsächlich etwas Gespenstisches, auch wenn der eigenbrötlerische Bauer vom Hof nebenan jetzt ganz bestimmt kein Wesen aus dem Jenseits war. Er hielt sich nur allzu oft im dunklen Weinkeller auf.

»Herr Pfarrer, Sie müssen mitkommen, mein Franzl ist tot, und die Christl wird's auch nicht mehr lang packen«, stammelte er mit schwerem Zungenschlag.

»Jetzt setz dich erst mal hin, mein Sohn, und erzähl«, suchte der Pater den aufgeregten Gustl zu beruhigen und wies auf den leeren Stuhl neben sich.

Der Bauer stand aber nur mit hängenden Schultern da und schwankte von einem Bein aufs andere.

»Ich kann doch nicht einfach hier sitzen, wenn mir daheim die Christl krepiert«, lallte er. »Wo eh schon der Franzl tot ist.«

Verzweifelt raufte er sich seine fünf verbliebenen Haare. Ich kramte schon mal vorsorglich, im Grunde sogar fürsorglich, nach einem Taschentuch. Gustl sah aus, als würde er jeden Moment in Tränen ausbrechen. Der Mann trank einfach zu viel, das war schlecht für die Nerven und sein Standvermögen.

»Aber ich verstehe nicht ganz, vom wem in Gottes Namen redest du denn?«, fragte der Herr Pfarrer und legte seine Stirn in Plissierfalten.

Eine berechtigte Frage, da der Gustl weder Kinder noch Geschwister hatte, noch nicht mal einen Hund.

»Von meinen Sperbern natürlich. Acht Jahre lang hab ich die zwei schon gehabt, ein biblisches Alter, und die hätten bestimmt noch ein paar Jahre gelebt. Und jetzt ist der Franzl tot, und die Christl liegt im Sterben. Und niemand kann was tun. Nur Sie.«

Nun brach der Gustl wirklich in Tränen aus, rasch reichte ich ihm ein Taschentuch. Dass der Mann Greifvögel hielt, war mir neu. Und aus dem Mienenspiel ringsum zu schließen, allen anderen auch.

»Das sind so was wie Adler, nur kleiner, oder?«, erkundigte Elsbeth sich und blickte fragend in die Runde.

Ich nickte, Emma auch, der Pfarrer fuhr sich über seine plissierten Stirnfalten, und Bobo betrachtete andächtig ihr grünblaues Nageldesign. Mit fliegenden Raubtieren hatten wir eben so wenig Erfahrung wie mit flennenden Männern.

»Ich red von meinen Hühnern«, brachte der Gustl endlich ein wenig Licht in unseren geistigen Dämmerzustand. »Landhühner, eine ganz seltene Rasse, total stark vom Aussterben bedroht.«

Er schniefte erneut, hielt sich aber zumindest das Taschentuch an die Nase. »Und wenn s' mir alle sterben?«, fragte er weinerlich, schlug sich die Hände vors Gesicht und verlor dabei fast das Gleichgewicht.

Mein Blick fiel auf seine Handrücken. Sie waren übersät von kleinen blutigen Wunden, die aussahen, als hätte sein Federvieh ihn im Todeskampf noch mit Hunderten Schnabelhieben traktiert.

»Und jetzt gibt's noch weniger. Weil meine tot sind, also der Franzl ist schon tot, die Christl ...«

Er knüllte das Taschentuch zusammen, warf es achtlos auf den Boden und stolperte auf den Pfarrer zu, der instinktiv zurückwich.

»Saufkopf«, flüsterte Elsbeth und bückte sich mit spitzen Fingern nach dem zerknüllten Taschentuch. Dabei bemerkte sie die blutigen Spuren, die Gustls zerkratzte Hände an ihrer auf Hochglanz polierten Messingtürschnalle hinterlassen hatten. »Ich hol nur schnell ein Desinfektionsspray«, knurrte sie, »womöglich haben die Viecher ja Aids, die Hühnergrippe oder gar Corona.«

Emma legte den angebissenen Kirschplunder zurück auf den Teller und meinte: »Mach dir keine unnötigen Sorgen, du bist gegen Grippe geimpft, du bist gegen diese neue Lungenpest geimpft, und Aids braucht Jahrzehnte, bis es ausbricht, da bist dann eh schon hundert.«

»Wie tröstlich«, fauchte Elsbeth, die sich aus ihrer Zeit als Krankenpflegerin eine schlimme Phobie vor Viren und Bakterien bewahrt hatte.

»Ich wollte dich doch nur beruhigen«, seufzte Emma und nahm den Plunder wieder an sich.

Inzwischen hatte der Gustl den Pfarrer am speckigen Revers seines abgetragenen Gehrocks ergriffen und nuschelte flehentlich: »Kommen Sie mit. Nur noch Sie können mir helfen. Sonst kratzen mir alle ab.«

Er zitterte am ganzen Körper und zog lautstark, nahezu bedrohlich, die Nase auf. Ich suchte vergeblich, ihm ein neues Taschentuch aufzudrängen. Warum hatte ich meine selbst gemachten Beruhigungstropfen aus Melisse, Hopfen, Baldrian und einer winzigen Prise Lerchensporn – bei Erdrauchgewächsen musste man höllisch bei der Dosierung aufpassen, da der Unterschied zwischen Tiefenentspannung und Leichenstarre oft nur ein paar Gramm betrug – auch nicht eingesteckt? Die hätte ich jetzt gut brauchen können. Im Unterschied zu Blasenpflastern, Mullbinden und Fusselroller, die ich stets mit mir herumschleppte. Gustl schniefte erneut, während seine Gesichtsfarbe rapide von totenbleich zu bluthochdruckrot und wieder retour wechselte. Dennoch war ihm offenbar kalt, denn wie im tiefsten Winter schlug er ständig seine Arme um den Oberkörper. Mir schien, als könne der arme Mann sich kaum noch auf den Beinen halten.

»Bitte.« Verzweifelt zog er den Pfarrer am Revers.

»Aber ich bin doch kein Tierarzt«, entgegnete der.

»Der Viechdoktor war eh schon da, der hat mich ja zu Ihnen geschickt.« Schweiß tropfte ihm von der Stirn.

»Warum zu mir? Soll ich vielleicht für die Hühner beten?«

»Oder ihnen die Letzte Ölung erteilen«, warf Bobo höchst blasphemisch ein.

»Nein, verdammt noch mal, nein!«, brüllte Gustl unvermittelt los, »Sie sollen ihnen den Teufel austreiben. Der Viechdoktor hat gemeint, so durchgeknallte Hühner hat er noch nie gesehen, da muss der Teufel seine Hand im Spiel haben. Er kann da nichts mehr machen, kein Mittel hat gewirkt. Nicht einmal die Schp… Schp… Schpritzen.« Hektisch schnappte der Bauer nach Luft und zog seinen löchrigen Janker noch enger um sich. Vor lauter Aufregung hatte er auch noch zu stottern begonnen. Sein Gebrabbel war kaum mehr zu verstehen. »Die Hennen t… t… taumeln und g… g… gackern herum wie die Irren, p… p… picken sich gegenseitig b… b… blutig, und der Franzl ist nach zwei Sch… Sch… Schtunden D… D… D… Dauerk…k…krähen t… t… tot vom M… M… Misthaufen gefallen. M… m… mit Schaum vor dem Sch… Sch… Schnabel.«

Fassungslos starrten wir einander an, der Pfarrer bekreuzigte sich. Exorzismus auf dem Geflügelhof. Und das in Oberdistelbrunn. Eine Weltsensation. Zumindest für uns.

Elsbeth brachte die allgemeine Erregung auf den Punkt, als sie beinahe euphorisch verlauten ließ: »Ich hab's ja gleich gewusst. Wozu achtzig Tage mit einer faden Weltreise vertun, wenn bei uns daheim in acht Minuten mehr passiert.«

Was natürlich völliger Humbug war. In einem Kaff wie Oberdistelbrunn hatte es garantiert seit Jahrhunderten keine weltbewegenden Ereignisse mehr gegeben. Hier im Hoheitsgebiet der Kartoffelknödel fiel ja noch nicht einmal der berüchtigte Sack Reis um. Und da unser beschauliches Dorf fernab von touristischen Trampelpfaden oder kommerziellen Handelsrouten am österreichischen Arsch der Welt lag, riss es auch nichts und niemanden aus seinem Dornröschenschlaf. Kurz gesagt, das Leben in Oberdistelbrunn verlief so unspektakulär und unaufgeregt wie in Tausenden anderen Provinznestern auch, egal, ob diese in Bayern, Brandenburg oder dem Burgenland lagen.

Insofern glich Gustls dramatischer Auftritt in seiner epochalen Bedeutsamkeit nahezu dem Untergang des Weströmischen Reichs. Zumindest für uns. Und dagegen hatte Literatur definitiv keine Chance mehr.

»Stimmt, besessene Hühner hat nicht mal der Jules Verne gesehen«, ätzte Bobo. »Gack, gack, gack, kikerikiii.«

Diese Frau hatte die Peinlichkeit zur Kunstform erhoben.

Pater Ägydius würde mit einer Teufelsaustreibung wohl mehr Erfolg beschieden sein als mit seinem hehren Versuch, unserem Lesezirkel die Klassiker der Weltliteratur nahezubringen, dachte ich gerade, als Gustl seine blutverkrustete Hand vom Revers des Pfarrers löste und stattdessen nach dem priesterlichen Gehstock griff.

»At…t…t…tacke«, schrie er los und schwang den Stock bedrohlich in Richtung Sofa. Ich zuckte zusammen, Emma, die neben mir saß, ließ vor Schreck sogar die Kokosmakrone fallen, in die sie gerade gebissen hatte.

»Gott steh mir bei«, kreischte der Pfarrer und bekreuzigte sich erneut, als der Stock zischend auf ihn zielte. Elsbeth hatte in vorauseilender Vorsicht bereits den Kopf eingezogen und Bobo zur Verteidigung nach ihrer Hardcoverausgabe von Jules Verne gegriffen.

Immer wilder durchfurchte Gustl in seinen Scheingefechten die Luft, es sah aus, als wolle er eine Horde Flugsaurier in die Flucht treiben. Zudem stieß er unartikulierte Kampfschreie aus, die mindestens ebenso bedrohlich wirkten.

»Aargghh.« Mit schrecklich verzerrtem Gesicht wirbelte er den Stock hoch über sich und schlug beinahe den kostbaren kristallenen Kronleuchter vom Plafond.

»Aargghh«, japste nun auch Elsbeth, wenngleich um vieles leiser.

Der Kronleuchter schwankte, Gustl stolperte vor und zurück, wir wagten kaum, zu atmen.

Auf einmal ließ der tobende Bauer die geschnitzte Gehhilfe fallen und torkelte auf uns zu.

»D… D… Durscht«, stöhnte er, griff sich mit beiden Händen an seinen Janker und riss ihn mit einem Ruck auseinander, als wäre er Superman. Ein Sprühregen aus abgerissenen Knöpfen und Stofffasern ergoss sich über den Kaffeetisch. Dann murmelte Gustl noch einmal »D… D… Durscht« und krachte auf den Boden.

»Um Himmels willen«, fiepste Elsbeth.

»Jessasmariaundjosef«, schnaubte Emma.

»Heiliger Bimbam«, konstatierte Bobo, während der Pfarrer zum wiederholten Mal das Kreuzzeichen schlug.

Nach einigen Schrecksekunden sprangen wir beinahe gleichzeitig auf und starrten auf den Bauern, der reglos auf den Holzdielen lag. Wäre da nicht sein Brustkorb gewesen, der sich nahezu unmerklich hob und senkte, wir hätten ihn für tot gehalten.

»Ich ruf den Arzt«, stöhnte Elsbeth und stürzte aus dem Zimmer, bevor sie jemand an ihre berufliche Vergangenheit erinnern konnte. Dabei wüsste sie als ehemalige Krankenschwester bestimmt am besten über die nötigen Erste-Hilfe-Maßnahmen in einem derart lebensbedrohlichen Fall Bescheid, aber ganz offensichtlich wollte Elsbeth sich ihre gepflegten Hände nicht schmutzig machen.

»Ich die Rettung«, meinte Bobo und wischte auf ihrem Smartphone herum.

Emma saß mit weit offenem Mund und vorgerecktem Hals einfach da, als wäre sie im Kino, erste Reihe fußfrei, und rührte sich nicht.

Ich beugte mich zu Gustl hinunter, um nach dem Puls zu fühlen. Sein Herzschlag war völlig ins Stolpern geraten, mal langsam, mal schnell, mal ausgesetzt, seine Augenlider flatterten, seine Haut fühlte sich schweißnass und kalt an, und er rang röchelnd nach Luft.

»Schaut schlimm aus«, sagte ich.

»Herzinfarkt, oder?«, fragte Emma, aber es klang mehr nach einer Feststellung.

»Mhm, wahrscheinlich schon.« Darauf gewettet hätte ich allerdings nicht.

»Kein Wunder, so wie der sich aufgeführt hat.« Traurig blickte Emma auf den Boden, wo nicht nur der Gustl und ein halbes Dutzend Knöpfe lagen, sondern auch ihre angebissene Kokosmakrone.

»Sturzbetrunken war er außerdem«, bemerkte Bobo, »der hat sicher zwei Promille im Blut.«

Mir fiel ein, was mir unbewusst bereits aufgefallen war. »Aber er riecht gar nicht nach Alkohol, kein bisschen.«

»Vielleicht hat er Pfefferminzbonbons gelutscht«, erwiderte Bobo, die neben einer kleinen Flasche Nusslikör stets eine beachtliche Sammlung an Minz- und Mentholzuckerln im Handschuhfach ihres Sportflitzers aufbewahrte.

Ich schüttelte den Kopf. »Er riecht auch nicht nach Pfefferminze, nur nach Hühnerstall.«

»Aber der ist doch herumgetorkelt wie eine halbe Schnapsleiche. Und gelallt hat er, dass man kaum was verstanden hat«, wunderte sie sich.

»Ich versteh's auch nicht«, musste ich zugeben. »Warum wirkt man wie betrunken, wenn man nichts getrunken hat?«

»Vielleicht ist er ja auf Wodka umgestiegen«, überlegte Bobo. »Angeblich riecht man den nicht.« Das »angeblich« nahm ich ihr allerdings nicht ab. Die Frau sprach wohl eher aus Erfahrung. Mir war da so einiges zu Ohren gekommen, was nicht für meine Ohren bestimmt gewesen war.

»Was der Bauer nicht kennt, trinkt er nicht«, konstatierte Emma im Brustton der Überzeugung.

»Der Gustl hat einen gut gefüllten Weinkeller und selber Schnaps gebrannt, der braucht keinen Wodka«, mischte die sparsame Elsbeth sich ein.

Ich zuckte nur die Schultern und fragte mich insgeheim, ob der Mann vielleicht Drogen genommen hatte. Sein Blick war so seltsam angststarr gewesen, mit ungewöhnlich großen Pupillen, weit wie die einer Eule. Aber den Gedanken verwarf ich gleich wieder. Der verschrobene Hühnerzüchter wusste bestimmt nicht, dass es Rauschmittel gab, die nicht in Doppelliterflaschen abgefüllt wurden.

»Ich frage mich«, begann Bobo, doch bevor wir erfuhren, was sie sich fragte, trafen bereits unser Landarzt und die Rettungsmänner ein.

»Macht Platz«, sagte Dr. Seidenbart statt einer Begrüßung und stellte mit autoritärem Gehabe seinen Arztkoffer auf dem Kaffeetisch ab. Wir zogen uns weisungsgemäß Richtung Polsterecke zurück und schwiegen. Bis auf den Pfarrer, der nach wie vor am Fenster lehnte, seinen Rosenkranz in Händen hielt und halblaut vor sich hin murmelte.

Dann ging alles ganz schnell. Der leblose Gustl bekam eine Sauerstoffmaske aufs Gesicht gedrückt, die Sanitäter schoben ihm das fleckige Unterhemd hoch und beklebten seine spärlich behaarte Brust mit Dutzenden Elektroden, während der

Arzt ihm zwei Injektionen und einen Infusionsbeutel verpasste. Dermaßen verkabelt und behängt luden die Rettungskräfte den Mann, der mehr tot als lebendig wirkte, auf eine Trage und verließen im Eilschritt das Haus.

»Nicht vergessen, er hat zweihundert Milligramm Metoprolol intus«, rief Dr. Seidenbart den Rot-Kreuz-Männern noch nach, dann griff er nach seiner Arzttasche, verstaute die leeren Ampullen und meinte zu uns gewandt: »Wird aber nichts mehr nützen. Der Mann ist so gut wie tot.«

»Herzinfarkt?« Diesmal wollte ich es genauer wissen. »Vermutlich schwerer Myokardinfarkt«, antwortete er. »Auch wenn ...« Er sah uns einen Moment nachdenklich an, dann schloss er seine Tasche und wandte sich zum Gehen.

»Auch wenn?«, insistierte ich.

»Ach, nichts.«

Und weg war er.

Der Abgang des Oberdistelbrunner Gemeindearztes hatte mich ziemlich irritiert. Dr. Seidenbart war zwar generell kein Freund allgemein verständlicher Worte, aber als Frau wusste ich um die unausgesprochenen Drohungen, die sich hinter einem »Ach, nichts« verbergen konnten.

»Und da heißt es immer, wir Weiber würden in Rätseln sprechen«, seufzte ich und versuchte, das ungute Gefühl zu ignorieren, das mir schon wieder leicht im Nacken saß. Dieser seltsam starre Blick, die weiten Pupillen, die rötliche Haut, der kalte Schweiß, sein starker Durst und der Tobsuchtsanfall – ein Infarkt ging meines Wissens doch weitaus unspektakulärer und mit anderen Symptomen über die Bühne ...

»Vergiss unseren Kurpfuscher, der will sich doch nur wichtigmachen«, erwiderte Bobo. »Einen offensichtlicheren Herzinfarkt gibt es gar nicht. Noch dazu vor Publikum. Wie er geschwankt ist und wie er sich an die Brust gegriffen, seine Jacke auseinandergerissen und nach Luft geschnappt hat, was bitte hätte das sein sollen außer einem Infarkt?«

»Ganz großes Kino«, antwortete Emma trocken. »Das war ganz großes Kino.«

»Das war wohl eher eine menschliche Tragödie«, warf ich

missbilligend ein. »Immerhin ist der arme Mann vor unseren Augen beinahe gestorben.«

»Ich hätte ja eine ganze Malakofftorte verwettet, dass der Gustl mal an Leberzirrhose stirbt«, fuhr Emma ungerührt fort. Sie schien ihr Tagespensum an Mitleid bereits an die gefallene Kokosmakrone verwendet zu haben.

»Und was, wenn er sich bei seinen exotischen Hendln angesteckt hat?«, warf Elsbeth zögernd ein. »Vielleicht ist das eine chinesische Rasse, und die ist wieder von so einem Virus verseucht, das auf den Menschen überspringt? Wäre ja nicht das erste Mal ...« Besorgt hielt sie sich die Hand vor den Mund. Richtig böse Bazillen stammten ihrer Ansicht nach ja stets von ausländischem Getier, das wusste man spätestens seit MERS und Corona.

»Blödsinn«, murmelte ich. »Er hat ja selbst gesagt, dass er seine Hendl schon seit acht Jahren hat. Kein Virus hat eine so lange Inkubationszeit.«

Elsbeth blickte mich zweifelnd an. Ich blickte zweifelnd zurück. Dass ausgerechnet jemand wie sie, die jahrzehntelang mit Masern, Windpocken, Grippewellen, Krankenhauskeimen und Antibiotikaresistenzen zu tun gehabt hatte, derart panisch auf kranke Hühner reagierte, zählte für mich zu den großen Rätseln der Menschheit. Aber vielleicht waren Menschen von Natur aus weder gut noch böse, sondern einfach nur rätselhaft. Ich verstand mich ja selbst nicht immer.

»Wenn du meinst«, erwiderte Elsbeth schließlich, und einen Moment lang fürchtete ich, sie hätte meine Gedanken gelesen.

»Ich glaub eher, er war auch vom Teufel besessen«, frotzelte Bobo mit einem Seitenblick auf den Pfarrer, doch der sah über sie hinweg.

»Gott gibt und Gott nimmt«, deklamierte er, »aber Gott heilt auch die, die zerbrochnen Herzens sind, und er verbindet ihre Wunden.«

»Psalm 147«, belehrte uns Elsbeth.

Der Priester nickte anerkennend, griff nach seinem Stock, wischte diesen sorgfältig an einem Zipfel der Brokatvorhänge ab und meinte vorwurfsvoll: »Ich jedenfalls werde für den Gustav beten. Der Friede sei mit euch.«

»Und mit deinem Geiste«, nuschelte unsere Vorzeigekatholikin, geleitete den Seelsorger höflich zur Tür und flötete als Einzige: »Auf Wiedersehen, Hochwürden.«

»Da werden Gebete nicht helfen, der Gustl braucht eher eine Organtransplantation«, bemerkte Emma, kaum hatte Pater Ägydius die Haustür hinter sich zugezogen.

»Ob er überlebt?«, fragte sich Elsbeth. »Seine Eier waren wirklich gut. Wo krieg ich sonst so frische Eier her?«

»Na, bei deinem Mann sicher nicht«, erwiderte Bobo, stellte ihr anzügliches Grinsen aber ein, als niemand reagierte. »Was mit den Hühnern passiert ist, würd mich aber schon interessieren. Also mehr als Gustls Sterbeversuch. Er ist kollabiert, Aufregung, Säuferleber, Bluthochdruck, der Jüngste war er auch nicht mehr, aber was in aller Welt ist mit den Hendln passiert? Da kräht ein Hahn zwei Stunden lang im Akkord und fällt dann tot um. Klingt wie eine Überdosis Viagra.«

»Ich glaub nicht, dass der Gustl überhaupt weiß, was das ist«, warf Emma ein. »Der hat ja nur mit seinen Weinflaschen verkehrt.«

»Vielleicht waren die Hendl ja auch besoffen«, überlegte Bobo. »Ich hab gehört, dass Obst zu gären beginnt, wenn es überreif wird. Möglicherweise haben seine Viecher einfach zu viele überreife Kirschen gefressen?«

Elsbeth schüttelte den Kopf. »Der hat nur Weichselkirschen, die sind noch gar nicht reif.«

»Er war nicht betrunken«, beharrte ich auf meiner Meinung, aber niemand interessierte sich dafür. Ganz wie bei mir daheim, dachte ich resigniert, nur dass ich weder Häkeldeckchen noch Tüllgardinen besaß und meine Wohnzimmercouch im Vergleich zu Elsbeths antiquarischem Foltersofa nahezu futuristisch anmutete. Und zweifelsohne hundertmal bequemer war. Aber Elsbeth war ohnedies ein Mensch ohne Sitzfleisch. Entweder sie putzte, sie betete, oder sie saß – so wie jetzt – angespannt auf der Stuhlkante, damit ihr nicht der geringste Tratsch oder gar ein Staubkorn entging.

»Dann vielleicht Gift?«, meinte Emma nach einer Schweigesekunde. »Durch einen Schlangenbiss oder so?«

»Oder eine Bienenstichallergie«, mutmaßte Elsbeth, die Insekten noch weniger leiden konnte als Staubkörner, Bazillenschleudern und Informationsdefizite.

Bobo runzelte nachdenklich die Stirn. »Bienenstichallergie? Bei Hühnern? Wie kommst denn auf so was?«

»Doch, doch, das kann es schon geben«, mischte Emma sich ein. »Vor zwei Wochen erst hat die Charlotte, also die weiße Angorakatze von meinem Enkerl, vor zwei Wochen also hat dieses dumme Tier in eine Wespe gebissen und wär deshalb fast gestorben. Mein Gott, die kleine Hannah war untröstlich, hat der Katze beim Tierarzt die ganze Zeit über die Pfote gehalten. Analaktischer Schock oder so, hat der gemeint.«

»›Anaphylaktisch‹ heißt das«, verbesserte ich gewohnheitsmäßig. Fast vierzig Jahre im Schuldienst ließen sich leider nicht verleugnen, vermutlich trug ich längst ein Korrektur-Gen in mir.

»Anal hin oder her, jedenfalls könnte auch ein Huhn nach Insekten picken und dabei versehentlich eine Biene erwischen. Oder von mir aus auch eine Wespe. Warum nicht? Gustls Hühner laufen ja ständig im Freien herum«, beendete Emma ihre Wahrscheinlichkeitsstudien.

Bobo nickte nachdenklich, ich auch. An die Theorie der bienengiftallergischen Hühner glaubte ich zwar keine Sekunde, doch das Wort »Gift« hatte sich in meinen Gedanken festgesetzt. Was, wenn wirklich …?

Manchmal waren die Menschen einfach böse, auch hier in unserer trügerischen Idylle, da gab ich mich keinen Illusionen hin. Es gab Hundehasser, warum nicht auch Hühnerhasser, die sprichwörtliche Unschuld hatte sich leider längst vom Lande verabschiedet.

Ich brauchte doch nur unsere ganz und gar nicht illustre Runde anzublicken. Bobo, eine aufgetakelte Mittfünfzigerin, die eigentlich Bibiana hieß, erfreute sich seit Jahren ihres Daseins als wohlhabende lustige Witwe, nachdem ihr Mann in seiner eigenen Badewanne ertrunken war. Der Fall war letztlich zu den Akten gelegt worden, doch die Zweifel an Bobos moralischer Integrität blieben bestehen.

Oder Emma, eine augenscheinlich respektable Person, die im

Keller zwar keine Leichen, dafür aber Reichsfahnen, Mutterkreuze und ähnlich bedenkliche Devotionalien hortete und stolz darauf war, noch nie einem Ausländer die Hand geschüttelt zu haben. Selbst Elsbeth hatte sich hartnäckigen Gerüchten zufolge einst unter dem Deckmantel der Kirche recht weltlichen Dingen zugewandt. Ihr ältester Sohn und der Vorgänger von Pater Ägydius sahen sich jedenfalls verdächtig ähnlich.

Und was mich betraf, nun ja, ich hatte in Wahrheit auch keine fleckenlos weiße Weste. Im dritten Jahr meines Junglehrerdaseins hatte ich mir mit meinem gesamten Ersparten ein altes Auto gekauft, drei Tage später die Katze der Nachbarin überfahren und nicht den Mut besessen, es der alten Dame zu gestehen. Wochenlang hatte sie verzweifelt nach ihrer Mieze gesucht, und ich Feigling hatte ihr sogar dabei geholfen.

Etwas, wofür ich mich noch heute geniere.

Auf einmal fühlte ich mich müde und erschöpft, ohne jede Lust auf weitere Diskussionen. Es war ohnedies schon sehr spät geworden.

»Meine Güte, wie die Zeit vergeht.« Nachdrücklich blickte ich auf meine Uhr. »Der Germteig ist jetzt sicher schon drei Mal gegangen. Wünsch euch noch was.«

Und schon war ich an der Tür. Aus den Augenwinkeln sah ich, dass Emma und Bobo gleichfalls aufsprangen.

»Wir müssen leider auch schon, dabei ist es immer so gemütlich bei dir«, meinte Bobo zum Abschied und zog dabei das »o« derart in die Länge, dass es fast nach dem Gegenteil klang.

»Die Zimtschnecken waren aber echt gut«, verschlimmerte Emma den Missklang noch ein wenig. Auch sie hätte im diplomatischen Dienst vermutlich kaum Karriere gemacht.

»Schönen Abend noch und danke«, sagte ich, weil es sich so gehörte.

»Wir sehen uns spätestens bei der Gartenschau«, rief Elsbeth uns nach, während wir bereits auf die Straße traten. Ich wandte mich nach links, Bobo und Emma querten die Straße und bogen nach rechts, wo die lustige Witwe ihren knallroten Flitzer abgestellt hatte. Da ich mein Fahrrad wegen des kaputten Lichts zu Hause gelassen hatte, musste ich mich zu Fuß auf den Weg machen, was zwar beschwerlicher war, mir aber mehr Zeit zum Nachdenken ließ. Hühner mit Schaum vor dem Schnabel, ein notorisch betrunkener Bauer, der im nüchternen Zustand einen Tobsuchtsanfall bekommt, mit hochrotem Kopf und Pupillen wie Suppentellern, dann aber einen Herzinfarkt kriegt, während sich der Hahn in den Tod kräht, das ergab doch alles keinen Sinn.

Doch je mehr ich mir jedes Detail dieser abendlichen Tragödie in Erinnerung rief, desto konfuser erschien sie mir. Ich durfte mich keinesfalls in abstruse Theorien verrennen, gerade im Ruhestand hatte man ja leider viel zu viel Zeit zum Grübeln.

Mit rauchendem Kopf und schmerzenden Füßen kam ich endlich zu Hause an, wo mich eine ungewöhnliche Stille empfing. Normalerweise lag Alfred, mein Mann, um diese Uhrzeit auf dem Sofa und übte sich im Fernsehschlafen. Diesmal jedoch war alles ruhig, kein Ton drang nach draußen, obwohl die Fenster wegen des warmen Wetters weit offen standen.

Besorgt eilte ich ins Wohnzimmer. Mein Gatte war Diabetiker und hegte eine verhängnisvolle Leidenschaft für Süßspeisen, Schaumrollen und Schokoladenkekse, was gar nicht gut für seine Zuckerwerte war. Seit Jahren begleitete mich die Angst, dass er mir wegen seiner Naschsucht ins Zuckerkoma fiel und zum Pflegefall wurde. Und tatsächlich lag Alfred im Wohnzimmer, aber nicht komatös auf dem Fußboden, sondern schnarchend auf der Couch. Die Zeitung immer noch in der Hand, war er offenbar über einem Kreuzworträtsel eingeschlafen. Ich griff nach dem Papier, dabei fiel ein Kugelschreiber zu Boden. Den ließ ich liegen, Alfred auch.

***

Der nächste Morgen begann mit strahlendem Sonnenschein und fröhlichem Vogelgezwitscher. Nahezu über Nacht war der Flieder erblüht und verströmte einen derart betörenden Duft, dass ich keinen Gedanken mehr an den armen Gustl und seine Hühner verschwendete. Bei Tageslicht und einem opulenten Frühstück im Freien sah die Welt ganz anders aus. Friedlicher, ruhiger, unaufgeregter. Zumindest zehn Minuten lang, dann begann unsere Nachbarin zu brüllen: »Ich bring euch um. Ich bring euch alle um. Alle!«

Vor Schreck ließ ich das Buttermesser, an dem blutrote Spuren meiner selbst gemachten Himbeermarmelade klebten, auf das blütenweiße Damasttischtuch fallen, während sich mein Angetrauter, der wie stets die Morgenzeitung las, instinktiv ein wenig weiter hinter seinem Schutzwall aus Papier verschanzte. Als würde so ein läppisches Kleinformat ihn vor einem tödlichen Angriff retten. Ein meiner Ansicht nach völlig unsinniges Unterfangen. Mit dieser Boulevardpostille könnte er bestenfalls Fliegen in die Flucht schlagen, aber bestimmt kein Hundert-Kilo-Weib, wie Berta eins war.

Alfred dachte offenbar das Gleiche, denn er überwand sein jahrzehntelang trainiertes Trägheitsmoment nahezu in Rekordzeit, sprang unfassbar behände vom Sessel auf, murmelte: »Ich schau mal nach den Eiern«, und eilte mit großen Schritten Richtung Haus. Dass er sein Vier-Komma-fünf-Minuten-Ei von glücklichen Hühnern eine halbe Stunde zuvor bereits gegessen hatte, war ihm offenbar entfallen.

Also griff ich erneut zum Buttermesser und begab mich allein zur blickdichten Hecke, die unseren weitläufigen Garten von dem benachbarten Grundstück trennte. Vorsichtig reckte ich meinen Kopf über die prachtvolle Glanzmispel – und erstarrte.

Meine voluminöse Nachbarin robbte keuchend und fluchend durch die Blumenrabatten, eine angesichts ihrer Körpermasse lebensbedrohliche Art der Fortbewegung, zumindest für die Pflanzen. Platt gewalzter Rittersporn, geköpfte Schachblumen, geknickter Fingerhut, entwurzelte Sterndolden, massakrierter Steppensalbei, ein Reigen an gefallenen Taglilien und Dutzende aufgewühlte Blumenzwiebeln zeugten von ihrem Amok-Gekrabbel.

Der Feind musste in Bodennähe lauern, so viel schien klar. Und er dürfte äußerst gefährlich sein, denn Berta würde eher einen Menschen zu Tode prügeln als ihren Pflanzen auch nur das kleinste Blatt krümmen. Dennoch zog sie eben jetzt und direkt vor meinen Augen eine Schneise botanischer Verwüstung durch ihren Garten.

Wenn sie ihren Vernichtungsfeldzug nicht bald einstellte, würden ihre Blumenrabatten nur noch zum Kartoffelacker taugen.

»Berta«, rief ich zögernd über die akkurat gestutzte Hecke, »was um Himmels willen machst du da?«

»Was ich da mache?« Keuchend und mit irrem Blick bremste Berta sich knapp vor den Taglilien ein. Sie ballte eine Hand zur Faust, sah mich hasserfüllt an und schrie erneut: »Ich bringe sie um. Alle, das sag ich dir!«

Instinktiv umschloss ich das Buttermesser etwas fester. Es war außergewöhnlich warm für Mitte Mai, womöglich hatte meine Nachbarin einen Hitzschlag erlitten. Ihr hochroter Kopf glänzte vor Schweiß, ihr feister Körper schien in den Vibrationsmodus verfallen, da waren ihr vielleicht auch ein paar Sicherungen im Oberstübchen durchgebrannt. Aber deshalb gleich Mord und Totschlag säen? Dabei konnte ich weit und breit nichts Bedrohliches ausmachen. Außer Berta selbst. Und sie war mir in den langen Jahren unserer guten Nachbarschaft noch nie als gewalttätig aufgefallen.

Jedenfalls musste ich etwas unternehmen, bevor die Lage völlig eskalierte. Bertas einst blühendes Reich sah schon aus, als hätte eine Rotte Wildschweine Fußball gespielt.

Ich hatte wohl einen Augenblick zu lang auf den malträtierten Boden gesehen, während ich darüber nachdachte, ob das ein Fall für den Notarzt, den Naturschutzbund oder doch die Polizei war, denn unvermutet traf mich ein erdiger Klumpen mit voller Wucht im Gesicht.

Entsetzt stolperte ich zwei Schritte rückwärts.

»Bist du wahnsinnig?«, schrie ich über die Hecke und versuchte verzweifelt, mit der linken Hand – mit der rechten hielt ich immer noch das Buttermesser umklammert – einen Regenwurm zu entfernen, der sich panisch an meinen Brillenbügel klammerte.

»Hallelujah«, schrie Berta zurück. »Glory Hallelujah. Aus und vorbei.«

Das war ein Fall für den Notarzt, ganz eindeutig. Meine Nachbarin war offensichtlich einem religiösen Wahn verfallen, sie würde die Gartenschürze wohl gegen eine Zwangsjacke tauschen müssen.

Erklären konnte ich mir das Ganze aber nicht. Berta hatte bislang nie besonderes Interesse an himmlischen Sphären gezeigt, dafür war sie ein viel zu bodenständiger, um nicht zu sagen erdverbundener Typ. Und auf den Wegen des Herrn hatte ich sie auch noch nie wandeln sehen. Wenn sie ihr Lebendgewicht in Bewegung setzte, dann höchstens, um den schleimigen Pfaden der Wegschnecken zu folgen. Oder auch dem Ruf der Kuchentheke vom Konditor ums Eck. Je nach Bedürfnislage.

Mit Schokolade und süßen Worten war hier aber nichts mehr auszurichten, ich musste auf ihre krausen Gedanken eingehen, Verständnis für ihre geistigen Kurzschlüsse heucheln, mich vorsichtig aus der Gefahrenzone bringen und danach umgehend Hilfe holen. »Deeskalation« lautete das Zauberwort, das hatte ich in meinem beinahe vierzigjährigen Schuldienst gelernt.

»Halleluja«, säuselte ich daher betont kadenziert retour über die Hecke. »Es lebe Gott Vater, der Sohn und der Heilige Geist. Und die Jungfrau Maria natürlich. Asche zu Asche, Kompost zu Kompost.« Leider hatte ich zeit meines Arbeitslebens nur Lesen, Schreiben und Werken unterrichtet, aber niemals Religion. Nun fehlte mir eindeutig das Fachvokabular. Als Ausgleich hatte ich zumindest eine Dreifachdosis psalmodischer Inbrunst in die Betonung gelegt. Wegen der besänftigenden Wirkung, wie ich hoffte.

Doch der hochrote Kopf von Berta, der erneut hinter der Glanzmispel auftauchte, sah gar nicht besänftigt aus.

»Sag, spinnst du?«, fauchte sie mich an. »Was schwafelst du da für einen Schwachsinn. Die da oben«, dabei blickte sie böse zum blauen Himmel empor, »die sind mir völlig wurscht. Aber die da unten«, der Garten wurde mit einem noch böseren Blick bedacht, »die bring ich alle um. Ich schwör's. Und du könntest mir gefälligst dabei helfen, statt auf Betschwester zu machen.«

Nun traf der böse Blick auch mich.

»Aber *du* hast doch ›Halleluja‹ gesagt«, stammelte ich ratlos, »zwei Mal, und mich außerdem mit Kompost beschossen.«

Ich verstand gar nichts mehr. Meine kleinen grauen Zellen begannen, nach künstlicher Beatmung zu lechzen. Das alles klang verworrener als jede Parlamentsdiskussion.

»Glory Hallelujah, ich sagte *Glory* Hallelujah. Das ist eine Edelpfingstrosenart. Paeonia lactiflora. Spät blühend. Riesige gefüllte Blüten. Kennt doch jeder. Und genau die hab ich dir rübergeschmissen. Abgefressen, verstümmelt, tot. Das wäre die schönste Päonie vom ganzen Dorf geworden, bevor diese verfluchten Viecher über sie hergefallen sind.«

Erneut traf mich ein böser Blick, als hätte *ich* ihrer Pflanze ein Leid angetan.

»Da ist übrigens ein Regenwurm auf deiner Brille«, meinte sie abschließend, tippte sich an die Stirn und ging.

Ich blieb sprachlos am Zaun zurück.

Berta war der netteste und unkomplizierteste Mensch, den ich kannte. Zwar neigte sie hin und wieder zu spontanen Temperamentsausbrüchen, doch derart von Sinnen hatte ich sie noch nie erlebt. Erst riss sie mich aus meinem beschaulichen Frühstückskoma, indem sie lautstark mit Mord und Totschlag drohte, während sie bäuchlings durch ihre Beete pflügte, dann bewarf sie mich mit einer entwurzelten Zierpflanze, die angeblich Halleluja hieß, und zu schlechter Letzt mokierte ausgerechnet sie sich auch noch über den Regenwurm auf meiner Brille. Wo doch allein sie schuld war an der luftigen Lage des ekligen Gewürms. Unfassbar.

Und weit und breit keine Erleuchtung in Sicht. Nicht einmal Alfred hatte sich blicken lassen, um mir hilfreich zur Seite zu stehen. Aber der war sowieso noch nie im passenden Moment gekommen.

Hier und jetzt blieben mir also genau zwei Möglichkeiten: Entweder ich ging unverrichteter Dinge nach Hause, ärgerte mich über meinen Mann und brühte neuen Kaffee auf, oder ich ging der Sache todesmutig auf den Grund. Ich schien zwar nicht direkt in Bertas Beuteschema zu fallen, aber ich konnte auch nicht ausschließen, dass meine Nachbarin über kurz oder lang zu schwereren Geschützen greifen und statt mit Erdklumpen mit Tontöpfen um sich werfen würde. Sie war offenkundig völlig durchgedreht.

Und schon fiel mir Gustls gestrige Raserei wieder ein. Nicht auszudenken, wenn auch sie ...

»Berta«, brüllte ich ihr panisch nach, »Berta, komm her, es ist wichtig.«

Es raschelte, dann erschien erneut ihr hochroter Kopf hinter der Mispel. Der Bauer hatte eine ähnlich besorgniserregende Gesichtsfarbe besessen.

»Sag, fühlst du dich gut, hast du heute schon deinen Blutdruck gemessen, soll ich dir Herztropfen holen? Und lass mal deinen Puls fühlen«, fiel ich über sie her, während ich näher an die hinderliche Hecke trat, um nach ihrem Arm zu langen.

»Nein, ich fühl mich nicht gut, und deine Fragerei macht es auch nicht besser.« Energisch schüttelte sie meine Hand ab. »Wenn ich diese verdammte Brut nicht bald erwische, krieg ich noch einen Herzinfarkt.«

Den Eindruck hatte ich auch.

»Genau das befürchte ich«, erwiderte ich, vielleicht eine Spur zu schroff. »Ich hab gestern schon einen Herzinfarkt gehabt, heute will ich meine Ruh.«

Berta blickte mich skeptisch an.

»Für einen Infarkt hast dich aber schnell erholt.«

»Selbst hatte ich natürlich keinen, aber der Gansterer Gustl«, erklärte ich ihr. »Ich war nur Augen- und Ohrenzeugin, immerhin ist mir der arme Bauer genau vor die Füße gefallen. Das war vielleicht ein Drama. Wegen eines toten Hendls hat er sich so furchtbar aufgeregt, dass er einen Tobsuchtsanfall bekommen und zum Schluss sogar mit dem Stock vom Herrn Pfarrer um sich geschlagen hat.«

Was meine Nachbarin wenig zu beeindrucken schien.

»Kein großer Verlust, stiehlt er mir bei der Heimgartenprämierung wenigstens nicht mehr die Schau«, bemerkte sie lapidar, »und jetzt komm endlich rüber und hilf mir.«

»Gut, ich komme, aber eins sag ich dir, ich will weder umgebracht werden, noch bringe ich jemanden um.«

»Aber dass diese mörderische Bagage mich umbringt, ist dir das etwa egal? Dann hast du einen zweiten Herzinfarkt am Hals oder besser gesagt vor die Füß. Das garantier ich dir.«

Ich hatte zwar immer noch keine Ahnung, von wem Berta überhaupt sprach, aber ich fragte mich, ob sie es möglicherweise gar nicht am Herzen hatte, sondern am Kopf. So eine Art Gehirngrippe vielleicht.

»Ist schon gut«, lenkte ich besänftigend ein, »aber jetzt sag mir endlich, wer die Todgeweihten überhaupt sind.«

Berta sah mich verständnislos an.

»Meine Maulwurfsgrillen natürlich. Diese Mistviecher fressen mir mein Lebenswerk ab. Sie haben meine Prachtpäonie getötet, sie verstümmeln die Radieschen, sie fällen die Stockrosen, und sie haben sich sogar in das koreanische Sesamblatt verbissen. Das sind gnadenlose Serial Killer, also heb dir dein Mitleid besser für mich auf.«

Ich nickte. Maulwurfsgrillen galten als Todfeind jedes Gärtners, das konnte nicht einmal ich bestreiten. Den Schaden, den diese Tiere anrichteten, der ließ sich mit keinem noch so talentierten grünen Daumen mehr beheben, da halfen nur radikale Schritte.

So gesehen blieb mir als langjähriger Freundin wohl keine andere Wahl, als zur meuchlerischen Nachbarschaftshilfe zu schreiten. Resigniert umrundete ich den Sichtschutz aus rötlich schimmernden Glanzmispeln und öffnete Bertas Gartentor. Hier, auf der Vorderseite ihres schmucken Häuschens, schien die Welt noch in Ordnung zu sein. In riesigen Holzbottichen wuchs ein gutes Dutzend Oleandersträucher dem Sommer entgegen, das Rosenspalier war bereits üppig überwuchert, und ein paar frühreife Levkojen hatten erste Knospen angesetzt. Zudem säumte ein Meer aus Tulpen, Bartnelken, Ranunkeln und Storchschnäbeln den Weg zur gepflasterten Terrasse, auf der ein riesiger Wäscheständer von Bertas Faible für die Farbe Lila zeugte. In Kombination mit ihrem karottenrot gefärbten Haar sah das nicht sonderlich gut aus, fand ich. Also eigentlich ziemlich schlimm, so eine Art Vorstufe von Augenkrebs, aber meine Nachbarin hatte mich schließlich nicht als Stilberaterin engagiert, sondern als Jagdgehilfin. Wobei ich meine Zweifel hegte, dass man Grillen so einfach jagen konnte. Die galten bestimmt nicht einmal als Niederwild.

Der botanische Ausnahmezustand, der hinter ihrem Haus herrschte, zeugte jedenfalls von Bertas festem Vorsatz, das Insektensterben nun höchstpersönlich voranzutreiben. Die Beete zerwühlt, die Pflanzen entwurzelt, die Blumen geknickt und mittendrin die Rächerin der Pfingstrosen, die sich auf allen vieren im Kreis drehte und dabei ein Einweckglas durch die Luft schwenkte. Ein Spektakel, besser als jede TV-Komödie.

Vorsichtig trat ich einen Schritt näher.

»Was soll ich tun?«

»Da, nimm dir ein Glas«, herrschte sie mich an und wies auf einen Stapel Einkochgefäße neben der Regentonne.

Zaudernd griff ich nach dem obersten Behältnis.

»Und jetzt komm mit.« Berta hatte sich schnaufend aus ihrer bodendeckenden Position erhoben und schubste mich energisch zu einem pink bemalten Leiterwagen, der – ganz gegen ihre Gewohnheit – keine opulente Blumenpracht zu beherbergen schien.

»Das sind sie«, meinte sie und hielt mir ein bereits verschlossenes Einweckglas vors Gesicht. »Schau sie dir genau an, diese Untiere.«

Ich rückte meine Brille zurecht und schaute besonders aufmerksam, aber alles, was ich sah, war eine große dunkelbraune Grille, die mit ihren Grabschaufeln wild um sich schlug.

»Schon kuriose Tierchen«, sagte ich, »irgendwie putzig, wie sie sich abstrampeln.«

»Genau das ist ja das Gemeine an diesen Viechern«, entgegnete Berta und stellte das Glas zurück in den Wagen, in dem noch mindestens fünf weitere standen, »die machen auf harmlos, ach, was sag ich, auf arm und klein und unbeholfen, und dann, hinterrücks, fressen sie dir über Nacht deine Chance auf den ersten Platz bei der Prämierung des schönsten Heimgartens weg.«

Dass Bertas jährliches Streben weder einem Traumurlaub noch einer Traumfigur galt, sondern allein dem Erhalt dieser begehrten Oberdistelbrunner Auszeichnung, war allgemein bekannt. Seit drei Jahren vergab die Gemeinde diesen Preis, und seit drei Jahren verzehrte sich Berta danach. Bislang vergebens. Das erste Mal hatte ihr ein ungnädiger Wettergott nicht nur die Petersilie, sondern auch gleich ihre ganzen Blumenbeete verhagelt, im Jahr darauf hatte ihr eine Hüftoperation einen dicken Strich durch ihre gärtnerische Rechnung gemacht, der dritte Versuch war dann am Gansterer Gustl gescheitert. Der eigenbrötlerische Hühnerzüchter hatte eigentlich gar nicht mitmachen wollen, sich mit Händen, Füßen und harschen Worten dagegen gesträubt. Und ausgerechnet Berta hatte ihn zur Teilnahme gedrängt. Mit dem Ergebnis, dass der Gustl mit seinen schwindelfreien Kletterrosen – allen voran der seltenen Climbing Soraya, die sich bei ihm bis zum Dachfirst der alten Scheune emporrankte – auf Anhieb den ersten Preis errungen hatte. Berta war nur Zweite geworden. Und nun das.

Wobei mir der Schaden durch die tierischen Totengräber weitaus geringer erschien als Bertas zerstörerisches Werk, aber das verschwieg ich.

Stattdessen fragte ich: »Aber was genau soll ich mit dem Glas machen?«

»Fangen und einsperren. Jede Einzelne. Such alles ab, schau auf den Boden, ob du Grabspuren siehst, unter die Blätter, auf die Erde im Wurzelbereich, zwischen die Zweige. Und überall, wo es verwelkt, angebissen oder abgestorben aussieht, musst du graben. Irgendwo verstecken sie sich und ihre Brut. Ich will diese Biester nicht mehr hier sehen. Kein einziges. So, wie die meinen Garten zugerichtet haben, müssen das Großfamilien sein. Dutzende. Oder sie vermehren sich jeden Tag.«

Mit hochrotem Kopf, ein unangenehmer Kontrast zu ihrem karottenroten Haar, zog sie ein paar Gartenhandschuhe aus der Tasche ihrer lila Kittelschürze und überreichte sie mir. Irgendwann sollte ich mit Berta mal über die Farbenlehre sprechen. Aber besser nicht heute und hier.

»Die wirst du brauchen. Wegen der Dornen. Und weil die Viecher einen ordentlich kneifen können.«

Meine Motivation sank in den Minusbereich.

»Na, dann versuch ich's halt mal«, erwiderte ich zögernd. In Wahrheit verspürte ich nicht die geringste Lust, auf meinen arthritischen Knien durch Beete und Büsche zu robben, um Insekten auszugraben und in Gläser zu stopfen.

»Dürfen wir das überhaupt?«, merkte ich mit Nachdruck an.

»Ich glaub, ich hab irgendwie gelesen, Maulwurfsgrillen stehen unter Artenschutz.«

»Interessiert mich nicht. Der Feind muss vernichtet werden. Und zwar jetzt, weil sie um diese Uhrzeit hoffentlich schlafen.« Berta kannte kein Pardon.

»Das Insektensterben ist dir also völlig egal?«

»Egaler als mein Pflanzensterben ganz sicher. Kannst du dir überhaupt vorstellen, wie lange ich gebraucht habe, um so eine Hallelujah wie die meine zu finden? Die wär silbrig marmoriert gewesen, total selten so was, das sag ich dir. Und diese verdammten Viecher haben sie umgebracht.«

»Und jetzt willst du sie umbringen. Aus reiner Rachsucht.« Ich bemühte mich um einen besonders vorwurfsvollen Unterton; kombiniert mit meinem Lehrerinnenblick funktionierte das fast immer. Selbst bei Berta.

»Ach was, das hab ich nur so dahergesagt. Wenn ich sie umbringen wollt, dann könnt ich sie ja gleich erschlagen. Das wär doch viel einfacher, als sie alle einzufangen.«

Manchmal fanden Bertas Gedankengänge an meiner Großhirnrinde einfach keinen Halt.

»Ich versteh nicht ganz. Du fängst sie ein, sperrst sie in Gläser – und dann? Lässt du sie verhungern, steckst du sie in den Geschirrspüler, folterst du sie zu Tode, oder was?«

»Was, ›was‹?« Berta sah mich an, als würde sie an meinem Verstand zweifeln. »Ich lass sie wieder frei. Bei der Müllanger Miezi zum Beispiel. Oder beim Gustl, aber das kann ich mir jetzt vermutlich sparen, und natürlich bei der arroganten Amtsratswitwe drüben am Kugelberg. Sollen sie doch denen den Garten ruinieren. Wenn die erst einmal die ganzen Regenwürmer gefressen haben und über deren Prachtstauden hergefallen sind, gewinnen sie garantiert keinen Blumentopf mehr damit.«

Ein heimtückischer Plan. Ich nickte nachdenklich, während ich so tat, als würde ich unter den Hortensien nach den bösen Biestern suchen.

»Aber fair ist das nicht. Nicht für die Grillen und nicht für die Menschen«, versuchte ich erneut, an ihr Gewissen zu appellieren.

»Fair«, sie zuckte die Schultern, »ist es vielleicht fair, dass mich das Schicksal ständig um den Heimgartenpreis bringt? Ist es fair, dass die Einzige im ganzen Ort, bei der der Diptam jedes Jahr verlässlich blüht, ausgerechnet die Miezi ist? Die ist selbst schon schön, die braucht keinen schönen Garten mehr. Und ist es fair, dass diese Viecher, wenn sie nicht gerade auf Hochzeitsflug sind, so gut wie keine natürlichen Feinde haben, während meine Päonien sich gegen Ameisen, Hopfenspinner, Blattschneidebienen, Maikäfer, Heuschrecken und Maulwurfsgrillen verteidigen müssen?«

Darauf wusste auch ich keine Antwort. Diskussionen mit meiner Nachbarin gestalteten sich meist so zielführend wie drei Runden im selben Kreisverkehr. Sie gab selten auf und niemals nach. Und nun hatte sie sich anscheinend in ihren Hass auf die Grillen verbissen wie diese in die Wurzeln ihrer Sträucher und Stauden.

Wenn sie so weitermachte, nahm das kein gutes Ende. Nicht für den Garten und nicht für ihre Gesundheit. Die Insekten kamen bei dieser Treibjagd vermutlich noch am wenigsten zu Schaden.

Stirnrunzelnd betrachtete ich einen Rosenkäfer auf einem Hortensienblatt. Diese glänzenden Krabbler hatten mir immer schon gefallen.

Ich überlegte gerade, warum diese goldigen Blatthornkäfer eigentlich Rosenkäfer hießen, denn bei mir im Garten trieben sie sich vor allem im Kürbisbeet und auf dem Kartoffelkraut herum, als Berta unvermittelt unter einen monumentalen Rhododendron hechtete.

»Arrrgg. Du Mistvieh, du verdammtes, hab ich dich«, schrie sie und zwängte ihre obere Hälfte durchs Dickicht der Zweige.

»Um Himmels willen, pass auf deine Bandscheiben auf«, rief ich ihr hinterher. »In unserem Alter kann da schnell was kaputtgehen.«

»Was heißt ›in unserem Alter‹?«, knurrte Berta zurück, während sie sich stöhnend und ächzend im Rückwärtsgang aus dem Gestrüpp quälte. »Ich bin nach wie vor vier Jahre jünger als du.«

»In unserem Alter macht es keinen Unterschied mehr, ob man neunundfünfzig oder dreiundsechzig ist«, entgegnete ich.

»Und ob das einen Unterschied macht.« Berta erhob sich schwerfällig, den Kopf mittlerweile röter als das kommunistische Manifest. »Liz Taylor hat mit neunundfünfzig nochmals geheiratet, einen um zwanzig Jahre jüngeren Mann. Audrey Hepburn war mit dreiundsechzig schon tot. Die war übrigens auch so dünn wie du.«

»Ich hab Größe achtunddreißig. Mit Größe achtunddreißig stirbt man nicht an Unterernährung, glaub mir. Und ich habe auch nicht die geringste Absicht, heuer noch abzutreten«, konterte ich. Außer Berta würde mir über kurz oder lang einen ihrer steinernen Gartengnome an den Kopf werfen.

»Im Übrigen wusste ich gar nicht, dass du noch einmal heiraten willst.«

Meine Nachbarin hatte in jungen Jahren bereits einen Ehemann besessen. Erich oder Egon, ich konnte mich nicht mehr genau erinnern, wir waren damals gerade frisch aus der Stadt hierhergezogen und mit unserem ersten Eigenheim auf dem Land vollauf beschäftigt gewesen. Jedenfalls war Erich oder Egon Lokführer gewesen und hatte als solcher zu oft in fremden Gefilden verkehrt. Schon nach kurzer Zeit war der häusliche Frieden definitiv entgleist, und ein Scheidungsanwalt hatte die Weichen in eine getrennte Zukunft gestellt. Nach dieser betrüblichen Erfahrung hatte ich Berta den Wunsch nach trauter Zweisamkeit eigentlich nicht mehr zugetraut. Zudem füllte sie ihr Heim auch allein schon ausreichend aus.

Das lag bestimmt an den Wechseljahren; eine beschwerliche Zeit mit hormonellen Schwankungen, die uns Frauen oft seltsame Bedürfnisse vorgaukelten. Ich hatte damals sogar ernsthaft überlegt, mir einen Kakadu ins Haus zu holen, um nicht an Freds Einsilbigkeit zu verzweifeln.

»Na ja. Um ehrlich zu sein, ich würde schon wollen.« Mit einem leicht verschleierten Blick betrachtete Berta ihre fangfrische Beute hinter Glas. »Zwecks der Romantik. Und weil alleine essen unlustig ist. Aber nur einen echten Kavalier, so einen wie bei Rosamunde Pilcher. Einen, der mich auf Händen trägt, absolut treu ist und mir beim Umstechen hilft. Und der einem nicht immer an die Wäsche geht. Ich mein, als Frau ist man heutzutage ja nur noch eine Mischung aus Putzfetzen und Sexobjekt.«

Ich versuchte, mir einen Mann vorzustellen, der hundert Kilo auf Händen trug. Es gelang mir nicht. Es gelang mir nicht einmal, mir einen Mann vorzustellen, der Berta ungefragt an die Wäsche gehen konnte, ohne dabei einen längeren Krankenhausaufenthalt zu riskieren. Aber meine Zweifel behielt ich vorsorglich für mich.

»Liz Taylor wurde aber nicht glücklich in ihrer Ehe«, wandte ich stattdessen ein.

»Ich würde auch niemals einen Bauarbeiter heiraten«, erwiderte sie, »der betoniert mir womöglich noch den ganzen Garten zu. Und ein Alkoholproblem oder gar Schwielen an den Händen hätte er wahrscheinlich auch.«

In Gedanken zog ich meinen Sonnenhut vor Bertas brachialromantischer Lebenseinstellung. Trotz rosaroter Brille jedes Haar in der Suppe zu finden war schließlich eine seltene Gabe.

»Na, dann vielleicht eher einen Kammerjäger. Mit Glacéhandschuhen«, merkte ich allzu leichtfertig an.

Das hätte ich besser nicht sagen sollen, denn nun fiel meiner Freundin erneut der Grund unseres Zusammenseins ein. Umgehend erlitt sie einen spontanen Stimmungsabfall. Der Instant-Seelenfrieden, der sie offenbar beim Gedanken an streichelzarte Gentlemen mit grünen Daumen erfasst hatte, war wieder dem Kampfmodus gewichen. Ich hätte mich ohrfeigen können für meine Dummheit, aber das würde auch nichts mehr ändern.

»Gut, dass du mich erinnerst«, meinte sie da schon und straffte Schultern, Tonfall und Bindegewebe. »Wir sind ja nicht zum Tratschen da. Die Brut muss fort, und zwar schnell, weil ich um elf einen Termin bei der Friseurin habe.«

Sie bewaffnete sich und leider auch mich mit ein paar neuen Gläsern.

»Was lässt denn machen beim Friseur?«

Bei streichholzkurzem pumucklrotem Haar schienen mir die Möglichkeiten gepflegten Hairstylings eher begrenzt zu sein.

»Ich dachte an ein paar Strähnchen. Vielleicht in einem leichten Lilaton. Das macht sich sicher hübsch. Rot allein ist doch ein wenig langweilig. Außerdem gehören die Spitzen geschnitten.«

»Lila. Mhm. Das ist bestimmt eine interessante Kombination, so wie Herbstastern im Kürbisgemüse.«

»Allemal besser als dein Friedhofsblond«, konterte sie.

Berta hatte Mut, keine Frage. Dass die lila Nuancen mit karottenrotem Stachelgurkenlook auf der Suche nach dem Traummann förderlich sein würden, glaubte ich allerdings nicht. Aber ich hatte bis vor fünf Minuten auch nicht geglaubt, dass ausgerechnet Berta der Sinn nach Hochzeitsglocken stand. In unserem Alter strebte man ja eher ein Dasein als lustige Witwe an. Ich zumindest könnte mir das nach fünfunddreißig Jahren Ehe durchaus vorstellen.

Weiter kam ich mit meinen Zukunftsträumereien allerdings nicht, denn Berta hatte sich schon wieder auf die Jagd begeben und robbte angriffslustig Richtung Staudenbeet.

»Du übernimmst das Herzgespann, ich die Akelei«, dirigierte sie mich resolut in die hintere linke Ecke des Schlachtfelds. »Und reiß dich bitte ein wenig zusammen. Du sollst den Viechern nicht ins Gewissen reden, du sollst sie finden, fangen und dann ins Glas mit ihnen. Den Rest erledige ich.«

»Ich find's halt moralisch nicht ganz in Ordnung«, sagte ich. »Die Insekten könnten durch die Umsiedlung ein Trauma erleiden.«

»Ich habe durch sie bereits ein Trauma erlitten«, sagte sie, »Auge um Auge, Zahn um Zahn, wie es so schön heißt.«

»Wie du meinst.« Ich ergab mich in mein Schicksal und hob als Zeichen meines versöhnlichen Willens eine mühsam freigelegte Maulwurfsgrille vorsichtig am Hinterteil hoch, um sie ins Glas zu setzen. »Aber nett ist die ganze Aktion trotzdem nicht.«

»Ich weiß. Ich will diese Oberdistelbrunner Heimgartentrophäe halt endlich gewinnen. Immerhin hab ich einen der schönsten Gärten im ganzen Dorf.«

Ich nickte, sie seufzte.

»Da rackert man sich das ganze Jahr über ab, schleppt tonnenweise Kompost durch die Gegend, gräbt Tausende von Blumenzwiebeln ein, gießt, düngt, jätet, hegt und pflegt rund um die Uhr, ruiniert sich das Kreuz und die Fingernägel, und dann war die ganze Mühe umsonst. Kannst du dir überhaupt vorstellen, wie frustrierend das ist? Du steckst dein ganzes Herzblut in eine Sache rein, und alles, was du rauskriegst, ist ein lauwarmer Händedruck. Oder ein bedauerndes Lächeln.«

»Doch, das kann ich mir vorstellen.«

Und das stimmte sogar. Ich musste nur an meinen langen Schuldienst denken oder an meine fast ebenso lange Beziehung zu Alfred, und ich verstand genau, was sie meinte.

Ein paar Minuten bliesen wir beide einhellig Trübsal und hingen unseren mehr oder weniger mörderischen Gedanken nach.

Dann schrammte ich eine Karde, mein Kopfkino erlitt einen Filmriss, und die Realität hatte mich wieder. Wobei die Realität in diesem Fall auch noch genügend phantastische Züge trug. Um neun Uhr morgens mit Deckelgläsern Maulwurfsgrillen nachzustellen, um diese zum Exil zu bewegen, das konnte man beim besten Willen nicht als Alltagsbeschäftigung normal veranlagter Gartenbesitzer abtun. Wenn ich Berta so zusah, wie sie mit ihren Fettpolstern Gänseblümchen und Himmelschlüssel zur letzten Ruhe bettete, sich auf allen vieren im Kreis drehte, sich immer wieder mal hochwuchtete und mit dem Glas hektisch durch die Luft schlenkerte, dann erinnerte mich das eher an modernen Ausdruckstanz. Oder an Extremsport für Bewegungslegastheniker.

Nur gut, dass ihre sorgsam gestutzte Glanzmispelhecke blickdicht war. Nicht auszudenken, was die Leute bei unserem Anblick sagen würden. Wir wären garantiert Gesprächsthema Nummer eins im Ort. Noch vor der anstehenden Gartenschau auf Schloss Korallenburg, dem mysteriösen Herzinfarkt des Gansterer Gustl und der vaterlosen Schwangerschaft der Scherer Janine.

In Provinznestern wie Oberdistelbrunn wurde das gesellschaftliche Getriebe ja generell durch Klatsch, Tratsch und gemeine Gerüchte geschmiert. Was der Berta jetzt bestimmt am dicken A. vorbeiging, aber mir nicht. Einerseits, weil ich keinen dicken A. hatte, und andererseits, weil ich als ehemalige Lehrerin einen guten, um nicht zu sagen respektablen Ruf zu verteidigen hatte. Als Komplizin einer verwerflichen Racheaktion unter tierschutzwidrigen Bedingungen wollte ich keinesfalls dastehen. Als schlechte Nachbarin oder gar feige Freundin aber auch nicht. Daher schleppte ich mich weiterhin mit Bertas Einweckgläsern und meinen Bedenken ab. Letztere wogen schwerer.

Nach gefühlten drei Ewigkeiten beziehungsweise einer knappen Stunde rettete ausgerechnet mein Angetrauter mich aus meiner misslichen Lage.

»Paula? Bist du dort drüben?«

Sein grauer Haarschopf schob sich vorsichtig über die Hecke, gefolgt von zwei ängstlich aufgerissenen Augen hinter dicken Brillengläsern. Alfreds Anblick erfreute mich schon lange nicht mehr, seine Ausdrucksweise noch weniger. Ich hasste es, wenn er mich Paula nannte. Ich hieß Pauline, von Geburt an. Aber eine dritte Silbe war ich ihm nicht mehr wert. Mein Mann sparte mittlerweile an nahezu allem, an Bewegung, an Worten, ja selbst mit dem Denken geizte er immer öfter herum. Nur mit Kalorien sparte er zu meinem Leidwesen nie.

Unauffällig stellte ich das Deckelglas zur Seite und fragte: »Ist was?«

»Ich hab dich gesucht, überall, aber nirgends gefunden.«

»Und wo ist das Problem? Ich hab mich noch nie in Luft aufgelöst.«

»Du nicht, aber die Marillenmarmelade. In erster Linie hab ich ja die gesucht. Die Himbeermarmelade ist nämlich aus.«

Zumindest ehrlich war er, mein Fred, das konnte niemand bestreiten. Wobei ich persönlich ja der Ansicht war, dass er einfach zu faul war, um sich Notlügen oder Ausreden auszudenken. Aber in meiner derzeitigen Lage war mir jeder Vorwand recht, das Schlachtfeld zu räumen.

»Ich muss mal nach drüben«, erklärte ich der Zierquitte, hinter der ich Bertas Hinterteil zum letzten Mal gesehen hatte, und wandte mich rasch zum Gehen. Die Quitte raschelte leise zum Abschied. Oder vielleicht auch aus Protest, aber ich fragte nicht nach.

※※※

»Hallo, ich bin wieder da«, rief ich acht Stunden später in den dunklen Flur, mehr aus Gewohnheit denn aus Notwendigkeit. Solange der Kühlschrank gut gefüllt war und ihm kein Orkan die Tarotkarten vom Tisch wehte, schien es meinem Mann ziemlich egal zu sein, ob ich an- oder abwesend war. Außer er fand wie heute Morgen die Marmelade nicht, dann vermisste er mich immer noch.

Aber nach meinem ausgedehnten Ausflug in die Waldeseinsamkeit war ich versöhnlich genug gestimmt, um Freds Fressattacken ebenso zu verdrängen wie Bertas Maulwurfsgrillenmisere. Entspannt, wenngleich ziemlich müde, stellte ich den Korb mit Lungenkraut, Waldmeister, Faulbaumrinde und knotiger Braunwurz auf die Kommode, zog meine Wanderschuhe aus und betrat das Wohnzimmer. Nach der Grillenjagd bei meiner Nachbarin hatte ich definitiv fünf Kilometer Abstand zu jeglicher Zivilisation gebraucht, um wieder zu einem einigermaßen sozialverträglichen Wesen zu werden.

»Und, wie war dein Tag?«, begrüßte mein Mann mich, ohne den Kopf von seinen Karten abzuwenden. Dass wir seit über vierundzwanzig Stunden nicht mehr miteinander gesprochen hatten, sah man von der morgendlichen Marmeladesuchaktion einmal ab, war ihm gar nicht bewusst. Dabei hatte ich in den letzten beiden Tagen mehr erlebt als Fred in seinem gesamten Rentnerdasein.

»Großartig«, begann ich meine Erzählung. »Heute früh habe ich an einer Treibjagd teilgenommen, gestern bin ich in achtzig Tagen um die Welt gereist, und danach hat der Gansterer Gustl wegen seiner toten Sperber einen Herzinfarkt gekriegt. Oder besser gesagt: Ein Hahn war definitiv hin, die Henne lag im Sterben.«

Wie stets hörte Alfred mir nur mit einem Ohr zu, verstand höchstens ein Drittel und würde den Rest bis zum Abendessen vermutlich auch vergessen haben.

»Das klingt aber richtig spannend«, erwiderte er, während er eine Karte mit einer komischen Figur umdrehte, die einen Pokal zu halten schien. »Mir wäre Reisen ja viel zu anstrengend, aber sicher schön, wenn man mal was von der Welt sieht.«

Diesmal hatte er mir offenbar überhaupt nur mit einem halben Ohr zugehört.

Seine ganze Aufmerksamkeit schien dieser Karte zwischen seinen Fingern zu gelten, die er mit gerunzelter Stirn und zusammengekniffenen Augen hoch konzentriert fixierte, als würde er nach geheimen Hieroglyphen suchen.

»Wer ist gestorben, hast du gesagt?«

»Ein Sperberhahn. Ein entweder vom Teufel besessener oder gegen Bienengift allergischer Sperberhahn. Er hat Franzl geheißen. Und er hat dem Gansterer Gustl gehört, du weißt schon, der einsiedlerische Bauer, der hinter der Elsbeth und dem Pfarrhof wohnt, und der hat deshalb vor lauter Schreck einen Herzinfarkt gekriegt. Zumindest hat es so ausgesehen. Der Arme ist mir ja direkt vor die Füße gefallen.«

»Franzl. Mhm. Kenn ich nicht.« Er legte die Karte wieder ab. »Der Gustl tut mir allerdings leid, der war doch noch gar nicht so alt. Oder doch? Wahrscheinlich zu viel getrunken. Aber Hauptsache, dir ist nichts passiert.« Er nahm die Karte wieder auf. »Wann gibt es denn eigentlich Abendessen?«

»Bald.«

»Kaiserschmarrn wär super. Du hast schon ewig keinen Kaiserschmarrn mehr gemacht. Mit Zwetschgenröster.«

»Ich hab erst vorige Woche Kaiserschmarrn gemacht. Mit Zwetschgenröster.«

»Sag ich ja, eine Ewigkeit her.«

Es gab Tage, da konnte ich die Sinnhaftigkeit von Eheschließungen nicht einmal mehr im Promillebereich ausmachen. Ach was, Tage. Eigentlich erging es mir bereits seit Jahren so. Wir teilten Bett, Tisch und allfällige Haushaltsausgaben, aber unser Leben verlief längst in getrennten Bahnen.

Ich seufzte. Was hätte ich auch sagen können? Sollte Fred halt seinen Kaiserschmarrn haben. Dafür würde er die nächsten drei Tage nur noch Gemüse serviert bekommen. Mein Mann litt bereits unter Diabetes, Bluthochdruck, Krampfadern und Gichtzehen, da brauchte er keine Fettleber mehr.

Rasch holte ich Eier und Milch aus dem Kühlschrank, nahm den Zucker vom Regal und suchte in der Speisekammer nach dem Mehl. Aber dort war keines. Wahrscheinlich hatte ich das letzte vorgestern für die Eiernockerl verbraucht.

»Leg dir endlich Block und Bleistift auf die Anrichte«, tadelte ich mich.

Es passierte mir zunehmend öfter, dass ich die Dinge schon zwischen Küche und Haustür vergaß.

»Ich muss doch noch mal weg«, rief ich Fred zu, der unverändert vor seinen Tarotkarten saß. Mein Mann blickte kurz auf, runzelte die Stirn und brummte etwas, das Verwunderung ausdrücken könnte oder auch Magenknurren. Ich nahm Zweiteres an.

***

In der Gemischtwarenhandlung des Ottokar Protzmann herrschte wie stets eine höchst meditative Atmosphäre, selbst jetzt, kurz vor Ladenschluss. Der Geschäftsinhaber schien an der Wurstwarentheke in eine Art Energiesparmodus verfallen, während er nach der Extrawurst Ausschau hielt, die unmittelbar vor ihm lag. Seine einzige Angestellte räumte in Zeitlupentempo verwelkte Salatköpfe in eine ramponierte Schütte, und ich begann, ein gewisses Verständnis für die Relativitätstheorie zu entwickeln. Eine Minute konnte offensichtlich sehr lang oder sehr kurz sein, je nachdem, ob man vor oder hinter der Verkaufstheke stand. Zum allgemeinen Leidwesen der Dorfbevölkerung trat Ottokar Protzmann seine Befehlshoheit über den Kassiervorgang allerdings an niemanden ab. Ich musste also warten, bis er die Anfertigung der Jausensemmel beendet hatte, was bei seiner Betriebsgeschwindigkeit noch eine ganze Weile dauern konnte. Erst danach würde er sich gemächlich zur Kasse begeben. Vermutlich war das Gebäck schon altbacken, bevor er es fertig mit Käse oder Schinken belegt hatte.

Zumindest hatte Protzmann mittlerweile die Extrawurst erspäht und neben die Wurstschneidemaschine gelegt. Ich erwog gerade, die Angestellte anzusprechen, der verwelkte Salat konnte ohnedies nur noch mumifizieren, als die Tür aufschwang und Elsbeth den Laden stürmte. Ihre gräulichen Lockenwicklerlöckchen wippten aufgeregt auf und ab, ihr Teint hatte sich nahezu der Haarfarbe angepasst.

Sie erblickte mich und krächzte mit heiserer Stimme: »Hast du schon gehört? Der Gansterer Gustl ist tot!«

Achtsam legte Protzmann die Extrawurst wieder ab. »Das mit dem Gustl habe ich auch schon gehört«, meinte er. »Herzinfarkt, hat's geheißen. Kein Wunder, bei dem seinen Lebenswandel.« Er langte erneut nach der Wurst, Elsbeth nickte zustimmend. »Trotzdem schlimm. Wenigstens hat er nicht lange gelitten, er ist angeblich noch während des Transports gestorben. Unter lautem Geschrei und wildem Protest.«

»Tut mir echt leid, der arme Gustl«, murmelte ich betroffen.

Ich hatte den Mann zwar kaum gekannt, aber als Augenzeugin seines dramatischen Anfalls ging mir die Sache doch ziemlich nahe.

»Schon, ja, arm«, pflichtete sie mir halbherzig bei, »aber eigentlich bin ich wegen was ganz anderem hier. Ich wollt euch fragen, ob ihr irgendwo unseren Herrn Pfarrer gesehen habt?«

»Den Pfarrer?«, wiederholten wir im Chor. Mit dieser Frage hatten wir nicht gerechnet, das hier war eine Gemischtwarenhandlung, kein Fundbüro. Nur der Mann in Arbeitsmontur, der an der Fleischtheke stoisch auf seine Jausensemmel wartete, schwieg.

»Ja, Pater Ägydius. Er ist verschwunden. Einfach weg. Wie vom Erdboden verschluckt«, schluchzte Elsbeth. Der abgängige Geistliche schien sie weitaus mehr zu bedrücken als der tote Bauer.

»Wie, einfach weg?«, erkundigte ich mich. Autoschlüssel verschwanden, Schokoladentafeln, PIN-Codes und Sparbucheinlagen, hin und wieder angeblich auch ein Ehemann beim Zigarettenholen, aber doch kein Pfarrer.

»Versteh ich nicht«, meinte Ottokar und legte bedächtig die zweite Semmelhälfte auf die Wurstscheiben.

Ich trat näher an Elsbeth heran. Die zarte Betschwester sah recht mitgenommen aus. Es war wohl etwas viel für sie gewesen – und zu meinem und letztlich auch ihrem Pech hatte ich wieder keine Beruhigungstropfen mit. Auch mir bereitete allein der Gedanke an die Geschehnisse der letzten achtundvierzig Stunden Kopfschmerzen.

Zuerst war der Gansterer direkt vor unseren Augen zusammengebrochen, mit einem zweifelhaften Herzinfarkt, an den ich nach wie vor nicht glauben konnte, kurz darauf verstarb er. Dazu ein paar tote Hühner, Bertas hysterische Jagd auf Maulwurfsgrillen, und dann tauchte auch noch der Pfarrer unter, für Elsbeth als langjährige Obfrau des Pfarrgemeinderats natürlich ein schwerer Schlag. Am liebsten hätte ich ihr tröstend über das Haupt gestrichen, aber ein Griff in ihre kunstvoll drapierten Löckchen würde die Lage womöglich zusätzlich verschlimmern. Also legte ich ihr nur beruhigend den Arm um die Schulter und drückte sie als Zeichen meiner Anteilnahme behutsam an mich.

»Erzähl, was ist passiert?«

»Heute früh wollten wir uns nach der Morgenmesse noch auf einen Tee mit Pater Ägydius treffen, weil wir ja wie geplant den Ablauf der anstehenden Feierlichkeiten zu besprechen hatten. Der Blumenschmuck muss organisiert werden, das Altartuch hat zwei kleine Löcher, die Ministrantengewänder gehören gewaschen und die Sanctusleuchter poliert«, erklärte sie.

»Heiratet wer?«, fragte die Angestellte, die vorübergehend aus ihrem Salatsortierkoma erwacht schien.

»Aber nein«, Elsbeth verhalf ihren Löckchen erneut zu einer Achterbahnfahrt, »ich rede von Christi Himmelfahrt.«

»Ach so.« Clementine wandte sich sichtlich enttäuscht wieder ihren Salatköpfen zu.

»Und der Herr Pfarrer ist nicht erschienen?«, fragte ich.

»Nein. Wir haben über eine halbe Stunde auf ihn gewartet, ihn angerufen, beim Pfarrhaus Sturm geläutet, in der Kirche und im Klostergarten nachgesehen, er wollte ja für den Gustl beten, wir haben an die Fensterscheiben der Sakristei geklopft, den Messdiener angerufen, der auch nichts wusste, sogar mit dem Hausarzt geredet, ob irgendjemand im Sterben liegt, wegen einer Letzten Ölung halt, aber nichts. In über zehn Jahren hat der Herr Pfarrer noch nie einen Termin versäumt, schon gar keinen kirchlichen.«

Endlich schnappte Elsbeth nach Luft. Insgeheim hatte ich mir schon überlegt, ob die graziöse alte Dame über eine Kiemenatmung verfügte.

»Und jetzt mach ich mir solche Sorgen, also wir alle, der gesamte Pfarrgemeinderat, wir machen uns Sorgen, aber ich am meisten, weil ich Angst habe, dass Pater Ägydius womöglich in der Hölle schmort.«

Ich blickte Elsbeth an. Sie meinte es ernst. Todernst.

»Ach was«, mischte sich der Ladeninhaber ein, der die Wurstsemmel mittlerweile sogar schon eingepackt hatte, »vielleicht schaut er einfach mal nach, was die Konkurrenz so treibt.« Das war vermutlich als Scherz gedacht, aber niemand lachte.

»Elsbeth, wie in Gottes Namen kommst du auf die Idee, dass der Pfarrer in der Hölle ist?« Eine derart blühende Phantasie hatte ich der sonst recht einfallslosen Vorzeigekatholikin des Dorfes nicht zugetraut.

»Weil er es selbst gesagt hat.« Sie schwieg einen Moment, trat verlegen von einem Fuß auf den anderen und erzählte dann mit verhaltener Stimme: »Die Morgenandacht war ja gegen halb neun schon aus, und um neun wollten wir uns wie gesagt beim Herrn Pfarrer treffen. Also hab ich die Zeit dazwischen genutzt, um noch rasch den Gehsteig vor dem Haus zu kehren. Es hat so lange nicht mehr geregnet, dass der ganz staubig war. Und da ist auf einmal der Herr Pfarrer aus dem Pfarrhof gebogen. In seinem Auto. Als er mich gesehen hat, ist er stehen geblieben und hat gemeint, dass er sich ein wenig verspäten würde, höchstens ein paar Minuten, und wir einfach in seinem Büro auf ihn warten sollten. Und dann«, sie holte tief Luft, »dann hat er gesagt, er müsse nur kurz zum Teufel, um ihm ins Gewissen zu reden. Und dass er ihm die Herrgottslatschen schon ordentlich viere richten würde.«

Nun hatte sie die gesamte Aufmerksamkeit für sich. Um eine derart unverständliche Botschaft zu verstehen, hätte es eines geistigen Allrads bedurft.

»Der Pfarrer ist zum Teufel gegangen wegen der Herrgottslatschen«, fasste Clementine das Unfassbare zusammen. »Aber bitte, wer an unbefleckte Empfängnisse und sprechende Schlangen glaubt, glaubt wahrscheinlich auch an den Teufel.«

Der Blick, mit dem Elsbeth die Verkäuferin bedachte, hätte Lots Weib zur Ehre gereicht. In Gedanken gab ich Clementine zwar recht, auch ich fürchtete mich eher vor Spinnen, speziell vor diesen haarigen mit dem dicken Bauch, als vor gehörnten Teufelswesen mit Bockshuf, es schien mir jedoch pietätlos, das gerade jetzt anzumerken. Und was sollte das mit den Herrgottslatschen bedeuten? Man richtete üblicherweise die Wadln viere, keine Schuhe. Bei den vorherrschenden frühsommerlichen Temperaturen trugen doch ohnedies schon fast alle Sandalen.

»Hier hat er sich jedenfalls nicht blicken lassen«, erklärte der Hüter der Fleischtheke nach einigen Sekunden allgemeinen Schweigens.

»Er wird schon wieder auftauchen. Schließlich können auch Gottes Männer vom rechten Weg abkommen.« Clementine schenkte Elsbeth ein anzügliches Grinsen, bevor sie sich erneut ihren Salatköpfen widmete.

»Ich werde in der Nachbarschaft mal herumfragen, irgendwer muss ihn ja gesehen haben, aber wegen der paar Stunden würde ich mir keine Sorgen machen«, versuchte ich sie zu beruhigen. Da mittlerweile gefühlt achtzig Prozent aller Dorfbewohner einen silbernen SUV besaßen, war ich mir dessen aber gar nicht sicher.

»Und was soll ich jetzt tun?«, wandte Elsbeth sich flehentlich an mich.

»Am besten, du gehst erst mal heim und wartest ab. Vielleicht wurde er ja in einen Unfall verwickelt.« Elsbeth wurde blass, ich ruderte zurück. »Also ich meine, so ein harmloser Blechschaden, Auffahrunfall oder so, das kommt doch ständig vor, so wie sie alle rasen hier. Und dabei ist ihm sein Handy vielleicht unter den Fahrersitz gerutscht, weshalb er nun nicht abheben kann.« Eine Hypothese, an die wir beide nicht glaubten. »Ich bin mir jedenfalls sicher, dass sich alles aufklären wird. Spätestens bis zur Abendmesse.« Ich wollte noch anfügen, bis dahin könnte sie ja für ihn beten, verkniff es mir dann aber doch. Die Gefahr einer missverständlichen Auslegung schien mir zu groß.

»Die gibt's doch schon lang nicht mehr«, seufzte sie, »das nächste Hochamt ist erst morgen, die Frühandacht um sieben.«

»Bis dahin ist er garantiert zurück, wirst sehen. Kommt Zeit, kommt Pfarrer. Und sollte er dann immer noch verhindert sein«, ich hatte mit Absicht »verhindert« statt »verschollen« gesagt, das klang weniger beunruhigend, »dann frag einfach mal bei der Polizei nach.«

»Du meinst wirklich, ausgerechnet der Kapplhuber weiß was?«

Der diensthabende Polizist in Oberdistelbrunn war bislang mehr für sein lahmarschiges Naturell als seinen investigativen Ehrgeiz bekannt.

»Das wahrscheinlich nicht, aber er kann dir bei der Suche helfen, dafür ist er schließlich da«, sagte ich im Brustton geheuchelter Überzeugung.

Zur Aufmunterung tätschelte ich Elsbeth ein wenig den mageren Oberarm und bugsierte sie vorsichtig an der Salatkopfpyramide und der Kasse vorbei Richtung Ausgang. Nie hätte ich gedacht, dass mich jemand in meiner notorischen Schwarzseherei übertreffen könnte, aber in Elsbeth hatte ich meine Meisterin gefunden. Jetzt war unser Seelsorger, wenn ich richtig gerechnet hatte, gerade mal ein paar Stunden weg, und sie war auf Spurensuche bereits durchs halbe Dorf gerannt.

»Ich höre mich um, das verspreche ich dir. Und du könntest noch den Tankwart fragen, der sitzt den ganzen Tag nur herum und schaut auf die Straße, vielleicht hat der was bemerkt, aber dann geh bitte heim und ruh dich aus. Ich bin absolut sicher, morgen früh steht der Pfarrer wieder wie gewohnt auf der Kanzel. Und wenn nicht, dann gibst du einfach eine Vermisstenmeldung auf.«

Elsbeth ließ traurig die Schultern hängen und nuschelte: »Wir können eh nur das Beste hoffen.« Dann drehte sie sich um und schlurfte verzagt zur Ladentür.

»Sachen gibt's«, kommentierte Protzmann ihren Abgang und tippte sich an die Stirn. »Wahrscheinlich hat der arme Mann einfach mal die Flucht ergriffen vor diesen scheinheiligen alten Schachteln.«

»Ich muss schon sehr bitten«, erwiderte ich empört. Ich war immerhin auch nicht mehr die Jüngste. »Seien Sie froh, dass wir alten Schachteln Ihnen Ihre alten Waren abkaufen.« Zornig griff ich nach einem Salatkopf und hielt ihn dem Gemischtwarenhändler vor die Nase. »Da, einer von vielen. So mumifiziert, wie die ausschauen, werden wir in hundert Jahren noch nicht sein.«

Stirnrunzelnd fixierte der Mann den verschrumpelten Salatkopf.

»Und dafür auch noch Geld verlangen. Das ist auch eine Sünde.« Ich warf das welke Ding zurück in die Schütte, legte einen Euro für das Mehl aufs Kassenband und wandte mich zum Gehen.

Mit einem Fuß stand ich schon draußen auf der Straße, als ich ihn sagen hörte: »Du, Clementine, tu den Salat ein bisserl einfrischen, dann schaut er gleich viel knackiger aus.«

Mich beschlich der Verdacht, dass ein verschollener Gemischtwarenhändler weitaus weniger Lücken im Dorf hinterlassen würde als ein verlustig gegangener Seelsorger.

**

Während der Teig in der Pfanne brutzelte, blätterte ich rasch die Zeitung durch. Der Distelbrunner Anzeiger bot zwar wenig, was an objektive Berichterstattung erinnerte, aber ich konnte mich ohnedies nicht konzentrieren, weil ich ständig an den Tod des Hühnerbauern denken musste. Die Umstände seines Ablebens waren doch äußerst eigenartig gewesen. Genau genommen kamen mir die ganzen Ereignisse der letzten Tage vor wie eine Abfolge an Absurditäten, angefangen mit der grotesken Grillenjagd bei meiner Nachbarin bis hin zum verschollenen Priester und zu den besessenen Hendln. Mein Bedarf an Aufregung schien mir auf Monate gedeckt, dabei hatte das Schicksal noch mehr unliebsame Überraschungen für mich auf Lager. Aber das wusste ich zu diesem Zeitpunkt beruhigenderweise noch nicht.

Ohne weiteres Übel zu ahnen, riss ich den Schmarrn mit zwei Gabeln in mundgerechte Stücke, als Fred neben mich trat. Ich war so in Gedanken versunken gewesen, dass ich ihn gar nicht hatte kommen hören.

»Ich deck schon mal den Tisch«, murmelte er und griff zielstrebig nach den Desserttellern in der Kredenz. Dass man für einen Kaiserschmarrn große Teller nahm und diese nur halb voll machte, statt kleine Teller bis zum Rand zu füllen, würde er nie kapieren.

Die erste Hälfte des Essens verlief recht ruhig. Fred stopfte sich beglückt mit Schmarrn voll, ich hielt mich eher an den Zwetschgenröster, im Hintergrund dudelte das Radio vor sich hin.

Beim zweiten Nachschlag wurde er auf einmal gesprächig. Sehr gesprächig.

»Weißt du, Paula, ich krieg das mit dem Buben der Kelche nicht aus dem Kopf. Viermal habe ich heute Nachmittag das keltische Kreuz gelegt, und immer bin ich in naher Zukunft über den Buben der Kelche gestolpert.«

»Wie kannst du heute schon über jemanden stolpern, der erst in naher Zukunft erscheinen wird?«, fragte ich etwas verwundert und nahm noch einen Löffel vom Zwetschgenröster. Irgendwie schmeckte er zu sehr nach Zimt, ich sollte das nächste Mal sparsamer würzen.

»Die Tarotkarten lassen uns vorab wissen, was morgen passiert. Das hab ich dir doch schon tausendmal erklärt. Man muss sie nur zu deuten wissen.«

»Aber warum haben deine Karten dann nichts von der Hühnermisere gewusst? Und von Gustls Tod?« Viel zu viel Zimt.

»Weil ich nicht danach gefragt habe, ganz einfach«, blaffte mein Angetrauter mich an. »Die Karten geben nur Antworten auf Fragen, die du ihnen stellst. Und nach den Zukunftschancen von Hendln oder Herzinfarktkandidaten habe ich mich wirklich nicht erkundigt. Mich interessiert mein Umfeld, meine Familie, kein Federvieh!«

Als Rache für meinen Mangel an Respekt gegenüber dem Tarot krallte Fred sich das Glas mit dem Röster.

»Also, was ist jetzt mit dem Kreuzbuben?«, setzte ich in versöhnlicherem Tonfall nach. Ich wollte dieses leidige Thema keinesfalls vertiefen.

»Nicht Kreuzbube, Bube der Kelche heißt die Figur.« Er zog die Karte aus der Tasche seines Bademantels und legte sie vor mich auf den Tisch. Es war der seltsame Knabe mit dem Kelch.

»Statistisch gesehen ist es nahezu unmöglich, viermal hintereinander ein keltisches Kreuz zu legen und dabei immer den Buben der Kelche an derselben Position zu haben. Nämlich an der sechsten. Also in naher Zukunft.«

Erwartungsvoll sah er mich an.

Ich tat ihm den Gefallen und heuchelte maximale Aufmerksamkeit.

»Was du nicht sagst! Das muss dann wirklich was ganz Besonderes sein. Und was schließt du daraus?«

Ich zog das Glas wieder auf meine Seite.

»Der Bube der Kelche ist, wie du siehst« – er schob die Karte noch näher zu mir – »ein junger, etwas weiblich wirkender Mann, der einem einen Zutritt zu neuen, bislang unbekannten Gefühlswelten verschafft. Er kann aber auch für Unsicherheit und Täuschung stehen. Oder für Heuchelei.«

»Für neue, unbekannte Gefühlswelten sind wir aber doch etwas zu alt, meinst du nicht?«, bemerkte ich so freundlich wie möglich.

»Eigenartig ist es trotzdem«, meinte mein Mann. »Tarotkarten lügen nie.« Gedankenverloren kratzte er sich an der großen linken Zehe.

»Nun gut. Wir haben jetzt«, ich warf einen raschen Blick auf die Wanduhr, »achtzehn Uhr und fünfunddreißig Minuten. In spätestens vier Stunden gehen wir schlafen. Niemand von uns hat Pläne zur Abendgestaltung, die über Lesen, Fernsehschlafen oder Zukunftsprophezeiungen hinausgehen. Ich sehe da irgendwie gar keine Gelegenheit mehr, auf neue Gefühlswelten zu stoßen.«

»Trotzdem, der Tag ist noch nicht zu Ende«, beharrte er auf der Unfehlbarkeit seiner Karten.

Ich stöhnte. Die Geschehnisse der letzten vierundzwanzig Stunden hatten mir mehr als gereicht, ich brauchte keine Zugabe mehr.

»Stimmt, der Tag ist leider noch nicht zu Ende«, grummelte ich. »Das Geschirr gehört beispielsweise noch abgewaschen. Vielleicht könntest du das heute erledigen, das wäre auch so eine Art ›Eintauchen in eine neue Gefühlswelt‹.«

Fred sah mich an wie ein waidwundes Reh. Dann stand er wortlos auf, trug seinen Teller zur Spüle und verließ den Raum.

»Du musst noch deine Tropfen einnehmen«, rief ich ihm nach, aber er reagierte nicht. Ich erledigte den Abwasch, brühte mir einen Kamillentee auf und beschloss, den Rest des Abends mit der Zeitung auf dem Sofa zu verbringen.

In Pöttelskirchen war eine trächtige Kuh in die Klärgrube gefallen. Es bedurfte zweier Kranwagen und elf Feuerwehrmänner, um das verstörte Tier zu bergen. Danach hatte man es vermutlich noch durch die Waschstraße gekarrt. Das arme Rindvieh musste nach seinem Tauchgang fürchterlich gestunken haben. Busunfall auf der Bundesstraße. Ungarischer Doppeldeckerbus rammte Mähdrescher. Zum Glück kamen alle Beteiligten mit dem Schrecken davon. Bis auf den Buslenker. Der wurde vom Landwirt aus dem Fahrzeug gezerrt und krankenhausreif geprügelt. Spatenstich für neuen Turbokreisverkehr in Unterdistelbrunn. Gemeinderat mit eins Komma acht Promille am Steuer erwischt. Angst vor dem Maiswurzelbohrer macht sich breit.

In mir machte sich eher die Angst vor mysteriösen Todesfällen breit. Ich blätterte weiter. Seitenweise nur Fußball, Unterliga Nord gegen Unterliga Süd, Braunviehzuchtverband spielt Jubiläumsmatch gegen Armbrustschützenverein, Nachwuchskicker planen Trainingscamp, Tormann mit blutiger Schramme im Krankenhaus, gefolgt von endlosen Tabellenständen. In diesen Provinzblättern stand eindeutig nichts, was es lohnte, die Augen offen zu halten. Ich warf noch einen flüchtigen Blick auf den Wetterbericht, zumindest der versprach ausschließlich Gutes, dann schlummerte ich ein. Der Tag war sehr aufregend und sehr anstrengend gewesen.

»Aufwachen.«

Die riesige Maulwurfsgrille ließ von der Henne ab und stürzte sich auf mich. Mit ihren vibrierenden Zangen umklammerte sie mich derart fest, dass ich richtiggehend durchgeschüttelt wurde. Es gab kein Entkommen. Schützend schlang ich die Hände um mich, während der tote Gustl mich mit weit aufgerissenen Augen anstarrte.

»Lass mich, ich bitte dich«, flüsterte ich.

Aber das Tier gab keine Ruhe. Es versuchte sogar, große Stücke aus mir zu schneiden, es kniff und zwackte schmerzhaft in meinen Oberarm.

»Pauline, so wach doch endlich auf.«

Zwick, zwack.

Erneut schüttelte die rachsüchtige Grille mich durch. Es musste eine Königin sein, so groß und stark, wie sie war.

»Hilfe.«

»Aufwachen. So wach doch endlich auf. Deine Schwester ist hier. Valerie Patrizia.«

Beim Klang dieses Namens ergriff das Insekt schlagartig die Flucht. Meine Schwester würde allein durch ihre Präsenz ganze Hornissenschwärme vergraulen. Erschrocken riss ich die Augen auf.

Vor mir stand Fred, meinen Morgenmantel in der Hand, hinter ihm lauerte Valerie Patrizia, meine einzige Schwester. Da ich neun Jahre älter war als sie, hatten wir nie viel gemeinsam gehabt, also abgesehen von unseren Eltern. Valerie Patrizia, sie hatte von klein an auf ihren vollen Namen bestanden, und ich waren so verschieden wie Gänseblümchen und Klatschmohn. Wobei sie der Mohn war. Berauschend, aber überaus kapriziös, eine flüchtige Erscheinung, von der man nie wusste, wann und wo man sie zu Gesicht bekommen würde. Bei unserem letzten Treffen hatte ich wochenlang auf sie gewartet. Zur Kirschblüte hatte sie kommen wollen, zur Kartoffelernte war sie dann endlich eingetroffen. Heute hingegen hatte sie absolut unangekündigt vor der Tür gestanden.

Ich quälte mich vorsichtig aus meiner Liegeposition hoch und streifte mir den Morgenmantel über. Valerie ließ sich auf Alfreds Lehnstuhl nieder, indem sie ihre unendlich langen, schlanken Beine graziös um die gepolsterten Armlehnen drapierte.

»Ich dachte, mit dem Alter braucht man weniger Schlaf«, sagte sie ohne Umschweife oder gar Begrüßungsfloskeln.

»Ich bin offenbar noch nicht alt genug«, erwiderte ich. Was sollte man darauf schon antworten. Valerie Patrizia hatte seit jeher ein Taktgefühl wie der sprichwörtliche Elefant im Porzellanladen. Wenngleich ein sehr hübscher Elefant.

»Das höre ich gerne.« Sie verknotete ihre Beine zu einer buddhistisch anmutenden Schleife. Auf Männer mochte das ungemein erotisch wirken, ich fühlte mich an meinen letzten Bandscheibenvorfall erinnert.

»Es ist nämlich so, dass ich übermorgen mein Sabbatical antrete. In Siddharta Nagar. Das ist in Nepal. Wahrscheinlich werde ich neun Monate dort bleiben. In einem Vajrayana-Kloster. Und da –«

»Was zum Teufel ist ein Sabbatical?« Manchmal musste man meiner Schwester das Wort abschneiden, der Erkenntnisgewinn war sonst entschieden zu gering.

»Das ist so eine Art bezahlter Bildungsurlaub. Du kriegst zwar weniger Geld, als wenn du im Büro sitzen würdest, aber immer noch genug zum Leben. Und versichert bist du auch.«

»Aber du bist ja noch gar nie im Büro gesessen.«

Valerie Patrizia verkaufte exklusive Kosmetika an ältliche Gemahlsgattinnen, denen ihr Verfallsdatum allzu deutlich ins Gesicht geschrieben stand. Ein diesbezüglicher Bildungsurlaub hätte meiner Ansicht nach also eher im Chemielabor oder in der plastischen Chirurgie stattfinden müssen.

»Ist doch egal. Fest steht, dass ich eben am Mittwoch nach Nepal fliege. Und dass ich Vincent nicht mitnehmen kann. Also wirst du auf ihn schauen müssen. Er mag dich.«

Ich war baff. Ich hätte meiner Schwester vorhin nicht nur das Wort, sondern am besten auch gleich den Hals abschneiden sollen.

»Sag mal, geht's dir noch gut? Du kannst deinen Sohn doch nicht einfach bei mir absetzen! Ich bin doch keine Auffangstation für Trennungsopfer.«

Vor lauter Empörung bekam ich kaum Luft.

»Reg dich nicht so auf, das ist schlecht für den Blutdruck. Außerdem ist Vincent kein Kind mehr. Er hat gerade Matura gemacht und beginnt im Juli mit dem Zivildienst, ab dann bist du ihn schon wieder los. In nicht einmal sieben Wochen genau genommen. Ich sehe da kein Problem. Vincent ist selbstständig, ordentlich, euer Haus ist groß genug, und am Hungertuch nagt ihr auch nicht.«

Sie warf einen bezeichnenden Blick auf meinen Mann, der sich mit dem Rest vom Zwetschgenröster auf die Küchenbank verzogen hatte. Verfressen und konfliktscheu wie immer.

»Es geht nicht ums Geld. Und auch nicht um den Platz. Es geht nicht einmal um Vincent, sondern um deine unmögliche Art, mit Menschen zu verfahren. Du kommst daher, ohne jede Vorwarnung, und drohst mir an, deinen Jungen bei mir abzustellen wie einen Blumentopf. Weil du dich monatelang amüsieren willst.«

»Ich amüsiere mich nicht, ich bilde mich weiter. Und ich verbiete dir, Vincent mit einem Blumentopf zu vergleichen. Ich liebe meinen Sohn.«

»Ah. Und dein Sohn liebt dich auch? Selbst jetzt, wo du ihn wegen deinem Sabbatzeugs fast ein Jahr lang im Stich lässt? Was sagt er überhaupt dazu? Oder hast du ihn auch vor vollendete Tatsachen gestellt?«

Unvorstellbar, dass ich mit dieser einerseits berechnenden und andererseits doch so unberechenbaren Person derart eng verwandt war. Wenn wir nicht beide Hausgeburten gewesen wären, hätte ich mein halbes Leben darauf verwettet, dass man Valerie Patrizia im Krankenhaus vertauscht hatte.

»Vincent freut sich schon sehr auf die Zeit bei euch auf dem Land. Nach dem Zivildienst möchte er ja Biologie studieren. Oder Botanik, ich verwechsle das immer. Da kann er hier am blumigen Arsch der Welt schon fleißig Erfahrungen sammeln.«

Sie lächelte mich an wie eine Schlange das Kaninchen.

»Und übrigens – es ist nicht nur mein Sohn, es ist auch dein Neffe. Und wir beide geben ihm nun die perfekte Gelegenheit, selbstständig zu werden, zu reifen, das Leben in die eigenen Hände zu nehmen. Und das direkt am Busen der Natur. Das schönste Geschenk, das man einem jungen Menschen machen kann.«

Eins musste man meiner Schwester lassen. Wenn sie die moralische Keule schwang, dann traf sie auch. Bevor ich mich von diesem Tiefschlag erholt hatte, hatte sie bereits ihre Beine entschlungen, sich erhoben und mich umarmt. Ich fühlte mich wie Jesus beim verräterischen Kuss des Judas.

»Gut, dann wie abgemacht, ich komme Mittwoch gegen Abend wieder und bring Vincent mit. Danke schon mal. Und grüß mir Alfred.«

Als mein Mann seinen Namen hörte und den Kopf wandte, war sie bereits weg. Aber meine Wut war noch da.

Ich erhob mich vom Sofa, nicht ganz so elegant wie dieses schwesterliche Miststück, und trat an den Küchentisch, wo Alfred unverändert mit dem mittlerweile geleerten Zwetschgenrösterglas saß.

»Du hättest aber auch was sagen können, immerhin bist du der Mann im Haus«, blaffte ich ihn an.

»Es ist aber nicht meine Schwester«, verteidigte er sich. »Dem Himmel sei Dank.«

»Was bitte sollen wir jetzt sieben Wochen mit einem pubertären Halbstarken tun?«

Doch statt einer Antwort griff Alfred nach dem Buben der Kelche und hielt ihn mir vor die Augen. »Hab ich dir nicht gesagt, die Karten lügen nie. Die Gefühlswelten von neunzehnjährigen Neffen sind bestimmt ganz neu für dich. Und ausreichend Heuchelei hat diese doppelzüngige Doppelnamenträgerin auch frei Haus geliefert.«

Mir fehlten die Worte. Nicht nur, dass ich eine derartige Eloquenz von meinem Mann nicht gewohnt war. Er hatte mit seinen dämlichen Karten auch noch recht behalten.

***

Am nächsten Morgen fühlte ich mich um Jahrzehnte gealtert. Das einzig Gute, das ich dem bevorstehenden Einzug meines Neffen abgewinnen konnte, war die Tatsache, die ganze Nacht lang nicht mehr an Maulwurfsgrillen, Hühner, verschollene Priester oder gar den toten Gustl gedacht zu haben. Meine Gedanken waren einzig und allein um spätpubertäre Kuckucksjungen gekreist. Ich musste das arme Kind – und bei so einer Mutter konnte es nur arm sein – ja irgendwie beschäftigen.

Meine Erfahrungen als pensionierte Volksschullehrerin würden mir bei Vincent kaum nützen. Der Junge stammte aus der Großstadt und konnte wohl kaum für Häkelarbeiten oder Germteigvariationen begeistert werden. Und für Modelleisenbahnen oder Laubsägearbeiten war er eindeutig zu alt. Außerdem hatte ich ihn seit Ewigkeiten nicht mehr gesehen, also bestimmt seit zwei oder drei Jahren. Meine Schwester ließ sich ja kaum blicken, wenn sie nicht gerade irgendein Attentat auf mich plante. Gemütliche Familientreffen mit Kaffee, Kuchen und Klatsch lagen ihr so fern wie die Andromedagalaxie. Und da wir keine weiteren Geschwister hatten, die Eltern längst tot waren und der einzige Cousin väterlicherseits nach Kanada ausgewandert war, wäre ohnedies jedes Treffen zu einem Zwiegespräch degeneriert, bei dem sie den Ton angegeben hätte.

Ich schnitt mir ein dickes Stück vom Marmorguglhupf ab, Schokolade hob ja angeblich die Stimmung, brühte Kaffee auf und setzte mich zu meinem Mann, der tief über das Kreuzworträtsel in der Tageszeitung gebeugt war.

»Was machen wir bloß mit dem Jungen?«, fragte ich ihn.

»Na, was schon. Du machst ihm das Bett, kochst was Feines und bügelst ihm die Hemden. Seine Zeit wird er schon selbst totschlagen können.«

Das war typisch Alfred. Er hatte für alles eine Lösung parat, noch bevor er das Problem erfasst hatte.

»Ach ja. Bei den vielfältigen Freizeitmöglichkeiten in unserem Tausendfünfhundert-Seelen-Kaff findet er bestimmt das Passende. Blumen gießen, Unkraut jäten, im Wirtshaus sitzen, Schwammerl suchen, Leute schauen, Salatköpfe zählen, kränkelnde Hühner pflegen, Feuerwehr oder Blasmusik – das Angebot ist gigantisch für junge Menschen. Die heutzutage übrigens gar keine Hemden mehr tragen, soviel ich weiß.«

Leider war Alfred ironieresistent.

»Aber er will doch sowieso die Natur studieren. Und das kann er hier rund um die Uhr. Im Wald gibt's Eulen, auf den Feldern Blumen und im Haus Spinnen. Er kann auch gern mein altes Klapprad haben, mit dem ich immer zum Bahnhof gefahren bin. Das sollte nach wie vor im Schuppen stehen.«

»Klapprad? Der Junge wird sich doch nicht zum Gespött der Leute machen. Heute fährt die Jugend mit diesen Elektrorollern herum. Wenn sie nicht eh schon ein Auto haben.«

Ich schüttelte den Kopf. Dieser Mann stammte nicht vom Mars, sondern aus dem Mittelalter.

»Übrigens, ich bräuchte noch einen Nebenfluss der Wolga, sechs Buchstaben, am Anfang ist ein ›O‹?«

»Weiß ich nicht, interessiert mich auch nicht. Ich geh mal raus in den Garten.«

»Ist gut. Kannst du bitte den Guglhupf dalassen, ich räum ihn dann später weg.«

Manchmal konnte Fred sogar säuseln.

»Seit ich hier sitze, hast du bereits drei Stück gegessen. Denkst du vielleicht auch mal an deinen Diabetes? Und nicht nur an Nebenflüsse der Wolga?«

»Mach ich doch. Aber ich glaub nicht, dass meine Zuckerwerte vom Denken besser werden.«

»Aber vom Blaubeertee, den du schon wieder nicht getrunken hast.«

Wortlos ging ich zur Anrichte, wo das gesunde Getränk unbeachtet erkaltete. Ich ergriff die Tasse, stellte sie auf sein Kreuzworträtsel und nahm den Guglhupf an mich. Zu viel ist zu viel.

Da Fred ganz offensichtlich kein Problembewusstsein für den Fall Vincent entwickeln konnte, beschloss ich, mich mit Berta zu bereden. Die war in solchen Dingen praktischer veranlagt.

Wie stets werkelte sie in ihrem Garten herum.

»Lust auf Marmorguglhupf?«, rief ich über die Hecke.

»Aber immer«, schallte es umgehend retour. »Bin gleich bei dir.«

»Nein, warte, ich komm rüber.«

Etwas Abstand zu daheim tat mir bestimmt gut. Und dem Guglhupf auch. Bertas gestriges Schlachtfeld sah immer noch schrecklich aus. Da würde sie wochenlang zu tun haben, um Rasen und Rabatten wieder in einen einigermaßen ansehnlichen Zustand zu bringen.

Ähnliches galt auch für ihr Haar. Die Friseurin hatte sichtlich unter Farbenblindheit gelitten. Jedenfalls zierten nur violette Strähnchen ihr karottenrotes Haar, das noch borstiger als üblich aussah. Ein Bürstenhaarschnitt, um den sie jeder Igel beneidet hätte. Aber Geschmäcker waren bekanntlich verschieden, sagte ich mir, und Berta schien der neue Look zu gefallen. Ich nahm auf einem ihrer Shabby-Chic-Stühle Platz und stellte den Kuchen mittig auf den Tisch. Teller und Servietten hatte Berta schon gebracht.

»Magst einen Kaffee?«, fragte sie und säbelte ein paar dicke Stücke vom Guglhupf ab.

»Nein, auf gar keinen Fall. Ich bin mit den Nerven sowieso schon total fertig. Das kannst du dir nicht vorstellen.«

»Was, wegen gestern?«

»Nein. Wegen morgen.«

»Was ist denn morgen?« Berta fuhr sich durch ihren Stachelschnitt. »Hab ich da was vergessen?«

»Morgen krieg ich ein Kind. Also genau genommen ein neunzehnjähriges Riesenbaby.«

Berta schluckte den letzten Bissen Guglhupf runter und wischte sich die Hände an ihren XXL-Leggings ab. Dann lehnte sie sich ganz weit über den Tisch und meinte: »Weißt du, Pauline, ich hatte wirklich Bedenken, als ich dich gestern früh mit meiner Maulwurfsgrillenjagd belästigt habe, weil das auf dich, wie soll ich sagen, nun ja, ziemlich verrückt gewirkt haben muss. Weil du ja die weitaus Vernünftigere von uns beiden bist, immer darauf bedacht, nur ja keinen Staub aufzuwirbeln, nirgends anzuecken, es immer allen recht zu machen. Und dann passieren ausgerechnet dir noch viel verrücktere Sachen. Hühner, die vom Teufel besessen sein sollen, der Gustl, der vor deinen Augen einen Herzinfarkt erleidet, und jetzt kriegst auch noch ein neunzehnjähriges Baby. Das hätte ich nicht erwartet, also nicht von dir. Echt. Ich weiß gar nicht, ob ich jetzt beeindruckt sein soll oder mir eher Sorgen machen muss.«

Fragend sah sie mich an.

»Vergiss die Hühner und die Grillen und den Gustl! Darüber reden wir später.« Ich wischte die unangenehmen Erinnerungen daran gemeinsam mit den Bröseln vom Tisch.

»Aber glaub mir, ich wäre echt froh, wenn das alles nicht passiert wäre. Oder zumindest nicht mir.« Ich seufzte. »Also stell dir vor, gestern Abend ist meine Schwester, du weißt schon, die Faltencreme-Walli (wenn die wüsste, wie ich sie in ihrer Abwesenheit nenne), auf einmal bei uns hereingeplatzt. Natürlich, ohne vorher anzurufen. Ich war gerade auf der Couch eingenickt, und sie überfällt mich mit der Neuigkeit, dass sie neun Monate nach Nepal geht, auf Bildungsurlaub, ausgerechnet die Walli, und mir deshalb ihren Sohn dalässt. Mittwochabend kommt sie und liefert den Vincent ab. Einfach so.«

Berta schluckte erneut, diesmal ganz ohne Kuchen.

»Das ist ja arg. Wie alt, hast du gesagt, ist der Bub?«

»Er hat gerade Matura gemacht, und irgendwann im Juli fängt er mit dem Zivildienst an. Aber das vermutlich wieder in Wien, jedenfalls ist er dann woanders untergebracht.«

»Knappe zwei Monate Riesenbabysitten also.«

Sie seufzte, bestimmt aus Solidarität zu mir.

Ich nickte.

»Was fängst du denn mit einem Neunzehnjährigen an? Und vor allem, was fängt ein Neunzehnjähriger bei uns am Arsch der Welt an?« Mit weiblicher Weitsicht hatte sie die zu erwartenden Schwierigkeiten perfekt auf den wunden Punkt gebracht.

»Ja, wenn ich das wüsste. Ich habe mir die ganze Nacht den Kopf zerbrochen, aber eingefallen ist mir nichts.«

Mein farbenfrohes Gegenüber nahm sich ein zweites Stück vom Guglhupf.

»Der ist immer so flaumig bei dir. Hast du da vielleicht eine Geheimrezeptur?«

»Öl. Ich nehme nur die halbe Buttermasse und für den Rest verwende ich Speiseöl. Sonnenblumenöl genau genommen.«

»Muss ich auch mal probieren. Echt gut.«

Berta kaute hingebungsvoll an meinem Schokoladenölkuchen, zog aber die Stirn in Falten. Ich war sicher, sie dachte gleichzeitig angestrengt nach.

Auf einmal schlug sie mit der Faust auf den Tisch. »Ich hab's«, verkündete sie strahlend.

Erwartungsvoll blickte ich sie an.

»Wir müssen ihm ein paar Mädchen finden. Zwei, drei flotte Teenies, die werden ihn schon ausreichend auf Trab halten.«
Eine geniale Idee.
»Dafür hast du noch mindestens drei Guglhupfe nach meiner Spezialrezeptur gut.«
»Da sag ich nicht Nein.« Vorfreudig strich Berta sich über ihren üppigen Bauch. »Mein Feinkostgewölbe wird es dir danken.«
»Und jetzt«, erstaunlich behände sprang sie auf, »jetzt hol ich Papier und was zum Schreiben, dann können wir gleich überlegen, wer da in Frage kommt.«
Das war wahre Freundschaft.
Als meine Nachbarin wieder aus dem Haus kam, trug sie nicht nur Block, Bleistift, eine Karaffe mit einer lila schimmernden Flüssigkeit und zwei Gläser, sondern auch einen leicht besorgten Blick mit sich.
»Mir ist da vorhin noch ein Zweifel gekommen«, meinte sie, während sie die Flüssigkeit in die Gläser leerte, »dein Neffe sieht aber schon einigermaßen präsentabel aus, oder? Du weißt ja, die Gören sind heutzutage nicht nur frech, sondern auch wählerisch. Pickel, Zahnspangen, zu wenig Bartwuchs, zu viel Bauchspeck, das ist ja alles schon ein No-Go.«
Fragend sah sie mich an.
»Ich muss gestehen, dass ich meinen Neffen das letzte Mal vor zwei oder vielleicht gar schon drei Jahren gesehen habe. So um Ostern herum. Aber damals hat er recht passabel ausgesehen, soweit ich mich erinnern kann.«
»Hast du kein Foto von ihm. Ein neueres? Gerade in dem Alter verändern sich Jugendliche rapide.«
Ich verneinte.
»Aber seinen Namen wirst du zumindest wissen?«
Ich bejahte.
»Gut. Dann suchen wir ihn halt auf Facebook.«
»Äh, wo willst ihn suchen?«
»Na, auf Facebook halt. Also im Internet. Dort treiben sich doch alle herum.«
»Ich nicht«, warf ich ein.

»Nein, du nicht. Was nur beweist, dass ich eben doch noch jünger bin. Im Geiste und in Jahren.«

Das ließ ich mal unkommentiert durchgehen, immerhin war ich auf ihre Hilfe angewiesen. Berta hatte schon ihr Handy in der Hand und wischte mal hierhin, mal dorthin.

»So, wie heißt der gute Knabe nun?«

»Vincent. Vincent Wallenstein.«

»Ein wahrhaft pompöser Name. Ich wusste gar nicht, dass deine Schwester mal verheiratet war.«

»Doch. Ein knappes halbes Jahr. Bei der Geburt von Vincent war sie schon geschieden.«

»Das eheliche Durchhaltevermögen hat sie offensichtlich nicht von dir geerbt.«

»Anstand und Moral auch nicht.«

Hoffentlich war der Junge nach seinem Vater gekommen, dachte ich bei mir.

»Ich glaub, ich hab ihn.« Berta hielt mir ihr Handy vors Gesicht. »Ist er das?«

Ich musste zweimal schauen, bevor ich mir sicher war. Er war es.

»Die guten alten Diashows hatten halt noch ein anderes Format. Auf diesen Wischhandys braucht man entweder eine Lupe oder einen Adlerblick, um überhaupt irgendwas zu erkennen«, mokierte ich mich.

»Dein Neffe ist auch nicht irgendwas. Noch nicht einmal irgendwer. Aber wenn er das ist, dann sieht er verdammt knackig aus. Da würden die Mädels auch freiwillig Schlange stehen«, erwiderte sie und griff nach Papier und Bleistift, während ich erneut einen Blick auf das Handybild warf.

»Ganz ordentlich«, stimmte ich ihr zu.

»Dann lass uns mal nachdenken, wer da in Frage käme. So eine Gartenparty ist schnell organisiert. Fürs erste Kennenlernen.« Berta warf einen traurigen Blick auf ihre zerstörten Beete. »Aber die Party steigt bei dir.«

»Kein Problem.« Ich nahm einen Schluck von der seltsamen lila schimmernden Flüssigkeit.

»Was trinken wir da eigentlich?«

»Lavendelsirup. Mit Zitrone und etwas Wermut. Hausgemacht.«

Es war erstaunlich, was meine Nachbarin alles ersann, um ihrer Lieblingsfarbe zu huldigen. Zwar schmeichelte der süßlich-bittere Geschmack nicht unbedingt meinem Gaumen, aber sehenswert war das Getränk in jedem Fall.

»Und jetzt lass uns keine Zeit mehr verschwenden. Wir schreiben alle auf, von denen wir sicher wissen, dass sie Töchter, Nichten oder Cousinen im passenden Alter besitzen.«

Sie rückte Papier und Bleistift zurecht.

Zehn Minuten später hatten wir gerade mal ein Dutzend Namen notiert.

»Da ist ja selbst das Angebot an Joghurt beim Protzmann größer«, merkte ich frustriert an. Unser Gemischtwarenhändler war nicht nur für seine enervierende Langsamkeit berühmt, sondern auch für all die Dinge, die er gerade nicht auf Lager hatte.

Berta sah das weniger tragisch.

»Ach, komm, ich wäre froh, hätte unsereins so eine Auswahl. Die Zahl an kultivierten Männern im richtigen Alter, die auf dem freien Markt noch verfügbar sind, liegt nahezu im homöopathischen Bereich.« Sie seufzte.

»Ich würde dir meinen abgeben«, sagte ich. Und meinte es auch so. Dann könnten sich die beiden einträchtig zu Tode futtern, und ich hätte meine Ruhe.

»Ich sagte ›kultiviert‹«, entgegnete Berta, »und ehrlich gesagt würde mir deiner schon zu viele Gebrauchsspuren aufweisen. Außerdem ist er bestimmt recht reparaturanfällig.«

Ich dachte an Freds Zuckerwerte, seine Gichtzehen und Krampfadern, vom hohen Blutdruck ganz zu schweigen, und konnte ihr nur recht geben.

»Aber jetzt lassen wir dieses leidige Kapitel, Männer sind heute gar nicht mein Thema, reden wir lieber von deinen Jagdopfern. Hast du sie schon in ihre neue Heimat überstellt?«

»Hab ich. Bei der aufgebrezelten Miezi und der aufgeblasenen Amtsratswitwe fühlen sie sich bestimmt wie daheim. Nur zum Gustl hab ich natürlich keine mehr gebracht, wie ursprünglich geplant.« Nachdenklich schüttelte sie den Kopf. »Hätte ich echt nicht gedacht, dass der so einfach stirbt. Nur weil er sich wegen ein paar Hendln so aufgeregt hat. Ich mein, ich hab mich mindestens ebenso über die Maulwurfsgrillen aufgeregt, oder? Und ich bin deshalb auch nicht gleich gestorben. Schon seltsam, das Ganze.«

Ich nickte. In Gedanken sah ich Gustl immer noch vor mir, wie er lallte und stotterte, sich panisch seine Jacke entzweiriss und röchelnd auf den Boden stürzte.

»Das war ein schlimmer Anblick«, sagte ich.

»Aber dass man so schnell sterben kann, hätte ich nicht gedacht«, Berta schlug mit der Kuchengabel auf eine Wespe ein, die sich auf dem Guglhupf niedergelassen hatte, »also ich meine, der Gansterer war doch noch ziemlich kräftig für sein Alter. Gut, er hat gesoffen, das schon, aber wegen einer Leberzirrhose kriegt man doch keinen Herzinfarkt, oder?«

»Ich werde dir jetzt was sagen«, ich senkte die Stimme und beugte mich weit über den Tisch, »aber das sage ich wirklich nur dir.«

Berta füllte ihr Glas mit Lavendeltrunk auf, leerte es in einem Zug und erwiderte mit einem verschwörerischen Lächeln: »Ich verrate nichts, meine Lippen sind versiegelt. Großes Indianerehrenwort.«

»Der Mann ist nüchtern gewesen, zumindest für seine Verhältnisse. Er hat überhaupt keine Fahne gehabt. Das hätte ich nämlich gerochen, ich hab ihm ja am Hals nach dem Puls gefühlt. Sein Herz hat gerast und gleich drauf wieder ausgesetzt, er war völlig von Sinnen, total verwirrt, mit kaltem Schweiß auf der Stirn, schwach auf den Beinen, viel zu rot im Gesicht, und Luft hat er auch kaum bekommen, trotzdem würde ich wetten, dass er nichts getrunken hatte. Und …«, ich getraute mich fast nicht, meinen Verdacht auszusprechen, »und ich glaube nicht einmal so recht an einen Herzinfarkt.«

»Warum nicht?«

»Seine Pupillen, die waren so eigenartig, so starr und ganz groß. Riesengroß.«

»So wie bei Katzen im Dunkeln? Oder bei Zombies?«

»Ja. Oder wie bei Menschen, die Tollkirschen genascht haben.«

»Tollkirschen?« Jetzt war Berta ganz Ohr.

»Davon kriegt man extrem weite Pupillen«, erklärte ich, »ich hatte mal drei Schüler, frühreife Bengel, die haben sich so einen Traumtee gebraut und sind mit ähnlichen Symptomen im Krankenhaus gelandet. Früher haben die Frauen bewusst Atropa belladonna eingenommen und auf einen verführerischen Blick gehofft, sogar die Augenärzte haben zur Tollkirsche gegriffen oder die Wilderer, um im Dunkeln besser zu sehen.«

»Und du meinst, der Gustl wollte auf seine alten Tage noch jemandem schöne Augen machen? Oder gar auf Großwildjagd gehen?«

»Nein, natürlich nicht. Außerdem: Wo hätte er um diese Jahreszeit Tollkirschen finden sollen? Die Beeren sind frühestens im August reif, und wir haben Mai.«

Berta runzelte die Stirn, während sie die tote Wespe mit der Kuchengabel gedankenverloren auf ihrem Teller hin und her schob.

»Das passt doch alles nicht zusammen«, meinte sie schließlich. »Vielleicht hat er sich bei den Hühnern mit irgendeinem tödlichen Virus angesteckt. Corona, Ebola, Aids, was weiß ich? Hatten die Hendln auch aufgerissene Pupillen? Oder der Gustl Schaum vor dem Mund?«

Manchmal beneidete ich meine Nachbarin um ihre gedankliche Weitsicht. Gustls Geflügel hatte ich völlig vergessen. »Weiß ich nicht, also nein, ich meine, der Bauer hatte keinen Schaum vor dem Mund, und den Hühnern hat wohl niemand in die Augen geschaut. Aber wie gesagt, Tollkirschen würden zwar das Gestammel und den Tobsuchtsanfall erklären, doch so schnell töten sie nicht. Ich hab extra nachgelesen, da hätte er schon ein paar Tage leiden müssen. Und was die Hühner betrifft, die vertragen Gift oft weitaus besser als Menschen. Ich hab da von einem Fall gehört, wo Wachteln Tollkirschen gefressen haben und etwas später eine Familie die Wachteln. Mit dem Ergebnis, dass die ganzen Leute mit schweren Vergiftungen im Krankenhaus gelandet sind.«

»Was du nicht sagst.« Berta schien ehrlich beeindruckt.

»Aber wenn es überhaupt noch keine Tollkirschen gibt, ist das alles ja sowieso reine Theorie, oder?«

Sie schirmte ihre Augen mit einer Hand vor der Sonne ab und beugte sich noch weiter zu mir herüber.

»Oder?«, wiederholte sie.

»Nun ja«, druckste ich herum, »wenn jemand im Herbst Tollkirschen gesammelt und diese getrocknet hätte, dann hätte er sie jetzt zur Hand. So wie Rosinen halt.«

»Pauline, du glaubst doch nicht im Ernst, dass jemand den Gustl und seine Hühner vergiften wollte? Ich bitte dich! Wir leben nicht im Mittelalter, wo böse Menschen böse Beeren in böser Voraussicht trocknen und dann bei passender Gelegenheit dem Opfer in den Guglhupf tun. Wir leben im 21. Jahrhundert. Hexerei und Teufelswerk sind ausgestorben.«

Da fiel es mir wieder ein.

»Mein Gott, das weißt du ja noch gar nicht«, rief ich aus, langte nach dem Krug mit dem Lavendelsirup, schenkte mir nach und stürzte das süßherbe Zeug in einem Schluck hinunter. Vor lauter Aufregung war mir ganz heiß geworden.

»Die Elsbeth hat mir gestern erzählt, also nicht nur mir, sondern der gesamten Gemischtwarenhandlung, dass unser Pfarrer verschwunden ist. Und gefragt, ob ihn jemand gesehen hat.«

»Was meinst du mit ›verschwunden‹? Der Mann steht kurz vor der Pension, der wird doch kaum mehr Verstecken spielen.«

»Offenbar aber doch. Die Morgenmesse hat er laut Elsbeth ganz normal zelebriert, danach hatte er angeblich ein Treffen mit dem Pfarrgemeinderat, zu dem er nicht mehr erschienen ist. Kurz zuvor hat Elsbeth noch mit ihm gesprochen, und da hat er gemeint, er müsse nur rasch den Teufel aufsuchen, um ihm ins Gewissen zu reden und die Herrgottslatschen viere zu richten. Vorhin, als du die Hexen und den Teufel angesprochen hast, ist es mir wieder eingefallen.«

Berta sah mich an und schwieg, was äußerst selten bei ihr vorkam.

»Hat es dir die Rede verschlagen?«, fragte ich.

»Er ist zum Teufel gegangen, um ihm ins Gewissen zu reden

und die Herrgottslatschen viere zu richten. Habe ich das richtig verstanden?«, meinte sie nach einer gefühlten Ewigkeit.

»Genau. So hat es Elsbeth zumindest berichtet. Wobei er nicht gegangen, sondern gefahren ist. In seinem silbernen SUV.«

»Jaja, für eine Höllenfahrt braucht es bestimmt einen Geländewagen«, zog Berta die Sache ins Lächerliche.

»Elsbeth und der Pfarrgemeinderat finden die Sache aber gar nicht witzig. Also denk mal scharf nach, ob dir Pater Ägydius gestern wo über den Weg gelaufen ist.«

»Nein, ganz bestimmt nicht. Weder er noch ein Teufel. Der Pfarrer und ich haben zwar kein Naheverhältnis, vermutlich hält er auch mich für eine Ausgeburt der Hölle, wo ich doch nie in die Kirche gehe, geschieden bin und außerdem fluche, aber bemerkt hätte ich ihn dennoch. Ich war gestern beim Friseur, am Nachmittag noch einen Sprung beim Zahnarzt, und nach Einbruch der Dämmerung hab ich die Viecher ausgesetzt.«

»Hast du Zahnschmerzen, brauchst du ein paar Tropfen?«, erkundigte ich mich mitfühlend. »Ich hätte da eine ganz neue Tinktur aus krauser Minze, Salbei, Spitzwegerich, Weinraute, Nelken- und Thymianöl und ganz wenig Appoloniakörndlessenz. Hab ich mit einem Essigauszug angesetzt, ganze drei Wochen lang, damit man nicht gleich in der Früh schon nach Alkohol riecht.« Dass die Samen der Pfingstrosen früher als Appoloniakörner bezeichnet wurden, erwähnte ich nicht. Päonien zählten nach der Maulwurfsgrillenmisere bestimmt zu den Wörtern, die man vor Berta besser nicht mehr laut aussprach.

»Das ist lieb von dir, aber mir tut gar nichts weh, ich habe mir nur den Zahnstein entfernen lassen. Damit ich wieder weiße Zähne blecken kann«, sagte sie und kam mir dabei ein klein wenig verlegen vor.

»Backpulver und Kokosöl sind übrigens auch ganz ausgezeichnete Bleichmittel«, sagte ich und dachte mir meinen Teil. Zuerst der Friseur, nun noch ein strahlend weißes Gebiss, bei meiner Nachbarin stand nach dem Insektenfang wohl wirklich der Männerfang auf dem Programm. Seit man sie vor sechs Monaten quasi zwangspensioniert hatte, da die Restauration, in der sie über vierzig Jahre gearbeitet hatte, pleitegegangen war und man mit beinahe sechzig auf dem heimischen Arbeitsmarkt als unvermittelbar galt, fehlte ihr neben dem Garten offenbar ein weiterer Zeitvertreib.

Laut aber meinte ich nur: »Wahrscheinlich ist er inzwischen eh wieder aufgetaucht, gestern habe ich wegen Vincent einfach nicht mehr daran gedacht. Dabei habe ich Elsbeth versprochen, mich in der Nachbarschaft nach dem Verbleib des Paters zu erkundigen. Und was habe ich getan? Nichts.« Das schlechte Gewissen meldete sich schon wieder. Wir Frauen schienen generell und lebenslang eine innige Beziehung zu Schuldgefühlen zu besitzen.

»Mach dir doch deshalb keine Vorwürfe«, knurrte Berta mich an. »Hättest du mich gestern schon gefragt, hätte ich den Pfaffen genauso wenig gesehen gehabt wie heute. Und was die Nachbarschaft betrifft, Rasenmäh-Rudi ist noch auf Urlaub, die zwei frisch vermählten Turteltäubchen schräg gegenüber amüsieren sich Tag und Nacht hinter heruntergelassenen Rollos, und mehr Nachbarn haben wir meines Wissens nicht. Ergo hast du deine Pflicht im Rahmen deiner Möglichkeiten durchaus erfüllt.«

»Das hast du richtig schön gesagt.« Am liebsten hätte ich Berta umarmt. Unter ihrer harschen Schale trug sie halt doch ein goldenes Herz. Wenngleich meist gut verborgen.

»Aber ehrlich, was hältst du von der ganzen Geschichte? Tote Hühner mit Schaum vor dem Schnabel, der zweifelhafte Herzinfarkt vom Gustl, der den Pfarrer zu einer tierischen Teufelsaustreibung holen wollte, und dann auch noch das rätselhafte Verschwinden von unserem Seelsorger, der ausgerechnet einem Teufel ins Gewissen reden wollte.«

»Ich halte es für wichtig, dass du die ganze Sache jetzt einfach mal vergisst. Mitsamt deiner Tollkirschen-Theorie! Übermorgen kommt dein Neffe, den gibt's im Unterschied zu Teufeln, tollwütigen Hühnern, unechten Herzinfarkten und Pfaffen auf Höllenfahrt wirklich. Und um den solltest du dich kümmern.«

»Das ist eine Möglichkeit«, sagte ich.

»Das ist ein Befehl«, sagte Berta, »und nun lass uns endlich über irgendetwas Erfreuliches reden, sonst krieg ich eine Frühsommerdepression.«

»Abgemacht«, lenkte ich ein, und wir besprachen ganze zwei Guglhupfstücke lang die Highlights der bevorstehenden Gartenschau auf Schloss Korallenburg, des Großereignisses der Saison, und lästerten danach noch ein wenig über unseren Nachbarn linker Hand, Rasenmäh-Rudi, dessen einzige Lebensaufgabe in der lautstarken Vernichtung von Grashalmen lag. Beruhigenderweise fuhr er öfter mal ein paar Tage fort.

»Ich kann jedenfalls nicht behaupten, dass mir sein Geknatter abgeht«, sagte ich und genoss die himmlische Stille. Nur ein paar Vögel waren zu hören.

»Ich kann nicht einmal behaupten, dass mir der Rudi abgeht«, sagte Berta, »selbst wenn er seine Rasenscholle grad mal nicht malträtiert, macht er immer noch genug Krawall.«

»Aber er ist ein hilfsbereiter Mensch. Erst vor ein paar Monaten hat er mir im Badezimmer die Fugen vom Wannenrand abgedichtet, eine Heidenarbeit. Fast den ganzen Nachmittag haben wir gemeinsam in der Wanne verbracht.« Beim Gedanken daran musste ich immer noch grinsen. Es war höllisch unbequem gewesen, aber danach war das Problem mit der eindringenden Feuchtigkeit definitiv gelöst gewesen. »Das ist wirklich sehr nett von ihm gewesen.«

»Und was hat dein Mann dazu gesagt?«

»Fred hat gemeint, das Silikon hätte besser ausgehärtet gehört.«

Berta ordnete die letzten Krümel vom Kuchen zu einem geometrischen Motiv, ließ Freds Kommentar aber unkommentiert. Sie kannte meinen Mann.

»Dennoch, eine gewisse Abartigkeit kannst du Rudi nicht absprechen. Zumindest nicht, wenn es um Grünraumpflege geht. Ich mein, der geht aufmüpfigen Gänseblümchen ja mit der Nagelschere an die Köpfchen. Ich schwör's dir, ich hab's mit eigenen Augen gesehen. Und seine Rasenkanten hat er bestimmt mit der Wasserwaage ausgerichtet, so wie die aussehen.«

Endlich eine erheiternde Vorstellung, bei der wir herzlich lachen mussten.

Es tat gut, eine befreundete Nachbarin zu haben, die einem mit Rat und Tat zur Seite stand und stets ein offenes Ohr für alle

Sorgen hatte. Da sah ich gern über so manche Schrulle hinweg. Und über so manche Maulwurfsgrille auch.

Ich schob ihr das letzte Stück vom Guglhupf rüber und bedankte mich für ihre Unterstützung. »Du hast mir echt geholfen. Jetzt liegt mir die Sache mit meinem Neffen nicht mehr ganz so schwer im Magen. Auch wenn's beileibe nicht einfach sein wird.«

Berta nickte verständnisvoll. »Ach, wirst sehen, das geht schon irgendwie. Wir schmeißen eine gigantische Willkommensparty, damit er ein paar Mädchen kennenlernt, mit denen er sich die Zeit vertreiben kann. Und sollte das nicht funktionieren, dann schickst ihn zu mir. Bei mir kann er sich auch gut die Zeit vertreiben. Mein zerstörter Garten lechzt nach Aufräumarbeiten und Neubepflanzungen. Da hat er wochenlang zu tun. In seinem Alter fällt das nicht einmal mehr unter Kinderarbeit.«

Wir prusteten noch einmal gemeinsam los, dann griff Berta nach ihren Gartenhandschuhen und ich nach dem leeren Kuchenteller. Fred würde bestimmt schon an seinem imaginären Hungertuch nagen. Immerhin war es beinahe Mittag geworden. Wie schnell beim Reden doch die Zeit verging, beim Hausputz war das nie der Fall.

Ich hatte schon fast das Gartentor erreicht, als mir einfiel, dass ich die Tropfen noch eingesteckt hatte. Also machte ich kehrt. Was man nicht im Kopf hatte, hatte man bekanntlich in den Beinen.

»Du Berta, jetzt hätte ich beinahe vergessen, dir meine Nerventropfen zu geben. Die guten, selbst gemachten aus Melisse, Hopfen, Baldrian und einer Spur Lerchensporn. Alles bio. Wenn du das nächste Mal eine Maulwurfsgrille siehst, nimm am besten gleich fünf Tropfen ein. Direkt auf die Zunge. Und dann alle vier Stunden wieder fünf. Bis du ihren Anblick ohne Pulsrasen erträgst.«

Berta starrte erst die Tropfen, dann mich an.

»Hast du die auch in der Ein-Liter-Flasche?«, fragte sie dann. »Wenn ja, solltest du sie unbedingt selbst mal nehmen. Falls dir erneut eine zünftige Leiche vor die Füße fällt.«

Noch einmal mussten wir beide herzlich lachen. Es sollte für lange Zeit zum letzten Mal sein.

***

Ich zwängte mich gerade bäuchlings unter das Gästebett, um die im hintersten Winkel versammelte Wollmäuseschaft in den Staubsauger zu verfrachten, als das Telefon läutete. Wie so oft im unpassendsten Moment. Aber Alfred saß bestimmt mit seinem Kreuzworträtsel am Küchentisch. Er würde das Gespräch schon entgegennehmen. Was er offensichtlich auch tat, denn Sekunden später betrat er das Zimmer und sagte zum Bett: »Paula, für dich, es ist dringend.«

Mühsam robbte ich im Rückwärtsgang hervor, um mich nicht am Bettgestell zu stoßen. Dann richtete ich mich langsam auf, drückte Fred den Staubsauger in die Hand und eilte zum Telefon.

»Hallo?«

Es war Elsbeth. Eine furchtbar aufgeregte Elsbeth. Zuerst berichtete sie mir mit weinerlicher Stimme, dass der Herr Pfarrer immer noch verschwunden war. Wie vom Erdboden verschluckt. Allerdings war sein Auto wiederaufgetaucht, habe ihr Kapplhuber, der Oberdistelbrunner Revierpolizist, erzählt. Mehr hatte er aber nicht verraten wollen, sich nur auf irgendeine Dienstvorschrift berufen, was von Amtsgeheimnis beziehungsweise laufenden Untersuchungen gefaselt und ihr beharrliches Nachfragen standhaft ignoriert.

»Stell dir das bitte vor!« Sie schnaubte wie ein Pferd. »Einfach abgewimmelt hat er mich. Als hätte ich als Obfrau des Pfarrgemeinderates nicht das geringste Recht, zu erfahren, was mit unserem Seelsorger passiert ist. Ich solle ruhig für ihn beten, hat dieser Idiot gemeint, und ein paar Kerzen anzünden, aber ihn nicht mit Fragen nerven, die er nicht beantworten könne. Nicht zum derzeitigen Stand der Ermittlungen, hat er gesagt, als würde diese Dumpfbacke was davon verstehen.«

»Unerhört«, pflichtete ich ihr bei, wobei ich mir ein Grinsen verkneifen musste. Wenigstens schien sich Gottes Sprachrohr noch irgendwo auf Erden und nicht in der Hölle zu befinden.

Das war doch schon mal eine gute Nachricht, fand zumindest ich.

»Ja, eine himmelschreiende Ungerechtigkeit«, fauchte sie und klang auf einmal gar nicht mehr weinerlich besorgt, sondern eher mörderisch empört. Ich wollte bereits auflegen, als sie unvermittelt das Thema wechselte und wissen wollte, ob ich bereits über das Hühnerdrama vom Gansterer Gustl informiert sei. Eine eigenartige Frage, hatte ich von dessen Leid mit seinen Hendlsperbern während unseres Lesezirkels ja selbst gehört, dem armen Mann nahezu beim Sterben zugesehen. Was ich ihr auch sagte.

»Das ist doch der Stand von gestern«, erwiderte sie barsch. Ich sah sie förmlich vor mir, wie sie tadelnd den Kopf schüttelte. Mittlerweile seien auch die Christl und zehn weitere Hühner gestorben, teilte sie mir mit.

»Und jetzt gibt es ein Begräbnis, zu dem wir alle geladen sind?«, fragte ich, gleichfalls etwas unwirsch.

»Aber nein«, erneut tadelndes Kopfschütteln, ich spürte es, »der Tierarzt hat die toten Hendln zu Forschungszwecken abgeholt und in die Tierklinik nach Unterdistelbrunn gebracht. Damit sie obduziert werden. Stell dir das einmal vor!«

Elsbeth schaffte es, selbst Satzzeichen auf rein ätherischem Weg zu vermitteln. In diesem Fall war das Ausrufzeichen allerdings auch angebracht. Dass man Federvieh sezierte, hatte ich noch nie gehört. Nirgendwo. Das war schlichtweg grotesk.

Ergo brauchte ich meine Überraschung nicht einmal vorzutäuschen.

»Das ist ja unglaublich, Hühner auf dem Seziertisch, vom Pathologen statt von der Köchin zerteilt«, gestand ich meine Verblüffung ein.

»Aber das ist noch lange nicht alles. Das Beste kommt noch«, fuhr sie triumphierend fort.

Nun hatte sie mich neugierig gemacht.

»Also sag schon. Immerhin bin ich wegen dir unter dem Bett hervorgekrochen.«

Was immer sie mir zu erzählen gedachte, musste der Königsklasse der dörflichen Skandalberichterstattung angehören, denn

Elsbeth fragte mich nicht einmal, warum ich meine Zeit unter statt im Bett verbrachte. Und sie ließ sich diesmal auch nicht lang bitten. Wahrscheinlich standen noch ein paar Informationsbedürftige auf ihrer Anrufliste.

In kurzen, knappen und sehr aufgeregten Worten schilderte sie mir das Ergebnis der Obduktion: Nichts. Gustls Lieblingsgockln seien gleich ihm verkrampft am Boden gelegen, der Arzt habe im Zuge gängiger Untersuchungen aber keinen offensichtlichen Grund für deren Tod gefunden. Nun seien die Kadaver nach Wien zu Spezialisten überstellt worden.

»Ist das nicht gruselig?«, meinte sie. »Möglicherweise ein ganz neues Virus, das sogar auf den Menschen überspringt. Immerhin starben der Bauer und sein Federvieh mehr oder weniger zur selben Zeit. Und das bei uns in Oberdistelbrunn, wo solche Seuchen doch immer nur in China ausbrechen. Oder in Afrika. Und wir nicht einmal Ausländer im Ort haben. Der Tierarzt hat jedenfalls gemeint, solange die wahre Ursache nicht bekannt ist, sollten wir uns möglichst fernhalten von Gustls Grund.«

»Du lieber Himmel«, entfuhr es mir. »Dann hatte der Gustl vielleicht doch keinen Herzinfarkt?«

»Na ja«, antwortete sie, »der Hausarzt, der ja den Totenschein ausgestellt hat, will von einer Obduktion vom Gustl nichts wissen. Er hat gemeint, in Anbetracht seiner Vorerkrankungen hat er eh ein biblisches Alter erreicht, nur dass er eher mit Leberkrebs gerechnet hätte. Das hat mir seine Sprechstundenhilfe heute früh verraten. Aber der Tierarzt ist anderer Ansicht. Er hält es für arg fahrlässig, den Bauern nicht ordentlich aufzuschneiden.«

»Das hat er wirklich gesagt?«

»Genau so.«

»Woher weißt du das überhaupt?«, fragte ich.

»Na, vom Tierarzt natürlich. Zufällig hab ich heute nämlich auch dorthin gemusst, weil mein Kater so fiebrig war« – wie ich Elsbeth kannte, hatte sie das arme Tier vermutlich kurz auf die Herdplatte gelegt oder in der prallen Sonne angebunden, damit sie einen Vorwand für einen Besuch beim Veterinärmediziner hatte –, »und er hat mir nicht nur vom Ableben der Christl erzählt, sondern auch erwähnt, dass er im Interesse der Wissenschaft und der öffentlichen Sicherheit eine Obduktion der Hühner durchgeführt hat. Weil ein derartiges Massensterben von jungen, gesunden Tieren halt ausgesprochen unerklärlich wäre. Und daher auch für den Menschen gefährlich sein könnte. Weiß man ja seit der Vogelgrippe, was da passieren kann.«

Sie holte kurz Luft und redete sofort weiter. »Das musste ich dir eben gleich sagen, weil du ja auch beim Lesezirkel dabei warst. Stell dir vor, da tritt eine neue, tödliche Seuche auf, und der Gustl schleppt sie ausgerechnet mir ins Haus. Wir alle könnten bereits infiziert sein, ohne es zu wissen. Ich hab meine Böden und Türklinken jedenfalls schon mit Sterillium, Sekusept forte und Formalin desinfiziert, alles mit Weihrauch ausgeräuchert und drei Mal mit Schnaps gegurgelt. Und nächste Woche habe ich einen Termin zur Blutkontrolle ausgemacht. Das solltest du im Interesse deiner Gesundheit besser auch tun, sicher ist sicher. Ich kann dir gern etwas Sekusept und Formalin geben, davon hab ich noch genug.«

Die personifizierte Nächstenliebe.

»Das ist aber wirklich ausgesprochen nett von dir«, sagte ich, wobei ich mir jeden ironischen Unterton verkniff.

»Man tut, was man kann«, entgegnete Elsbeth, und ich war überzeugt davon, sie glaubte ihren Worten.

»Jetzt muss ich aber auflegen, ich hab noch ein paar dringende Erledigungen«, meinte sie schließlich und beendete recht abrupt das Gespräch.

Ich ließ mir die Sache noch ein paar Minuten durch den Kopf gehen, dann erinnerte ich mich an den Großputz zu Vincents Ehren.

Als ich erneut das Gästezimmer betrat, saß Alfred immer noch auf dem Bett und hielt den eingeschalteten Staubsauger reglos in der Hand.

***

Heute ist es so weit, war mein erster Gedanke, als ich kurz vor sieben die Augen aufschlug. Dank meiner gestrigen Putzorgie hatte ich zumindest tief genug geschlafen, um dem Tag einigermaßen gefasst entgegenzublicken. Ich erledigte meine Morgentoilette mit besonderer Sorgfalt, brühte mir eine Tasse starken Kaffee auf und betrat mit einem Stapel Kochbücher die Terrasse. Die Sonne schien, die Vögel zwitscherten, und ich hatte das Großreinemachen zu einem wahrhaft strahlenden Ende gebracht, fehlte nur noch ein opulentes Mahl. Schließlich stand schon bald mein Neffe vor der Tür, und der sollte nicht gleich bei seiner Ankunft eine Hausstauballergie riskieren. Oder gar verhungern.

Ich nahm den ersten Kulinarikratgeber vom Stapel und schlug das Kapitel »Festtagsmenü« auf. Schweinsbraten mit Morchelpüree. Undenkbar, es herrschten frühsommerliche Temperaturen, und die Morchelsaison war längst vorüber. Ich blätterte weiter. Rindsrollbraten an Steinpilzsoße, Roastbeef mit Trüffelfarce, Entenbrust mit Austernpilzen – dabei hatte die Schwammerlsaison noch gar nicht begonnen.

Ich griff nach dem nächsten Buch, als Berta mit einem Paket um die Ecke bog.

»Hast du schon von den sezierten Hendln gehört?«, fragte sie noch im Näherkommen. Ich nickte.

Sie ließ sich schnaufend in den Schaukelstuhl fallen, das Paket plumpste auf den Boden. »Ist das eine Hitze heute. Man könnte glauben, es wär schon August.«

Ich nickte erneut. Die Klimaerwärmung machte auch vor Oberdistelbrunn nicht halt. »Magst was zu trinken?«

»Kaffee wäre super. Und Wasser bitte. Ich glaub, mein Blutdruck hat seinen wöchentlichen Tiefstand erreicht.«

Kaum hatte ich Kaffee aufgebrüht und trat mit Tassen, Kanne, Milch, Gläsern und meinen selbst gemachten Kreislauftropfen zurück ins Freie, war Berta schon wieder auf den Beinen. Eingehend betrachtete sie das Fenster zum Gästezimmer.

»Sag mal«, sie sah mich fragend an, »seit wann strahlen deine Scheiben denn so? Noch dazu jetzt, wo diese verdammten Eschen mit ihrem Pollenstaub alles versauen. Ich kann mir schon die Vorhänge sparen, so blickdicht sind meine Fenster. Dabei wird überall vom großen Eschensterben berichtet, nur die drei Riesen auf Rudis Grund erfreuen sich bester Gesundheit.«

Ein böser Blick traf das Nachbarhaus.

»Ich weiß«, sagte ich, während ich Kaffee und Wasser verteilte. »Hier verstaubt auch alles. Aber die Scheiben hab ich gestern Nachmittag erst geputzt.«

»Und die Fensterbretter auf Hochglanz poliert«, stellte sie entgeistert fest. »Also genau genommen schaut es so aus, als hättest du sogar die Scharniere und Riegel einer Tiefenreinigung unterzogen.«

»Hab ich auch. Sogar desinfiziert«, fügte ich an.

Berta trat zurück an den Tisch, ließ sich erneut in den Schaukelstuhl plumpsen und sah mich mit aufgerissenen Augen an. »Du hast *was*?«

»Na ja, nach dem Reinigen hab ich noch etwas Hygienespray versprüht.«

»Und wozu soll das gut sein? Esst ihr neuerdings vom Fensterbrett?«

»Aber nein, natürlich nicht. Das habe ich wegen dem hohen Besuch heute gemacht«, versuchte ich dem Ganzen eine heitere Note zu verleihen. Im Nachhinein betrachtet hatte ich mit meinem Putzfimmel vielleicht wirklich etwas übertrieben. Daran war sicher Elsbeths blödes Geschwafel vom Vortag schuld. Die hatte mir diesen Floh beziehungsweise Virus ins Ohr gesetzt.

»Es kommt dein Neffe, nicht das Gesundheitsamt«, stellte mein Gegenüber trocken fest und schüttelte den Kopf.

»Da, nimm zehn Tropfen mit einem Glas Wasser ein«, wechselte ich das peinliche Thema und hielt Berta mein unschlagbar effizientes Kreislauftonikum hin.

Sie griff danach und meinte: »Also du musst echt aufpassen, dass man dich nicht mal der Giftmischerei verdächtigt.« Dann hielt sie sich die Nase zu und träufelte die Tinktur direkt auf ihre Zunge.

»Buh, die schmecken ja noch grauslicher, als sie riechen«, sie verzog den Mund, »was ist denn dadrin?«

»Jedenfalls kein Gift. Nur Rosmarin, Weißdorn, Schafgarbe, Herzgespann, Tausendgüldenkraut, Ingwer und eine Prise Apfelessig.«

»Die Prise ist aber sehr großzügig bemessen.«

Ich zuckte die Schultern. »Hauptsache, es wirkt.«

»Ja, eh.« Berta langte nach dem Wasserglas und trank es aus. »Aber um auf den Gustl zurückzukommen, das ist doch nicht normal, oder? Gegen ihn kann man ja so einiges haben, gegen seine Rosen sowieso, aber die Hendl haben doch niemandem was zuleide getan.«

»Wie meinst du das?«, fragte ich verständnislos.

»Ja, ich dachte, du wüsstest das schon von der Leichenfledderei?«

»Ich weiß, dass die toten Hühner obduziert wurden und der Arzt nichts gefunden hat, weshalb er die Viecher nach Wien zur Uniklinik gebracht hat.«

Berta grinste. »Mein Gott, da sieht man's wieder. Wer zu viel putzt, kriegt vom Leben nichts mit. Oder besser gesagt vom Sterben.«

»Ich kapier nichts, nun sag schon, mach's nicht so spannend.«

»Du wirst es nicht glauben, aber die Viecher fielen einem Giftanschlag zum Opfer.«

»Tollkirsche?«

»Nein, Eisenhut und Bilsenkraut.«

Ich starrte sie fassungslos an.

»Ich hab heute früh bereits Emma und Bobo beim Bäcker getroffen, und die hatten zuvor mit Elsbeth gesprochen, die wegen ihres Katers noch einmal beim Tierarzt gewesen war.«

Zur Informationseinholung war dieser Frau offenbar jedes Mittel recht. Der Kater tat mir schon beinahe leid.

»Aber warum? Und wer?«

»Keine Ahnung. Vergiftete Hühner sind ja nicht mal kochtopftauglich. Wozu bringt man die Viecher also um?«

»Vielleicht hat sich wer vom Krähen des Hahns gestört gefühlt?«

Die Leute wurden ja immer schwieriger.

»Kann ich mir nicht vorstellen. Dem Gustl sein Hof liegt im nahezu unverbauten Gebiet. Dort hat doch höchstens der Herr Pfarrer bei der Morgenandacht das Gegacker gehört. Oder Elsbeth. Aber die holt immer die Eier bei ihm, die wird bestimmt nicht ihre eigenen Nahversorger aus dem Weg räumen.«

Das stimmte allerdings.

»Vor allem nicht mit Eisenhut und Bilsenkraut. Eisenhut haben ja viele im Garten, blüht echt hübsch, aber wer hat schon Bilsenkraut?«

»Ich jedenfalls nicht. Ich wüsste nicht mal, wie Bilsenkraut aussieht, ich kenne das nur von den Hexenmärchen«, gestand Berta.

»Bilsenkraut, das im Übrigen auch Hühnertod genannt wird, ist ein ziemlich unauffälliges Nachtschattengewächs, das zwar recht attraktive kleine Blüten hat, dafür aber ausnehmend unangenehm riecht. Angeblich wie Mäuseurin, aber ich habe keine Ahnung, wie der Urin von Mäusen riecht. Als Zierpflanze jedenfalls bestimmt nicht erste Wahl.«

»Was du alles weißt.«

»Ich interessiere mich halt schon ewig für Naturmedizin. Und viele Giftpflanzen haben ja auch heilsame Seiten. Der Fingerhut etwa bei Herzproblemen oder Eibenrinde als Krebsmittel. Und das Schwarze Bilsenkraut ist da eine besonders interessante Pflanze. Die haben nicht nur Hexen in die Flugsalbe gerührt, die hat man seinerzeit auch als Narkosemittel verwendet. Oder ins Bier gepanscht, war sicher extrem berauschend. Wegen der oft tödlichen Nebenwirkungen wird die Pflanze heute aber nicht mehr medizinisch verwendet. Außer in der Homöopathie. Bei Husten, glaube ich, und Asthma.«

Berta nickte anerkennend. »Aus dir wäre wirklich eine tolle Giftmischerin geworden. Eigentlich ein Wunder, dass deine Schüler alle die Schulzeit überlebt haben.«

»Ich bitte dich, ich habe sogar noch einen Ehemann. Seit über dreißig Jahren. Der erfreut sich zwar nicht mehr bester Gesundheit, aber ohne meine Mittelchen ginge es ihm bestimmt noch viel schlechter.«

»Wahrscheinlich.« Berta goss sich Kaffee nach. »Aber zurück zu den Hühnern. Ich würde immer noch gerne den Grund für eine derart gemeine Aktion wissen. Wer kennt sich außer dir überhaupt so gut mit Giften aus, dass er das bewerkstelligen könnte? Ich für meinen Teil hätte halt einfach Rattengift genommen – oder Abflussreiniger.«

»Das habe ich mich auch gerade gefragt. Mir fällt aber nichts und niemand ein.« Noch mehr aber hatte ich mich insgeheim gefragt, ob Gustls vermeintlicher Herzinfarkt vielleicht auch auf pflanzlichem Wege verursacht worden war. Immerhin hatte ich auf Tollkirsche getippt, wegen der großen Pupillen. Nun ja, Bilsenkraut hatte eine ähnliche Wirkung, was das betraf.

»Egal, irgendwann kommt auch das größte Geheimnis ans Licht«, sagte Berta, für die das Thema erledigt schien, und bückte sich nach dem Paket auf dem Boden.

»Und jetzt reden wir von was anderem. Ich brauche nämlich dringend eine Entscheidungshilfe.« Sie zerrte etwas aus dem braunen Pappkarton, das wie ein Teppich aussah. Oder ein Duschvorhang. Es hatte Fransen, knisterte und war grellbunt mit exotischen Blüten bedruckt.

Doch das Ding war weder Teppich noch Duschvorhang, sondern ein Sommerkleid. »Also, was hältst du von dem?« Sie hielt sich den ärmellosen botanischen Garten kurz vors Dekolleté, dann streifte sie ihn über.

»Mhm, ein spannendes Muster«, murmelte ich. »Passt perfekt zur Jahreszeit. Und der Stoff scheint mir ausgesprochen gut zu sein. Offenbar knitterfrei und angenehm zu tragen. Aber lass auch mal das andere sehen.«

Sie legte die Blütenpracht ab und griff nach dem Alternativmodell, das ganz ohne Textilbepflanzungen auskam. Stattdessen bestand das zweite Kleid aus mondrianartigen Balken in Gelb, Violett und Schwarz. »Streifen machen bekanntlich schlank«, kommentierte sie das gute Stück.

»Die nicht«, holte ich sie auf den Boden der Tatsachen zurück. Ich mochte meine Nachbarin zu gerne, um nicht verhindern zu wollen, dass sie sich mitleidigen oder gar spöttischen Blicken aussetzte. »Probier noch mal das erste.«

Berta zwängte sich erneut in das florale Modell. Die Paradiesvogelblumen wirkten auf ihrem üppigen Busen zwar etwas verzerrt und die Bromelienblüte eher breit als hoch, aber alles in allem war es doch die eindeutig bessere Wahl.

»Das steht dir besser«, sagte ich, »es hat so was Fröhliches an sich. Und harmoniert auch gut mit deiner neuen Frisur.«

Was nicht einmal gelogen war.

»Danke. Dann gehen die Streifen retour, und die Blumen behalt ich für den großen Anlass.« Sie stopfte beide Kleider in die Schachtel zurück.

»Welcher Anlass?«, fragte ich.

»Na ja, die Gartenschau auf dem Schloss«, antwortete sie. Das klang zwar logisch, aber irgendwie glaubte ich ihr nicht ganz. Nach über dreißig Jahren Schuldienst hatte ich ein sehr ausgeprägtes Gespür dafür entwickelt, wenn Menschen mir etwas verheimlichen wollten oder eine Notlüge auftischten.

Aber ich insistierte nicht. Wie hatte Berta vorhin so weise bemerkt: Selbst die größten Geheimnisse kämen früher oder später ans Licht.

»Jetzt halt ich dich aber nicht länger auf«, sagte sie und kämpfte sich aus dem Schaukelstuhl hoch, »dann kannst du dich wieder in Ruhe deiner abendlichen Menüfolge widmen.« Sie hatte die vielen Kochbücher auf der Bank also bemerkt.

»Mir fällt einfach nichts Gescheites ein«, jammerte ich. »Entweder ist alles voller Pilze oder schlecht zum Aufwärmen, oder es passt nicht zur Jahreszeit, oder man bräuchte so Sachen wie Kokosmilchpulver, Tonkabohnen oder Rindsbackerl. Das kriegt man doch nirgendwo bei uns.«

»Mach doch faschierten Braten. Mein Patentrezept, wenn Gäste anstehen. Der ist schnell zubereitet und macht ordentlich satt. Und du kannst ihn problemlos stundenlang im Rohr warm halten.«

»Das ist es«, jubelte ich. Warum war mir das nicht selbst eingefallen? Mit Kartoffelpüree und grünem Salat. Einfach, schmackhaft und selbst für Freds dritte Zähne keine Herausforderung.

»Und ein paar harte Eier als Füllung«, sagte ich.

»Aber nimm ja keine von toten Hühnern«, erwiderte sie.

Dann trennten wir uns. Mich zog es an den Herd, Berta wahrscheinlich vor den Ankleidespiegel.

❊❊❊

Der Braten duftete bereits verführerisch aus dem Rohr, als Bremsen kreischten. Direkt vor unserem Haus. Dem Geräusch nach ergoss sich unmittelbar darauf ein Sprühregen aus Kieselsteinen über die emaillierte Vogeltränke, die auf dem Rasen neben unserer Zufahrt stand, gefolgt von einem lauten, blechernen Knall. Sekunden später – alles ging dermaßen schnell, dass ich nicht einmal die Ofenhandschuhe von den Händen bekam – klingelte es bereits an der Tür. Da ich meinen Mann mit der anspruchsvollen Aufgabe, eine Schüssel Schnittsalat zu holen, in den Garten geschickt hatte, musste ich wohl selbst aufmachen.

Vor der Tür stand mein Neffe. In der linken Hand hielt er einen kleinen Koffer, in der rechten ein gigantisches Blumenbukett. Von meiner Schwester keine Spur.

»Hallo, Tante Pauline«, sagte Vincent und hielt mir das prachtvolle Arrangement entgegen.

»Hallo, Vincent«, sagte ich und versuchte, mit den gepolsterten Ofenhandschuhen nach dem Gebinde zu greifen. Eine Umarmung schloss sich aus ergonomischen Gründen aus. »Bitte komm einfach weiter.«

Ich gab die Tür frei und wies mit dem Kopf nach drinnen. Das Gesteck war derart üppig ausgefallen, dass wir hintereinander gehen mussten.

Erst in der Küche reichte der Platz für ein Rangiermanöver ohne geknickte Stängel. Ich dirigierte den Neffen bis zur Bank, dann legte ich das traumhafte Gebinde achtsam auf der Anrichte ab.

»Wunderschön, wirklich wunderschön, vielen Dank«, sagte ich, »ich schau gleich mal nach einer Vase.«

Und schon machte ich auf dem Absatz kehrt und hastete die Kellertreppe hinunter, wo ich jedes Behältnis vom Regal nahm und eingehend in Augenschein nahm. Auch die, in die bestenfalls drei Gänseblümchen passten. Aber dadurch konnte ich Zeit gewinnen und mir ein paar nette Einstandsfloskeln überlegen. Leider fielen mir keine ein, weder nette noch weniger nette.

Was zum Teufel sagte eine dreiundsechzigjährige Frau zu einem halb erwachsenen Mann, den sie kaum kannte und den ihr eine böse Laune des Schicksals für fünfzig Tage ungefragt ins Haus setzte. »Fühl dich wie daheim?« Nein, ganz schlecht. Das war abgedroschen, und zudem hatte ich nicht die geringste Ahnung, wie Vincent sich zu Hause gefühlt hatte. Ein Leben mit Valerie Patrizia war sicher kein Zuckerschlecken.

»Wie hättest du es gerne?« Nein, das konnte ich auch nicht sagen, das hörte sich ja an wie eine Sexhotline. Ähnliches empfand ich bei »Hast du besondere Wünsche?« und »Was stellst du dir denn so vor?«.

Dabei ging es doch nur darum, miteinander locker ins Gespräch zu kommen, Berührungsängste abzubauen und die Erwartungen des anderen kennenzulernen, und das noch dazu unter Verwandten, wenn schon nicht guten Bekannten.

Ich kam dennoch auf keine passende Formulierung. Und ewig im Keller verweilen war auch keine Lösung. Ich würde verrotten, der Braten verkohlen und Vincent mit der Küchenbank verwachsen. Schweren Herzens griff ich nach einer passenden Vase und ging wieder nach oben. Aus der Küche drangen mir aufgeregte Stimmen entgegen.

»Und ich sag dir, Fiat ist ganz großer Mist, die rosten schon im Prospekt. Autos bauen können die in Turin einfach nicht, nur Fußball spielen. Juventus ist super. Fiat ist Mist«, sagte mein Mann.

»Wer ist Juventus?«, fragte der Neffe.

Ich traute meinen Augen nicht. Und meinen Ohren auch nicht. Vincent und Alfred saßen wie neue beste Freunde am Küchentisch und waren so sehr in ihre Konversation vertieft, dass sie meine Rückkehr nicht einmal bemerkten.

»Juventus Turin, eine ganz berühmte Fußballmannschaft. Die kennst du nicht? Lehrt man euch gar nichts mehr Nützliches in der Schule?«

Vincent lachte. Ganz unbefangen. Und ich hatte mir solche Sorgen gemacht. Zur Schwarzseherei hatte ich ein echtes Talent, zur Kommunikationsberaterin offenbar weniger.

»Es gibt gleich was zu essen«, sagte ich, stellte das Bukett in die Vase und griff nach der Schüssel mit dem Schnittsalat, die Fred neben sich auf den Tisch platziert hatte.

»Das ist ja Spinat«, entfuhr es mir.
»Aber er sieht aus wie Salat«, entgegnete mein Mann, »gleich grün, gleich geschmacklos.«
»Egal, ich liebe beides«, warf der Neffe ein.
Der Junge schien eine diplomatische Ader zu besitzen.
Während ich den etwas ledrigen Spinatsalat zubereitete, begann mein Mann, den Tisch zu decken. Der Junge war bestimmt schon ganz ausgehungert. Jungs waren ja angeblich immer ganz ausgehungert, selbst die etwas älteren Semester wie Fred, der hinter mir im Geschirrschrank kramte.
»Drei oder vier Teller?«, fragte er. »Also kommt deine Mutter noch oder nicht?«
Eine gute Frage.
»Nein, Mama lässt sich entschuldigen, aber sie hat es schon furchtbar eilig gehabt und gemeint, ich könne eh für mich selbst reden. Sie wird sich aber noch melden, bevor sie nach Nepal abhebt. Hat sie zumindest gesagt.«
Leere Worte, das wusste ich jetzt schon. Aber mit vollem Magen waren auch diese leichter zu ertragen.
»So, der Salat ist fertig. Dazu gibt's faschierten Braten mit Bärlauchpüree«, verkündete ich und stellte den dampfenden Topf mit dem Püree auf den Tisch. »Bedient euch bitte selbst.« Dann stellte ich noch den Salat dazu und trug die Platte mit dem Braten auf.
Vincent nahm sich einen Riesenberg vom Bärlauchpüree, dekorierte das Ganze mit einem statisch beachtlichen Berg Salat und begann mit großem Appetit zu essen. Rasch schob ich ihm die Platte mit dem Braten zu. Ebenso rasch schob Vincent die Platte wieder retour.
»Danke, Tante Pauline, aber ich esse kein Fleisch.«
Er aß kein Fleisch, wiederholte ich in Gedanken. Und das erfuhr ich jetzt, wo ich mir solche Mühe mit dem Essen gegeben hatte.
»Das ist aber schade für dich«, murmelte Alfred mit vollem Mund, »der Braten ist nämlich exzellent.«
»Bleibt dir mehr davon«, witzelte mein Neffe.
»Du musst dich nicht verpflichtet fühlen, nun auch noch

seinen Teil zu essen«, warf ich ein und versuchte, die Platte aus Freds Reichweite zu ziehen. Ein sinnloses Unterfangen.

Dass der Junge kein Fleisch aß und ich umsonst so viel Aufwand mit dem Abendessen betrieben hatte, verstimmte mich zwar, andererseits kam pflanzliche Kost meinen Vorstellungen von einer guten gesunden Küche durchaus entgegen. Wobei, seit der tragischen Sache mit Gustl war ich mir selbst nicht mehr ganz sicher. Statistisch gesehen war es offenbar weitaus wahrscheinlicher, durch eine Giftpflanze zu sterben als an einem Hühnerhaxn zu ersticken. Ich kannte jedenfalls niemanden, der unmittelbar nach einem Anfall von Fleischeslust verschieden war. Aber ich kannte mittlerweile etliche Opfer von Pflanzengift. Und der Gustl gehörte bestimmt dazu. Dessen war ich mir so gut wie sicher.

Verdrießlich schob ich meinem Gatten die Platte wieder hin und tröstete mich beim Gedanken an die Zeitersparnis durch Gemüsekost. Selleriecremesuppe oder Krautfleckerln ließen sich weitaus rascher zubereiten als eine gefüllte Kalbsbrust.

Daher beschloss ich, die kulinarischen Vorlieben meines Neffen von der positiven Seite zu sehen, und tat ihm als Zeichen meines guten Willens noch etwas Bärlauchpüree auf.

»Danke, Tante, schmeckt echt köstlich.«

Zumindest Manieren hatte der Junge.

»Was isst du denn eigentlich, wenn du kein Fleisch isst?«, wollte Fred wissen, während er rasch zwei Stück Braten auf seinen Teller manövrierte. Ein Leben ohne Fleischeslust überstieg vermutlich sein Vorstellungsvermögen.

»Ach, da gibt's total viel. Gemüseauflauf, Obstsalat, Nusspotitze, Sojaschnitzel, Räuchertofu, Hülsenfrüchte, Reisgerichte, Nudeln, Mandelmilchpudding, Seitan, Tempeh, Quinoa, lauter super Sachen.«

»Ah ja«, meinte mein Mann und sah dabei aus, als würde er schon beim Gedanken daran verhungern.

Kein Wort von Eiern, Fisch oder Käse.

»Sag, Vincent, bist du Vegetarier oder vegan?«, fragte ich, nun doch etwas verunsichert. Dinge wie Tempel, Kino oder Seiten konnte ich nicht mal buchstabieren, geschweige denn zubereiten.

»Eigentlich bin ich vegan, Tante. Aber hin und wieder mache ich schon auch Ausnahmen, wenn ich eingeladen werde oder wenn ich sicher weiß, dass die Eier von glücklichen Hühnern sind oder der Honig nicht industriell raffiniert worden ist. Aber Fleisch esse ich nie, Fisch auch ganz selten.«

»Und davon wird man satt?«, fragte Fred.

»Aber sicher, Onkel. Schau mich an. Ich hab fünfundsiebzig Kilo, geh täglich laufen oder Rad fahren und nage bestimmt nicht am Hungertuch. Und wie gesagt, manchmal gönne ich mir schon ein paar tierische Produkte. Eier etwa, ich mag Omeletts mit frischen Kräutern. Aber eben nur von glücklichen Hühnern, doch das sind bei euch hier bestimmt alle.«

Ich nickte, hatte seit Gustls vergifteter Gluckenschar aber durchaus meine Zweifel.

»Wenn du willst, kannst du mein Klapprad haben, das steht noch immer einsatzbereit im Schuppen«, meinte mein Mann.

Ich war ihm sehr dankbar für den Themenwechsel.

»Ich hab selbst eins mit, im Kofferraum«, erklärte Vincent. »Weißt du«, er wandte sich an mich, »Mama hat mir netterweise ihr Auto überlassen. Sie braucht es in Nepal ja nicht, und ich hab seit fast einem Jahr den Führerschein.«

»Na, wenn du so fährst, wie du bremst, dann nimm aber besser doch das Klapprad«, konnte ich mir einen kleinen Seitenhieb auf seine Ankunft nicht verkneifen. »Ich dachte schon, ein Hagelschauer würde uns aus heiterem Himmel heimsuchen.«

Vincent senkte betreten den Kopf. »Tut mir leid«, murmelte er. »Ich hab die Einfahrt zu spät bemerkt, weil ich gerade was auf meinem Handy nachgeschaut habe, und deshalb –«

»Wenn man Auto fährt, schaut man nicht aufs Telefon«, empörte sich Fred. »Da schaut man auf die Straße. Oder eben die Einfahrt. Du meinst wohl, in deinem Alter ist man unsterblich. Aber täusch dich da nicht. Ein Betonsockel treibt jedem Kopf die jugendlichen Flausen aus.«

»Stimmt. Da hat Alfred recht«, sekundierte ich meinem Mann. Das hätte uns gerade noch gefehlt, dass dem Jungen ausgerechnet in seiner Zeit hier bei uns was passierte.

»Aber es –«, versuchte der Neffe es mit einer Rechtfertigung, doch Fred und ich fielen ihm nahezu einstimmig ins Wort: »Kein Aber.«

Ich setzte meinen Lehrerinnenblick auf, und Vincent schlug schuldbewusst die Augen nieder und schob das letzte Spinatblatt auf seinem Teller betreten hin und her. Da ich das erste Abendmahl aber keinesfalls mit einem Missklang beenden wollte, sprach ich rasch das Thema »Willkommensparty« an.

»Übrigens, Vincent, ich habe mir gedacht, dass wir zu deinem Einstand in der dörflichen Gemeinschaft eine kleine Gartenparty veranstalten. Also mit einer lustigen Grillerei, kaltem Bier und heißen Rhythmen.«

Das hatte ich jetzt aber echt cool formuliert, fand ich, auch wenn Zucchini und Tofu vermutlich nicht der Renner unter der Landjugend sein würden.

»Eine gute Idee«, meinte auch mein Mann, dem Gartenfeten seit jeher ein Gräuel waren. Zu viele Menschen, zu viele Insekten, zu viel Lärm und zu wenig Koteletts auf der Glut.

»Finde ich auch«, fuhr ich fort. »Letztlich muss unser junger Mann ja irgendwo auf nette junge Mädchen treffen« – beinahe hätte ich »stoßen« gesagt, wie unfassbar peinlich –, »er kann sich nicht den ganzen Sommer lang mit uns Alten herumschlagen. Und da wir weder Discos noch Kino haben, sind Grillfeten zum Kennenlernen ideal. Du wirst sehen, auch hier am Ende der Welt haben wir ganz hübsche Mädchen.«

»Mhm.« Vincent räusperte sich, schwieg dann aber doch.

Fred studierte interessiert die Pfeffermühle, die seit unserer Hochzeit vor fünfunddreißig Jahren in Verwendung war.

Die Stille wurde hörbar.

»Mhm.« Vincent räusperte sich erneut.

Ich überlegte fieberhaft, was ich denn Falsches gesagt hatte. Vielleicht wollten junge Männer heute nicht mehr als junge Männer bezeichnet werden. Vielleicht schon gar nicht von der eigenen Tante. Oder mochte Vincent möglicherweise auch keine Gartenpartys? Aber das konnte ich mir nicht vorstellen. Wie ein Stubenhocker sah der Bub nicht aus, und Grillkohle war bestimmt kein tierisches Produkt.

»Mhm.«

»Ist dir ein Salatblatt im Hals stecken geblieben?«, erkundigte Fred sich teilnahmsvoll und wandte den Blick von der Pfeffermühle zum Neffen.

»Nein. Äh, ich, also …« Vincent räusperte sich erneut. Er blickte erst meinen Mann, dann mich an, holte tief Luft, schluckte einige Male und setzte erneut an. »Nein, also kein Salatblatt.«

»Magst du keine Gartenfeten?«, versuchte ich, ihm zu Hilfe zu kommen.

»Doch, ich liebe Gartenfeten. Aber die Sache ist so, also, mhm, ich mag keine Mädchen. Also, nein, das stimmt auch wieder nicht, ich mag Mädchen schon, aber nur als Freundinnen.«

Fred und ich nickten synchron, obwohl wir absolut nichts verstanden hatten.

»Also, ich mein Freundinnen im Sinne von Freundschaft, nicht von Verlieben. Wie soll ich sagen, ich sehe kein Mädchen an, und sei es noch so hübsch, und kriege Schmetterlinge im Bauch.«

»Aber das ist doch sehr weise«, sagte ich dumme Kuh, die immer noch nicht verstanden hatte, »man soll sich auch nicht gleich der Erstbesten hingeben oder nur den äußeren Reizen verfallen. Ich finde das sehr klug von dir, gerade in der heutigen schnelllebigen Zeit.«

Vincent starrte mich an.

»Nein, Tante, das ist es nicht. Ich, also ich verliebe mich nie in Mädchen, und ich werde mich auch nie in welche verlieben.«

»Das sagst du heute, du bist ja noch jung«, trat nun auch Fred in das Fettnäpfchen. »In deinem Alter bin ich auch nur auf Autos und Fußball gestanden.«

Das peinliche Schweigen, das darauf folgte, schien sich Stunden hinzuziehen, dabei hatte es sicher nur Sekunden gedauert, bis mein Neffe meinen gesellschaftlichen Ruf mit wenigen Worten ruinierte.

»Ich war und bin durchaus öfter verliebt. Aber nur in Männer.«

Das war eine Neuigkeit, ohne die ich gut und gerne noch den Rest meines respektablen Lebens verbracht hätte.

Das Schweigen nahm biblische Ausmaße an. Alfred hatte sich erneut in die verblasste Maserung der hölzernen Pfeffermühle vertieft, ich begann, das Besteck einzusammeln, und Vincent glättete gedankenverloren seine Serviette.

Nach gefühlten drei Wiedergeburten ließ er von der Serviette ab und meinte: »Ich bin eben schwul. Na und? Wir leben im 21. Jahrhundert. Der Bürgermeister von Hamburg war schwul, der von Berlin auch, Elton John, Oscar Wilde, Max Raabe, Boy George, Hape Kerkeling, Guido Westerwelle, ja sogar Tschaikowsky und Leonardo da Vinci haben Männer lieber gehabt. Und wurden dennoch berühmt.«

Fred und ich nickten wie in Trance, während Vincent unverändert seine Serviette malträtierte.

»Allein in Deutschland gibt es über fünf Millionen Homosexuelle. Und das ist gut so. Wir sind weder pervers noch gemeingefährlich, wir machen uns einfach nichts aus dem anderen Geschlecht. Ich sehe da kein Problem.«

Ich sah da ganz viele Probleme, hielt aber den Mund.

Mein Mann rang sich etwas ab, das mit viel gutem Willen als Lächeln durchgehen konnte, und begann, unaufgefordert den Tisch abzuräumen.

Vincent, dessen Apologie zugunsten der gleichgeschlechtlichen Liebe offensichtlich beendet war, sah mich erwartungsvoll an. Da ihm Fred, dieser Feigling, nur noch die Rückenansicht präsentierte, während er Teller und Besteck hingebungsvoll in den Geschirrspüler räumte, musste ich nun wohl allein Stellung beziehen.

Ich rang mir gleichfalls ein Lächeln ab. »Das ist ausschließlich deine Privatangelegenheit, wir werden uns da sicher nicht einmischen, ganz bestimmt nicht. Wir waren einfach ein wenig überrascht, sonst nichts.«

Wir würden uns nicht einmischen, aber das halbe Dorf ganz bestimmt. Noch heute hatte ich das ganze gemeine Gerede im Ohr, das nahezu in Rufmord ausgeartet war, nur weil die Brandtner Evi sich vor ein paar Jahren mit einem Italiener zusammengetan hatte. Dabei war der Bursche nicht einmal schwarzhaarig oder glutäugig gewesen, und er hatte sogar einigermaßen gut Deutsch gesprochen. Dennoch war stets von Katzlmacher, Spaghettifresser oder Mafioso die üble Nachrede gewesen. Erst dank der scheinbar unbefleckten Empfängnis der Witwe des Schützenvereinsobmanns waren die beiden jung Verliebten ein wenig aus der Schusslinie geraten. Nicht auszudenken, zu welcher Höchstform die örtlichen bösen Zungen beim Thema Homosexualität auflaufen würden.

Aber ich wollte meinem Neffen nicht gleich mit Unwetterwarnungen kommen, gerade jetzt, wo er nach seinem intimen Eingeständnis einigermaßen erleichtert wirkte. Und noch weniger wollte ich für Katastrophenstimmung sorgen, nachdem der arme Bub eben erst reinen Tisch gemacht hatte. Also besser einen strategischen Themenwechsel einlegen. Fred fand ohnedies, dass ich einen notorischen Hang zur Dramatisierung besaß.

»Ich zeig dir jetzt dein Zimmer«, sagte ich also, nahezu locker vom Hocker, und erhob mich vom Tisch, »du bist bestimmt müde.«

Dann nahm ich seinen Koffer und trat in den Flur.

Kein Problem, hatte er gesagt, überhaupt kein Problem. Der wusste einfach nicht, was Landleben bedeutete.

※※※

»Dein Neffe ist also schwul, mag weder Fisch noch Fleisch und hält sich außerdem für einen Formel-1-Piloten«, fasste Berta meine schlaflose Nacht perfekt zusammen.

»Genau. Ich kann es immer noch nicht fassen. Dabei ist es ein ganz lieber Junge.«

Meine Lieblingsnachbarin reckte sich ein wenig weiter über die Hecke, damit unser Gespräch unter vier Augen beziehungsweise Ohren blieb. »Also, dass er Extremvegetarier ist, halte ich jetzt für das geringere Problem. Wenn der Bengel nur Grünzeug futtert, kannst du dir wenigstens jede Menge teurer Zutaten sparen. Ich werd mal schauen, ob ich dir irgendwo ein Gemüsesuppenkochbuch auftreiben kann.«

»Aber was mach ich mit dem ganzen anderen Zeugs wie Tofu, Seiten, Kino und Tempeln. Wo krieg ich das überhaupt her?«

»Zerbrich dir nicht unnötig den Kopf. Quinoa, Tempeh und Seitan kriegst bei uns eh nicht, Tofu verwendest einfach wie Leberkäse. Schmeckt sowieso alles gleich. Ich hab nämlich mal eine Asia-Diät gemacht, aber dabei leider nur den Geschmackssinn verloren, keine Kilos.«

Ich nickte resigniert.

»Und was die Raserei betrifft, dagegen kannst du auch nichts tun. Das ist halt der jugendliche Übermut. Sind die Unsrigen hier auch nicht besser. Du kannst ihm ja nicht die Autoschlüssel wegnehmen oder täglich einen Reifen zerstechen.«

»Aber was, wenn er einen Unfall hat und im Krankenhaus landet?«

»Dann musst du dir wegen Problem Nummer eins nicht mehr den Kopf zerbrechen«, erklärte Berta ungerührt. »Dem Unfallchirurgen wird er bestimmt nicht an die Hosen gehen.«

Diese Frau besaß zeitweise ein Taktgefühl wie eine Rolle Stacheldraht.

»Und wenn er nur ein Hendl totfährt, was mach ich dann mit Problem Nummer eins?«, fragte ich etwas demoralisiert.

»Na ja, seit dem Gustl fast alle gestorben sind, rennen nicht mehr so viele herum«, tat sie auch diese Befürchtung unbekümmert ab.

»Aber kleine Kinder rennen noch herum. Oder Katzen?«

»Pauline, dein Neffe ist schwul, vegan und ein Raser, aber er ist nicht blind, oder? Er wird Haustiere und Kleinkinder von Straßenlaternen und Zaunpfosten unterscheiden können. Und wenn nicht, schmeißt du einfach den Autoschlüssel ins Klo. Hab ich mal bei meinem Ex gemacht. Das ist dann wirklich scheiße.«

Lachend schüttelte sie den Kopf, ohne ihr Haar zu bewegen, eine beachtliche Leistung. Gegen dieses klebrige Gelzeugs hatten die Gesetze der Physik offenbar keine Chance.

»Aber Autounfälle sind nicht so das Thema«, brachte ich unseren morgendlichen Tratsch wieder zurück zur Ausgangslage, »Thema ist der Vincent. Und …« Ich suchte nach einer Formulierung, die der Komplexität des Ganzen gerecht wurde, aber Berta kam mir zuvor.

»Und seine Liebe zu knackigen Männerärschen?«

Ich nickte betreten. Manchmal genierte ich mich selbst für meine mangelnde Fähigkeit, Dinge beim richtigen Namen zu nennen. Von wegen ein Blatt vor den Mund nehmen, bei mir war es oft ein ganzes Buch.

»Tja, wo die Liebe hinfällt«, versuchte ich mich in angewandter Entdramatisierung.

»Ehrlich gesagt finde ich, dass du mit deiner Panikmache gern ein wenig übertreibst«, meinte meine Klagemauer im Brustton der Überzeugung. »Solange der Junge nicht händchenhaltend mit einem anderen Jungen durchs Dorf spaziert, wird überhaupt niemand seine sexuelle Orientierung bemerken, glaub mir. Er trägt ja kein Plakat mit sich herum, auf dem ›Ich bin schwul‹ steht. Und dass er in knappen sieben Wochen, das sind gerade mal fünfzig Tage, ausgerechnet in Oberdistelbrunn die Homoliebe seines Lebens kennenlernt und diese unter dem Maibaum in aller Öffentlichkeit abschmust, halte ich jetzt auch für ganz, ganz unwahrscheinlich. Also reg dich ab, koch gratiniertes Hasenfutter und vergiss das Ganze. Kein Mensch wird je davon erfahren.«

Die berühmten letzten Worte. Dass Vincents sexuelle Orientierung wenige Tage später bereits die Titelseiten der Tageszeitungen einnehmen würde, konnte niemand ahnen. Nicht einmal ich mit meiner notorischen Schwarzseherei.

Noch aber wiegte ich mich dank Bertas tröstender Worte in Sicherheit und kam einigermaßen erleichtert auf die große Gartenschau im Schloss zu sprechen.

»Hundertsiebenundzwanzig Aussteller sollen dort vertreten sein, ein Wahnsinn. Endlich kriegt man auch hier bei uns mal mehr geboten als die jährlichen Balkonblumen- und Salatsetzlingstage im Heimwerkermarkt, wo dann drei Dutzend verkrüppelter Geranien auf lieblos arrangierten Europaletten traurig vor sich hin welken und einem der Gestank vom Grillhendl-Stand die Tränen in die Augen treibt. Hundertsiebenundzwanzig Aussteller, das macht, wenn jeder von ihnen auch nur zehn unterschiedliche Pflanzen im Angebot hat, allein schon tausendzweihundertsiebzig Stück. Ganz zu schweigen vom Rahmenprogramm, das die Schlossherrin angeblich selbst organisiert hat. Musik, Tanz, Essen, Trinken, Kunst und Kultur – an Attraktionen mangelt es ganz bestimmt nicht, die Gräfin wird wohl weder Kosten noch Mühe gescheut haben«, sagte ich zuversichtlich, obwohl ich sie in Wahrheit nicht leiden konnte. Drei Mal hatte ich mit ihr zu tun gehabt, drei Mal hatte sie mich abgewiesen wie einen verlausten Bittsteller.

»Sie hat sich ihren Titel nur erheiratet«, klärte Berta mich auf, »der echte Adelige ist ihr Mann. Sie hat zwar diesen riesigen Schuppen geerbt, aber der war total heruntergewirtschaftet und sie völlig bankrott. Der Graf hat Kohle und Titel eingebracht, sie die langen Beine und das hochnäsige Getue.«

Sie raschelte einen Moment in der Hecke herum, dann hielt sie triumphierend den Distelbrunner Anzeiger hoch. »Auf dem zwölf Hektar großen Areal werden nicht nur heimische wie exotische Pflanzen präsentiert, sondern auch alte Obstbaumsorten, seltene Beerensträucher, Steingartenpflanzen, Prachtstauden, Gemüseraritäten, Sukkulenten, Wildrosen, Zitrusgewächse und Ziergräser. Darüber hinaus finden Gartenliebhaber jede Menge stilvoller Möbel, innovativer Gerätschaften für die Arbeit im Grünen, gediegenes Kunsthandwerk, Naturkosmetika und exklusive Rosenölprodukte. Einen besonderen Reiz stellt natürlich das herrschaftliche Barockschloss Korallenburg dar, das Besuchern nun erstmals seine sonst ganzjährig geschlossenen Tore öffnet. Lauschige Wege und romantische Lauben laden zum Flanieren und Verweilen ein, drei Vinotheken, die Schlosstaverne und ein Dutzend Anbieter schmackhafter Genussprodukte sorgen für lukullische Gaumenfreuden. Freitag bis Sonntag, jeweils neun bis achtzehn Uhr.«

Berta leckte sich vorfreudig die Lippen. »Spannend wird es in jedem Fall, da hast du schon recht. Ich schlage vor, dass wir uns morgen früh gleich gegen acht im Sonntagsgewand treffen, um vor Ort zu sein, wenn sie aufsperren. Da ist es noch nicht so heiß und das Gedränge noch nicht so arg.«

»Außer alle sehen das ähnlich«, warf ich ein.

»Hugh, unsere Fachfrau für Pessimismus hat gesprochen«, erwiderte Berta. »Und jetzt geh, damit dein schwules Kaninchen nicht verhungert.«

Ich zuckte zusammen, enthielt mich aber einer Antwort. Mir wäre ohnedies nichts Schlagfertiges eingefallen. Grußlos wandte ich mich ab und meinen gastgeberischen Pflichten zu, als mich ein weiterer Zweifel beschlich.

»Du, Berta, ich muss dich noch was Dringendes fragen«, rief ich zur Hecke zurück. An der Stelle, an der wir nahezu täglich die Köpfe zusammensteckten, bildeten die mittlerweile recht ramponierten Zweige bereits eine kleine Kuhle. Beruhigenderweise hatte meine Nachbarin eine Glanzmispelvariante ohne Dornen gepflanzt.

»Brauchst noch ein Gemüsesuppenrezept?«, lachte Berta mich an. Oder auch aus. Bei ihr konnte man das nie so genau sagen.

»Aber nein, es geht um was Ernsteres.«

»Ja?«

»Mein Mann rennt oft nur in Unterwäsche herum, was mir ja egal ist. Also bislang. Aber jetzt, wo der Vincent da ist, meinst, das kann irgendwie verhängnisvoll werden?«

»Beim Alfred?«

Berta bekam einen Lachanfall, der bestimmt bis ins Dorf zu hören war.

»Danke, das ist Antwort genug«, meinte ich pikiert und wandte mich endgültig zum Gehen.

***

Als ich wieder ins Haus trat, saß Fred noch immer auf dem Fernsehsessel im Wohnzimmer und sah der Sonne beim Scheinen zu. Seit Stunden. Womöglich saß er schon seit Tagesanbruch da. Ich hatte bereits die Einkäufe für das gesamte Wochenende erledigt, Kartoffelgulasch, Zwiebelkuchen und Apfelstrudel vorgekocht, da ich während der Gartenausstellung bestimmt keine Zeit haben würde, um am heimischen Herd zu stehen, Wäsche gewaschen, mit meiner Nachbarin getratscht und mir die Hornhaut von den Füßen entfernt. Im Unterschied zu meinem Mann, der sich noch nicht einmal von seinem Schlafgewand getrennt hatte.

»Was sitzt du eigentlich die ganze Zeit da?«, erkundigte ich mich.

»Ich denke nach«, antwortete Fred, ohne den Blick vom Fenster zu wenden.

»Worüber denn?«

»Über den Tod.«

Mit dieser Antwort hatte ich nicht gerechnet. Ganz und gar nicht.

»Warum? Was ist passiert? Fühlst du dich schlecht? Hast du ein Druckgefühl in der Brust?«

In Freds Alter und bei seinem angeschlagenen Gesundheitszustand stellte ein Herzinfarkt eine durchaus mögliche Alternative zum Insulinkoma dar. Besorgt trat ich zum Fernsehsessel und griff nach seiner Hand, um den Puls zu fühlen.

»Lass das, mir geht es gut, aber die Karten bereiten mir Sorgen.«

»Deine Sorgen möchte ich haben«, entgegnete ich unwirsch und ließ seine Hand wieder los.

»Aber der Tod und das Schicksal sind eine ganz böse Kombination«, sagte Fred.

»Dein Lebenswandel und deine Zuckerwerte sind auch eine ganz böse Kombination«, sagte ich und trat ans Fenster. Mir war, als hätte ich bei Rasenmäh-Rudi Gestalten im Garten gesehen.

Fred murmelte etwas, das »Leck mich doch« hätte heißen können.

»Was hast du gerade gesagt?«, fragte ich nach und drehte mich abrupt zu meinem Gatten um, den bösen Lehrerinnenblick im Gesicht.

»Ich hab ›Weiß ich doch‹ gesagt«, dabei blickte er mich treuherzig an, »ich sollte mich mehr bewegen und weniger essen, sonst kann ich mir die Erdäpfel bald von unten ansehen, weil was ich da mache, ist Sterben auf Raten.«

Hin und wieder hörte mir Fred offenbar doch zu. Allerdings hatte ich mich diesbezüglich wahrscheinlich auch schon Tausende Male wiederholt. Ich wollte gerade noch anmerken, dass das alles ja nur zu seinem Besten sei, als Fred erneut das Wort ergriff.

»Aber glaub mir, Paula, ich mag vielleicht auf Raten sterben, tun letztlich doch viele, die einen früher, die andern später, ich werde zumindest nicht hungrig sterben, aber die Karten reden von einem Tod, der unmittelbar bevorsteht. Einem Tod, der uns betrifft und der irgendetwas mit dem Teufel zu tun hat.« Er sah mich nahezu flehentlich an. »Und erinnere dich, die Karten lügen nie.«

»Ach, als es um unsere Reise nach Sylt ging, haben die Karten aber ordentlich gelogen. Der ganze Urlaub war ein Fiasko sondergleichen. Selbst die Fähre wäre beinahe untergegangen. Und bei der Sache mit den garantiert gewinnbringenden Aktienpaketen haben sie auch danebengelegen. Was uns teuer zu stehen gekommen ist. Von deinem vermeintlichen Prostatakrebs will ich gar nicht reden.«

Beim Gedanken daran bekam ich heute noch Panikzustände. Wochenlang hatte mein Angetrauter sich Sterbevorbereitungen hingegeben, weil er Schmerzen beim Harnlassen verspürt, aber jeden Arztbesuch verweigert hatte. Seine Eigendiagnose, erstellt dank einer Fehlinterpretation der verdammten Karten, hatte ihm genügt. Als er nach drei Wochen immer noch am Leben war, entpuppte sich das Krebsgeschwür als Insektenstich, unter dem meine Nerven bestimmt mehr gelitten hatten als seine Hoden.

»Das ist Jahre her, da hab ich mich noch nicht so gut ausgekannt. Es genügt eben nicht, Tarotkarten nur zu legen, man muss sie auch richtig deuten können. Und das braucht seine Zeit. Damals hab ich halt noch vieles falsch gesehen.«

»Und jetzt, wo du eine neue Brille hast, siehst du auf einmal alles richtig?«

Das war gemein, zugegeben, aber diese Prophezeiungen gingen mir ebenso auf die Nerven wie die der Zeugen Jehovas. Und mehr Glaubwürdigkeit traute ich auch Gustls komischen Karten nicht zu. Meiner Ansicht nach lag deren Trefferquote eher bei der einer Wettervorhersage.

»Du kannst dich ruhig über mich lustig machen, aber denk an deine Schwester und deinen Neffen. Der Bube der Kelche hat alles vorhergesagt. Und mit dem Tod ist noch weitaus weniger zu scherzen als mit deiner Schwester. Vor allem, wenn er in Kombination mit dem Schicksal und dem Teufel auftritt.«

Ich versuchte, das ungute Gefühl zu verdrängen, das mich

beim Wort »Teufel« befallen hatte, und fragte stattdessen: »Wo ist Vincent eigentlich? Den hab ich heute noch gar nicht gesehen. Sein Wagen steht auch nicht in der Einfahrt.«

»Der ist weg. Also irgendwo unterwegs. Er hat einen Zettel auf der Vorzimmerkommode hinterlassen.«

Fred griff in die Tasche seines abgewetzten Morgenmantels und reichte mir ein zerknittertes Stück Papier: »Bin mit einem Freund unterwegs. Bitte kocht nichts für mich, ich esse auswärts. Könnte spät werden.«

Und das erfuhr ich erst jetzt. Ich hatte nicht nur nicht »nichts« gekocht, ich hatte Vorräte für eine ganze Fußballmannschaft angelegt. Verärgert knüllte ich den Zettel wieder zusammen und legte ihn auf den kleinen Couchtisch, auf dem eine gleichfalls zerknüllte Prinzenrolle lag. Und das kurz vor dem Mittagessen.

»Ich dachte, du hast nur nachgedacht«, sagte ich und hielt Alfred die leere Kekspackung wie eine Anklageschrift vors Gesicht. »Und dann eine ganze Rolle, wo das Kartoffelgulasch schon fertig in der Küche steht.«

»Paula, du hast keine Ahnung, wie anstrengend die Beschäftigung mit Karten sein kann. Tarotkarten sind eine Wissenschaft, die echt an die Substanz geht. Da braucht man was zwischen die Zähne. Kauen beruhigt die Nerven, und Schokolade liefert Energien.«

»Das tun Selleriestangen auch. Du kannst ewig daran kauen, und als Gehirnnahrung taugen sie sowieso besser.«

Freds verstörtem Blick nach zu urteilen, hatte er keine Ahnung, was Selleriestangen waren.

»Möglich«, murmelte er und betrachtete versonnen die Lichtreflexe auf dem Fenstersims, »aber die hab ich in der Eile nicht gefunden.«

Ich sparte mir jeden Kommentar. Wie eilig konnte ein siebzigjähriger Pensionist mit Gichtzehen es schon haben, von der Küche zum Fernsehsessel zu gelangen, um dort in eine Art Wachkoma zu verfallen.

»Wenn du Lust auf Kartoffelgulasch hast, brauchst du es dir jedenfalls nur aufwärmen«, sagte ich entsprechend verstimmt,

»das hab ich diesmal mit getrockneten Steinpilzen und Rotkappen verfeinert.«

Dem Neffen zuliebe, der nun gar nichts essen wollte, weil er mit irgendeinem Freund die Gegend unsicher machte. Ich fragte mich, woher dieser »Freund« wohl kam, Vincent kannte doch gar niemanden hier. Seine Abwesenheit passte mir jedenfalls nicht, stellte ich fest, obwohl ich mit seiner Anwesenheit auch nicht ganz glücklich war. Innerlich genierte ich mich ein wenig für meine widersprüchlichen Gefühle. Es brauchte keine Faust'sche Tragödie, um zwei Seelen in einer Brust zu beherbergen, ich schaffte das bei ganz alltäglichen Anlässen. Etwa bei Friseurbesuchen. Zuerst litt ich wochenlang unter meiner fassonlosen Frisur und gelobte mir täglich Besserung durch einen neuen Haarschnitt; und war ich dann endlich beim Friseur gewesen, missfiel mir das Ergebnis auch wieder wochenlang. Mit meinem Neffen erging es mir offenbar ähnlich.

»Ich mach mir Sorgen um Vincent«, griff Alfred das Thema auf, als könnte er meine Gedanken lesen. »Was, wenn er einen Unfall gebaut hat? Er kennt unsere Straßen nicht, wollte vielleicht einen Traktor überholen oder diesen unbekannten Freund mit seiner besonders sportlichen Fahrweise beeindrucken, hat dabei die Kurve zu knapp geschnitten, ist einem Reh ausgewichen …«

Er wirkte tatsächlich beunruhigt, was mir gar nicht gefiel. Das Ausmaß meiner Schwarzseherei genügte locker für zwei. Zudem schadete Aufregung seinem Blutdruck, der im diastolischen Bereich immer noch viel zu hoch war, obwohl ich ihm täglich Mistelpulver und Ackerschachtelhalm ins Essen rührte und literweise Melissen- und Brombeerblättertee ansetzte. Aber wenn man stattdessen zu Schokokeksen griff und seinen Tee in den Abfluss schüttete, half die Naturmedizin natürlich wenig.

Erneut spürte ich Ärger in mir aufsteigen. »Mal den Teufel bitte nicht an die Wand«, sagte ich recht ungehalten, »der hat eh schon den Pfarrer geholt.«

»Der Teufel hat den Pfarrer geholt?«, echote Alfred und war auf einmal ganz Ohr. Er hatte sogar aufgehört, sich seinen linken großen Zeh zu kratzen, und starrte mich entgeistert an.

»Ja, behauptet zumindest die Elsbeth. Gustl hatte sich vom

Pfarrer ja eine Teufelsaustreibung erhofft, bekam aber zuvor einen Herzinfarkt, doch später hat er, also der Pater Ägydius, den Teufel noch persönlich aufsuchen wollen, um ihm ins Gewissen zu reden und die Herrgottslatschen viere zu richten. Und seitdem ist er verschwunden, also der Pfarrer, nicht der Teufel. Nur sein Wagen ist angeblich wiederaufgetaucht.«

Ähnlich dem Giftanschlag auf Gustls Hühner kam mir auch diese Geschichte schlichtweg grotesk vor, sobald ich sie jemandem erzählte, obwohl sie, was die phantastischen Elemente betraf, durchaus zu Freds tarotisierenden Schauermärchen passte.

Mein Mann starrte mich immer noch völlig verdattert an, als unvermutet die Hölle losbrach, zumindest in akustischer Hinsicht. Von draußen erhob sich ein Knattern und Kreischen, als würde ein Drohnengeschwader angriffslustig gegen Bäume und Dachrinnen schrammen. Metallisches Knirschen und botanisches Ächzen wechselten sich in ohrenbetäubenden Frequenzen ab.

Ich blickte aus dem Fenster. Rasenmäh-Rudi war unüberhörbar aus dem Urlaub zurück und ratterte mit schwerem Gerät durch den Garten. So wie es sich anhörte, verfügte sein Rasenmähtraktor sogar über einen integrierten Häcksler samt Vertikutierfunktion. Da es zwei Wochen lang kaum geregnet hatte, war das Gras allerdings eher verdorrt als in die Höhe geschossen, weshalb statt grüner Halme vermehrt braune Erdbrocken im Auffangkorb landeten, aber Rudi liebte derartige Frischluftbeschäftigungen im dezibellastigen Bereich. Ich nicht. Doch bevor ich meinem Missfallen lautstark Ausdruck verleihen konnte, klopfte es an der Tür, und im selben Moment begann auch noch das Telefon zu läuten.

»Mach du auf«, sagte ich zu Alfred, »ich nehme ab.«

Am Apparat war Berta, die mich lautstark darüber informierte, dass sie gerade vom investigativen Dorftrottel aufgesucht worden war. Ich räusperte mich und hielt rasch eine Hand über den Hörer, weil der investigative Dorftrottel soeben unser Vorzimmer betreten hatte.

»Ich hab leider gar kein griffiges Mehl mehr daheim«, schnitt ich weitere wenig schmeichelhafte Bemerkungen über unseren

Dorfpolizisten Franz Kapplhuber ab, hoffte auf ihr Verständnis und legte rasch auf.

Kapplhuber mochte ein beruflicher Blindgänger sein, aber er war bestimmt nicht taub. Der Abstand zwischen Telefon und Haustür betrug gerade mal einen Meter, und Bertas Resonanzvolumen lag nur unwesentlich unter Rudis Rasenkastrationskrawall. Er würde also jedes Wort verstehen, und das wollte ich nun doch vermeiden.

Der Inspektor stand derweil im Türrahmen und drehte verlegen seine Mütze zwischen den Händen. Dass mein Mann ihm zur Mittagszeit im Pyjama geöffnet hatte, schien den dörflichen Gesetzeshüter nicht im Geringsten zu verwundern, aber mein Anblick schien ihn nach wie vor zu verstören. Dabei waren beinahe drei Jahrzehnte vergangen, seit er bei mir die Volksschulbank gedrückt hatte. Wegen seiner fürchterlichen Faulheit hatte ich den Ohrwaschl-Franzi, wie er damals von allen genannt worden war, mehrmals zum Nachsitzen verdonnert, um ihm die Buchstabenlehre näherzubringen. Dabei war der Bub nicht dumm gewesen. Was das Erfinden von Ausreden und das Entwickeln von Arbeitsvermeidungsstrategien betraf, hatte er sogar eine beachtliche Genialität bewiesen, doch sinnvolle Sätze in leserlicher Schrift auf saubere Seiten zu bringen, das war ihm nie gelungen.

Ich konnte mich noch gut erinnern, wie ich der ganzen Klasse aufgetragen hatte, über die Sommermonate einen Aufsatz zum Thema »Mein schönstes Ferienerlebnis« zu schreiben. Alle hatten brav von kindlichen Abenteuern berichtet, von Badeausflügen und Verwandtenbesuchen, von Schokokuchenpartys und Baumkletteraktionen, von einer Radtour am Fluss oder den ersten selbst geschnitzten Pfeilen fürs Cowboy-und-Indianer-Spiel, nur der Franzi nicht. Er hatte den wohl kürzesten Bericht meines gesamten Lehrerinnendaseins abgeliefert, acht Wochen Sommerferien komprimiert zu wenigen Worten, von denen die Hälfte auch noch falsch geschrieben waren: »Hab eigendlich nichts gmacht. Nur in den Himel gschaut. Wahr echt super.« Daneben ein paar furchtbare Flecken im Schönschreibheft, die nach Himbeer- oder Erdbeereis ausgesehen hatten, vom Franzi aber mit einem durch die Höhenluft verursachten Nasenblutanfall erklärt worden waren. Er habe den Himmel von der obersten Sprosse einer Leiter aus beobachtet, die daheim an der Dachrinne gelehnt hatte, und war dann so rasch nach unten geklettert, um seine Betrachtungen zu Papier zu bringen, dass ihm versehentlich etwas Blut auf die Seite getropft war.

Natürlich hatte ich ihm kein Wort geglaubt. Was in gewisser Hinsicht ein Fehler gewesen war, denn der Ohrwaschl-Franzi hatte offenbar schon seinerzeit den Drang verspürt, recht hoch hinauszuwollen. Nur wenig später hatte er durch den Bau der ersten Drohne im ganzen Tal eine gewisse lokale Berühmtheit erlangt, und heute zählte er längst zu den talentiertesten Produzenten unbemannter Luftfahrzeuge – wie diese Dinger offiziell hießen – weit und breit. Und seinen eigenen Dienstgeber konnte er vermutlich auch schon korrekt zitieren; damals hatte er immer von der »Pozilei« geschwärmt und wurde dafür ausgelacht, heute wusste ich längst, dass der arme Bub einfach nur Legastheniker gewesen war, aber zu meiner Dienstzeit hatten wir ja keine Ahnung von solchen Beeinträchtigungen gehabt, da hatte man entweder als faul oder als dumm gegolten, und wir Lehrer hatten von Pädagogik nicht viel mehr verstanden als von Zwölftonmusik oder Weinsensorik. Nun, das war heute alles anders. Der Ohrwaschl-Franzi war mittlerweile zum Revieroberinspektor mutiert, mit beinahe normal dimensionierten Ohren, Pädagogikunterricht war für angehende Lehrende längst verpflichtend, nur das echte Verbrechen hatte sich größtenteils fern von Oberdistelbrunn gehalten. Sah man von vergifteten Hühnern, verdächtigen Herzanfällen und verschwundenen Geistlichen einmal ab.

Daher maß ich dem Erscheinen Kapplhubers keine besondere Bedeutung bei.

Da mein Mann sich kommentarlos zurückgezogen hatte, bat ich den Inspektor höflich weiter.

»Bitte, Herr Inspektor, einfach hier lang, ich mach Ihnen gleich einen Kaffee«, säuselte ich bemüht freundlich, da mir die Sache mit der verkannten Legasthenie heute noch leidtat. Was musste der arme Bub gelitten haben. Außerdem wusste ich immer noch nicht, ob man als pensionierte Lehrerin seine ehemaligen Schüler besser mit Du oder mit Sie ansprechen sollte. Über derartige kommunikative Stolpersteine wurde einem bei Pensionsantritt nichts verraten.

»Danke, lieb von Ihnen«, murmelte derweil der Inspektor, der bestimmt nichts von meinem Dilemma ahnte, betrat vorsichtig das Wohnzimmer und blieb unentschlossen vor Freds Fernsehsessel stehen.

»Bitte, nehmen Sie doch Platz«, forderte ich ihn auf und schob den bequemen Fauteuil einladend in seine Richtung. »Sie sind sicher schon müde von der ganzen Lauferei. Ich bring Ihnen gleich eine Stärkung.«

Auf dem Weg in die Küche griff ich noch rasch nach einem Sofakissen und reichte es dem Polizisten, der sich vorsichtig auf dem Sessel niederließ, die Uniformkappe fest an sich gepresst.

Als ich nach wenigen Minuten mit Kaffee und Keksen wieder ins Wohnzimmer trat, saß auch mein Mann bereits dort. Er hatte es sich im Trainingsanzug auf dem Sofa bequem gemacht und sah dem Teller mit dem Kleingebäck erwartungsvoll entgen.

Ich stellte Kekse und Kaffee vor den Inspektor hin, bedachte Fred mit einem »Wage es nur ja nicht«-Lehrerinnenblick und setzte mich neben ihn aufs Sofa. Dabei zischte ich ihm »Erdäpfelgulasch« ins Ohr.

Laut hingegen fragte ich den Polizisten: »Sind Sie wegen dem Pfarrer oder Gustls Hühnern hier?«

Der Inspektor neigte ein wenig den Kopf, während er sich bedächtig ein Schokoplätzchen in den Mund schob. Mir fiel auf, dass er sehr zarte Hände hatte, mit langen, schlanken Fingern und gepflegten Nägeln, ganz wie ein Künstler, was man bei seinem sonst eher grobschlächtigen Erscheinungsbild gar nicht vermuten würde. Seltsam, dass ich das früher nie bemerkt hatte.

»Wegen dem Pfaff, äh, Pfarrer«, sagte er.

»Wie kann ich dir, äh, Ihnen da weiterhelfen?«, fragte ich, um das bedrückende Schweigen zu brechen.

»Vermutlich gar nicht«, er zuckte resigniert mit den Schultern, »der Pater scheint wie vom Erdboden verschluckt, nur sein Auto ist auf dem Parkplatz vor dem offen gelassenen Soldatenfriedhof in Unterdistelbrunn wiederaufgetaucht. Unverschlossen, die Schlüssel haben noch gesteckt. Niemand hat etwas gesehen, niemand was gehört. Der verfallene Friedhof wird allerdings seit Jahrzehnten nicht mehr benutzt.«

Ich nickte zustimmend. Elsbeth hatte das mit dem Auto ja bereits erwähnt, und den Soldatenfriedhof kannte ich auch. Das Gelände des einstigen Gottesackers war völlig verwildert und fast zur Gänze von Brombeerbüschen, Springkraut, Stechpalmen und Riesenbärenklau überwuchert, weshalb selbst hormongesteuerte Jugendliche und heimlichtuerische Ehebrecher diese gottverlassene Gegend zumeist mieden. Blutige Kratzer und schmerzhafte Brandblasen auf der Haut waren wahrscheinlich noch auffälliger als Knutschflecken, die man mit einem Schal zumindest notdürftig verdecken konnte.

Vor etlichen Jahren, als Bobo einen schneeweißen Königspudel besessen hatte, waren wir auf der Suche nach Holunderblüten selbst mal dort vorbeigewandert. Schon bald hatte der Hund sich hoffnungslos in den dornigen Ranken verfangen und musste von uns mit Hilfe meiner Nagelschere befreit werden. Ein mühseliges Unterfangen, bei dem das Tier Dutzende weiße Fellknäuel opfern musste, die weithin sichtbar am Gestrüpp hängen geblieben waren. Zur Freude der Vögel, die diese flauschigen Fasern bestimmt als kuscheliges Nistmaterial verwendet hatten, und zum Entsetzen von Bobo, die wochenlang mit einem Pudel spazieren gehen musste, der ausgesehen hatte, als würde er unter Mottenfraß leiden. Bei der Gelegenheit war mir auch der Riesenbärenklau aufgefallen, ein invasiver, gesundheitsgefährdender und bis zu drei Meter hoher Neophyt aus dem Kaukasus, der bei UV-Strahlung schwerste Hautschäden hervorrufen konnte, selbst wenn die auch als Herkulesstaude bekannte Giftpflanze von Goethe hoch verehrt wurde. Ich jedenfalls hegte keine Bewunderung für dieses gigantische Gewächs und hatte den Bestand umgehend gemeldet. Passiert war allerdings nichts, denn weder die Gemeinde noch die Kirche hatten sich für eine entweihte Grabesstätte zuständig gefühlt. Dass Pater Ägydius also ausgerechnet dort eine kleine Andacht eingelegt hatte, hielt ich für absolut ausgeschlossen. Niemand trieb sich freiwillig dort herum, was ich dem Inspektor auch sagte.

»Ich hab mich selbst ein wenig umgesehen, wirklich schwer zugänglich dort. Daher hab ich zwei meiner besten Drohnen aufsteigen und das gesamte Gebiet zwischen Pfarre und Friedhof abfliegen lassen, aber ohne Erfolg. Entdeckt hab ich nichts außer ein paar Füchsen zwischen den Grabsteinen, eine rostige Badewanne im Herrschaftswald und zwei Nackerte auf einem Hochsitz.« Kapplhubers Ohren nahmen eine leicht rötliche Färbung an. Verlegen räusperte er sich und nahm einen Schluck Kaffee. »Dabei hat Kilroy 2 eine Hasselblad-Kamera, der entgeht absolut nichts.«

»Aber irgendwas muss er auf dem Soldatenfriedhof ja gewollt haben«, sagte ich nach einer längeren Nachdenkpause.

Erneut zuckte der Inspektor die Schultern und nahm einen Schluck Kaffee, als Rasenmäh-Rudi mit seinem Traktor den Straßenrand direkt vor unserem Haus in Angriff nahm. Vor Schreck stellte Kapplhuber die Tasse derart abrupt ab, dass die Flüssigkeit auf den Keksteller schwappte.

»Das ist nur der Nachbar, der macht immer so einen Krawall«, erklärte ich die Lärmoffensive, »das nennt er Grünraumpflege.«

»Dem sollte auch mal wer den Mähteufel austreiben«, meinte Fred, erhob sich ungefragt und zog die schweren Samtvorhänge zu.

»Danke«, murmelte ich und reichte meinem Mann zwei Kekse.

»Danke«, murmelte auch der Inspektor, bevor er wieder auf Pater Ägydius zu sprechen kam. »Eine Augenzeugin, die ihn vermutlich als Letzte unversehrt gesehen hat, hat eine Verabredung mit dem Teufel erwähnt. Haben Sie auch davon gehört?«

»Ja, das stimmt, so hat Elsbeth es mir auch erzählt. Also, dass er zu einem Teufel wollte, um ihm ins Gewissen zu reden und die Herrgottslatschen viere zu richten«, bestätigte ich die behördliche Version.

»Aber mehr wissen Sie auch nicht, oder? Also wer dieser Teufel verdammt noch mal sein könnte. Ob es dieselbe Person ist, die dem Gansterer die Hühner vergiftet hat. Der Pfarrer hat ja gleich nebenan gewohnt, der könnte schon etwas Verdächtiges bemerkt haben.«

Der Inspektor sah zunehmend aus wie ein großer Haufen

Elend, der arme Mann war bestimmt hoffnungslos überfordert. Außer Vaterschaftsstreitigkeiten bei der Braunviehzucht, aus Rachsucht zerstochenen Traktorreifen oder promillebedingten Wirtshausprügeleien war hierzulande noch nie etwas Kriminelles vorgefallen. Gut, nach Feuerwehrfesten wurden oft ein paar betrunkene Spritzenmänner vermisst, aber die tauchten regelmäßig in irgendeinem Straßengraben wieder auf. Und vor ewigen Zeiten war der Bobo zweimal der Pudel abhandengekommen, aber auch der hatte sich bald wiedergefunden. Innig vereint mit einer läufigen Spanielhündin. Bobo hatte sich zu Tode geniert und dann auch noch Alimente bezahlen müssen. Aber unser Herr Pfarrer war kein Kandidat für eine amouröse Auszeit. So wie der aussah, verkehrte er bestimmt nur in religiösen Sphären, im Klostergarten oder mit Bücherwürmern.

»Nein, ich hab leider auch keine Ahnung. Ich versteh nicht, warum man dem Gustl die Hühner vergiftet hat, und was für einen Teufel der Pfarrer besuchen wollte, weiß ich auch nicht. Ich kann mir nur vorstellen, dass das eine mit dem anderen zusammenhängt. Es muss einen Hühnerhasser im Dorf geben, vielleicht hat den Gustl auch wer gehasst. Und Pater Ägydius hat das irgendwie mitbekommen.«

Die ganze Sache war ausgesprochen mysteriös. Und wurde zunehmend bedrohlicher.

»Wer sollte was gegen den Mann und seine Hendl gehabt haben? Der hat doch völlig zurückgezogen gelebt«, gab der Inspektor zu bedenken.

»Kann mir auch niemanden vorstellen«, gestand ich ein, »aber ist der Bauer denn wirklich an einem Herzinfarkt verstorben? Die Hühner wurden doch auch vergiftet, und die Symptome vom Gustl würden besser zu Eisenhut und Bilsenkraut als zu einem Infarkt passen. Er hatte erweiterte Pupillen, so einen richtigen Zombieblick, war rot im Gesicht, wirkte schwer verkühlt und redete wirres Zeug, wissen Sie?«

»Er litt unter chronischem Bluthochdruck und einer kaputten Leber, hatte ein schlechtes Herz, Gallensteine und einen Zwerchfellbruch. Laut Arzt war es beinahe ein Wunder, dass er so lang gelebt hat. Immerhin ist er fast siebzig geworden«, entgegnete der Inspektor. »Und er war über dreißig Jahre Patient bei Dr. Seidenbart.«

»Aber wenn man ihn doch vergiftet hätte, so wie seine Hühner?«

Ich war dabei, mich in eine fixe Idee zu verrennen, aber ich konnte nicht anders. Es war dieser Blick gewesen, verbunden mit dem Tobsuchtsanfall. Bei einem Herzinfarkt kippte man doch eher leise stöhnend und ächzend um. Zumindest bildete ich mir das ein. Ich hatte ein derartiges Unglück zwar erst einmal in natura miterlebt, und das vor Ewigkeiten, als Freds Onkel mütterlicherseits im Laufe einer kleinen Familienfeier einen Witz erzählte und mitten im Reden von seiner Hollywoodschaukel gekippt war. Die Pointe hatten wir nie erfahren, der Onkel war Minuten später verstorben. Still, lautlos und aschfahl im Gesicht. Doch selbst im Fernsehen flimmerten Fälle von Herztod immer recht friedvoll und unaufgeregt über den Bildschirm.

Kapplhuber sah mich zweifelnd an.

»Der Arzt sieht keine Notwendigkeit für eine Obduktion. Er hält die Sache mit den vergifteten Hühnern für einen blöden Kinderstreich, der dem Gustl einfach zu sehr ans Herz gegangen ist. Findet das Landeskriminalamt übrigens auch. Ich habe mit ihnen telefoniert.«

Das klang nicht gerade vielversprechend.

»Also wird nur nach einem vermeintlichen Teufel gesucht, aber nach keinem Giftmischer.«

Der Inspektor schien kurz vor einer Häutung zu stehen, so unwohl fühlte er sich mittlerweile in seiner Haut.

»Ja, das ist richtig. Wobei ich mit diesem ganzen Gerede vom Teufel auch nichts anfangen kann. Heute fürchtet man das Finanzamt. Oder eine ungewollte Schwangerschaft, den Dritten Weltkrieg und am Freitag den Klimawandel, aber doch keine höllischen Spukgestalten.«

»Bei den Tarotkarten gibt der Teufel schon Anlass zur Sorge«, meldete Fred sich wieder zu Wort, »den sollte man nicht unterschätzen.«

Nun seufzte ich. Mein Mann konnte Gespenster sehen, aber keine Marmeladengläser im Küchenschrank.

Der Inspektor ignorierte den Einwand und blickte eine Weile schuldbewusst auf den überschwemmten Keksteller. Dann griff er nach seiner Mütze und erhob sich.

»Nun ja, ich muss wieder an die Arbeit«, sagte er und machte dabei einen derart unglücklichen Eindruck, dass ich ihn am liebsten in den Arm genommen hätte.

»Sollten Sie noch irgendetwas erfahren, dann melden Sie sich bitte.«

»Mach ich, versprochen. Aber ich bin sicher, das alles klärt sich bald auf. Wir leben ja nicht in Frankfurt, Köln oder gar New York, wo das Verbrechen an der Tagesordnung ist.«

Fred und der Inspektor nickten zustimmend, vielleicht auch ein wenig hoffnungsvoll. Niemand ahnte, wie unrecht ich mit meiner Behauptung haben sollte.

An der Tür drehte Kapplhuber sich noch einmal um. »Ich finde Ihre mintgrünen Wände übrigens sehr hübsch. Die passen perfekt zu den Nussholzpaneelen.«

Ich brachte gerade noch ein »Danke« hervor, so überrascht war ich von dieser Bemerkung. Meinem Mann war es bis heute nicht aufgefallen, dass ich vor drei Jahren das Vorzimmer und die Küche neu gestrichen hatte, in Mintgrün und im Alleingang. Und dass es sich bei der Holzvertäfelung tatsächlich um Nussfurnier handelte, hatten bislang auch nur die wenigsten mitbekommen. Umso mehr war ich über diese unerwartete Wertschätzung erfreut.

Gut gelaunt hielt ich dem Inspektor die Tür auf, als Bremsen kreischten und sich ein Sprühregen aus Kieselsteinen über Kapplhuber ergoss. Blitzartig setzte der Ordnungshüter seine Mütze auf und trat auf den schmutzig weißen Tipo zu, dem ein strahlender Vincent entstieg.

»Führerschein, Fahrzeugpapiere, Pannendreieck, Verbandskasten«, kommandierte Kapplhuber, während er einen Blick ins Wageninnere warf, »und das Ding da möchte ich auch sehen.«

Vincents Lächeln erstarb.

***

Als der Inspektor nach akribischen Amtshandlungen und einer ordentlichen Standpauke endgültig gegangen war, schien mein Neffe merklich geschrumpft. Mit hängendem Kopf, schuldbewusstem Blick und einem Strafzettel in der Hand kam er ins Wohnzimmer geschlichen. Ein seltsames Tier in einem senfgelben Pullover hechelte hintendrein.

»Wer ist das, und was tut er hier?«, fuhr ich Vincent an. Der Junge hatte echt Nerven. Raste wie ein Bruchpilot, fuhr beinahe den Inspektor um und schleppte dann auch noch ein sabberndes Vieh ins Haus.

»Das ist Dino, Tante, er bleibt nur übers Wochenende bei mir, glaub mir. Dino ist ganz brav, gut erzogen und absolut stubenrein.«

Fred und ich blickten betroffen auf den unsäglich hässlichen Hund, der vor uns auf dem Wohnzimmerteppich lag und schnarchte, wobei ihm lange, glänzende Speichelfäden aus dem Maul tropften. Direkt auf unseren handgeknüpften Gabbeh.

»Wem gehört dieser Hund?«, fragte Fred.

»Und was ist das für eine Rasse?«, fragte ich.

Für mich, die ich Katzen weitaus lieber mochte, das waren so reinliche, schnurrige Tiere, die niemals schnarchen oder den Boden ansabbern würden, sah dieser Dino aus wie eine Mischung aus Hängebauchschwein und Fledermaus. Eine Mischung, die mit der Schnauze zu oft gegen Mauern gerannt war.

»Das ist eine Französische Bulldogge«, klärte Vincent uns auf, »eine sehr teure Rasse, aber unglaublich verschmust und kinderlieb.«

»Ich sehe hier aber weit und breit keine Kinder«, warf ich etwas ungehalten ein, »und zum Schmusen hab ich bereits meinen Mann.« Was schlichtweg gelogen war, denn Fred und ich waren dem Zeitalter der zärtlichen Turteleien seit beinahe einem Jahrzehnt entwachsen, aber es war mir halt so herausgerutscht. Entsprechend überrascht blickte mein Mann mich an, hielt aber netterweise den Mund.

»Aber Tante Pauline, ich hab nicht gemeint, dass du Dino küssen sollst, ich wollte damit nur sagen, dass das ein ganz freundliches und friedliches Tier ist.« Wie zum Beweis kraulte der Neffe den Hund hinter den Ohren, was Dino mit einem begeisterten Grunzen quittierte.

»Und wem gehört dieser verschmuste Kinderfreund nun?«, fragte Fred erneut.

»Ach ja, also, das ist der Hund von einem guten Freund von mir. Der hat gerade einen sehr anstrengenden Auftrag mit Nachtschichten und so bekommen, und da müsste er Dino zu oft im Auto eingesperrt lassen. Der Hund ist es zwar gewohnt, allein zu bleiben, aber es ist doch schon recht heiß. Und weil ich ohnedies hier in der Gegend bin und mehr als genug Zeit habe, kann ich mich ja genauso gut um ihn kümmern. Ich mag Hunde total gern. Dino ist hundert Prozent pflegeleicht, glaubt mir.«

»Ich glaub dir gerne alles«, erwiderte ich, »aber die Pflege des Hundes liegt in jedem Fall bei dir. Und zwar rund um die Uhr.«

Vincent nickte mit leicht übertriebenem Enthusiasmus. Ich war mir sicher, dass der Junge gar keine Vorstellungen von einem Leben mit Hund hatte.

»Ich schwör's bei meiner Mutter, du wirst Dino nicht einmal bemerken«, erwiderte er im Brustton kindlicher Überzeugung.

»Es wäre mir lieber, du würdest nicht gerade auf deine Mutter schwören«, rutschte es mir heraus, doch Vincent schien nicht im Geringsten gekränkt. Der Junge hatte echt ein sonniges Gemüt, das gar nicht zu Beleidigte-Leberwurst-Anwandlungen neigte, musste ich zugeben. Nun ja, er war halt auch vegan.

»Was frisst dieses Tier denn eigentlich? Musst du für ihn kochen, oder genügen Konserven?«, wollte Fred wissen und beugte sich zögernd ein wenig nach unten, wo Dino nach wie vor den Teppich vollsabberte. Typisch mein Mann. Die Nahrungsaufnahme stand bei all seinen Bedürfnissen an erster Stelle.

»Ich hab einen Riesensack Trockenfutter mitgekriegt«, erklärte ihm der Neffe, »da braucht man gar nichts extra zubereiten. Er braucht nur ausreichend Wasser dazu.«

Dass die Bulldogge kein persönlicher Fressfeind war, versöhnte Fred offensichtlich ein wenig mit dem tierischen Neuzugang, denn er überwand sich sogar und strich ihm einmal über den Bauch.

»Mich würde eher interessieren, warum der Hund bei zwanzig Grad Außentemperatur einen Pullover anhat«, fragte ich, um so etwas wie Interesse für den Vierbeiner zu zeigen. Die paar Tage würde ich schon überstehen, wo Vincent doch so eine Freude mit dieser Schnarchkugel zu haben schien.

»Ach, das ist nur, weil sein Fell ganz nass war. Lukas hat ihn noch schnell gewaschen, damit er sauber ist und gut riecht. Dann hat uns jedoch die Zeit zum Trocknen gefehlt, und er wollte nicht, dass Dino mir die Autositze volltröpfelt.«

»Nett von ihm.« Fred, stand auf und schlurfte Richtung Küche. »Ich mach mal das Kartoffelgulasch warm.«

»Aber nicht alles auf einmal aufwärmen«, rief ich ihm nach, »sonst zerkochen die Erdäpfel.« Die Frage nach Lukas ersparte ich mir.

»Du isst doch etwas mit, oder?«, erkundigte ich mich stattdessen. »Da sind nicht nur Erdäpfel, sondern auch getrocknete Steinpilze und Rotkappen drin.«

»Danke, Tante Pauline, das ist total nett von dir, aber ich muss gleich wieder weg. Ich geb nur Dino rasch was zu futtern, dann mach ich schon wieder die Wolke.«

»Na, vielleicht später«, sagte ich und betrachtete nochmals eingehend den röchelnden Hängebauchschwein-Verschnitt, um mir meine Enttäuschung nicht anmerken zu lassen.

»Fährst du wieder mit dem Auto weg?«, wagte ich eine letzte Frage.

»Ja. Aber mach dir bitte keine Sorgen. Ich werde in Zukunft bestimmt vorsichtiger fahren. Und noch heute Pannendreieck und Verbandskasten besorgen.« Vincent klang mit einem Mal richtiggehend bedrückt. Die Organstrafverfügung über hundertfünfzig Euro, die ihm der Inspektor in unserer Einfahrt in die Hand gedrückt hatte, hatte offenbar eine weitaus nachhaltigere erzieherische Wirkung besessen, als all unser Bitten und Flehen es je vermocht hätten.

»Das ist eine hervorragende Idee«, ermunterte ich ihn. Man sollte sich ja stets in positiver Verstärkung üben, hatte man uns Lehrern zumindest eingetrichtert. Ich stand auf, warf einen Blick aus dem Fenster, wo Rasenmäh-Rudi gerade dabei war, seine lärmenden Gerätschaften in den Schuppen zu verfrachten, und überlegte, ob die rosa Schäfchenwolken am Himmel ein Zeichen für bevorstehenden Regen waren oder ich zur Sicherheit doch noch besser den Garten gießen sollte.

»Was glaubst du, wird es heute noch regnen?«, fragte ich den Hund, der als Antwort ein Auge aufschlug und eifrig mit seinem Stummelschwanz wedelte.

»Er meint, es kommt noch ein kurzes Gewitter«, übersetzte Vincent und stellte den Futtersack und zwei Näpfe im Flur ab. »Ist es okay, wenn ich Dino hier im Vorzimmer füttere?«

»Frag ihn. Mir ist es egal, solange du ihn nicht in mein Schlafzimmer bringst.«

»Danke, Tante Pauline.« Der Neffe strahlte schon wieder, und ich musste einsehen, dass seine gute Laune langsam auf mich abzufärben begann.

»Übrigens, ich fahre morgen früh auch zur Gartenausstellung beim Schloss, und ich nehme dich natürlich mit.«

»Kommt gar nicht in Frage«, mischte sich auf einmal Fred ein. Ich hatte ihn überhaupt nicht kommen hören. Offenbar hatte das eifrige Schmatzen des Hundes die schlurfenden Geräusche seiner Altherrenfluppen übertönt. Und im Wohnzimmer dämpften die Teppiche jedes Geräusch.

»Warum nicht, Onkel? Du kannst doch auch mitfahren«, erbot sich der halsbrecherische Chauffeur.

»Ich denke nicht daran. Mich interessiert Grünzeug nicht. Weder im Garten noch auf dem Teller. Noch weniger denke ich allerdings daran, das Leben meiner Frau einem unerfahrenen Rennfahrer anzuvertrauen, den man mitsamt Karosserie früher oder später von einem Alleebaum schaben wird.«

So autoritär hatte ich meinen Mann schon lange nicht mehr erlebt. Vage Erinnerungen an längst vergangene Leidenschaften kamen auf.

Vincent zuckte zusammen. »Aber ich möchte mir die Gartenschau unbedingt ansehen, Tante Pauline auch, warum sollen wir uns getrennt auf den Weg machen? Das ist schlecht für das Klima. Jedes Auto verpestet die Umwelt. Außerdem habt ihr ja gar keinen Wagen mehr –«

»Ich fahre mit Berta mit, unserer Nachbarin«, warf ich schlichtend ein, »das haben wir schon vor Wochen so ausgemacht. Vielleicht kannst du ja mit uns mitfahren, Berta hat einen ziemlich großen Wagen.« In einen Kleinwagen hätte sie auch kaum hineingepasst, aber das verschwieg ich.

»Na, dann ist die Sache ja geregelt«, sentenzierte Fred und griff zur Fernsehzeitschrift.

»Gut, wenn du meinst«, murmelte Vincent konziliant und trollte sich, seinen dunkelbraunen Fledermaushund im Schlepptau.

Ich sah ihm vom Wohnzimmer aus nach, wie er das mopsige Tier, das immer noch den senfgelben Pulli trug, vorsichtig auf die Rückbank hob und ebenso vorsichtig den Rückwärtsgang einlegte. Beruhigt atmete ich auf. Die kostenpflichtige Abmahnung des Inspektors tat immer noch seine Wirkung.

Dann warf ich erneut einen Blick zum Himmel. Die rosa Wolken hatten mittlerweile eine dunkelrote Farbe angenommen. Leider konnte ich mich nie erinnern, ob nun Abendrot oder Morgenrot mit Regen drohte. Aber da auch die drei Eschen auf Rudis Grund eindeutig hin- und herschwankten, musste Wind aufgekommen sein, was für das Nahen eines Gewitters sprach.

»Sag mal, Fred, steht in deinen Karten nichts über ein Gewitter heute Abend?«

Fred, der sich mittlerweile irgendeinen Film ansah, bei dem metallisch aussehende Menschen mit Krokodilsschädeln in fliegenden Untertassen saßen und durchs Weltall rasten, sah kurz auf, schüttelte den Kopf und wandte sich gleich wieder dem galaktischen Treiben zu.

»Mit derart profanen Angelegenheiten belästigt man die Karten nicht«, raunzte er und drehte den Ton etwas lauter. Von dieser Seite konnte ich mir definitiv keinen Rat erhoffen.

Unschlüssig stand ich da und wusste nicht, was ich tun sollte. Das unausweichliche Dilemma aller Gartenbesitzer trieb mich um. Würde ich meine Pflanzen wässern, und danach regnete es, war das vergeudete Liebesmüh, würde ich nicht wässern, und das Gewitter zog vorüber, riskierte ich, dass das Junggemüse ebenso verdorrte wie die Blaue Mauritius oder das Mädesüß, unverzichtbarer Bestandteil meiner Essenzen gegen Rheuma und Gicht. Vom Sumpfeibisch ganz zu schweigen, der mehr soff als Onkel Fritz – Gott hab ihn selig –, der einzige Alkoholiker der Familie.

Ich beschloss, das Risiko besser nicht einzugehen, schlüpfte in meine Gartenschuhe und verteilte fünfundzwanzig Kannen Gießwasser, in die ich je eine Verschlusskappe effektiver Mikroorganismen gegeben hatte, auf den Beeten und in den Blumenampeln. Eine Stunde später brach das Gewitter los.

***

»Ich bin da, im Frühtau zu Schlosse wir ziehn, vallera«, trillierte Berta und rauschte, begleitet von einer im wahrsten Sinn des Wortes atemberaubenden Duftwolke, ins Vorzimmer. Ich stand noch vor dem Ankleidespiegel im Flur und versuchte erfolglos, ein wenig Rouge aufzutragen. Im Fernsehen bekamen die Frauen dadurch stets eine wunderbar gleichmäßige, faltenfreie und gesunde, strahlende Haut, bei mir wirkte es immer, als hätte ich mir ein paar Lehmklumpen auf die Wangen gebügelt. Frustrierend.

»Wie siehst du denn aus?«, bestätigte nun auch Berta meine Zweifel am eigenen Verschönerungswerk, während sie die Eingangstür schwungvoll hinter sich zufallen ließ. Umgehend begann der Hund zu bellen.

»Was ist das denn?«, fragte sie irritiert.

»Verdammt, die Klospülung rinnt schon wieder«, tönte Fred aus dem Hintergrund.

Im selben Moment trat Vincent mit dem Fledermaushund auf den Gang und stellte sich gleich selbst vor.

»Ich bin der Neffe, grüß Gott, und das ist Dino, eine reinrassige Französische Bulldogge.«

Der Hund trug diesmal nur ein blau kariertes Baumwolltuch um seinen fetten Hals, der Neffe hingegen erweckte den Eindruck, direkt einem Hochglanzprospekt für exklusive Männermode entstiegen zu sein. Selbst seine Schnürsenkel sahen aus wie frisch gebügelt. Damit nicht genug, hatte er auch noch reichlich Parfum aufgetragen, ein Duft, der sich wegen seiner herben Noten mit der schweren Süße von Bertas olfaktorischer Aura biss. Ich hielt zur Sicherheit mal den Atem an.

»Freut mich, ich bin die Berta«, erwiderte Berta und schlug dem Jungen salopp auf die Schulter. Dann fiel ihr Blick auf den Hund, der interessiert an ihren Wildlederpumps schnupperte. Sie trat einen Schritt zurück und beäugte das Tier mit sichtlichem Missfallen. »Tut der was? Ich hab Seidenstrümpfe an. Nicht dass mir der eine Laufmasche macht oder die Schuhe anbeißt.«

»Aber nein, der tut gar nichts.« Vincent zog den Hund am Halsband etwas zurück. »Ich leg ihm aber eh noch die Leine und einen Maulkorb an, das ist sowieso Pflicht auf der Gartenschau.«

Berta blickte erst den Neffen, dann den Hund und zuletzt mich an. Enthusiasmus sah eindeutig anders aus.

»Ihr kommt auch mit?«, fragte sie. Aber es klang eher nach einer Feststellung.

»Nur, wenn es Ihnen nichts ausmacht. Ich kann sonst auch selbst fahren«, antwortete Vincent, sein strahlendes Lächeln im Gesicht.

Berta winkte ab.

»Nein, nein, ich nehm euch schon mit. Bei deiner Fahrweise ist jeder Kilometer ein Kilometer zu viel«, stellte sie in einem Tonfall fest, der keinen Widerspruch duldete. »Aber den Hund nimmst du während der Fahrt auf den Schoß, ist das klar?«

Der Neffe nickte.

»Und jetzt lass mich mal deine Kriegsbemalung in Ordnung bringen«, wandte sie sich an mich und nahm mir die Rougetube aus der Hand. »Wasch dir das Zeug ab, wir beginnen nochmals von vorne.«

Ergeben trottete ich ins Badezimmer und befreite mich von der Lehmschicht. Bei der Bundeswehr hätte meine befehlsgewohnte Nachbarin bestimmt Karriere gemacht; ob sie als Kosmetikerin auch was taugte, würde sich erst zeigen. Ich hatte allerdings so meine Bedenken. Stil und Geschmack waren bislang eher nicht in ihren Kompetenzbereich gefallen.

Der zweite Versuch, unter Bertas Anleitung, wurde dann aber ganz gegen meine Befürchtungen ein voller Erfolg, und meine

Gesichtshaut sah tatsächlich faltenfrei, gesund und strahlend aus.

»Passt«, stellte sie zufrieden fest und improvisierte ein paar Tanzschritte im Vorzimmer. »Ach, ich bin ja so was von aufgeregt.« Die exotischen Blumen auf ihrem üppigen Dekolleté wippten zustimmend mit den Köpfen.

Und aufregend würde es werden, wenngleich gänzlich anders als erwartet.

***

Die Fahrt bis zum Schloss Korallenburg verlief noch einigermaßen unaufgeregt, verglichen mit dem, was später geschah. Der Neffe, den Hund wunschgemäß auf dem Schoß, wischte auf seinem Handy herum, Berta und ich diskutierten das Verschwinden von Pater Ägydius. Sogar in den Lokalnachrichten war eine Vermisstenmeldung gebracht worden, verbunden mit einem Aufruf an die Bevölkerung, etwaige Hinweise umgehend der zuständigen Polizeidienststelle zu melden. Im Hintergrund hatte Inspektor Kapplhuber die ganze Zeit über verwirrt in die Kamera gestarrt, im Vordergrund hatte man ein Foto vom Pfarrer eingeblendet, wie er von der Kanzel herab seinen Segen erteilte. Die Sache mit dem Teufel hatte keine Erwähnung gefunden. Der Giftanschlag auf Gustls Hendl auch nicht.

»Also wenn du mich fragst, hat Gott Amor da seine Pfeile im Spiel«, meinte Berta, während sie geduldig hinter einem Traktor dahinschlich.

Meine Nachbarin liebte Romantik über alles. Kein Abend, an dem sie nach getaner Gartenarbeit nicht noch stundenlang vor der Glotze hing, um Rosamunde Pilcher und Konsorten um deren amouröse Abenteuer zu beneiden. Ganz im Gegensatz zu mir. Ich sah selten fern, und wenn, dann alte Krimis. Am liebsten hatte ich Alfred Hitchcock, Agatha Christie oder Edgar Wallace.

»Und was für ein verwegenes Abenteuer schwebt dir da vor?«, fragte ich pflichtschuldigst, während ich selbst ja eher von einem Verbrechen ausging.

»Na ja, womöglich eine verheiratete Frau.« Berta schaltete einen Gang runter, um die Heufuhr in gebotenem Sicherheitsabstand zu überholen.

»Ach.« Mehr fiel mir dazu nicht ein.

»Aber ja doch, denk einmal nach. Der Pfarrer hat ein Verhältnis, der gehörnte Ehemann kommt ihm auf die Schliche und bedroht ihn, dem Pater bleibt keine andere Wahl, als unterzutauchen, um sich zu retten. Passt alles zusammen, der Teufel trägt Hörner, oder etwa nicht?« Triumphierend sah sie mich an.

»Aber er wollte dem Teufel ins Gewissen reden, nicht ihm die Frau ausspannen«, wandte ich ein. »Ganz abgesehen davon, dass der vertrocknete Diener Gottes in seiner ganzen Dienstzeit noch keinem Rock hinterhergeblickt hat.«

»Mhm.« Berta dachte angestrengt nach. »Stille Wasser sind bekanntlich tief. Und haben immer irgendein Laster. Vielleicht war er spielsüchtig? Hatte Schulden und hat deshalb einen Opferstock gestohlen? Oder man hat ihn erpresst. Er könnte einen Erpresser getroffen haben.«

Ich schüttelte lachend den Kopf. Die Frau hatte eine blühende Phantasie.

»Und was sollen die Erpresser als Lösegeld verlangt haben? Die Einnahmen vom Klingelbeutel der Sonntagskollekte werden nicht reichen«, warf ich ein, »und der Opferstock in unserer Kirche wird auch nicht viel hergeben.«

»Was redet ihr denn da? Wer wurde erpresst?« Der Kopf des Neffen erschien zwischen uns. Er musste den Hund umgesetzt haben, sonst hätte er sich nicht nach vorne lehnen können, ohne Dino zu zerquetschen, aber ich tat, als würde ich nichts bemerken, und Berta hatte ihren Blick fest auf die Fahrbahn geheftet.

Rasch klärte ich Vincent über die mysteriösen Vorkommnisse der letzten Tage auf, angefangen mit Gustl Gansterers Auftritt bei unserem Lesezirkel und dessen seltsamem Herzinfarkt über die vergifteten Hühner bis zur unheimlichen, nur von Elsbeth dokumentierten Höllenfahrt des Gottesmannes, der seitdem nicht wiederaufgetaucht war.

»Ist ja steil, bei euch geht echt was ab«, zeigte der Neffe sich ehrlich beeindruckt, »und ich hab Oberdistelbrunn für ein durch und durch verschlafenes Nest gehalten, also so einen Ort, wo das schlimmste aller Verbrechen darin besteht, die Restmülltonne am falschen Tag vor die Haustür zu stellen.«

»Du sollst das Landleben niemals unterschätzen«, ließ sich meine Nachbarin vernehmen, die diesmal von einem Schweinetransport eingebremst wurde. Rund ein Dutzend rosiger Rüsseltiere stand auf einem offenen Anhänger und bestaunte quiekend die Landschaft.

»Und ihr glaubt echt, dass der Pfarrer mit voller Absicht entführt wurde?«

»Unabsichtlich würde man einen Kuttenträger wohl kaum in Geiselhaft nehmen«, warf Berta ein, »so einen Gottesanbeter verwechselt man doch höchstens mit einem Pinguin.«

Wenn das die Elsbeth gehört hätte.

»Also ich glaub nicht, dass der Mann überhaupt entführt wurde«, meinte Vincent. »Ich glaub eher, der hat sich auf seine alten Tage noch in einen schnuckeligen Jüngling verliebt. Gerade in dem Alter sind so vertrocknete Typen am geilsten.«

Ich zuckte zusammen. Wie konnte der Junge nur so daherreden, solche Worte waren mir das ganze Leben lang nicht in den Sinn, geschweige denn in den Mund gekommen.

Berta hingegen zuckte mit keiner Wimper. Wahrscheinlich war sie einen etwas raueren Umgangston gewohnt nach mehr als vierzig Jahren Dienst in einer Bahnhofskneipe.

»Du meinst also, der Pfaffe hat einen auf schwulen alten Bock gemacht und ist mit seinem Lover einfach abgehauen?«, fasste sie des Neffen Ansicht zusammen.

»Ja, genau, der hat ihn verführt, ein teuflisches Unterfangen.«

»Siehst du«, meinte sie an mich gewandt, »er hält es auch für einen spätherbstlichen Ausbruch von Gefühlen.«

Ich verbiss mir weitere Kommentare, Vincent grinste und lehnte sich wieder zurück, da sein Handy gepiepst hatte.

Eine Zeit lang schwiegen wir alle. Dann fiel mir komischerweise Fred mit seinen Tarot-Prophezeiungen ein.

»Ich glaube, der Pfarrer ist tot«, sagte ich leise, »und irgendein Teufel hat ihn umgebracht. Ganz unerotisch.«

»Und wer soll deiner Ansicht nach dieser Teufel sein?«, fragte die Fahrerin, während sie den Blinker setzte.

»Das weiß ich nicht, jedenfalls der, der auch den Franzl und die Christl und die anderen Hühner und vielleicht auch den Gustl auf dem Gewissen hat.«

»Franzl und Christl haben die zwei Hendln geheißen«, ergänzte Berta für den Neffen, dessen Aufmerksamkeit aber schon wieder dem Telefon galt.

»Ich mein, dieses ganze Gerede von einem blöden Kinderstreich, das ist doch total an den Haaren herbeigezogen. Kein einziges Kind im ganzen Land wüsste um die tödliche Wirkung von Eisenhut und vor allem Bilsenkraut. Mit solchen Pflanzen spielt man nicht. Und man greift auch nicht aus Neugierde oder Schadenfreude danach, sondern nur in vorsätzlicher Mordabsicht. Mal ganz davon abgesehen, dass nicht einmal die Erwachsenen eine genaue Vorstellung von Bilsenkraut haben, und übermütige Zehnjährige schon gar nicht. Und was den Eisenhut betrifft, da müssten die Rangen außerdem Handschuhe getragen haben, und das im Mai. Im Mai geht man nicht zufällig mit Fäustlingen spazieren«, ereiferte ich mich.

»Warum?«, wollte Vincent von hinten wissen. Offenbar hatte er unserem Gespräch doch gelauscht.

»Warum was?«, fragte ich retour.

»Warum Handschuhe?«

»Weil Aconitum napellus, im Übrigen die giftigste Pflanze Europas, auch über die Haut wirkt. Also es genügt, länger mit Eisenhut in Berührung zu kommen, und schon hat man sich vergiftet. Zudem wirkt das Gift der Pflanze total schnell, also eine halbe Stunde später hätten die Kinder schon geheult und nach ihrer Mama gerufen.« Da war ich mir sicher.

»Und«, mischte sich nun auch Berta ein, »der Eisenhut blüht relativ spät, was bedeutet, dass der Giftmischer das Gewächs allein an den Blättern hat erkennen müssen, und die sehen nicht viel anders aus als die von Beifuß oder Hahnenfuß. Die helmartigen Blüten erscheinen frühestens Mitte Juni, bei manchen Arten sogar erst im Spätherbst. Bei mir im Garten stehen die Mönchskappen jedenfalls noch ziemlich kahl da.«

»Eben«, stimmte ich ihr zu, »der Hendlkiller hat die Pflanze also nicht nur zweifelsfrei identifizieren müssen, was ein Schulkind garantiert vor große Herausforderungen stellt, er hat beim Sammeln der Blätter auch Handschuhe gebraucht, um sich nicht selbst zu vergiften.«

»Sofern er nicht gleich den ganzen Wurzelstock ausgegraben hat«, mutmaßte Berta, »um auf Nummer sicher zu gehen.«

»Gut möglich. In den unterirdischen Teilen ist die Konzentration an toxischen Substanzen ja meistens am höchsten«, fügte ich noch an.

»Aber was ich nicht verstehe«, Berta legte die Stirn in Falten, »warum überhaupt noch Bilsenkraut?«

»Keine Ahnung.«

Ich wusste es auch nicht. Dieses psychedelische Hexenkraut war aufgrund seines widerlichen Geruchs zwar leichter zu identifizieren als etwa Eisenhut, aber um vieles schwerer zu finden. In den heimischen Hausgärten hatte ich jedenfalls bislang noch keines erblickt. Und da schon ein staubkorngroßes Stück Aconitum napellus genügen würde, um ein Huhn umzubringen, fiel auch mir kein plausibler Grund für die Beimengung von Bilsenkraut ein.

Außer die tödliche Mischung war gar nicht für die Hühner bestimmt gewesen ...

Aber so weit wollte ich einfach nicht denken. Nicht hier und jetzt an diesem wunderschönen Tag.

»Vielleicht hast du doch recht, und dahinter verbirgt sich ein Hinweis auf ein Verbrechen«, sagte Berta auf einmal ganz aufgeregt, als hätte sie meine Gedanken weitergedacht. »Eisenhut wird ja auch als Mönchskappe bezeichnet, und hast du nicht irgendwas von Hühnertod gefaselt, als wir damals zum ersten Mal vom Bilsenkraut gesprochen haben?«

Ich nickte. Meiner Ansicht nach war der offensichtliche Zusammenhang zwischen den drei Fällen ohnedies nicht mehr zu leugnen. Außer für Inspektor Kapplhuber, unseren Landarzt und die Herren vom LKA.

»Wahnsinn«, meldete sich erneut mein Neffe zu Wort, »dieser Eisenhut ist ja der Killer schlechthin. Garantiert und binnen kürzester Zeit tödlich ab zwei Gramm Wurzelextrakt oder vier Blättern. Und das Sterben soll total schmerzhaft sein. Damit wurden haufenweise Leute ums Eck gebracht, wusstet ihr das? Sogar Kaiser Claudius und Papst Hadrian hat man damit ermordet, ist ja irre.« Er wischte über sein Handy. »Da steht, dass diese auch unter dem Namen Herrgottslatschen bekannten Pflanzen 117 nach Christus –«

Berta bremste abrupt ab, obwohl weit und breit weder Schweinetransporte noch Heufuhren zu sehen waren.

»*Was* hast du da gerade gesagt?«, fuhr sie ihn an und zog hörbar die Luft ein. »Lies das sofort noch einmal vor.«

Vincent wirkte sichtlich verwirrt, gehorchte aber.

»Diese auch unter dem Namen Herrgottslatschen bekannten –«

»Danke, das reicht.« Sie setzte den Blinker und fuhr rechts ran. »Lass mal sehen.«

Der Neffe reichte ihr widerstandslos sein Handy nach vorne. Bestimmt eine ganze Minute lang starrten wir wie gebannt auf das Wort »Herrgottslatschen« auf dem Bildschirm.

»Ich fass es nicht«, brachte Berta endlich hervor.

»Das müssen wir unbedingt dem Inspektor erzählen«, stammelte ich.

»Worum geht es eigentlich?«, erkundigte Vincent sich.

»Der Pfarrer wollte dem Teufel die Herrgottslatschen viere richten«, sagte meine Nachbarin.

»Das waren seine letzten Worte. Danach ist er auf Nimmerwiedersehen verschwunden«, sagte ich. »Und wir haben alle geglaubt, das mit den Herrgottslatschen sei halt so eine Redensart, weil um diese Jahreszeit ja alle schon Sandalen tragen.«

Mein Neffe sah aus, als wolle er sich gleich an die Stirn tippen, aber um nicht unhöflich zu erscheinen, streichelte er dann doch nur den Hund und widmete sich erneut seiner Smartphone-Kommunikation.

Den Rest der Fahrt schwiegen wir vor uns hin.

***

»Wo kommen diese Leute bloß alle her?«, wunderte sich Berta beim Anblick der unendlich langen Schlange, die vor dem Kassengebäude bereits anstand.

Hunderte von Menschen drängten sich vor dem Eingangstor zusammen, obwohl der Einlass erst in einer halben Stunde beginnen würde. Offenbar hatte sich das gesamte Tal Urlaub genommen, es war ja immerhin erst Freitag. Die Kinder sollten in der Schule sein, die Eltern bei der Arbeit.

»Da sieht man mal, wie viele Gartenfreunde es bei uns gibt«, stellte ich erstaunt fest und studierte die Menge auf der Suche nach bekannten Gesichtern. »Ich glaub, da ganz vorne, ziemlich weit links, wo das Geißblatt über die Mauer wuchert, dort sind Bobo und Emma.«

Dann konnte Elsbeth zwar auch nicht weit sein, aber bei ihrer geringen Größe war sie in Menschenmassen kaum auszumachen. Berta reckte ein wenig den Kopf, schien aber nicht sonderlich interessiert. Vincent stand ein wenig abseits, den Hund kurz angeleint, und betrachtete sein Smartphone. Irgendwie wirkte er noch immer verwirrt. Oder schon wieder. Ich wollte aber nicht fragen, das wäre mir zu aufdringlich erschienen.

Die Kassenschlange bewegte sich enervierend langsam vorwärts, während wir zunehmend von allen Seiten bedrängt wurden, denn die Menge an Nachkömmlingen war mittlerweile ebenso groß wie die Zahl derer, die vor uns eingetroffen waren.

»Mir tun die Füße weh«, raunte Berta irgendwann und blickte betroffen auf ihre Pumps. Die Schuhe sahen wirklich nicht bequem aus, eigentlich viel zu eng und zu klein für einen hundert Kilo schweren Körper. Schönheit muss leiden, dachte ich bei mir. Dennoch begann ich, in meiner Tasche nach Blasenpflastern für meine geplagte Freundin zu kramen.

»Hier, stütz dich bei mir auf und kleb dir diese Dinger an die Fersen«, meinte ich nachsichtig.

»Wie denn? Ich hab ja Strümpfe an«, entgegnete sie, griff aber nach den Pflastern. »Sobald wir drin sind, geh ich aufs Klo und zieh mich aus. Danke.«

Die Sonne war schon ein gutes Stück den Himmel hochgewandert, als wir endlich eingelassen wurden und das noble Ambiente von Schloss Korallenburg betraten. Ein Anblick, der jede Wartezeit lohnte. Hunderte Bottiche voller Teerosen flankierten den gekiesten Hauptweg zum Portal, künstliche Springbrunnen versprühten glänzende Wasserfontänen, antike Statuen und meterhohe florale Skulpturen aus Narzissen, Gardenien und Forsythienzweigen nahmen jeden freien Zentimeter ein, und die Fassade des barocken Prunkbaus war aufgeputzt wie ein Weihnachtsbaum. Inmitten all dieser Pracht hatten die Aussteller ihre Stände aufgebaut, die gleichfalls nicht dekorativer hätten sein können.

»Ein Traum«, konstatierte Berta. Sie schien jeden Schmerz vergessen zu haben und schoss begeistert Foto um Foto.

»Ich geh mal dort rüber«, sagte Vincent, »da steht was von Indianerbananen und Sezuanpfeffersträuchern. Das klingt ziemlich appetitlich.«

Er driftete nach links ab, wo unter einer Pergola aus Jasmin eine Ansammlung von mir völlig unbekannten Stauden arrangiert war. Dino trottete hechelnd hinterher. Mich zog es eher zu den Gemüseraritäten. Nie zuvor hatte ich Dinge wie Erdbeerspinat, Mairüben oder Litschitomaten gesehen.

Fast eine Stunde flanierten wir über das riesige Areal und schauten uns dabei die Augen aus dem Kopf, bis Berta sich auf eine Trockensteinmauer fallen ließ und stöhnte.

»Ich muss diese verdammten Pflaster jetzt raufkleben, sonst sterbe ich.«

»Mach das. Ich bräuchte sowieso eine Toilette, ich begleite dich.«

»Gute Idee. Ich würde auch gern für kleine Jungs«, schloss Vincent sich an.

Da kleine wie auch große Jungs problemlos hinter jedem Baum pinkeln konnten, nahm ich an, dass er sich den glänzenden Fleck abwaschen wollte, den der sabbernde Hund auf seinem linken Knie hinterlassen hatte.

Wir studierten den Lageplan auf der Suche nach den Sanitäranlagen.

»Dort hinten, Sektor C, Standplatz 71–74, dort sind WCs eingezeichnet«, vermeldete der Neffe.

Mit vereinten Kräften bahnten wir uns einen Weg zwischen Menschentrauben, Kindern mit Luftballons, Zierholzgewächsen, Rosenkugeln, Austernpilzkulturen, geschnitzten Schlumpffiguren, Bonsai-Ginkgos, Strohhüten und antiken Möbelstücken. Zehn Minuten später standen wir tatsächlich vor einer kleinen, geschwungenen Treppe, vor der ein Schild »Zu den Toiletten« angebracht war. Davor, dahinter und daneben standen Hunderte Frauen, den gleichen verzweifelten Blick in den Augen wie wir.

»Na, geh schon mal vor«, sagte ich zu Vincent, »ich pass derweil auf den Hund auf.«

Leider war es ja meist so, dass Kloschlangen fast ausschließlich aus weiblichen Personen bestanden, die Männer tendierten eben mehr zum Frischluftpinkeln; und wenn sie doch mal die offizielle Toilette aufsuchten, dann brauchten sie dafür eindeutig weniger Zeit. Hose auf, pinkeln, Hose zu, die besser Erzogenen wuschen sich danach noch schnell die Hände, fertig. Frauen wischten zuerst mal die Klobrille sorgfältig ab, stemmten sich dann in Abfahrtshocke, ohne die Brille überhaupt zu berühren, putzten sich erst feucht, dann trocken hinten und vorne ab, schrubbten sich mindestens dreimal die Hände, legten Lippenstift auf, korrigierten das Make-up, suchten den Kamm in der Handtasche, stellten die Tasche dabei versehentlich auf dem feuchten Waschbeckenrand ab, reinigten daraufhin auch die Tasche, brachten die Frisur wieder in Schwung, kontrollierten erneut den Lippenstift und griffen abschließend noch zu Deodorant oder Parfum. Das brauchte halt seine Zeit.

»Nein, das bringt nichts, ich lass euch doch hier nicht stehen wie bestellt und nicht abgeholt«, lehnte der Neffe mein Angebot entschieden ab. »Wer hier wartet, schlägt garantiert Wurzeln.«

Berta seufzte, ich auch, Vincent faltete den Lageplan wieder auseinander und studierte ihn erneut.

»Ich hab's«, meinte er dann. »Schaut, dort drüben, Sektor E, das ist der mit den Schatten- und Wasserpflanzen, also dort, wo die Platanen stehen, da muss irgendwo ein Durchlass zum Schlosspark sein. Und wenn der Park wirklich wie im Prospekt angegeben dreiundzwanzig Hektar hat, wird sich für alles ein uneinsehbarer Platz finden.«

»Aber wolltest du dir nicht diesen Fleck von der Hose waschen?«, fragte ich ihn.

»Muss nicht jetzt sein, Tante, der ist eh schon fast getrocknet.« Er warf einen betrübten Blick auf sein linkes Knie. »Und wenn man dann immer noch was sieht, kann ich ihn an einem Brunnen entfernen. An Wasser mangelt es hier nicht.«

»Dann lasst uns gehen«, unterbrach Berta alle weiteren Diskussionen, »wenn ich nicht in fünf Minuten meine Blasen versorgt habe, zieh ich mir mitten auf dem Schlosshof die Strumpfhosen runter.«

Wir gingen los, der Neffe voran, die Nachbarin hinkte hintendrein. Ich war unglaublich froh, flache und vor allem ausgetretene Schuhe angezogen zu haben.

Hinter einem dreistöckigen Meer aus Funkien, Farnkraut und einem gigantischen Lebkuchenbaum war in die Schlossmauer tatsächlich ein kleines schmiedeeisernes Tor eingelassen, an dem ein rostiges »Privatbesitz – Betreten verboten«-Schild hing.

»Was, wenn das zugesperrt ist? Und dürfen wir das überhaupt? Nicht dass wir eine Besitzstörungsklage bekommen«, warf ich grübelnd ein.

»Wer viel fragt, geht viel fehl«, meinte Berta, »und hör mal auf mit deiner ewigen Schwarzseherei. So pessimistisch, wie du veranlagt bist, hätten wir bei unserer Geburt schon sterben müssen.«

»Hast recht«, murmelte ich, ließ aber dennoch Vincent den Vortritt.

Als gut aussehender Jüngling in der Fremde würde er sich am einfachsten rausreden können, sollten wir doch etwas Verbotenes tun. Lautlos zog er die kleine Tür auf, sie wurde offenbar doch recht oft verwendet oder zumindest ordentlich geschmiert. Der Park, in dem sich angeblich auch zwei Rudel Damwild und eine größere Fasanenpopulation in einem Wildgehege herumtreiben sollten, wirkte völlig verlassen. Außer uns war offenbar noch niemand auf die Idee gekommen, sich außerhalb des Ausstellungsgeländes Erleichterung zu verschaffen.

»Wie friedlich es hier ist«, sagte Vincent und blickte sich in aller Ruhe um.

Über uns in den ausladenden Baumkronen zwitscherten Lerchen, Amseln, Sperlinge und Stare, irgendwo, nicht allzu weit weg, hörte man ein leises Plätschern, und die naturbelassene Landschaft glich einem bunt gesprenkelten Blütenmeer. Gänseblümchen, Bibernellen und Ehrenpreis, Hirtentäschel und Margeriten, Storchenschnäbel, Klappertöpfe, Glockenblumen, Gundermann und Rittersporn, Löwenzahn und Steinklee, so weit das Auge reichte. Sogar Schwertlilien, Kornblumen und ein paar Knabenkräuter gediehen hier.

Ich fühlte mich, als hätte ich ein impressionistisches Bild betreten. Es summte und brummte, Schmetterlinge und Hummeln torkelten von Blüte zu Blüte, und das überständige Gras wogte sanft im Wind. An einem Stapel Totholz rankten sich Zaunrüben, Waldreben und Wicken empor, und unmittelbar vor uns ließ ein Kuckuck seinen Ruf erschallen. Automatisch tastete ich nach meiner Brieftasche. Man sollte beim ersten Ruf des Kuckucks stets Geld bei sich tragen, sonst würde man das ganze Jahr über pleite sein, besagte ein alter Aberglaube. Mein Portemonnaie fühlte sich einigermaßen gefüllt an, ich war beruhigt.

»Schau, dort drüben.« Vincent hatte den Arm erhoben und zeigte nach links, zu einer Gruppe majestätischer Trauerweiden. »Ein Schwarm Rauchschwalben auf Entdeckungstour.« Unser Blick folgte seinem ausgestreckten Arm.

»Ach, wie schön, diese Schwerelosigkeit«, seufzte Berta, »im nächsten Leben werde ich auch ein Vogel.«

Ich musste lächeln, konnte mich selbst nicht sattsehen an dieser unberührten Natur.

»Ein wunderbarer Ort«, pflichtete ich ihr bei. »Wie ein Paradies vor dem Sündenfall.«

Eine ganze Weile standen wir andächtig herum und bestaunten die immense Vielfalt dieser wildwüchsigen Naturlandschaft. Dann erinnerte ich mich an den eigentlichen Grund unserer Expedition.

»Mich drückt dennoch die Blase«, sagte ich.

»Und mich der Schuh«, schnaufte Berta. »Dahinten ist ein Bach«, als Größte von uns dreien hatte sie den besten Überblick, »lasst uns dorthin gehen, dann kann ich meine armen Füße auch gleich kühlen.«

Entspannt querten wir ein kleines Birkenwäldchen, scheuchten ein paar Amseln vom Boden auf, wo sie nach Würmern und Insekten pickten, bewunderten einen Specht bei der Arbeit und hielten geradewegs auf den kleinen Wasserlauf zu, der im Sonnenschein verheißungsvoll glitzerte. Über allen Gipfeln war Ruh …

Doch auf einmal begann das fledermausohrige Hängebauchschwein, das im hohen Gras beinahe unterging, markerschütternd zu kläffen und wie verrückt an der Leine zu zerren.

»Dino, aus, hör auf damit!«, kommandierte Vincent, aber der stämmige Hund war völlig außer sich, japste, bellte, winselte, geiferte und zog wie ein Verrückter nach rechts, wo das Ufer des Bachlaufs von ein paar Haselstauden und einem mächtigen Holunderbusch bestanden war. So eine Französische Bulldogge musste über gewaltige Kräfte verfügen, denn der Neffe wurde vom Hund beinahe mitgeschleift.

»Ich versteh das nicht, das macht er doch sonst nie«, keuchte Vincent und trabte Dino hinterher.

Berta und ich sahen ihm nach, wie er im Laufschritt bis zum Hollerbusch stolperte, hinter dem das lärmende Tier umgehend verschwand. Kurz darauf war auch Vincent nicht mehr zu sehen. Dann brach das Gekläffe abrupt ab und ging in ein ebenso ohrenbetäubendes Gewinsel und Gejaule über, dafür schrie mein Neffe los.

**

Eine halbe Stunde später kläffte, winselte und schrie niemand mehr, es herrschte vielmehr betretenes Schweigen.

»Sie wollten also Ihre Strümpfe ausziehen, weil Sie Blasen an den Füßen hatten, und sind deswegen in den Park gegangen, um sich nicht vor der Toilette anstellen zu müssen, ist das richtig?«, fragte Inspektor Kapplhuber, der in Zivil war und auf Geheiß seiner Mutter die Gartenschau hatte besuchen müssen. Zum Glück, denn so mussten wir wenigstens nicht lange auf das Eintreffen der »Polizei« warten.

Eine bemerkenswerte Ansammlung an Papiertüten voller Mondviolen, Scharlach-Monarden, Salatsetzlinge und lustig gepunkteter Emailletöpfe zu Füßen des Inspektors zeugte von dessen braver Pflichterfüllung als Sohn. Seine Mutter stand ein wenig abseits und sah ihrem Kind voller Stolz beim Amtshandeln zu. Wäre Kapplhubers Brust nur halb so geschwellt wie die ihre, würde er bestimmt jede Menge Autorität verströmen. So wirkte er eher wie ein grundlos geprügelter Hund.

»Ja, das stimmt«, antwortete Berta, die mittlerweile nicht nur neben ihren Schuhen, sondern auch neben sich selbst stand.

Aber ich verstand sie, mir zitterten auch noch die Knie. Über eine Leiche stolperte man schließlich nicht alle Tage. Zumindest nicht im echten Leben. Und schon gar nicht bei einer Gartenschau auf herrschaftlichem Gelände.

»Wir sind«, ich versuchte, mir meine Beklemmung nicht anmerken zu lassen, korrekte Zeugenaussagen sind ja angeblich ungemein wichtig für die weiteren Ermittlungen, »wir sind also in den Park gegangen, dort, wo die vielen Birken stehen, und dann weiter Richtung Bach, weil Berta ihre geschwollenen Füße im Wasser abkühlen wollte.«

»Ja, das stimmt«, sagte Berta mit schwacher Stimme.

»Wir waren schon recht nahe am Wasser, als der Hund auf einmal durchgedreht ist und ihn«, sie wies mit dem Kopf Richtung Neffe, der einen leichenblassen Teint angenommen hatte, »bis zum Holunderbusch geschleppt hat.«

»Und dann hat der Vincent, also mein Neffe, auf einmal losgeschrien.«

»Dafür hat der Hund nur noch gejault, aber nicht mehr gebellt.«

Der Inspektor überlegte offensichtlich, ob das mit dem Bellen und dem Jaulen von Bedeutung war oder nicht. Also aufschreiben oder vergessen. Da er wie gesagt nicht in dienstlicher Agenda vor Ort war, sondern als Privatperson, hatte er sich Block und Bleistift von einem Aussteller ausleihen müssen.

»Und dann?«, fragte er und blätterte eine neue Seite von »Rasenschnitt von Günter Schmitt« auf.

»Dann haben wir uns halt auch durch das Holunderdickicht gezwängt, also ich als Erste, hinter mir die Berta, und praktisch hinter dem Busch, also auf der Rückseite, also quasi schon fast im Wasser, weil der Holler ja direkt am Ufer steht«, ich holte Luft, der Inspektor kritzelte irgendwas, »dort haben wir ihn dann gesehen.«

»Ja, dort haben wir ihn dann gesehen«, meinte auch Berta.

Die Erinnerung an den jungen Mann im dunkelblauen Anzug, der mit weit aufgerissenen, toten Augen in den Himmel blickte, während Blut aus einer tiefen Wunde am Kopf tropfte, würde uns wohl bis ins Grab begleiten. Neben der Leiche hatte eine rostige Rosenkugel in Gestalt eines Frosches gelegen, mit riesigen rot bemalten Glupschaugen und einer goldenen Krone auf dem Kopf, vermutlich die Tatwaffe.

»Und sonst haben Sie nichts gesehen?«

»Nein. Gar nichts«, antworteten wir im Duett.

»Aufgefallen auch nichts?«

»Doch«, meinte Berta etwas zögerlich, »der Mann hat einen sehr edlen Schal getragen. Nachtblau mit kleinen goldenen Sternen. Wahrscheinlich aus Seide, sicher sauteuer.«

»Und das bei dieser Hitze«, merkte ich an.

»Angegriffen oder gar verändert haben Sie aber nichts, oder?«

»Um Gottes willen, natürlich nicht«, erklärte Berta. »Weiß man ja vom Fernsehen, dass man am Tatort nichts berühren darf.«

»Ich habe nach seinem Puls getastet, aber da war keiner mehr«, sagte ich. »Der Tote muss schon länger dort gelegen haben, er hat sich ziemlich kalt angefühlt.«

Mich fröstelte auch, wenn ich daran zurückdachte. An die Blutspritzer auf dem blassgelben Hemd, dessen oberste Knöpfe weit offen gestanden hatten, was irgendwie nicht zum Schal um den Hals passte, zwei Knöpfe hatten überhaupt gefehlt, an den blühenden Frauenmantel, der die leblose Gestalt wie ein glänzend grüner Rahmen umgeben hatte, an den schmerzverzerrten Gesichtsausdruck und an die rostige Rosenkugel mit dem grinsenden Froschmaul, die dem dramatischen Anblick eine unpassend heitere Note verlieh, als würde der Mann noch im Tode verlacht. Und während der ganzen Zeit hatte der Hund nicht aufgehört, zu jaulen und aufgeregt um den Toten herumzuhopsen.

»Dann wollten wir Rettung und Polizei anrufen, aber es gab keinen Empfang im Park. Also hab ich den Vincent und die Berta um Hilfe geschickt und bin selbst bei der, äh, also bei dem Mann geblieben.«

»Also bei der Leiche geblieben«, wiederholte Kapplhuber und schrieb. Genau dieses Wort hatte ich vermeiden wollen, das klang einfach so unfassbar brutal.

»Gott sei Dank hab ich Sie schon bei den Prachtspieren getroffen«, sagte meine Nachbarin gerade, mehr zu sich selbst als zum Inspektor.

Abrupt blickte Kapplhuber von seinen Notizen auf. »Wo, haben Sie gesagt?«

»Bei den Prachtspieren«, wiederholten wir zu dritt, also Berta, die Mutter vom Inspektor und ich.

»Mit langem ›i‹«, erläuterte ich.

»Ein mehrjähriges Steinbrechgewächs«, erläuterte Berta.

»Die lila blühende Staude vor dem Regenwasserfassl in unserem Garten«, erläuterte Mutter Kapplhuber, »kannst aber auch ›Astilben‹ schreiben.«

Der Inspektor schrieb nichts.

Und Vincent schwieg weiterhin beharrlich. Nur Dino winselte immer noch, wenngleich mit verminderter Lautstärke. Vermutlich wusste mein Neffe ebenso wenig wie Kapplhuber, wovon gerade die Rede war. Er schien nur betrübt in die Ferne zu starren, wo ein Martinshorn erklang, während der bemutterte Amtshandelnde sich mit dem Bleistift hinter dem Ohr kratzte.

Wenn das der Rettungswagen war, würde es nicht mehr lang dauern, bis sich die Nachricht vom Toten im Holunderbusch flächendeckend verbreitet hatte. Dann würde hier die Hölle los sein.

»Brauchen Sie uns noch?«, fragte ich den zugegeben etwas schwachen Arm des Gesetzes.

Ich verspürte wenig Lust, in den Mittelpunkt weiterer Amtshandlungen zu rücken. Mein Part in der Tragödie genügte mir vollauf. Allein bei der Vorstellung, von irgendeinem großstädtischen Kommissar in die Mangel genommen zu werden, wurde mir angst und bange. Womöglich hatten wir uns durch unser Eindringen in den Park strafbar gemacht, vielleicht fiel dieses unbefugte Betreten sogar unter Hausfriedensbruch? Und schlimmstenfalls hatten wir wichtige Spuren auch noch vernichtet. Ich war ja am längsten am Tatort herumgetrampelt. Dabei hatte ich das Opfer angefasst, zweimal sogar, am linken Handgelenk und am Hals meine Fingerabdrücke hinterlassen, um nach dem Puls zu fühlen. Was, wenn böswillige Beamte mir einen Strick daraus drehten? Immer mehr unerfreuliche Gedanken wirbelten mir wie im Schleudergang durch den Kopf und machten, dass mir ähnlich schlecht wurde wie beim Anblick des toten Mannes. Doch der Polizist schien mich gar nicht gehört zu haben.

»Und jetzt zu dir«, sagte er, an meinen Neffen gewandt. »Du warst ja als Erster am Tatort, weil du dem Hund gefolgt bist. Oder irre ich mich da?«

Vincent nickte. Der Junge sah derart jämmerlich aus, dass er das sprichwörtliche Häuflein Elend mit links auf die Plätze verwiesen hätte. Wahrscheinlich stand er unter Schock.

»Und dir ist nichts weiter aufgefallen?«

Der Neffe schüttelte den Kopf.

»Du hast vermutlich auch nichts berührt oder die Lage des Toten verändert?«

Der Neffe schüttelte erneut den Kopf. Wenn die Vernehmung so weiterging, würde er sich auch noch ein Schleudertrauma holen.

»Kannst du mir wenigstens sagen, ob dein Hund an der Leiche herumgeschnüffelt hat?«

Kopfschütteln.

Zumindest brauchte der Inspektor nicht mehr umständlich mitzuschreiben.

»Wie bist du eigentlich hergekommen? Mit deinem Auto?«

Kopfschütteln.

»Na, wenigstens etwas«, seufzte Kapplhuber und schloss seinen Notizblock. »Und bitte zieh dem Hund keinen Pulli mehr an, der kriegt doch nicht mal nackt gescheit Luft.«

Wie zur Bestätigung begann Fledermaus-Dino, heftig zu schnaufen.

»Ihr könnt jetzt gehen, bevor das Vieh auch noch ins Gras beißt, ich muss auf die Sanitäter warten. Und auf den Kommissar vom Landeskriminalamt wahrscheinlich auch. Der wird dann bestimmt noch ein paar Fragen haben.«

Wir nickten ergeben. Hauptsache, weg von hier. Eilig verließen wir den Ort des Geschehens, bis auf den Hund, der sich gar nicht von der Stelle rührte. Mühsam zog Vincent ihn hinter sich her, was Dino mit lautstarkem Gewinsel quittierte. Ein nervtötendes Geräusch.

»Mist«, fluchte Berta Minuten später, »jetzt haben wir dem Kapplhuber gar nicht erzählt, was dein Neffe über die Herrgottslatschen herausgefunden hat.«

Ich zuckte die Schultern. Auch frau konnte nicht an alles gleichzeitig denken. Der Inspektor würde sich schon wieder einfinden, der Pfarrer sicher auch. Mir gingen ganz andere Sachen durch den Kopf.

»Irgendwas passt da nicht«, murmelte ich, mehr zu mir selbst als zu meiner Begleitung. Berta hatte mich dennoch gehört.

»Natürlich passt was nicht«, ätzte sie, »der Tote im Park beispielsweise, der passt nicht auf eine Gartenschau.«

»Dafür hätte er farblich recht gut zu deinem Paradiesvogellook gepasst«, frotzelte ich zurück, »aber das meine ich nicht. Irgendetwas an der, äh, also an dem Verstorbenen war komisch. Aber ich komme nicht drauf, was.«

Wir blieben kurz stehen, um auf Neffen und Fledermaushund zu warten, die sich so schleppend vorwärtsbewegten, als würden sie durch eine Sumpflandschaft waten.

»Wenn ich mich recht erinnere, ist dir beim Zusammenbruch vom Gustl auch was komisch vorgekommen.« Prüfend blickte mich meine Nachbarin an. »Kann es sein, dass du so eine Art Miss-Marple-Syndrom entwickelst?«

Ich verkniff es mir, auf ihre Maulwurfsgrillenhysterie hinzuweisen, und schüttelte nur den Kopf.

»Mag sein. Aber etwas hat dennoch nicht gepasst. Etwas Bedeutsames, das sagt mir mein Bauchgefühl.«
»Ach«, seufzte Berta, »du hast doch gar keinen Bauch.«
Und damit war das Gespräch beendet.

***

Als wir erneut auf die Hauptallee des Ausstellungsareals einbogen, liefen uns bereits vier Rettungsmänner mit einer Trage entgegen. Sie könnten auch langsamer gehen, dachte ich, beim Patienten hinterm Hollerbusch gab es nichts mehr zu retten.
Zumindest hatte sich die Menge, angezogen vom Anblick der Rot-Kreuz-Männer, größtenteils in Richtung Parklandschaft verzogen. Je weiter wir uns dem prachtvollen säulengeschmückten Barockbau im Zentrum der Anlage näherten, desto weniger Menschen bedrängten uns. Wir atmeten richtiggehend auf.
»Lass uns endlich aufs Klo gehen«, sagte Berta, kaum hatten wir das stuckverzierte, von wildem Wein und blühendem Efeu überwucherte Portal erreicht.
»Ich warte hier«, sagte Vincent, der mich zunehmend an »Walking Dead« erinnerte. Er sah um vieles schlechter aus als nötig. Wir hatten den Anblick des Toten ja auch ertragen müssen, und wir waren um einiges älter, mit entsprechend schlechteren Nerven als noch vor dreißig Jahren und zudem zerrüttet von Wechseljahrbeschwerden jeglicher Art. Die heutigen Jungs aus der Großstadt wuchsen doch alle schon von Kindesbeinen an mit Mord, Totschlag und gewalttätigen Computerspielen auf. Bei Vincent kam außerdem meine Schwester verschärfend dazu, der Bub müsste demnach etwas abgehärteter sein.
Kaum hatten wir die Toiletten erreicht und uns hinter zwei Türen verschanzt, sprach ich Berta darauf an.
»Mein Neffe macht mir Sorgen, der sieht aus, als würde er jeden Moment umkippen.«
»Ist mir auch aufgefallen«, antwortete Berta von nebenan. »Hätte nie gedacht, dass junge Männer so zartbesaitet sind. Aber«, es polterte und rumorte in ihrer Kabine, war bestimmt nicht so einfach, sich bei ihrer Masse verletzungsfrei von der

Strumpfhose zu befreien, »aber vielleicht ist das bei schwulen Veganern ja anders. Die können vermutlich kein Blut sehen, und die Leiche war schon ausnehmend attraktiv, das muss man dem Toten lassen. Wer weiß, welche Gefühle da bei einem Homo aufkommen.«

»Glaubst du wirklich?« Das mit dem Blut konnte ich mir ja noch vorstellen, aber erotische Anwandlungen bei einem Mordopfer, das ging mir dann doch zu weit. Wenigstens meine Nachbarin schien sich mittlerweile einigermaßen gefangen und von ihrer Strumpfhose befreit zu haben, es hörte sich jedenfalls ganz danach an.

Ich erhob mich aus der Abfahrtshocke, betätigte den Spülknopf und schob mit zwei Fingern behutsam den Riegel zurück. Draußen am Waschtisch schüttete ich mir etwas Desinfektionsmittel über die Hände, die ich mir sicherheitshalber dreimal wusch, und wartete dann auf Berta.

»Hast du deine Beruhigungstropfen dabei? Oder wenigstens ein Kreislauftonikum?«, fragte sie mich, kaum war sie mit Händewaschen fertig.

»Guter Gott, du hast recht, warum hab ich nicht selbst dran gedacht.« Frenetisch kippte ich den Inhalt meiner Tasche auf den Wickeltisch, der sich wie stets im Damenklo befand. Dass Männer auch Windeln wechseln konnten, kam Gebäudeplanern offenbar nicht in den Sinn.

»Meine Güte, was schleppst denn du da alles mit dir rum?« Fasziniert begutachtete Berta das krimskramsartige Potpourri auf der Wickelauflage. »Bürste, Nagelschere, Zahnstocher, Heftpflaster, Fusselroller, Nagellack, ein karierter Minischirm, Halspastillen, Streichhölzer, Brieftasche, ein Haargummi«, sie hielt das mit gelben Spitzen versehene Teil verwundert hoch, »eine Taschenlampe, ein Suppenlöffel, eine Rosenschere, Briefmarken, Batterien, drei Kugelschreiber, eine Elastikbinde, Handcreme, ein prähistorisches Handy, ein Parfumflakon«, sie ergriff auch das Fläschchen und hielt es gegen das Licht, »ich präzisiere, ein leeres Parfumflakon, zwei Tampons, Pauline, du bist dreiundsechzig, was zum Teufel machst du mit Tampons?«

Ich musste grinsen. Wie es schien, hatte ich meine winterweiße Ledertasche wohl seit Jahrzehnten nicht mehr gründlich durchgesehen.

»Des Weiteren ein Feuerzeug, ein Brillenetui, ein Schraubendreher, zwei Blumenzwiebeln – oder sind das Küchenzwiebeln? –, Desinfektionsmittel, ein Tablettenröhrchen, ein mittlerer Altpapiercontainer voller Rechnungsbelege, vier Hirschhornknöpfe, ein Reißverschluss, eine Handvoll Hustenzuckerl aus der Jungsteinzeit, noch eine Elastikbinde und drei deiner hausgemachten Tropfen mit unleserlicher Beschriftung. Fehlt nur noch ein Defibrillator, und du könntest dem Notarzt Konkurrenz machen«, grinste nun auch sie. »Aber sag mal, ganz im Ernst, das Zeug muss ja Tonnen wiegen. Trägst du das echt immer mit dir herum?«

Ich nickte. Tatsächlich war ich seit meinem Schuldienst daran gewöhnt, schwere Gewichte zu schleppen. Berge an Hausarbeitsheften und Lehrbüchern wogen auch ziemlich viel.

»Alle Achtung. Aber schau mal, was das für Tropfen sind, ich kann das nicht lesen.«

Ich nahm meine Lesebrille aus dem Etui und studierte die Etiketten.

»Passiflora, Lupulus, Valeriana, das sind Beruhigungstropfen. Mit Passionsblume, Hopfen und Baldrian, und dann sind auch noch Melisse und Lavendel dabei, wenn ich mich recht erinnere. Und natürlich die obligatorische Prise Lerchensporn. Diese Etiketten sind ja immer so klein, da kann man nie alles drauf vermerken.«

»Gut. Die passen schon mal. Und für den Kreislauf vielleicht auch noch was?«

Ich verneinte. Im zweiten Behältnis befand sich eine Hühneraugentinktur, im dritten war ein Extrakt aus Teufelskralle und Mädesüß, falls Alfred unterwegs einen Gichtanfall bekam.

»Egal, wenig ist mehr als nichts. Und jetzt raus, damit der arme Junge sich kein Loch in den Bauch steht.«

Wir verließen die Toilette und schritten eingehängt die Treppe hinunter auf den idyllischen Platz vor dem Portal, wo Vincent unbeweglich und mit unverändert gesenktem Kopf auf uns wartete.

»Übrigens, du bist die erste Frau, die ich kenne, die keinen

Lippenstift mit sich trägt«, stellte Berta beinahe ehrfürchtig fest, als wir den Jungen schon fast erreicht hatten.

»Ich mag es nicht so, wenn der Lippenstift Flecken auf dem Hemdkragen hinterlässt«, bekannte ich und musste mir im selben Moment eingestehen, dass dieses Risiko in meiner Ehe wohl seit Jahrzehnten nicht mehr bestand.

Meine Nachbarin war taktvoll genug, dieses unausgesprochene Eingeständnis unkommentiert zu lassen.

»Junge, du siehst aber echt beschissen aus«, meinte sie stattdessen zu Vincent. »Wir gehen jetzt erst mal was essen, sonst kippst du uns noch um.«

Resolut ergriff sie meinen Neffen und schob ihn vor sich hin. »Irgendwo muss es hier auch Nahrungsmittel geben, wenn schon keine Grillhühner, dann zumindest Salat. Oder Nudeln. Und du gib ihm bitte deine Tropfen.«

»Nimm bitte mindestens zwanzig«, sagte ich und drückte ihm das Fläschchen in die Hand, »und zwar direkt auf die Zunge.«

Vincent tat wie ihm geheißen und verzog dabei nicht einmal das Gesicht. Er musste sich wirklich hundeelend fühlen.

Auf der Suche nach Imbissen oder Gastroständen querten wir eine kleine Brücke über einem künstlich angelegten Teich voller Seerosen und schwimmender Teelichter, als ich plötzlich die Kathi erblickte. Die Kathi war die Frau vom Unterkofler Sepp, dem wiederum die Schweinemast auf der Wolfsleiten gehörte. Der Sepp war ein mundfauler Mensch, aber sein Selchschinken war gut. Und wenn man aß, musste man eh nicht reden.

»Hallo, Kathi«, rief ich und winkte ihr zu. Die junge Frau blieb stehen und sah sich um.

»Die wird auch immer dünner«, flüsterte Berta, während auch sie die Hand zum Gruß erhob.

»Vielleicht ist sie krank«, überlegte ich. Die Bäuerin sah aus wie ein wandelnder Zaunpfahl mit Zöpfen.

»Ich glaub, die arbeitet einfach zu viel«, mutmaßte Berta.

»Grüß Gott«, sagte die ausgemergelte Gestalt und lächelte uns freundlich an. »Wie geht's Ihnen? So ein wunderbarer Tag. Und was ist das für ein hübscher Hund?«

Sie beugte sich zu Dino und kraulte ihm die Speckfalten im

Genick, was dieser mit einem misstönenden Quietschen quittierte.

»Das ist eine Französische Bulldogge«, erklärte mein Neffe, doch sein strahlendes Lächeln blieb aus.

»Hübsch, wirklich ganz hübsch.« Dafür strahlte die Kathi umso mehr. »Wollt ihr eine kleine Kostprobe von unseren Sachen? Ich hab grad frische Sülzchen geholt, und Schinken, Geselchtes, Speck und Presskopf haben wir auch. Unser Stand ist gleich dahinten.«

»Habt ihr vielleicht auch was ohne Fleisch?«, fragte ich, obwohl mich die Aussicht auf Schinken und Sulz sehr erfreute. Aber man durfte nicht nur an sich denken.

»Vincent ist Vegetarier«, erklärte Berta in einem Tonfall, als würde es sich dabei um eine ansteckende Krankheit handeln.

»Aber natürlich. Wir haben ganz frisches Bauernbrot, hab ich gestern selbst gebacken, und wir haben Erdäpfelwürste, auch selbst gemacht.«

In eine ordentliche Erdäpfelwurst gehörten zwar Grammeln hinein, aber das behielt ich angesichts der komplexen Lage besser für mich.

»Ich hab überhaupt keinen Hunger«, meldete Vincent sich endlich zu Wort, »aber ich begleite euch gern.«

Also folgten wir Kathi an ihren Stand. »Wurst- und Elchspezialitäten Unterkofler«, stand auf einem großen glänzenden Emailleschild, das vom Dach des gezimmerten Ausstellerhäuschens hing. Um das Schild hatte jemand, die Kathi oder ihr Mann vermutlich, einen Kranz Bratwürste drapiert, weshalb man das »s« in Selchspezialitäten nicht mehr erkennen konnte. Aber wir erkannten zweifelsfrei den Unterkofler Sepp, Kathis ruppigen Ehemann, der seinen Schweinemastbetrieb bereits in dritter Generation führte.

»Der sieht aber noch viel schlechter aus als sie«, raunte Berta mir zu, während sie den Bauern, der an einer knallroten Wurstschneidemaschine hantierte, ein wenig zu auffällig betrachtete. Ich musste ihr recht geben, die zartrosa Schinkenkeulen, die neben ihm an einer Stange hingen, sahen deutlich gesünder aus als deren Produzent, der uns keines Blickes würdigte.

»Schau, wen ich mitgebracht habe«, rief ihm Kathi zu und deutete in unsere Richtung. Der Bauer hielt für einen Augenblick inne, murmelte etwas, das »Freut mich« hätte heißen können, und wandte sich dann wieder dem Anfertigen von hauchdünnen Schinkenscheiben zu.

»Mein Mann fühlt sich in letzter Zeit leider nicht so wohl«, erklärte seine um bestimmt zwanzig Jahre jüngere Frau, als wäre ihr Mann gar nicht vorhanden. »Er kränkelt schon seit Längerem, immer wieder Fieber, Bauchweh, Schwindelanfälle, keine Ahnung, was der Arme hat, vielleicht eine verfrühte Sommergrippe.«

»Es ist auch ungewöhnlich warm für diese Jahreszeit«, stimmte Berta ihr zu. Unter ihren Achseln begannen sich bereits markante Schweißflecken abzuzeichnen.

Da war es wieder, dieses Gefühl. Für den Bruchteil einer Sekunde meinte ich beinahe, den Grund dafür zu begreifen, aber ich war zu langsam. So rasch, wie der Gedanke aufgetaucht war, war er auch wieder verschwunden.

Restlos.

Kathi belegte derweil mit geübten Griffen einen Pappendeckelteller mit ausgesuchten Wurst- und Schinkenspezialitäten. Dann stapelte sie noch zwei Scheiben Brot obendrauf, rieb etwas Kren dazu, dekorierte die schweinische Best-of-Auslese mit Petersilie und schob das Ganze über eine blitzblanke Holzplatte, die als improvisierter Tresen diente, zu uns herüber.

»Danke, das sieht einfach köstlich aus«, sagte ich und leckte mir vorfreudig über die Lippen.

Dann kostete ich mit zugegeben etwas gemischten Gefühlen den Räucherschinken, der intensiv nach Wacholder duftete und wie Butter auf der Zunge schmolz. Ein echter Gaumengenuss, wäre da nicht der tote Mann, der mir immer noch schwer im Magen lag. Im Grunde genierte ich mich für meinen Appetit. Da hatte ich vor nicht einmal zwei Stunden beim Anblick eines Mordopfers beinahe einen Herzinfarkt riskiert, und nun biss ich skrupellos in totes Fleisch, und es schmeckte sogar.

Berta schien es ähnlich zu gehen. Zwar hatte auch sie umgehend nach einer dicken Scheibe Schweinskopf in Aspik gegriffen, aber sie kaute weitaus bedächtiger als sonst und hielt immer wieder mal inne, als würde sie in Gedanken nicht ganz bei der kulinarischen Sache sein.

Kathi bemerkte von alldem natürlich nichts. Sie freute sich offensichtlich über unseren Appetit, während sie für Vincent eine Erdäpfelwurst in kleine Stückchen schnitt und auf einem neuen Teller auftürmte. Dazu legte sie noch ein paar Essiggurken, Silberzwiebeln und eine richtig dicke Scheibe Bauernbrot.

»Das ist für dich. Du siehst ja völlig kaputt aus«, meinte sie zu Vincent gewandt und gönnte ihm einen mitleidigen Blick. »Und dem Hund darfst auch was geben. Der hat ja sicher nichts gegen Fleisch.« Sie griff nach einem Sauschädl und schnitt ihm die Ohren ab. Vincent erstarrte. »Da, die gibst dem Hund, Ohren sind echt das Beste.«

Des einen Freud, des andern Leid, dachte ich bei mir, als der Neffe mit spitzen Fingern und einem beinahe schmerzverzerrten Gesicht die schweinischen Delikatessen auf den Boden warf, wo Dino sich mit Begeisterung auf sie stürzte. Armer Junge, der hatte sich seinen Zwangsurlaub am idyllischsten Arsch der Nation bestimmt geruhsamer vorgestellt.

Ich überlegte gerade, wie ich meinen Neffen auf andere, sonnigere Gedanken bringen könnte, als hinter mir eine schrille Stimme erklang.

»Also hier habt ihr euch alle versteckt.«

Elsbeth, ganz eindeutig. Und wo Elsbeth war, konnten Emma und Bobo auch nicht weit sein. Tatsächlich stapfte das tratschsüchtige Trio infernal bereits in unsere Richtung, und das beinahe im Gleichschritt.

»Da treiben sich die zwei Damen den ganzen Vormittag mit so einem schnuckeligen Jüngling herum, und niemand stellt ihn uns vor«, frotzelte Bobo, die unangefochtene Fachfrau für Sticheleien jeglicher Art, während sie sich ungefragt etwas vom Speck nahm.

Ich schluckte hinunter, den Schinken, aber auch meinen Ärger, ausgerechnet jetzt von den drei Nachrichtensprecherinnen der dörflichen Gerüchteküche erspäht worden zu sein.

»Das ist Vincent, mein Neffe, und das ist Dino, sein Hund.«

Der Hund wedelte freudig mit seinem Stummelschwanz, ohne von seinem Schweinsohr abzulassen, der Neffe sah immer noch furchtbar angeschlagen aus, brachte aber zumindest ein halbherziges »Hallo« zustande.

»Na, gestern zu tief ins Glas geblickt?«, schäkerte Bobo, während Emma vorwurfsvoll anmerkte, von der Existenz eines Neffen gar nichts gewusst zu haben, was sie als persönlichen Affront zu nehmen schien.

»Die Landluft ist halt nicht jedermanns Sache, da muss man sich erst mal dran gewöhnen«, sagte Elsbeth beschwichtigend, wirkte aber selbst ein wenig blass um die Nase. Der verschwundene Pfarrer, zu dem sie seit Ewigkeiten in platonischer Liebe entflammt war, lag ihr sicher auf dem Herzen. Zum Anhimmeln war ein Pater halt eindeutig die bessere Wahl als Gott Vater oder Gott Sohn, da befand man sich zumindest in etwa auf Augenhöhe.

»Ihr seid aber bestimmt nicht hier, um die Luftqualität zu diskutieren, oder?«, erkundigte Berta sich mit ungewohnter Schärfe.

»Natürlich nicht«, entgegnete Emma und stibitzte sich eine Silberzwiebel von Vincents Teller. »Wir haben euch hier beim Unterkofler stehen sehen und gedacht, wir schauen mal vorbei und sagen Hallo.«

»Wer's glaubt, wird selig, wer's nicht glaubt, kommt auch in den Himmel«, bemerkte Berta säuerlich.

Meine Nachbarin war generell der netteste, hilfsbereiteste und verträglichste, wenngleich nicht immer taktvollste Mensch der Welt, nur zu Emma hatte sie eine echte Abneigung gefasst, was auf Gegenseitigkeit beruhte. Möglicherweise betrachteten sich die beiden ja instinktiv als Fressfeinde und hatten so eine Art archaischen Futterneid mitsamt Revierstreitigkeiten entwickelt, da Nahrungsaufnahme auf ihrer Prioritätenliste eindeutig ganz oben stand. Beruhigenderweise befanden sich noch ausreichend Schinkenscheiben und Silberzwiebeln auf den beiden Tellern.

»Weil wir schon beim Thema ›Glauben‹ sind«, mischte Bobo sich ein und verhinderte dadurch eine verbale Ausweitung der Kampfzone, »was glaubt ihr eigentlich, was dahinten im Park passiert ist?«

Mit beachtlichem diplomatischem Feingefühl hatte die drahtige Endfünfzigerin sich auf ihren dunkelroten High Heels zwischen den beiden gewichtigen Streithälsen platziert, ein im wahrsten Sinn des Wortes perfekter Standpunkt.

»Wo denn?«, fragte Kathi interessiert und sah vom Schinkenscheibensortieren auf.

»Irgendwo dort hinter der Mauer, dort, wo die Birken und Platanen stehen. Wir haben nur die Rettungsmänner gesehen, doch die sind kurz darauf mit leerer Trage wieder abgezogen.«

Bobo fuhr sich mit ihren strasssteinverzierten Nägeln dramatisch durchs tiefschwarz gefärbte Haar, »aber dann ist auf einmal die Gräfin höchstpersönlich mit ein paar Polizisten erschienen, und der ganze Bereich wurde abgesperrt.« Eine gewisse Enttäuschung klang durch. Keine Neuigkeiten waren eindeutig schlimmer als schlechte Neuigkeiten.

»Dort hinten ist ein Mord passiert«, antwortete Berta, ohne mit der Wimper zu zucken. Ihr Wissensvorsprung verlieh ihrer Stimme einen richtig satten melodramatischen Klang.

»Ja, ganz schlimme Sache«, sekundierte ich ihr.

Die Lästermäuler und Tratschtanten rissen Augen und Ohren auf, nur mein Neffe schwieg beharrlich und sah dem Hund beim Wedeln zu.

»Ein *Mord*?«, echoten Elsbeth, Emma, Bobo und Kathi nahezu synchron.

»So richtig mit Mörder, Opfer und Blut rundherum?«, fragte Bobo euphorisch.

»Um Gottes willen. Wer wurde denn umgebracht?«, fragte Emma und bekam vor Aufregung ganz rote Flecken im Gesicht.

»Doch nicht der Herr Pfarrer?«, fragte Elsbeth, schlug die Hände vor der Brust zusammen und trat unbewusst einen Schritt nach hinten, genau auf die Pfote von Dino, dessen wehklagendes Jaulen die verängstigte Gottesanbeterin zusätzlich erschreckte.

»Echt jetzt?«, fragte Kathi, und das Wurstmesser in ihrer Hand zitterte.

»Ja, ganz in echt«, antwortete ich und genoss die ungeteilte Aufmerksamkeit. Die vier Frauen hingen förmlich an meinen

Lippen, eine Erfahrung, die mir die gesamte Schulzeit lang niemals beschieden war.

»Erzähl schon«, flehten sie mich an.

»Keine Ahnung. Ein Unbekannter jedenfalls. Jung, hübsch und tot.«

»Und er ist wirklich tot?«, wollte Kathi mit belegter Stimme wissen, das Messer immer noch so fest umklammert, dass man ihre mageren weißen Knöchel hervortreten sah.

»Mausetot. Ich hab ihm noch den Puls gefühlt, da war nichts mehr zu machen.«

Emma, Kathi und Bobo rissen die Augen auf, Elsbeth schnappte hörbar nach Luft, selbst Kathis Mann wandte sich von der Wurstschneidemaschine ab und uns zu.

»Du warst dort, also direkt am Schauplatz?«, erkundigte Bobo sich fassungslos. Sie hatte offenbar als Erste eins und eins zusammengezählt und die richtigen Schlüsse daraus gezogen.

»Klar waren wir dort«, grunzte Berta mit vollem Mund, »sonst könnten wir es ja nicht wissen.«

Nun begriffen auch die anderen ihre Chance auf mörderische Neuigkeiten aus allererster Hand. Eine Flut an Fragen ergoss sich über mich.

»Wie ist er denn gestorben?«

»Hat man ihn tatsächlich umgebracht?«

»Ist er erstochen worden?«

»Oder erschossen?«

»Oder gar erwürgt?«

»War alles voller Blut, so wie in Filmen?«

»Wie hat er ausgeschaut?«

»Was habt ihr dort gemacht?«

»Habt ihr den Mörder gesehen?«

Instinktiv sahen sich alle um, als würde der Übeltäter auf der Suche nach weiteren Opfern gleich hinter sie treten.

»Oder eine Waffe?«

»Wo genau ist die Leiche gelegen?«

»Gibt's Fotos?«

»Und ihr wisst wirklich nicht, wer das ist?«

Die Stimmung wurde zunehmend aufgeladener, und obwohl

die Sonne mittäglich strahlend vom Himmel schien, würde es wohl schon bald die wildesten Hypothesen hageln.

Ich jedenfalls kam mit dem Beantworten der Fragen gar nicht nach. Das meiste wussten wir ja selbst nicht, nur dass der junge, hübsche und uns völlig unbekannte Mann mit einer rostigen Rosenkugel erschlagen worden war, schien einigermaßen sicher zu sein. Der Tote hatte eine tiefe, blutige Wunde am Kopf gehabt, und an dem hässlichen Dekofrosch hatte gleichfalls Blut geklebt. Ein Axtmörder war dem armen Kerl also sicher nicht über den Weg gelaufen, Würgemale am Hals hatte er nicht, und einen Schuss hätte man auf dem gesamten Ausstellungsareal gehört.

»Hätte der Täter eine dieser banalen Rosenkugeln aus glasierter Keramik verwendet, so eine, wie ich sie immer bei der Tonmanufaktur kaufe und die sowieso viel schöner aussehen als diese Dinger aus Altmetall, dann würde der Mann immer noch leben«, warf Emma ein und griff sich eine Schinkenscheibe.

»Wäre der Tote zu Hause in seinem Bett geblieben, statt durch den Park zu flanieren, wäre ihm auch nichts passiert«, konterte Berta und blähte ihren paradiesblumenverzierten Busen auf.

»Erzähl noch mal, wie genau ihr die Leiche gefunden habt«, insistierte Elsbeth und zupfte mich an meinem Blusenärmel wie ein kleines Kind.

Ich kaute die Geschehnisse erneut wieder. Der Hund hatte den Toten offenbar gerochen, sich wie wild gebärdet und Richtung Gebüsch gezogen, wir waren Vincent und dem bellenden Tier gefolgt, hatten uns durchs Dickicht gezwängt, und unmittelbar neben dem kleinen Bachlauf hatte der Mann in einem Bett aus Frauenschuh gelegen. Auf dem Rücken, im dunkelblauen Anzug und mit weit geöffnetem Hemd. Das Hemd war blassgelb und voller Blutspritzer gewesen.

Ein Chor aus »Ahs« und »Ohs« erhob sich. Köpfe wurden geschüttelt, Hände gerungen und Haare gerauft. Der kollektive Adrenalinspiegel hatte bestimmt schon bedrohliche Höhen erreicht, was in Anbetracht der Geschehnisse aber wenig verwunderlich war. Ein derart mörderisches Ereignis war für uns Landeier ähnlich aufregend wie eine Expedition auf den Mars.

Ich erwog, mit meinen Beruhigungstropfen in Serienproduktion zu gehen, der Bedarf war eindeutig vorhanden.

Aber Bobo gönnte mir keine Nachdenkpause.

»Sag …« Sie wandte sich von Elsbeth ab, die in Gedanken bestimmt schon ein paar Fürbitten für den unbekannten Toten sprach, und mir zu, fasste mit ihren krallenartigen Nägeln an meine Rüschenbluse und überfiel mich mit einer unvorstellbar abartigen Frage: »Hast du dem Toten tief genug in die Augen geschaut?«

»Ich bin doch nicht nekrophil«, entfuhr es mir. Der letzte Mann, dem ich tief in die Augen geblickt hatte, das war 2015 mein Augenarzt gewesen, der hatte gänzlich unerotisch meine Hornhautkrümmung vermessen und dabei eindeutig gelebt.

»Natürlich nicht«, meinte Bobo und zog mich noch näher zu sich, »aber es heißt ja, dass sich im Moment des Todes alles auf der Netzhaut einbrennt, was der Sterbende in den letzten Sekunden seines Lebens sieht.«

»Ach ja«, sagte ich und wünschte mir einen goldenen Aluhut.

»Blödsinn«, meinte Berta, »wer glaubt denn so was? Dann gäbe es ja keine ungesühnten Verbrechen mehr, da könnte der Mörder gleich eine Visitenkarte hinterlassen.«

»Außer er hat eine Skihaube übergezogen, so wie die Bankräuber sie immer tragen«, widersprach Emma.

Die beiden waren sich definitiv nicht grün.

»Und, haben Sie was gesehen?« Kathi hatte endlich das Messer weggelegt und lehnte, ganz Ohr, neben ihrem Mann und den Schinkenkeulen. »Also ich mein, in seinen Augen.«

»Nein«, antwortete ich, »absolut nichts.«

»Kein gebrochener Blick?«, wagte Bobo einen zweiten Vorstoß.

»Den gibt's doch gar nicht«, fuhr Elsbeth sie an. »Der kommt höchstens in schlechten Romanen vor. Der Sterbende erblickt bei seinem Tod das Antlitz Gottes, und wir erblicken nichts, denn die Seele ist unsichtbar.«

»Auch keine riesigen Pupillen?«, wollte Emma mit einem Augenzwinkern wissen.

»Nein, diesmal nicht.«

»Der Gustl war halt eine Ausnahmeerscheinung«, grinste sie.
»Gott hab ihn selig«, murmelte Elsbeth.

Drei Sekunden lang herrschte pietätvolle Stille, dann griff der Unterkofler nach einer seiner fein marmorierten Schinkenkeulen und knallte sie unsanft auf den Tresen.

»Schneid noch was auf«, wies er Kathi an, die umgehend gehorchte.

Aus nächster Nähe betrachtet, machte der Unterkofler tatsächlich einen ziemlich maroden Eindruck. Tiefe dunkle Ringe unter den Augen, eingefallene Wangen und ein leichter Schweißfilm auf dem Gesicht, das blühende Leben sah jedenfalls anders aus. Ich beschloss, ihm bei passender Gelegenheit ein paar Kräutertees und Tropfen zu bringen. Aber wahrscheinlich tranken so gestandene Mannsbilder gar keinen Tee, oder bestenfalls Schnapstee, also doch besser eine Tinktur aus Weidenrinde, Sanddorn und Sonnenhutwurzel. Die würde sein Immunsystem bestimmt auf Touren bringen.

»Pauline, aber eins würde ich noch gern wissen«, unterbrach Elsbeth meine gedankliche Inventur pflanzlicher Anti-Grippe-Mittel, »wie war er eigentlich angezogen?«

Berta starrte sie an. »Was interessiert dich denn das? Willst die Kleider des Toten vielleicht bei der nächsten Caritas-Sammlung spenden? Die waren teuer, das sag ich dir.«

»Kleider machen Leute«, erklärte sie ungerührt, »wenn man weiß, was jemand trägt, kann man auf seine Herkunft schließen.«

»Er trug keinen Lendenschurz, keinen Fußballdress und keine Priesterkutte, sondern Anzug, Hemd und Halbschuhe. Gelbes Hemd, blauer Anzug, braune Schuhe«, sagte Berta. »Und nun?«

»Das ist zu vage«, sagte Elsbeth. »Man braucht mehr Details.«

»Er hatte auch einen fehlenden Knopf am Hemd und trotz der Hitze einen Schal umgebunden«, sagte ich.

»Bestimmt ein Türke. Unordentlich und immer am Frieren«, schlussfolgerte sie umgehend.

»Du und deine Vorurteile! Man bindet sich auch was um, um Knutschflecken zu verdecken. Aber das musstest du vermutlich nie«, sentenzierte Bobo.

»Dann war es bestimmt ein Mord aus Leidenschaft«, sinnierte

Emma. »Ein heimliches Date hinter den Büschen, eine hochgradig erregte Geliebte, die ihrem Lover sofort an die Wäsche gehen will, ihm die Kleidung förmlich vom Körper reißt und ...«

»... und ihm dann mit einer Rosenkugel, die sie zufällig spazieren trägt, eins über die Birne zieht, weil ihr sein Brusthaar nicht gefällt«, beendete meine Nachbarin den Satz und tippte sich an die Stirn.

Der Hypothesenhagel hatte begonnen.

»Was ist denn das für ein Mann gewesen, der einfach dasteht und wartet, bis ihm ein Weib eins über die Birne zieht?«, meldete sich auf einmal der Unterkofler zu Wort, während er ungläubig den Kopf schüttelte. »Der hau ich doch vorher in die Fresse.«

»Wie galant«, entfuhr es mir.

»Ist doch wahr«, erwiderte der Bauer und sah mich herausfordernd an, »jeder verteidigt sich, wenn er so einen Schlag kommen sieht.«

»Er wird ihn halt nicht gesehen haben«, sagte Emma und fummelte nachdenklich an ihrer speckigen Knollennase herum.

Der Bauer zuckte mit den Schultern und wandte sich wieder seiner Schinkenschneidemaschine zu. Für ihn schien das Thema erledigt. Für Bobo nicht.

»Dann müssen es halt zwei gewesen sein«, erklärte sie uns. »Also die Frau, die ihm von vorn erregt an die Kleider geht, und deren Mann, der irgendwie davon erfahren hat und sich ungesehen näher schleicht, um Rache wegen seinem Verrat zu üben.« Beifallheischend sah sie uns an.

»Dann hätte ich aber eher das untreue Weib erschlagen«, bemerkte der Unterkofler, ohne sich umzudrehen, und warf die Schneidemaschine erneut an.

»Wo er recht hat, hat er recht«, sagte Berta, »und außerdem, welcher Mann trägt schon Rosenkugeln mit sich herum?«

»Stimmt«, mussten wir ihr beipflichten, da wäre selbst ein Wagenheber noch unauffälliger gewesen.

Eine Zeit lang diskutierten wir noch alle möglichen wie unmöglichen Szenarien durch, doch es kam nichts mehr dabei raus. Emma und Berta waren gewohnheitsmäßig gegenteiliger Ansicht. Elsbeth schien diesbezüglich keine eigene Meinung zu haben, Bobo liebäugelte unverändert mit einem Verbrechen aus Liebe, Lust, Treulosigkeit und Leidenschaft, und ich bekam langsam Kopfschmerzen vom Nachdenken, Mitreden und Zuhören. Zudem nagte das schlechte Gewissen an mir, weil wir Vincent so außen vor gelassen hatten. Der Bub hatte überhaupt nicht seinen Mund aufgemacht, weder zum Essen noch zum Reden. Es war nicht richtig von uns, ihn hier derart lange festzuhalten, während wir alten Weiber uns über Mord und Totschlag austauschten, als wären es Kochrezepte. Bestimmt standen wir schon eine gute Stunde hier.

Betroffen warf ich einen Blick auf meine Armbanduhr, während Berta und Bobo die Möglich- beziehungsweise Unmöglichkeit einer Vergewaltigung diskutierten.

»Vielleicht wurde der Täter eh schon gefasst, und wir zerbrechen uns ganz umsonst den Kopf«, warf Kathi schüchtern ein, blickte gleichfalls auf die Uhr und begann, die geleerten Teller einzusammeln.

Ich war wirklich dankbar für diesen unmissverständlichen Wink mit dem Zaunpfahl. Dennoch dauerte es weitere zehn Minuten, bis Emma endlich zum Aufbruch mahnte.

»War echt nett, euch getroffen zu haben, aber jetzt schauen wir dann mal weiter«, meinte sie und verabschiedete sich.

Elsbeth und Bobo taten es ihr gleich. Dann rauschten sie eiligen Schrittes davon, weil Inspektor Kapplhuber gerade um eine mit zartrosa blühenden Waldreben überwucherte Einfriedung bog. Die Neugierde konnte einem echt Beine machen.

»Ich glaub, wir sollten auch langsam aufbrechen, ich würde trotz allem noch gerne einmal ganz rundherum gehen. Ist das okay für euch?«

Ich bedachte meine Nachbarin mit einem überraschten Blick. Dass ausgerechnet sie ihre Mitmenschen nach deren Einverständnis fragte, kam seltener vor als ein Schaltjahr.

»Ein wenig Bewegung tut Dino sicher ganz gut«, zog Vincent sich diplomatisch aus der Affäre.

»Mir soll's auch recht sein, vielleicht kommen wir dabei ja auf andere Gedanken«, sagte ich, und so machten wir uns auf den Weg.

Echtes Interesse an den ganzen botanischen und kunsthandwerklichen Sehenswürdigkeiten kam dennoch nicht auf. Wir schlichen recht schaumgebremst von Stand zu Stand, betrachteten hier ein bunt bemaltes Pflanzgefäß und dort eine handgeflochtene Feuerholzbutte, rochen an Duftpelargonien und Kräuterpotpourris, nahmen versuchsweise auf weich gepolsterten Gartenliegen und Hängematten aus Fair-Trade-zertifizierter Biobaumwolle Platz und verweilten längere Zeit am Stand eines illustren Rosenölproduzenten.

»Huile Rose de luxe«, stand auf den filigranen Flakons und mundgeblasenen Duftölbehältnissen, von denen manche sogar ziselierte Öffnungen besaßen. Billig war das Zeug bestimmt nicht, aber es duftete hinreißend gut. Bis zu vier Tonnen Blüten der Damaszener-Rose brauche es für einen einzigen Liter Öl, erklärte uns der Rosenölproduzent, ein gewisser Marc Mulière, der mit einem verdächtig einheimischen Dialekt sprach, aber vielleicht legte man sich in einer derart exklusiven Branche ja einen Künstlernamen zu. Als einziger Betreiber einer Rosenöldestillerie für Damaszener-Rose in ganz Westeuropa, bislang war ja ausschließlich Bulgarien für diese göttlichen Fragranzen berühmt, war sein Name bei Freunden hochpreisiger Düfte bestimmt in aller Munde. Immerhin kostete so ein Liter reines Rosenöl bis zu zehntausend Euro, da durfte man schon ein wenig auf den namentlichen Putz hauen. Huile Rose von Marc Mulière klang auch weitaus verführerischer als etwa Rosenöl von Heinz Hummelbrunner oder Siegfried Sauschädl.

»Darf ich der Dame ein Tröpfchen offerieren?«, schmeichelte der meiner Ansicht nach falsche Marc gerade meiner Nachbarin, die hingerissen an den Flakons schnupperte und dem Mann dabei verstohlene Blicke zuwarf.

Berta überlegte keine Sekunde und hielt dem Mann entzückt ihren linken Handrücken hin.

»Ach, wie das duftet«, flötete sie und gönnte dem edlen Spender etwas, das mit viel Phantasie als neckischer Augenaufschlag durchgehen konnte.

»Avec plaisir, ma chérie«, gurrte der Spender, klimperte gleichfalls mit den Wimpern und wandte sich dann einer neuen potenziellen Kundschaft zu. Umhüllt von feinsten Düften, zogen wir weiter.

»Na, das war jetzt aber ein echter Rosenkavalier«, neckte ich Berta, die unentwegt an ihrem Handrücken schnupperte und dabei riesige Nasenlöcher machte.

»Charmant, weltgewandt und spendabel, Herz, was willst du mehr? Wäre ich ein wenig jünger, hätte ich den bestimmt nicht von meiner Bettkante gestoßen«, meinte sie und grinste anzüglich. »Oder was meinst du, Vincent, du bist doch Spezialist für Männer?«

Wie taktlos von ihr. Ich zuckte innerlich zusammen, aber mein Neffe sah sie nur ausdruckslos an und meinte: »Schwuler Schleimer.« Ob das aus seiner Perspektive ein Kompliment oder eine Beleidigung war, erschloss sich mir nicht, aber das Thema war damit erledigt.

Auf der Rückseite des Gebäudes, wo die eher großformatigen Gerätschaften zur professionellen Grünraumpflege ausgestellt waren, stießen wir beinahe mit Rasenmäh-Rudi zusammen, der mit einem Laubbläser hantierte.

»Das müsst ihr euch anschauen«, sagte er statt einer Begrüßung und hielt uns das unförmige Ding vor Augen, »das ist ein Cherokee MURX 40004XF Turbo, eine absolute Innovation auf dem Markt. Der funktioniert mit Solarzellenantrieb, Multispeed-Steuerung, hat einen bürstenlosen Hochleistungsmotor, ergonomisches Einhanddesign mit gepolsterter Daumenhalterung, dazu ein extrem dynamisches Luftstromdesign und kommt dabei bis auf hundertsechzig Kilometer pro Stunde. Wahnsinn, oder?«

Ja, das fand ich auch, einfach Wahnsinn, wodurch Männer heutzutage in Ekstase gerieten.

»Warum lässt du dein Laub nicht einfach verrotten und sparst dir das Geld?«, fragte Berta mürrisch.

Rudi fror das Lächeln ein. Dabei hatte meine Nachbarin völlig recht. Laubbläser zählten zu den schlimmsten technischen Errungenschaften unserer Zeit. Viel Lärm um nichts sozusagen. Vergraulten Insekten und Igel, bliesen einem künstlichen Wind um den Kopf, vergeudeten Energie und machten einen furchtbaren Krawall. Was ich Rudi auch gerne gesagt hätte, wenn meine diplomatische Ader – Berta nannte sie stets »Angst vor Konfrontationen« – mich nicht daran hindern würde. Mir war eine einigermaßen gute Nachbarschaft leider immer noch wichtiger als böses Blut durch offen ausgetragene Konflikte. Bereits meine Schwester hatte mich deshalb immer wieder als feig bezeichnet und mich darauf hingewiesen, dass den Mutigen die Welt gehöre. Aber ich wollte gar keine Welt, mir genügte meine kleine, überschaubare Idylle.

Und ausgerechnet in der war ich nun über eine Leiche gestolpert. Ich musste an meinen Mann denken. Nicht, dass ich ihm den Tod wünschte, ganz im Gegenteil, aber seine komischen Karten hatten so was vorausgesagt. Eine größere Genugtuung konnte man Fred vermutlich nicht bescheren, außer vielleicht durch einen Sieg von Juventus Turin bei der Champions League. Ich sollte ihn anrufen, er war immerhin mein angetrauter Gatte und saß seit seinem Pensionsantritt den ganzen Tag daheim. Nur Karten zu legen und nach verbotenen Lebensmitteln zu suchen, stellte ich mir so spannend vor, wie weißer Wandfarbe beim Trocknen zuzusehen. Und zu mehr konnte er sich seit Ewigkeiten nicht aufraffen.

»Ich werde mal schnell mit Fred telefonieren«, wollte ich Berta informieren, aber die diskutierte unverändert lautstark mit unserem Rasenmäh-Fanatiker. Satzfetzen wie »dein bescheuerter arischer Rasen«, »peinlicher Miss-Piggy-Stil« und »flachbrüstige Hortensien« umflogen mich. Ich fragte besser nicht nach.

Mein Neffe hingegen schien in eine Art Energiesparmodus verfallen. Er lehnte mit hängenden Schultern und halb geschlossenen Augen an einem Kompostbehälter aus Schilfgeflecht, absolut reglos und ohne auch nur einen Blick auf sein Smartphone zu werfen, während Dino ihm zu Füßen lag und leise vor sich hin hechelte. Keiner von beiden nahm die geringste Notiz von mir. Also trat ich unter eine Arkade, um keinen ungewollten Lauschangriff zu riskieren, kramte nach meinem vorsintflutlichen Mobiltelefon, das außer telefonieren nichts konnte, rief daheim an und erzählte Fred vom vormittäglichen Leichenfund.

Mein Mann jubilierte. »Hab ich's dir nicht gesagt?«, wiederholte er nahezu gebetsmühlenartig. »Die Karten lügen nie.«

Ich gönnte ihm zwar die Freude, fand seinen euphorischen Gemütszustand in Anbetracht eines Todesfalles aber doch ein wenig übertrieben. Besser, ich holte ihn wieder ein wenig auf den Boden zurück, bevor er ganz in den siebten Himmel der Tarockiererei abhob.

»Vergiss nicht, die Diabetestropfen zu nehmen, mindestens sieben Tropfen direkt auf die Zunge. Und nach dem Kaffee weitere sieben. Deine Zuckerwerte waren heute Morgen gar nicht gut. Und iss den Rest vom Erdäpfelgulasch, da hab ich noch extra Kreuzkümmel, Kurkuma, Thymian und russischen Estragon dazugegeben wegen der hohen Glukosewerte.«

Fred versprach es. Ich wusste, dass er es dennoch nicht tun würde, und er wusste, dass ich es wusste. Aber dank dieser stillen Übereinkünfte hatten wir letztlich schon fünfunddreißig Ehejahre gemeistert. Nach ein paar unverfänglichen Phrasen wünschten wir uns beide noch einen schönen Tag, dann beendete ich das Gespräch und wollte bereits zu Berta und Vincent zurückgehen, als mein Blick auf ein riesiges silbrig glänzendes Transparent fiel, das in dem tonnengewölbeartigen Durchgang vom Schlosshof zur ehemaligen Fasanerie hing. »Flower-Power-Singletreff mit Speed-Date-Dinner, Samstag, 21. Mai – nur für Mitglieder mit #Herz und #Humus«. Daneben verzierten Dutzende leicht gedrungene Herzen jeden Großbuchstaben, und um die Wandhalterungen hatte man auch noch büschelweise hellrot blühende Tränende Herzen drapiert. Es ging demnach um Liebe, so viel verstand auch ich, aber der Rest der romantischen Frohbotschaft kam mir äußerst kryptisch vor. Die Flower-Power-Welle hatte doch in den achtundsechziger Jahren stattgefunden, die Jünglinge von damals standen mittlerweile alle schon mit einem Fuß im Grab, oder sie schleppten sich mit Rollatoren voran, statt auf Freiersfüßen zu wandeln. Echte Singles waren wahrscheinlich auch keine mehr dabei, eher solche aus zweiter oder dritter Hand, vielleicht überhaupt nur noch Witwer und Witwen. Und was in aller Welt musste ich mir unter einem Speed-Date-Dinner vorstellen?

»Eigentlich hab ich mich auch dafür angemeldet«, riss Berta mich aus meinen Überlegungen.

Die hitzige Debatte mit dem Nachbarn hatte in ihr vermutlich den Wunsch nach etwas Abkühlung unter den schattigen Arkaden geweckt.

»Echt? Du speeddatedinnerst mit Herz, Humus und Rauten?« Unvermutet fühlte ich mich um Lichtjahre gealtert, ein angestaubtes Relikt aus dem längst vergangenen Zeitalter der Analogie. Zwischen mir und Berta schienen auf einmal nicht nur vierzig Kilo und vier läppische Jahre zu liegen, sondern eher zwei Generationen.

»Na ja, interessante Männer laufen einem halt nicht gerade in Oberdistelbrunn über den Weg. Und an ›Bauer sucht Frau‹ hab ich auch kein Interesse. Ich will einen Rosenkavalier, keinen Saubauern. Jetzt bin ich in Pension, jetzt hab ich Zeit für ein wenig Romantik. Oder hältst du mich für zu alt? Oder gar für unattraktiv?«

Ich schüttelte entschieden den Kopf. »Natürlich nicht. Liebe kennt bekanntlich kein Alter.« Berta runzelte die Stirn, das war eindeutig die falsche Antwort gewesen. »Also ich meine, du bist doch noch so jung, du kannst dich noch hundertmal verlieben. Und das neue Kleid steht dir ausgezeichnet, passend zum Flower-Power-Thema ausgewählt«, besänftigte ich sie. Bertas Stirnfalten glätteten sich merklich. »Aber jetzt erklär mir mal, was da überhaupt so abläuft. Zu meiner Zeit hat man sich ja noch beim Feuerwehrfest kennengelernt. Oder beim Tanz in den Mai. Und nach zwei Wochen Händchenhalten im Verborgenen hat man sich endlich ins Kino in die Stadt getraut. Ich kann mich heute noch daran erinnern. Schon Tage vorher habe ich weder schlafen noch essen können vor lauter Aufregung, dann hab ich auch noch ein Wimmerl mitten auf der Nase gekriegt und meine Tage, und ich hatte solche Angst, dass man das merken würde. Damals waren Tampons ja noch nicht so verbreitet. Drei Mal habe ich mich umgezogen, literweise das Parfum meiner Mutter versprüht und den Dr. Sommer verflucht, weil's da immer nur um den Umgang mit zudringlichen Jungs, aber nie um den Umgang mit zentimeterdicken Zellstoffbinden gegangen ist.« Beim Gedanken an den Sexspezialisten der Bravo-Hefte mussten wir beide grinsen. »Jedenfalls haben wir ›Dr. Schiwago‹ gesehen,

Fred und ich, und im dunklen Saal sind weder mein Pickel noch meine Binde aufgefallen. Mein Gott, was war der Omar Sharif doch für ein toller Mann.«

Ich seufzte.

Berta betrachtete mich mit einer Mischung aus Mitleid und Unverständnis. »Sag, willst du nun wissen, wie das heute so abläuft, oder lieber in deiner sentimentalen Urzeit verweilen?«, fragte sie mich.

Ich hatte den Eindruck, dass sie selbst nicht wusste, welche Variante ihr lieber wäre.

»Das Speed-Date-Dinner bitte«, nahm ich ihr die Entscheidung ab.

»Ach, das ist gar nicht so bewegend, machen mittlerweile alle. Du brauchst bloß Mitglied in der Flower-Power-Singlebörse zu sein, das kostet dich hundertdreißig Euro im Jahr, und dann werden dir alle möglichen Männer vorgestellt.«

»Äh, die werden zu dir geschickt und läuten einfach an der Tür?« Bislang waren mir keine Rosenkavaliere vor Bertas Haustür aufgefallen.

»Aber nein.« Erneut dieser Blick, diesmal überwog aber eindeutig das Mitleid. »Du bekommst Post, mit Fotos und so.«

»Die schicken sich selbst als Packerl? So wie in dem Lied vom Wolfgang Ambros?«

»Das war der Ludwig Hirsch, nicht der Ambros, der das gesungen hat, meine Güte, du hast aber auch null Ahnung. Oder schon Alzheimer. Egal, jedenfalls rede ich von Mails, Chatnachrichten, virtueller Post, also per Internet auf den Computer verschickt. Computer kennst aber schon, oder?«

Ich nickte. Wir besaßen sogar so ein Ding. Fred legte hin und wieder eine Patience damit, aber ich benutzte ihn eigentlich nie.

»Immerhin. Der Nachteil von diesen ganzen Nachrichten ist aber, dass du dir mit den Auserwählten, sind eh wenig genug, früher oder später einen echten Treffpunkt ausmachen musst. Und das möglichst weit weg von daheim, damit sich die Leute nicht das Maul zerreißen. Und der Typ keinesfalls auf die Idee kommt, dich vielleicht nach Hause zu begleiten.«

Das schien mir logisch nachvollziehbar. Fremde Männer in

der Oberdistelbrunner Konditorei würden für Aufsehen sorgen. In Begleitung von Berta vermutlich für einen mittleren Skandal.

»Daher, weil das Motto unserer Börse ja ›Flower-Power‹ lautet, also eigentlich nur für Garten- und Blumenfreunde gedacht ist, haben sich die Betreiber für ein Treffen hier bei der Gartenschau entschieden. Der Rahmen passt perfekt, und man hat gleich eine ganze Handvoll Männer zur Auswahl, ohne viel Zeit mit Anschreiben und Zurückschreiben zu vertun und ständig leere Kilometer zu verfahren.«

»Verstehe, so wie eine Braunvieh-Versteigerungsaktion«, warf ich ein.

Langsam ging mir die romantische Essenz schnelllebiger Zeiten auf. Kein Kino, kein Knutschen, kein behutsames Kennenlernen, sondern Werbeverkaufsschauen im Schnelldurchlauf.

Aber Berta ignorierte meinen Einwand und belehrte mich stattdessen noch über den Ablauf eines Speed-Date-Dinners, bei dem ein achtgängiges Menü geplant war, im Zuge dessen einem pro Gang ein neues Mannsbild serviert wurde. Man wechselte alle fünfzehn Minuten Gericht und Gegenüber, bis zum Dessert. Herz und Humus hingegen würden sich logischerweise allein auf die liebeshungrigen Gartenfreunde beziehen, und die Raute sei einfach das Symbol der Kurznachrichten beim Twittern.

Ich murmelte irgendetwas, das sich nach mäßigem Interesse anhörte. Die Blöße, mich auch noch nach der Bedeutung von »twittern« zu erkundigen, wollte ich mir keinesfalls geben.

»Klingt doch super, ein Essen mit männlichem Anschauungsmaterial. Hoffentlich nicht bei Kerzenschein«, sagte ich stattdessen.

»Warum kein Kerzenschein? Der sorgt doch gerade für die Romantik. Sonst fühlt man sich ja wie bei einem Verhör.«

»Aber bei Kerzenschein sieht man sein Gegenüber kaum. Fred und ich haben beim letzten Stromausfall wegen dem Gewitter vor zwei Wochen mit Kerzen zu Abend gegessen. Es war so dunkel am Tisch, dass mein Mann sich mit einer Scheibe Emmentaler den Mund abwischen wollte, weil er sie für eine Serviette gehalten hat. Dabei hatte ich extra diese riesigen roten

Grablichter aufgestellt, die man zu Allerheiligen immer auf den Friedhöfen sieht. Die leuchten eigentlich ziemlich stark.«

»Grablichter. Wie romantisch. Und dann wunderst du dich, wenn bei euch die ehelichen Freuden im Sterbebett liegen.«

Kurz fragte ich mich, woher Berta das wohl wusste, aber vermutlich merkten es mittlerweile alle, dass Liebe und Leidenschaft bei uns längst auf Sparflamme köchelten. Wenn ich Fred an die Wäsche ging, dann höchstens, um nach seinen Krampfadern zu sehen. Wenn er mich ins Bett zerrte, dann auch nur, weil meine Bandscheiben wieder mal im Bummelstreik waren.

Ich schwieg und blickte versonnen auf eine Putte, die melancholisch und in kindlich nackter Unschuld den Fries über den Arkaden zierte.

»Jedenfalls glaube ich sowieso nicht, dass ich nach dem heutigen Tag noch Lust auf prickelnde Männlichkeit hab«, gestand Berta ein, die meinem Blick auf den possierlichen Nackedei gefolgt war. »Vielleicht wird die ganze Sache überhaupt abgesagt, ist doch irgendwie pietätlos, auf Freiersfüßen zu wandeln, wenn am Vortag noch eine Leiche in der Landschaft gelegen hat.«

Betroffen schwiegen wir eine Zeit lang vor uns hin. Berta kaute konzentriert an ihren kurzen Nägeln herum, ich sagte mir in Gedanken das Einmaleins auf, eine Angewohnheit, die mich schon als Kind beruhigt und abgelenkt hatte, doch obwohl ich bereits bei sieben mal neun angelangt war, blieb die erhoffte Wirkung aus. Die letzten Tage hatten zu viele Fragen aufgeworfen, aber keinerlei Antworten geliefert. Vorsätzlich vergiftete Hühner, ein verschollener Priester und dann noch ein Mord, das überstieg meinen Bedarf an dörflicher Dramatik um gefühlte drei Wiedergeburten.

Wie auf Kommando tauchte nun auch noch Vincent hinter dem Arkadengang auf.

»Schau, da kommt dein Walking Dead«, bemerkte Berta und ließ von ihrem Daumen ab. Vincent sah tatsächlich aus wie eine Erscheinung aus dem Jenseits. Keine Spur mehr von dem strahlenden, optimistischen und energiegeladenen Jungen, der er heute Morgen noch gewesen war. Ich nahm mir fest vor, am Abend ein klärendes Gespräch zu suchen, Trost zu spenden, schlimmstenfalls sogar eins dieser unaussprechlichen Dinge wie Taipeh oder Kino für ihn zu kochen und ein paar nette Worte über den Sabberhund zu finden; das munterte ihn bestimmt auf.

»Hallo, Vincent«, rief ich ihm überschwänglich zu, als hätte ich ihn seit Jahren schmerzlich vermisst. Mein schlechtes Gewissen nagte erneut an mir, hatte ich den Neffen vor lauter Aufregung rundum beinahe schon wieder vergessen.

»Ihr seid auf einmal verschwunden gewesen«, sagte er und wirkte wie ein kleiner verängstigter Bub.

»Das tut mir leid«, ich umarmte ihn wie einen verlorenen Sohn, »wir sind in den Schatten geflüchtet, weil uns die Sonne zu viel wurde, und dann haben wir uns glatt vertratscht. Das war fürchterlich gedankenlos von uns, verzeih mir.«

Sogar Berta grummelte etwas von »War echt blöd von uns, sorry«, was in Anbetracht ihrer generell recht ruppigen Art ungefähr Stufe zehn der moralischen Selbstkasteiung entsprach.

»Nein, nein, kein Problem, es ist nur«, Vincent deutete auf das Fledermaustier, dessen heraushängende Zunge schon fast den Boden berührte, »Dino verträgt die Hitze auch nicht sehr gut, ich denke, ich sollte ihn nach Hause bringen.«

Beinahe flehentlich sah er erst mich, dann den Hund und schließlich unsere Chauffeuse an. Die reagierte prompt und erstaunlich einfühlsam.

»Gute Idee, ich steh selbst schon kurz vor einem Hitzschlag. Von mir aus können wir fahren.«

Ich nickte zustimmend, und wir machten uns auf den Weg, der sich bereits nach hundert Metern als Hindernislauf entpuppte.

»Von wegen gediegene Atmosphäre«, raunzte Berta, »da geht's ja zu wie auf dem Oktoberfest.«

Tatsächlich war nirgendwo ein Durchkommen mehr. Offenbar hatte sich die Nachricht vom Leichenfund bereits flächendeckend verbreitet, denn die Menschen standen grüppchenweise und höchst unbeweglich herum und schienen allesamt trunken vor Aufregung, den Blick Richtung Himmel gerichtet, wo zwei Polizeihubschrauber über dem Schlosspark kreisten.

»Wozu sollen die gut sein?«, bemerkte Berta, während sie

sich mit Ellbogen, lauten Flüchen und vorgereckter Brust eine Schneise durch die Leute bahnte.

»Ich nehme an, die suchen den Mörder. Unter Umständen treibt er sich ja noch irgendwo herum«, erwiderte ich.

»Aber der Mörder wird nicht so dumm sein, im Alleingang durch das Wildgehege zu schleichen, wo alles, was weder Federn noch Geweih trägt, selbst einem polizeilichen Blindgänger wie unserem Inspektor Kapplhuber auffallen würde«, warf meine Freundin ein. »Falls er nicht schon längst das Weite gesucht hat, hat er sich nach der Tat garantiert wieder unter die Messebesucher gemischt. Unter Tausenden anderen Zweibeinern fällt er nicht auf. Auch nicht vom Hubschrauber aus.« Berta schien absolut überzeugt von dem, was sie da sagte.

Besorgt klemmte ich mir meine Tasche fester unter den Arm, eine Sekunde später schalt ich mich für so viel Dummheit. Hier ging es um ein Kapitalverbrechen, nicht um Handtaschenraub.

»Du meinst tatsächlich, er ist irgendwo auf dem Ausstellungsgelände und sieht sich in aller Ruhe an, wie die Polizei nach ihm sucht?« Ein beunruhigender Gedanke, fand ich.

Berta nickte. »Vielleicht hat er sich sogar ein paar Primeln oder Vergissmeinnicht gekauft, damit er ohne Tatwaffe nicht mit leeren Händen dasteht. Wobei es meiner Ansicht nach durchaus auch eine Mörderin sein könnte.«

Vermutlich hatte sie recht, es wäre wirklich äußerst unüberlegt, nach einer derart brutalen Tat in eine menschenleere Einöde zu fliehen, wo bestenfalls Birken, Pappeln oder Silberweiden etwas Sichtschutz boten und das Gras so hoch gewachsen war, dass man jeden Schritt über die Wiese hätte nachverfolgen können. Selbst ohne Suchhund wäre man dem Täter sofort auf die Spur gekommen. Oder der Täterin. Ich hatte keinerlei Präferenzen. Totschläger blieb Totschläger, mit oder ohne Y-Chromosom.

»Als wir den Toten gefunden haben und ihr wegen dem Funkloch am Tatort zurück auf das Ausstellungsgelände gegangen seid, ist euch da eigentlich jemand begegnet?«, fragte ich meine beiden Begleiter, doch Vincent hörte mir gar nicht zu.

»Du meinst, der Bösewicht hätte noch am Tor stehen und sich die mörderischen Hände ringen können?«, fragte Berta retour.

»Ich weiß es nicht. Vielleicht ist der Tote eh schon länger dort gelegen, er hat sich recht kühl angefühlt, aber ich hab keine Ahnung von Temperaturstürzen bei Verstorbenen, ich frage nur.«

»Ist auch okay, ich bin einfach schon müde und gereizt. Diese verdammten Leut hier – stehen nur im Weg herum und schauen blöd. Man sollte echt einen Führerschein für Fußgänger beantragen.« Mitleidlos trat Berta der männlichen Hälfte eines händchenhaltenden Paars, das vor einem weiß lackierten, schmiedeeisernen Rosenbogen mit integrierter Gartenbank stehen geblieben war, in die Ferse. Der Mann machte einen Satz nach vorne und riss seine Partnerin dabei fast um. »Passen Sie doch auf, keine Augen im Kopf, oder was?«, fauchte Berta und schubste die beiden dank präziser Ellbogentechnik aus ihrem Weg.

»Jedenfalls haben wir niemanden gesehen und sind auch niemandem begegnet, weil du vorhin gefragt hast. Oder Vincent?«

»Nein, niemandem«, antwortete er. Der Schweiß stand ihm auf der Stirn, denn wegen des argen Gedränges hatte mein Neffe den Hund hochgenommen und hielt ihn im Arm wie einen Säugling, mit dem einzigen Unterschied, dass so eine Französische Bulldogge bestimmt an die fünfzehn Kilo wog. Armer Junge, dieser Tag verlangte ihm ordentlich was ab.

»Aber vielleicht hat der Mörder das Areal doch noch nicht verlassen. Er konnte ja nicht ahnen, dass mich meine schmerzenden Schweißfüße schon eine Stunde nach Einlass ans Wasser ziehen würden. Wahrscheinlich ist er davon ausgegangen, dass den Park so schnell überhaupt niemand betreten würde. War ja auch verboten.« Nachdenklich zog Berta die Stirn in Falten.

»Hätten wir uns an das Verbot gehalten, wäre uns einiges erspart geblieben«, flüsterte ich, damit Vincent mich nicht hören konnte. Er sollte sich nicht auch noch Vorwürfe deshalb machen, er hatte uns doch nur helfen wollen.

»Uns vielleicht, dem Opfer nicht«, erwiderte Berta, gleichfalls mit gedämpfter Stimme, »und außerdem, stell dir vor, wir hätten den armen Tropf nicht gefunden, dann wäre der womöglich noch tagelang in der Hitze gelegen, von Ratten angefressen, halb verwest, voller Fliegenmaden, und die Polizei hätte überhaupt keine Chance mehr auf frische Spuren gehabt. Man sagt ja, dass die ersten vierundzwanzig Stunden nach einem Mord die entscheidenden Hinweise liefern.«

Meine Nachbarin sah offenbar auch Krimis, nicht nur Liebesgeschichten, denn mit dem Verwesungsprozess hatte sie recht. So hatte das bedauernswerte Opfer zumindest eine schöne Leiche abgegeben.

Wir näherten uns bereits der Zielgeraden, dem gekiesten Weg zum Eingangsbereich, als mir der schreckliche Gedanke kam.

»Berta, aber wenn der Täter noch in der Nähe vom Tatort war, dann hätte er mich ja problemlos auch umbringen können. Ich war eine gute Viertelstunde allein in diesem Funkloch. Die Rosenkugel hätte bestimmt auch ein paar weitere Schläge überlebt.« Aber ich nicht. Auf einmal zitterten mir die Knie. »Ich muss mich mal schnell wo hinsetzen. Meine Nerven brauchen einen Boxenstopp.«

Vorsichtig betrat ich den englischen Rasen, auf dem ein Bronzeguss der Botticelli-Venus stand, und ließ mich auf die göttliche Muschel fallen, die man ausnahmsweise einmal nicht zur Vogeltränke umfunktioniert hatte. Jetzt hatte ich meine Beruhigungstropfen selbst bitter nötig. Hektisch begann ich, in meiner Tasche nach dem kleinen Fläschchen zu kramen, während Berta und Vincent mir wortlos dabei zusahen. Endlich bekam ich meine Naturmedizin zu fassen. Zwanzig Tropfen sollten auch mir genügen, und bei jedem einzelnen sagte ich mir: Hurra, ich lebe noch. Zehn Hurra ... elf Hurra ... Bei zwölf fiel ein Schatten über mich, und eine Stimme brüllte: »Was fällt Ihnen ein? Das ist ein Kunstwerk, keine Parkbank. Stehen Sie sofort auf und verschwinden Sie, sonst mach ich Ihnen Beine.«

Ein grimmig dreinblickender, rotgesichtiger Mann, auf dessen Uniformjacke das Logo eines Sicherheitsdienstes prangte, hatte sich drohend vor mir aufgebaut. So aufgebracht, wie er aussah, lagen seine Blutdruckwerte bestimmt schon im interstellaren Bereich. »Na, wird's bald«, schrie er und fuchtelte mit seinen Armen in der Luft herum, als wolle er Hitchcocks Vögel vertreiben.

Eine derartige Zwerchfellmassage hätte es wirklich nicht gebraucht. Kleinwüchsige Männer, deren Umgangsformen nahezu steinzeitlich anmuteten, waren mir seit jeher zuwider. Ich stand auf, warf Berta einen verschwörerischen Blick zu, trat einen Schritt auf den Mann zu, fasste mir theatralisch ans Herz und ließ mich – immerhin war ich dreiundsechzig – ganz langsam zuerst auf die Knie und dann der Länge nach hingestreckt auf den Rasen fallen.

»Sehen Sie«, hörte ich meine Nachbarin sagen, während ich das Gesicht fest in die Grasnarbe drückte, »jetzt haben Sie sie umgebracht. Meine Freundin leidet an schwerer Akutochauviphobie. Holen Sie sofort einen Delifibrator. Oder den Notarzt. Und beeilen Sie sich um Himmels willen.«

Ich hätte nie gedacht, dass ein kleiner dicker Mann mit derart kurzen Beinen so schnell laufen konnte. Kaum war er aus unserem Blickfeld verschwunden, bekamen wir einen Lachanfall.

»Komm, hilf mir auf«, ich streckte Berta einen Arm entgegen und drehte mich auf den Rücken, »meine Bandscheiben, weißt eh.« Dank ihrer Unterstützung kam ich problemfrei wieder auf die Beine. »Das Ding nennt sich übrigens Defibrillator, aber die Akutochauviphobie war einfach genial.«

»Gell, find ich auch. Geile Aktion. Der Typ hat seinen Verstand echt tiefergelegt, so ein Idiot. Aber jetzt sollten wir rasch zum Ausgang, bevor der wirklich einen Notarzt anschleppt.«

Immer noch prustend, tauchten wir eilig in der Menschenmenge vor dem Eingang unter. Sogar Vincent, der den Hund wieder auf den Arm genommen hatte, trug homöopathische Spuren eines Lächelns im Gesicht.

»Das war aber echt der Hammer«, meinte er, und es klang beinahe nach Bewunderung.

Die Schlange vor dem Ausgang stellte sich leider als ebenso lang wie die vor dem Eingang heraus. Niemand durfte das Areal verlassen, bevor er den Polizeibeamten, die das Tor von allen Seiten umstanden, Name, Adresse, Telefonnummer, Fingerabdrücke und Einblick in etwaige Einkaufstüten gegeben hatte.

Endlich waren wir an der Reihe.

»Pauline Klingel, Enzianweg 4«, gab ich bereitwillig Auskunft, doch der Beamte winkte ab.

»Ihre Daten haben wir schon, Sie haben ja die Leiche gefunden. Die Kollegen vom LKA werden sich sowieso noch mit Ihnen in Verbindung setzen.« Er blickte kurz auf Berta und Vincent und setzte zwei weitere Häkchen in seiner Liste. »Aber Ihre Fingerabdrücke bräuchten wir noch.«

Artig drückten wir Daumen und Zeigefinger auf das Lesegerät, kurz darauf ging das Tor auf, wir waren draußen und vierzig Minuten später daheim. Zumindest die Fahrt war wohltuend ereignislos verlaufen.

»Endstation Enzianweg, bitte alles aussteigen«, meinte Berta in bemüht lockerem Tonfall, nachdem sie den Wagen in ihren Carport manövriert und den Motor abgestellt hatte, »mein Sofa ruft schon nach mir.« Wir stiegen aus, sie aktivierte die Zentralverriegelung, Vincent setzte den Hund auf den Boden. »Und glaubt mir, das Schlimmste haben wir überstanden. Morgen ist ein neuer Tag.«

Leider würde der neue Tag noch schlimmer werden als der alte. Aber das stand weder in den Sternen noch in Freds Karten.

**

Als ich mein Haus betrat, umfingen mich angenehme Kühle und ein unangenehmer Geruch.

»Fred?«, rief ich leicht alarmiert durch den Flur.

Keine Antwort. Ich warf einen Blick in die Küche, danach ins Wohnzimmer, Freds Fernsehsessel war leer, ebenso das Bett im Schlafzimmer, das Klo und das Bad. Zur Sicherheit warf ich sogar einen raschen Blick ins Gästezimmer, da Vincent noch den Hund um den Block führte, aber auch dort war niemand. Ratlos blieb ich vor dem Badezimmerspiegel stehen und sah mir beim Nachdenken zu. Sollte ich zuerst Fred suchen oder die Quelle des unangenehmen Geruchs? Sollte ich mir gleich wieder Sorgen machen oder besser erst ein Vollbad nehmen?

Das Zuschlagen der Eingangstür und schlurfende Schritte auf dem Flur nahmen mir die Entscheidung ab.

»Hallo, Fred, wo kommst du denn her?«, rief ich, ohne mich umzudrehen. Nur mein Mann konnte einer Schmutzfangmatte so konsequent die Daseinsberechtigung absprechen, indem er mit einem langen Schritt einfach darüber hinwegstieg, statt sich die Schuhe abzuputzen.

»Ich war nur im Garten«, tönte es aus dem Flur zurück.

Eigenartig. Um diese Uhrzeit pflegte mein Faultier üblicherweise seinen Mittagsschlaf zu halten, entweder im Fauteuil oder im Bett, manchmal war er mit seinen Karten auch schon am Küchentisch eingenickt, aber an die frische Luft zog es ihn nach dem Essen so gut wie nie.

Neugierig trat ich ins Vorzimmer. Fred streifte sich gerade die schmutzigen Schuhe ab, an denen noch fette Erdklumpen klebten, in der linken Hand hielt er meine längst verschollen geglaubte blassblaue Rührschüssel, mit der rechten stützte er sich an der Spiegelkommode ab.

»Was hast du denn gemacht?«, fragte ich ihn, während ich in Gedanken bereits den Dreck auf dem Boden zusammenkehrte.

»Ach, eigentlich gar nichts.«

Er schlich in die Küche, ich folgte ihm nach. Seit seinem Pensionsantritt machte Fred andauernd nichts, aber normalerweise kleidete er sein Nichtstun in hundert blumige Umschreibungen, die sich alle mächtig anstrengend anhörten. Wenn er demnach freiheraus erklärte, nichts getan zu haben, hatte er in Wahrheit bestimmt etwas getan, etwas, von dem er wusste, dass es mir gar nicht gefallen würde.

Und ich behielt recht.

»Aber wenn du nichts gemacht hast, wozu hast du dann die Rührschüssel gebraucht?« Ich betrachtete das uralte, verbeulte Ding, das Fred immer noch in Händen hielt. »Wo hast du die überhaupt her?«

Seit über einem Jahr verwendete ich bereits eine neue weiße Schüssel aus kratzfestem Kunststoff, die um vieles leichter war als das alte Behältnis aus Emaille.

»Die stand in der Gartenhütte herum«, murmelte Fred.

»Stimmt, ich wollte Stiefmütterchen reinsetzen, habe es dann aber vergessen«, erinnerte ich mich. »Jedenfalls weiß ich immer noch nicht, was du mit der Schüssel im Garten gesucht hast.«

»Ich hab uns Spinat gepflückt, fürs Abendessen.« Er stellte das

Behältnis auf die Anrichte. »Der hat schon richtig kräftige Blätter, musste ich stellenweise sogar mit der Schere abschneiden.«

Ich starrte ihn an. Fred hatte Gemüse geholt, aus freien Stücken, das war zum letzten Mal nach dem Begräbnis von Tante Erna vorgekommen, und die war genau am Tag von Merkels Amtsantritt gestorben, also vor einer Ewigkeit.

»Soll ich ihn auch gleich waschen?«

Was war bloß mit meinem Mann los? Ich war nahe daran, mir schon wieder Sorgen zu machen.

»Nein, nein, lass nur, der bekommt erst mal ein Wasserbad.« Ich trat zur Anrichte, ließ kaltes Wasser in die Spüle und kippte den Spinat rein. Die Blätter waren tatsächlich ausgesprochen hart, viel zu hart für banalen Blattspinat. »Um Himmels willen, willst du uns umbringen?« Fred schreckte auf. »Das sind die Blätter der Haselwurz, die hab ich nur als Bodendecker gesetzt, weil vor der Hecke sonst nichts mehr wächst, die Glanzmispel wirft viel zu viel Schatten.«

»Aber hast du nicht immer den Spinat von dort hinten geholt?«

Manchmal wusste ich wirklich nicht, ob ich mich über Freds gärtnerisches Unwissen ärgern oder ihm wenigstens seinen guten Willen als Schritt in die richtige Richtung anrechnen sollte. Manchmal, so wie jetzt, tat er mir aber einfach nur leid.

»Dort hinten habe ich den Bärlauch geholt, der mag schattige, feuchte Böden, der Spinat befindet sich immer noch dort, wo du das letzte Mal nach dem Salat gesucht hast.«

Zerknirscht betrachtete Fred die Haselwurzblätter. »Und daran wären wir wirklich gestorben?«, fragte er verunsichert.

»Nein, wahrscheinlich nicht, weil die so pfeffrig scharf schmecken, dass wir bestimmt nicht viel davon gegessen hätten.« Ich sammelte das falsche Gemüse wieder ein und warf es zurück in die Rührschüssel. »Früher hat man die Wurzel von der Haselwurz übrigens gerne in Bier und Wein gerieben, um notorische Säufer vom Alkoholgenuss abzuhalten. Aber da wir beide keine Alkoholiker sind, werfe ich das Zeug jetzt einfach weg.«

Ich zog die Lade mit den Müllsäcken heraus und erstarrte schon wieder. Im mittleren Sack, dem für den Restmüll, leuchteten mir die Überreste meiner weißen Rührschüssel entgegen. Umweht von einem üblen Geruch.

»Fred? Möchtest du mir noch etwas sagen?« Mit spitzen Fingern zog ich eins der verklumpten Teile hervor und roch daran. Verbranntes Plastik, das also war der eigenartige Geruch gewesen, den ich beim Betreten des Hauses bemerkt hatte.

»Na ja«, er seufzte mitleiderregend oder auch schuldbewusst, »ich habe mittags das Erdäpfelgulasch aufgegessen. Und deinen Tee getrunken, den ganzen, also den Tee, den du mir gegen meinen Zucker immer machst«, ich nickte anerkennend, »und dann hatte ich irgendwie so einen gesunden Geschmack auf der Zunge und hab nach einem Stück Schokolade gesucht.« Er sah mich verständnisheischend an. »Aber ich hab nirgendwo welche gefunden.«

Das glaubte ich ihm aufs Wort. Um Freds zügellosen Schokoladenkonsum einzuschränken, hatte ich die ganzen Tafeln, Kekse und Pralinen im Putzmitteleimer unter der Spüle deponiert, abgedeckt von Staubtüchern, Bodenfetzen und Abwaschschwämmen. Kein Mann dieser Welt, also zumindest keiner, den ich kannte, würde freiwillig in einen Putzmitteleimer schauen. Das Versteck war so sicher, dass die Schokolade vermutlich sogar ihr eigenes Ablaufdatum erlebte. Aber das verriet ich meinem Naschkater natürlich nicht. Stattdessen meinte ich beschwichtigend, wohl vergessen zu haben, welche einzukaufen.

»Aber was hat die Schokolade mit der Rührschüssel zu tun? Wolltest du vielleicht Kuchen backen?«

»Nein, Kuchen nicht, aber weil ich keine Schokolade gefunden habe, dachte ich, einen Pudding zu machen.«

»Weil der gesunde Geschmack auf der Zunge so unangenehm war?«

Fred nickte. Er war immun gegen Ironie. »Genau. Und dann hab ich bemerkt, dass wir nicht mal Schokopudding haben, sondern nur solchen mit Vanillegeschmack.«

Der Schokopudding befand sich gleichfalls im Putzmitteleimer.

»Ja, und dann?«

»Dann hab ich im Kühlschrank Schokobananen gefunden und

mir gedacht, wenn ich die schmelze und in die Puddingmasse rühre, hab ich Pudding mit Vanille-Schokobananen-Geschmack. Also hab ich die Schokobananen mit der Milch und dem Puddingpulver in deine Rührschüssel gegeben und bei mittlerer Hitze ins Backrohr gestellt.«

Um nichts zu sagen, was ich später bereuen würde, ging ich rasch das kleine Einmaleins durch. Bei acht mal sieben hatte ich mich wieder so weit im Griff, dass ich reden konnte, ohne den Hausfrieden gleich in Stücke zu hauen.

»Leider schmilzt Plastik bei mittleren Temperaturen«, merkte ich so emotionslos wie möglich an.

»Ist mir auch aufgefallen«, erwiderte mein gescheiterter Haubenkoch.

»Aber sag, warum hast du deine Schokobananen-Vanillepudding-Mischung nicht einfach in einem Topf auf dem Herd erwärmt?«, erkundigte ich mich, bemüht, jeden anklagend-vorwurfsvollen Ton zu vermeiden.

Fred sah mich an. »Im Kochbuch ist gestanden, dass man Pudding unter ständigem Rühren kochen müsse. Da hab ich mir gedacht, ich erspar mir das einfach, wenn ich im Backofen die Option Umluft wähle. Da zirkuliert die Hitze ja von selbst.« Mein Mann konnte nicht leugnen, vor seiner Pensionierung als Anlagenbauingenieur gearbeitet zu haben.

Ich verzichtete darauf, das letzte Wort zu haben, atmete noch ein paarmal tief durch, entsorgte die Haselwurz und holte zwei Eier und eine Packung Topfen aus dem Kühlschrank.

»Ich mach uns Topfenknödel, mit Erdbeerfülle, die schmecken nicht ganz so gesund.«

Fred hatte sein Lächeln wiedergefunden.

Zwanzig Minuten später, wir saßen bereits bei Tisch, kam Vincent mit dem Hund von seiner Häuserrunde zurück. Er sah immer noch aus wie ein wandelnder Leichnam.

»Ich hab Topfenknödel gemacht, du hast sicher Hunger, du hast ja noch gar nichts gegessen heute«, säuselte ich, »die Eier stammen auch garantiert von glücklichen Hühnern, und die Erdbeeren sind frisch aus dem Garten.«

Aber der Junge winkte nur traurig ab. »Ich hab furchtbare

Kopfschmerzen, ich lege mich jetzt lieber hin und schlafe eine Runde.« Und schon war er samt Fledermaushund verschwunden.

»Was fehlt dem Jungen denn?«, fragte Fred ehrlich besorgt und lud sich zwei Knödel auf den Teller, »der sieht ja aus, als hätte er ein Gespenst gesehen.«

»Er hat die Leiche gesehen, das ist ihm schwer auf den Magen geschlagen.«

Mein angeheiratetes Gegenüber aß seinen halben Teller leer, bevor er fragte: »Wie war denn das überhaupt heute? Ich hab am Telefon ja nicht viel verstanden, nur, dass ihr einen Toten gefunden habt, was schlimm genug ist. Erzähl doch.«

Und ich erzählte ihm alles, von Anfang an. Nur die Sache mit der Akutochauviphobie unterschlug ich, aber die hatte mit dem Mord auch nicht direkt zu tun.

Fred hörte aufmerksam zu, stellte bei besonders spannenden Stellen sogar das Kauen ein und dachte dann eine Zeit lang angestrengt nach. Zumindest sah es so aus. Er runzelte die Stirn und nahm es kommentarlos hin, dass ich den Teller mit den restlichen Knödeln zurück zur Anrichte trug.

»Zwei Dinge versteh ich überhaupt nicht«, meinte er schließlich. »Was hat der Anzugträger hinten im Park gesucht? Er war ja nicht wie ein Pfadfinder angezogen, sondern sehr elegant. Was mich eher an ein romantisches, aber vor allem heimliches Rendezvous denken lässt. Vielleicht ein Treffen mit einer verheirateten Frau. Oder jedenfalls jemandem, der die Öffentlichkeit scheut.«

Ich musste Fred recht geben, mit perfekt gebügeltem Hemd, Seidenschal und dunkelblauem Anzug besuchte man üblicherweise weder eine Gartenschau, noch spazierte man durch eine wildwüchsige Parklandschaft.

»Berta, oder war es Bobo, vielleicht auch Elsbeth, ich kann mich nicht mehr erinnern, eine von ihnen hat jedenfalls gemeint, dass die Mörderin ihm an die Wäsche gehen wollte, ihm das Hemd aufgerissen hat, es stand weit offen, und der oberste Knopf hat gefehlt, und ihn dann niedergeschlagen hat. Aber warum hätte sie das tun sollen? Und vor allem, wie der Unterkofler Sepp richtig eingeworfen hat, warum hat er den Schlag nicht abgewehrt?«

Es war ziemlich unerklärlich. Ganz abgesehen von diesem Gefühl, dass da noch was gewesen war, etwas, das gar nicht hätte sein dürfen. Aber was, das war mir immer noch nicht eingefallen.

»Vielleicht hat er nicht mitbekommen, wie sie oder er die Rosenkugel erhoben hat«, sagte Fred.

»Haben wir auch schon drüber diskutiert, aber wenn der Täter vor ihm gestanden ist, dann muss er es ja mitbekommen haben.«

»Wo genau, sagtest du, war die Wunde?«

»Seitlich an der Schläfe, etwas oberhalb vom Ohr.«

Mein Mann begann, sich die linke Zehe zu kratzen. Das machte er oft, entweder weil er nachdachte oder weil er nicht nachdenken wollte. Heute war allerdings Ersteres der Fall.

»Du hast gesagt, er ist auf dem Rücken gelegen?«, wollte Fred wissen. Ich nickte. »Dann kann der Täter nicht von hinten zugeschlagen haben, außer er hat den Sterbenden noch umgedreht. Er müsste seitlich von ihm gestanden sein, und das sollte man eigentlich mitkriegen.«

Ich erhob mich, um Kaffee aufzubrühen, als mir die Idee kam. »Wir haben doch noch irgendwo diese ungarische Salami, oder?« Die Hartwurststange war ein Geschenk von ehemaligen Arbeitskollegen gewesen, aber wir mochten Hartwürste eigentlich nicht. Für meinen Geschmack enthielten sie viel zu viel Pökelsalz, und Fred fürchtete um seine dritten Zähne.

»Die hab ich in die Speisekammer gehängt«, antwortete mein Mann sichtlich verwirrt. Die Wurst hing tatsächlich dort, ganz hinten neben den Lichterketten der Weihnachtsdekoration, die eigentlich in den Keller gehörte.

»Da.« Ich drückte ihm die Salami in die Hand. »Und jetzt versuch, mich seitlich zu treffen. Dann sehen wir, wohin ich fallen würde und ob ich den Schlag rechtzeitig erkenne.«

Fred biss sich zweifelnd auf die Lippen.

»Bist du sicher?«

»Ja, nun mach schon, das ist kein Mordinstrument. Du darfst halt nicht zu fest zuschlagen, nicht so wie beim Schnitzelklopfen.«

Zögernd ergriff er die Stangenwurst und wog sie ein wenig in der Hand, während ich mich in Stellung brachte.

»Und schau, dass du mich genau über dem rechten Ohr damit triffst.«

»Aber dann tu ich dir weh«, murmelte er.

»Das ist Hartwurst, mehr nicht, und richtig hart daran ist auch nur der Name. Also bitte tu, was ich dir sage, du sollst mich ja nur ein bisschen damit anstupsen, dann vergesse ich die Sache mit der Rührschüssel.«

Ergeben trat Fred an meine Seite und schwang die Wurst in die Höhe.

Der erste Schlag glich eher einem Lufthauch und ging ganz ins Leere, der zweite Schlag saß viel zu tief, doch beim dritten Mal traf Fred genau den richtigen Punkt knapp hinter der Schläfe oberhalb vom rechten Ohr. Er hatte überhaupt nicht fest zugeschlagen, dennoch durchfuhr mich ein brennender Schmerz, dann sah ich schwarz – oder besser gesagt rot.

»Pauline, um Gottes willen, du blutest«, schrie der Salamischwinger, ließ die Wurst fallen und rannte, um Verbandsmaterial zu besorgen. Ich griff mir an den Kopf. Tatsächlich, überall Blut. Das verstand ich nicht, wie konnte eine Stange Wurst eine derartige Schnittverletzung hervorrufen?

Mein Gatte zog mich zur Spüle und wusch die Wunde aus.

»Wo haben wir denn das Desinfektionsspray?«, fragte er panisch.

»Weiß ich nicht, wahrscheinlich im Geräteschuppen. Oder im Badezimmerschrank. Oder aber im alten Verbandskasten, und der steht in der Garage. Hol mir einfach die Flasche Zirbengeist aus der Speisekammer. Oberstes Regal. Neben den Essiggurken.«

»Gute Idee, ein Schluck Schnaps wird dich beruhigen.«

»Fred, ich will ihn nicht trinken, sondern die Wunde damit desinfizieren. Haben früher alle gemacht.«

Bereits nach dem dritten Fehlgriff hatte mein Mann die Flasche gefunden. Während ich mir den hochprozentigen Zirbengeist über die blutende Schläfe goss, legte er ein sauberes Geschirrtuch und Paketklebeband bereit. Mullbinden, Heftpflaster und Kompressen wären zwar besser zur Wundversorgung geeignet, stellten sich auf die Schnelle aber gleichfalls als unauffindbar heraus. Dennoch war der Schnitt fünf Minuten später unter einem Wulst an improvisiertem Verbandsmaterial verschwunden, und Fred schenkte erleichtert zwei Stamperl Schnaps ein.

»Ein paar harte Tropfen tun uns jetzt sicher gut«, meinte er und prostete mir ängstlich zu.

»Ist ja nichts passiert«, erwiderte ich und erhob gleichfalls mein Glas, »zumindest weiß ich jetzt, dass er in jedem Fall etwas bemerkt hätte von dem Angreifer. Und nach vorne wäre er auch nicht gefallen.«

Wir tranken auf ex. In dem Moment betrat Vincent die Küche.

»Was ... oh Gott!«, stammelte er. Auf dem Boden war Blut, an meinen Händen war Blut, und in den Haaren klebte bestimmt auch noch was.

»Mach dir bitte keine Sorgen«, versuchte ich ihn zu beruhigen, »es sieht schlimmer aus, als es ist. Fred hat mich nur mit einer Stange Salami geschlagen.«

Vincents Gesichtsausdruck fror ein.

»Also er hat mich auf meinen Wunsch hin geschlagen«, präzisierte ich, »dein Onkel ist nicht gewalttätig, überhaupt nicht, nie gewesen.«

»Stimmt«, pflichtete Fred mir bei, »ich wollte sie nicht schlagen, geschweige denn ihr wehtun, aber wenn deine Tante auf etwas beharrt, dann ist sie durch nichts davon abzubringen.«

Ich nickte. Mein Neffe nickte auch, allerdings mit dem Gesichtsausdruck eines Menschen, der zum ersten Mal die Kastrationsrituale der Eingeborenen in Papua-Neuguinea zu sehen bekommt. Dann bückte er sich wortlos nach der Stangenwurst, die noch immer auf den Küchenfliesen lag.

»Du hast sie falsch herum gehalten«, sagte er zu Fred, »oben haben die immer so metallische Clips, die können einen ordentlich verletzen.«

Wir musterten die Wurst, der Junge hatte recht.

»Möchtest du jetzt vielleicht ein paar Topfenknödel?«, versuchte ich, von diesem peinlichen Thema abzulenken.

»Oder einen Schnaps?« Fred hielt die Flasche hoch.

»Ich möchte am liebsten meine Ruhe«, antwortete Vincent und zupfte ein paar unsichtbare Fusseln von seinem Hemd.

»Versteh ich, leg dich noch mal hin, wir werden ganz still und leise sein«, versprach ich.

Doch kaum hatte der Junge sein Zimmer betreten, schrillte die Türklingel los.

»Können S' nicht klopfen wie alle anderen auch?«, mokierte sich Fred und ging, um zu öffnen.

Wir sperrten die Haustür tagsüber niemals zu, aber vielleicht hatte Vincent den Schlüssel gewohnheitsmäßig umgedreht, als er mit dem Hund heimgekommen war. Ich goss mir gerade einen zweiten Schnaps ein, als Fred mit zwei Männern im Schlepptau die Küche betrat. Einer von ihnen war Inspektor Kapplhuber, der andere stellte sich als Polizeihauptkommissar Hartmann vom Landeskriminalamt vor. Kurz hielt er mir seinen Ausweis vor die Nase. Wegen meiner Altersweitsichtigkeit konnte ich jedoch nichts erkennen. War aber auch egal, ich kannte Kapplhuber, und das seit Jahrzehnten.

»Möchten Sie Kaffee?«, fragte ich unverfänglich und stellte den Schnaps schnell wieder weg. Sie winkten ab.

»Aber vielleicht eine Erklärung, was hier vorgefallen ist«, sagte der anämisch wirkende Kommissar, während er sich einen Stuhl zurechtrückte, »sieht ja fast nach Blutrausch aus.«

Kapplhuber blieb unschlüssig stehen und stierte gleichfalls auf die rotbraunen Flecken am Boden, die langsam zu trocknen begannen.

»Angenehm kühl hier«, sagte er, »ich vertrag die derzeitige Hitze gar nicht gut.«

Und auf einmal wusste ich es. Mein Bauchgefühl hatte mich nicht getrogen, mit der Leiche – mittlerweile getraute ich mich, das Wort zumindest zu denken – hatte definitiv etwas nicht gestimmt. Das Blut war noch gar nicht richtig geronnen gewesen, dennoch hatte der Tote sich ziemlich kalt angefühlt. Bei strahlendem Sonnenschein und gut zwanzig Grad im Schatten.

Ich musste lächeln, hatte der Schlag mit der Hartwurst letztlich doch mehr bewirkt als nur eine Platzwunde.

»Ich finde den Anblick von Blut ja generell nicht lustig«, unterbrach der Kommissar meine Gedanken.

Mein Lächeln gerann.

»Ich habe mich gerade vorhin mit einer Hartwurst verletzt«, erklärte ich Kapplhubers Vorgesetztem. »Nichts Tragisches also. Sieht schlimmer aus, als es ist.«

Die Sache mit den erzwungenen Schlägen durch meinen Ehemann wollte ich keinesfalls im Protokoll stehen haben, das warf gar kein gutes Licht auf uns.

»Am Ohr?«, fragte Hartmann, aber es klang ganz nach einer rhetorischen Frage.

»Ja, am Ohr.« Offensichtliches sollte man nicht leugnen.

»Mit der da?« Mit zusammengekniffenen Augen betrachtete Hartmann die Wurst, die Vincent auf dem Tisch hatte liegen lassen.

»Ja, mit der da.« Solange er sie nicht auf Fingerabdrücke untersuchte, war die Sache zwar peinlich, aber bestimmt nicht strafbar. »Sie sind aber bestimmt nicht wegen der Wurst gekommen, nehme ich an, oder gilt so was als Verstoß gegen das Lebensmittelgesetz?«, fragte ich vielleicht ein wenig zu forsch.

»Nein, und auch Selbstverstümmelung ist nicht strafbar, nur häusliche Gewalt«, er bedachte den armen Fred mit einem vernichtenden Blick, »aber wir sind natürlich wegen des Vorfalls heute Vormittag hier.« Der Kommissar machte Kapplhuber ein Zeichen, sich doch endlich zu setzen.

»Hier, bitte.«

Ich wies auf die Küchenbank, der Inspektor nahm wortlos Platz und begann seinerseits, die Stange Wurst zu betrachten. Neben sich hatte er ein Diktiergerät gelegt, was eher für ein offizielles Verhör als für einen kleinen, inoffiziellen Plausch unter Freunden sprach. Seltsam, dachte ich bei mir, dass der Anblick dieses kleinen elektronischen Gadgets genügte, damit man sich umgehend schuldig fühlte, selbst wenn man gar nicht wusste, wofür. Automatisch verfiel ich in Verteidigungshaltung, während Hartmann, dessen gräulich grauer Anzug verdächtige Ähnlichkeit mit einem musealen Relikt aus dem Warschauer Pakt aufwies, sich auf dem Küchenstuhl zu voller Größe aufrichtete, was den Eindruck erweckte, als wolle er sitzend strammstehen. Kapplhuber, sein Gehilfe, verstand den Wink und drückte auf den Einschaltknopf des Gerätes.

»Soll ich rausgehen?«, fragte Fred, der sichtlich schon auf Nadeln saß.

»Nein, bleiben Sie bitte hier, die Sache betrifft auch Sie.«

»Aber mein Mann ist gar nicht dabei gewesen, als wir den Toten gefunden haben, er kann nichts wissen, was ich ihm nicht erzählt habe.«

Ich hatte den Armen schon mit der Salamistange in argen Erklärungsnotstand gebracht, in eine Mordangelegenheit wollte ich ihn auf gar keinen Fall reinziehen, das würde seinem Blutdruck bestimmt nicht gefallen.

»Sie bleiben«, befahl Hartmann, zog einen messerscharf gespitzten Bleistift aus seiner Sakkotasche und biss hinein. Es knirschte. Würde ich das versuchen, wäre ich bestimmt vier Zahnkronen los. Der Mann musste sehr gut verdienen oder ein sehr kräftiges Gebiss haben. Vielleicht ernährte er sich sogar davon, so mager und ausgemergelt, wie er wirkte. Als Werbesujet der Welthungerhilfe hätte Hartmann bestimmt Karriere gemacht.

»Also, um gleich zur Sache zu kommen, was wissen Sie über Vincent Wallenstein?«

Fred und ich sahen uns an. Mit dieser Frage hatten wir noch weniger gerechnet als mit einem Weltuntergang.

»Ich mach mal Kaffee«, zögerte ich die Antwort hinaus und wollte aufstehen.

»Bitte bleiben Sie sitzen und beantworten Sie mir meine Frage«, sagte Hartmann in einem Tonfall, der keinen Widerspruch duldete.

»Vincent ist der Sohn der Schwester meiner Frau«, antwortete Fred, »ihr einziger Sohn, und mehr weiß ich weder über ihn noch über sie.«

Dann zwängte er sich trotzig von seinem eingeengten Platz auf der Eckbank hervor, drängte sich am Kommissar vorbei und begann, an der Kaffeemaschine zu hantieren. Hartmann durchbohrte ihn mit Blicken, hielt aber den Mund. Dann deutete er mit der Spitze des Bleistifts auf mich. Dieser Mann war schlichtweg unmenschlich. Arrogant, eiskalt und ganz offensichtlich bekennender Emotionsminimalist. Sehnsüchtig blickte ich auf die Dieffenbachie, die zwischen den verstaubten Pokalen, die Fred in jungen Jahren beim Tennis gewonnen hatte, auf einem kleinen Holzregal stand. Diese unscheinbare Pflanze, die generell ein Schattendasein führte, hatte man einst als Folterinstrument benutzt, indem man missliebigen Zeitgenossen oder aufmüpfigen Sklaven deren Stängel zu kauen gegeben hatte. Mit dem Ergebnis, dass die derart Gepeinigten ihre Stimme verloren und wochenlang zu schmerzhaftem Schweigen verdammt waren. Daher wurde das Gewächs auch Schweigrohr genannt.

Ich hätte viel dafür gegeben, würde der Kommissar jetzt in so einen Stängel beißen statt in seinen Bleistift. Stattdessen musste ich ihm wohl oder übel Rede und Antwort stehen.

»Also, wie mein Mann bereits gesagt hat, Vincent ist der meines Wissens einzige Sohn meiner Schwester Valerie Patrizia, die irgendwann einmal sechs Monate lang mit einem Wallenstein verehelicht war. Zu meiner Schwester habe ich seit Jahrzehnten nur sporadischen Kontakt, aber da sie sich seit ein paar Tagen auf Bildungsreise in Nepal befindet, hat sie Vincent in Ermangelung weiterer Verwandter zu mir geschickt. Der Junge ist sehr gut erzogen, besitzt Matura, wird im Sommer seinen Zivildienst antreten und isst weder Fleisch noch Eier von unglücklichen Hühnern. Heute Morgen hat er uns auf die Gartenschau begleitet, wo er, oder besser gesagt der Hund, den Toten aufgespürt hat.«

Hugh, ich hatte gesprochen.

»Und was können Sie mir sonst noch über den Jungen sagen?«

»Was wollen Sie wissen, Haarfarbe, Schlafgewohnheiten, Leberwerte oder die Blutgruppe?«

Inspektor Kapplhuber und mein Mann hielten kurz den Atem an. Vielleicht sollte ich meinen verbalen Kampfmodus doch etwas mäßigen. Dabei war ich eigentlich recht diplomatisch, um nicht zu sagen konfliktscheu, nur bei arroganten Männern konnte ich meine Zunge einfach nicht zügeln. Aber der Kommissar ließ sich ohnedies nicht aus der Reserve locken, sondern zielte nur weiter mit dem angebissenen Bleistift auf mich.

»Ich weiß sonst nichts über Vincent, er ist der Sohn meiner Schwester, nicht mein Sohn, ich habe ihn jahrelang nicht gesehen. Was soll ich Ihnen erzählen? Und warum fragen Sie das eigentlich uns und nicht ihn selbst? Er ist hier, hat sich im Gästezimmer hingelegt.«

Fred überbrückte die angespannte Stille, die auf meine Worte folgte, indem er den Geschirrschrank öffnete und nach dem Sonntagsservice aus Gmundner Keramik suchte, das wir uns zu unserem dreißigsten Hochzeitstag geleistet hatten. Sechs Tassen, sechs Dessertteller, sechs Müslischalen und eine Kuchenplatte mit kleinen bunten Streublumen drauf. Leider hatten die Tassen im Laufe der Zeit ein paar Sprünge in der Glasur abgekriegt, aber die hatte unsere Ehe schließlich auch. Unter lautem Geklapper und leisem Fluchen schien Fred endlich einen vollständigen Satz Tassen und Unterteller gefunden zu haben. Ich hörte ihn, wie er Kaffee in die Schalen goss, die Milch aus dem Kühlschrank nahm, in der Besteckschublade nach Dessertlöffeln wühlte und den Deckel der Zuckerdose mit einem dumpfen Knall auf die Holzplatte der Anrichte fallen ließ.

»Bald fertig?«, zischte der Kommissar, während er seine unterdrückte Wut am Bleistift ausließ.

»Hier, bitte.«

Mein Mann stellte vier Tassen auf den Tisch, schob eine davon in meine, eine in seine Richtung und zwängte sich mit angehaltenem Atem und eingezogenem Bauch wieder zurück auf seinen angestammten Platz auf der Bank.

Zögernd rückte auch der Inspektor eine Schale ein wenig näher zu sich, fand aber nicht den Mut, unter Hartmanns unbarmherzigem Blick auch zu trinken, und beließ es bei sehnsuchtsvollen Blicken.

»Können wir nun weitermachen, oder wollen Sie vielleicht auch noch Kuchen backen?«, erkundigte der Kommissar sich mit einer Stimme, die bestimmt unter das Waffengesetz fiel. Ergeben nickte ich.

»Die Leberwerte Ihres Neffen interessieren mich ebenso wenig wie das Maturazeugnis, Blutgruppen brauchen wir nicht mehr, wir arbeiten bereits mit DNA-Analyse, aber was ich von

Ihnen wissen will, ist, wie lange Ihr Neffe allein mit dem Mordopfer war, bevor Sie zu ihm gestoßen sind.«

»Sie glauben doch wohl nicht, dass Vincent ein Mörder ist?«, blaffte ich ihn an.

»Wir glauben gar nichts. Glaube ist Opium für das Volk, und Drogen kann ich nicht leiden«, blaffte er zurück.

Insgeheim fragte ich mich, ob Kapplhuber ihm von den toten Hühnern berichtet hatte. Und vom Herzinfarkt des Hühnerhalters.

»Falls Sie es noch nicht bemerkt haben, wir klären hier einen Mord auf, das ist kein Kindergeburtstag.«

Ich hatte weder mit dem einen noch mit dem anderen persönliche Erfahrungen gemacht, hielt aber vorsichtshalber den Mund.

»Also, wie lange war Ihr Neffe allein am Tatort?«

»Keine zwei Minuten.«

»Sind Sie sicher?«

»Ja, ich bin sicher.«

»Aber die Zeit hätte gereicht, um das Opfer niederzuschlagen.«

»Aber mein Neffe war mit keiner Rosenkugel bewaffnet, er hatte nur die Hundeleine zur Hand. Damit kann man vielleicht jemanden erwürgen, aber bestimmt nicht erschlagen. Außerdem hätte er ohne Hund gar nicht gewusst, dass sich hinter dem Holunderbusch ein Mensch befindet.«

»Ihr Neffe hätte die Mordwaffe bereits gestern dort verstecken können, oder wissen Sie, wo er gestern überall gewesen ist?«

Das war gemein von ihm, offenbar wusste er, dass ich es nicht wusste. Verneinend schüttelte ich den Kopf.

»Aber woher hätte er gestern eine Rosenkugel nehmen sollen? Die Verkaufsschau hat erst heute begonnen.«

»Besagte Rosenkugeln entstammen der gräflichen, also gewissermaßen hauseigenen Produktion und sind seit Monaten gemeinsam mit anderen Kunstgegenständen im ehemaligen Gesindezimmer auf dem herrschaftlichen Anwesen eingelagert. Gräfin Harriet della Casa, die Schlossherrin, betätigt sich hobbymäßig als Metallkünstlerin und verwahrt ihre Objekte direkt vor Ort.«

Für eine Sekunde bekamen die Augen von Kommissar Hungerhaken einen warmen, sehnsüchtigen Schimmer. Entweder der Mann war ein heimlicher Vertreter der alten Monarchie oder ein Fan von »Reich und Schön«. Ich hatte für beides kein Verständnis. Außerdem waren Adelstitel hierzulande bereits 1919 abgeschafft worden.

»Das mag sein«, antwortete ich mit einem leicht gereizten Unterton, »aber woher hätte mein Neffe das wissen sollen? Er verkehrt doch nicht in adeligen Kreisen.«

»In adeligen nicht«, sagte Hungerhaken, und sein Tonfall jagte mir Angst ein. »Und jetzt holen Sie bitte Ihren Neffen.«

Unwillig stand ich auf. Warum ich, warum er?, fragte ich mich. Ich hatte den Jungen längst lieb gewonnen, und nun stand der Bub unter Mordverdacht. Ich wusste überhaupt nicht mehr, was ich von der Sache halten sollte. Rückblickend betrachtet hatte Vincent seit dem Zeitpunkt des Leichenfunds ja tatsächlich einen jämmerlichen Eindruck gemacht, keine Spur mehr von dem sonnigen, strahlenden Gemüt, das er bis zu jenem Moment zur Schau getragen hatte. Was, wenn er wirklich in das Verbrechen involviert war?

Bei jedem Schritt, der mich dem Gästezimmer näher brachte, fühlte ich mich, als hätte mir jemand einen Mühlstein um den Hals gehängt. Ein homosexueller Mörder, in unserer Familie, das konnte, das durfte es einfach nicht geben. Vincent wirkte auch nicht im Geringsten wie ein Schwerverbrecher, er sah eher nach einem Opfer aus. Und seine Homosexualität sah man ihm auch nicht an.

Leise klopfte ich an seine Tür. Einmal, zweimal, dreimal, viermal, dann ging die Tür auf, und der Bub stand mit verquollenen Augen vor mir. Seine am Morgen noch perfekt gestylten Haare standen ihm wirr vom Kopf ab, sein weißes, Stunden zuvor noch völlig faltenfreies Hemd war zerknittert, und frische Bartstoppeln verliehen seinem Kinn einen grauen Schatten.

»Ein Kommissar möchte dich sprechen«, flüsterte ich, »ich fürchte, der will dir was anhängen.«

»Ist schon gut, Tante, länger zu schweigen hätte ich eh nicht mehr ausgehalten.«

Er trat auf den Flur, schubste den Hund zurück ins Zimmer und zog die Tür rasch hinter sich zu. Dann gingen wir. Der Weg zurück in die Küche kam mir beschwerlicher vor als eine Himalajabesteigung.

»Du hättest wenigstens einen Topfenknödel essen sollen«, sagte ich zu ihm.

***

Die Nacht war unerträglich gewesen. Mein Neffe, verhaftet wegen Mordes im Schwulenmilieu, wie Kommissar Hungerhaken es so unverblümt auf den brutalen Punkt gebracht hatte, damit konnte ich nicht leben. Und schon gar nicht einschlafen. Stattdessen hatte ich eine existenzielle Grenzerfahrung nach der anderen erlebt, durchlitt Alpträume mit offenen Augen, aus denen mich kein Einmaleins, nicht einmal das Einundzwanzigmal-einundzwanzig hatte erretten können. Erst als ich ein ganzes halbes Fläschchen meiner Notfalltropfen, ein Geheimrezept mit einer mikroskopischen Prise Giftlattich, zu mir genommen hatte, fand ich ein wenig Ruhe. Vielleicht war die einschläfernde Wirkung aber auch nur dem hohen Alkoholgehalt der Tropfen geschuldet.

Jedenfalls hatte ich es in diesen dunklen Stunden erstmals schwer bedauert, mir nicht selbst irgendein Laster zugelegt zu haben. Ich rauchte nicht, trank nicht viel, hatte eine zu geringe Pension für jeglichen Kokainkonsum, zu schlechte Zähne, um an Bleistiften zu nagen, und konnte auch mit übermäßigem Schokoladengenuss wenig anfangen.

Mit jeder nachtschwarzen Minute verfiel ich mehr in Selbstmitleid. Als das erste Morgengrauen aufzog, warf ich mir meinen dunkelblauen Bademantel über und schlich, tief in den Schatten der Glanzmispelhecke geduckt, zu Bertas Haus. Zaghaft klopfte ich an ihr Schlafzimmerfenster, das von herrlichen Trompetenblumen umwuchert wurde.

»Berta«, raunte ich. Nicht, dass sie mich für einen Einbrecher hielt, zum Angriff überging oder gar die Polizei rief. »Ich bin's, die Pauline.«

Nach ungewöhnlich kurzer Zeit erschien ihre Silhouette am Fenster.

»Pauline, um Himmels willen, hast du mich erschreckt. Warte, ich lass dich rein.« Sie deutete Richtung Terrasse und schob die Glastür zur Veranda auf. Rasch trat ich ein. »Ich stell mal Kaffee auf, und dann erzähl.«

Erschöpft sank ich auf ihre üppig gepolsterte lila Wohnlandschaft. So alt, wie ich mich fühlte, würde ich wohl niemals werden. Als meine Nachbarin mit einem voll beladenen Tablett erschien, hätte ich ihr am liebsten die Hände geküsst. Nicht einmal verärgert schien sie über meinen morgengräulichen Überfall zu sein, und das, obwohl es gerade mal halb fünf war.

»Da, trink.« Sie stellte mir einen gepunkteten Becher hin, auf dem »Please rose the roses« stand, was ich überhaupt nicht verstand. Aber da ich derzeit die ganze Welt nicht mehr verstand, war mir die englische Sprache auch schon egal.

»Also, was ist passiert? Du klopfst bestimmt nicht vor dem ersten Hahnenschrei bei mir an, um nach einem Gemüsesuppenrezept zu fragen«, bemerkte sie völlig zutreffend.

Ich schüttelte den Kopf, wusste auf einmal gar nicht, wo ich beginnen sollte.

»Der Vincent ist verhaftet worden, wegen dem Mord«, war alles, was ich sagen konnte.

Berta knallte ihre Tassen auf den gläsernen Couchtisch, eine Fontäne schwarzer Flüssigkeit ergoss sich über eine offen daliegende Fernsehzeitschrift. »Im Ernst? Warum denn? Von wem?«, fragte sie sichtlich entsetzt und schlug die Zeitschrift zu.

»Gestern am späteren Nachmittag ist der Kapplhuber gekommen, mit einem Kommissar, so ein dürrer Zaunpfahl, unsympathisch-arroganter Typ. Und er hat lauter komische Fragen gestellt, Fred und mir. Und dann hab ich Vincent holen müssen.«

»Ja, und dann?« Meine menschliche Klagemauer griff hinter sich, zog ein Stofftier hervor, einen rosaroten Stoffhasen mit Schlappohren, und drückte ihn mir in die Hand. »Das ist Charly, der spendet Kraft und Trost.«

Ich zog Charly an mich. »Dann hat Vincent gestanden, dass er den Toten gekannt hat. Es war sein Freund, der Typ, mit dem er sich getroffen hat, seit er hier ist, und dass er ein ...« Mir kam das Wort einfach nicht über die Lippen.

»... dass er mit ihm ein Verhältnis hatte.«

»Ja, genau. Sie haben jede Menge Fotos und SMS von Vincent auf seinem Handy gefunden. Und dann auch noch eine dieser Nachrichten mit Bild, wo sie sich ungefähr zur Tatzeit vor dem alten Magnolienbaum hätten treffen sollen. Ist das nicht schrecklich?«

»Ja, das ist schrecklich, aber jetzt erzähl weiter.«

»Also, die beiden kannten sich bereits aus der Stadt, die zwei, und der Tote, also er heißt eigentlich Lukas, ist Privatdetektiv und befand sich beruflich auf der Gartenschau. Aber er hat sich bei der Gelegenheit natürlich auch mit Vincent getroffen. Die Polizei hat wie gesagt jede Menge SMS gefunden, mit Herzchen und Liebesschwüren und geheimen Verabredungen. Und weil mein Neffe vor uns am Tatort war und seine Fingerabdrücke selbst auf der Unterwäsche vom –«

Dann heulte ich los.

Berta griff erneut hinter sich und zog eine Packung Kleenex hervor. Hinter der Anhäufung an Sofakissen musste sich das reinste Warenlager befinden.

»Entsetzlich«, meinte sie.

Das war es in der Tat.

Vier Tassen Kaffee und zwei Schachteln Kleenex später hatte ich es geschafft, meiner Freundin einen einigermaßen verständlichen und detaillierten Bericht des verhängnisvollen Verhörs zu liefern.

»Hoffentlich haben sie dem Buben wenigstens was zum Essen gebracht«, schloss ich meine Erzählung. Nicht auszudenken, dass der Arme auch noch Hunger litt, während der gnadenlose Kommissar ihn mit seinen Fragen bis aufs Blut peinigte.

»Ach, so schnell verhungert man nicht«, versuchte Berta mich zu trösten, »der menschliche Körper hält bis zu drei Wochen ohne Essen aus.«

Das musste sie irgendwo gelesen haben, aus persönlicher Erfahrung stammte diese Erkenntnis eher nicht. Ich konnte mir kaum vorstellen, dass meine Nachbarin je länger als drei Stunden ohne Nahrung zugebracht hatte. Aber ich war ihr dankbar für ihre Versuche, meine apokalyptischen Vorstellungen ein wenig zu entkräften.

Dennoch kaute ich noch immer recht mutlos an den Ohren des rosaroten Plüschtiers herum, als mich die ersten Sonnenstrahlen trafen.

»Komm«, sagte Berta, die den Sonnenaufgang durch die verglaste Fensterfront ihrer Veranda gleichfalls mitbekommen hatte, und quälte sich schwerfällig von ihrer Polstergarnitur hoch, »wir gehen jetzt in den Garten, ich muss ohnedies mal düngen. An der frischen Luft denkt es sich gleich viel besser.«

»Aber ich kann in diesem Aufzug doch nicht ins Freie gehen, stell dir vor, es sieht mich jemand. Ich hab einen Pyjama an«, erwiderte ich. Bestimmt führte bereits das halbe Dorf seine Hunde aus, und unsere verkehrsberuhigte Straße zählte zum bevorzugten Gassigehgebiet.

Berta starrte mich fassungslos an. »Pauline, ich will nicht unhöflich sein, aber dein Neffe, dein *schwuler* Neffe, ist gestern wegen Mordverdacht an seinem gleichfalls schwulen Lover in Polizeigewahrsam genommen worden, und du fürchtest, dass die Leute sich über dein morgendliches Gartenoutfit das Maul zerreißen?«

Ihre wohlwollende Erbarmungslosigkeit tat zwar weh, sehr weh, aber sie brachte mich endlich auf die Beine.

»Hast eh recht«, räumte ich zerknirscht ein und reihte meinen unpassenden Kleidungsstil auf der Skala der besonders besorgniserregenden Ereignisse weiter nach hinten.

»Was ich nicht verstehe«, brachte Berta das Thema wieder auf den verhafteten Neffen zurück, kaum waren wir ins Freie getreten, »das ist die Sache mit dem Detektiv und der Rosenkugel. Was hat ein privater Schnüffler auf einer Gartenschau verloren, und wie kam jemand unbemerkt von allen mit einer Rosenkugel bis in den Park?«

»Ich weiß es nicht. Weder das eine noch das andere. Es ist alles so furchtbar verworren. Vielleicht hat man die Mordwaffe schon dort platziert gehabt, um sie dann im richtigen Moment zur Hand zu haben.«

»Aber wie konnte der Mörder sicherstellen, sein Opfer genau dort anzutreffen?«

»Weiß ich auch nicht. Sie müssen sich wohl verabredet haben. Was auch für Vincents Unschuld spricht. In der letzten Nachricht, die die beiden ausgetauscht haben, war ganz eindeutig von einem Treffen bei der alten Magnolie die Rede. Und die steht meines Wissens hinter dem verfallenen Glockenturm neben der gräflichen Kapelle. Also ganz woanders.«

Berta nickte nachdenklich, während sie eine kleine Futtertonne, einen rostigen Eimer, einen Emailletopf, zwei Tiegel, einen Schneebesen und einen langstieligen Kochlöffel vor sich ausbreitete.

»Unverständlich«, murmelte sie und griff nach einem der Tiegel.

»Zumindest ist mir mittlerweile eingefallen, was mir bei dem Toten gestern aufgefallen ist.«

»Ach, dein komisches Bauchgefühl, ich erinnere mich.« Sie nahm den zweiten Tiegel an sich und schraubte ihn auf. Ein modriger Geruch machte sich breit.

»Ich habe dem Toten, also diesem Lukas, ja gestern den Puls gefühlt. Und dabei hat sich seine Haut recht kühl angefühlt, weshalb ich nicht ausgeschlossen habe, dass er schon eine ganze Weile dort gelegen hat. Aber das Blut an Kopf und Stirn war noch gar nicht geronnen, also eigentlich sogar ziemlich frisch gewesen.«

»Was bedeuten würde, dass er erst kurz vor unserem Eintreffen gestorben ist«, schlussfolgerte Berta.

Und was auch bedeuten würde, dass mein Neffe sehr wohl hätte zuschlagen können, also rein theoretisch.

»Aber warum hat er eine so kalte Haut gehabt, wenn er gerade erst gestorben ist?«, spann ich meine unerfreulichen Überlegungen weiter.

Meine Nachbarin hielt einen Moment inne, kratzte sich mit dem hölzernen Stiel des Kochlöffels energisch zwischen den Schulterblättern und meinte: »Na ja, vielleicht heißt es deshalb jemanden *kalt*machen.« Mit einem entspannten Grunzen legte sie den Kochlöffel zurück auf die Arbeitsplatte.

»Oder der Typ war wirklich schwer verkühlt. Immerhin hatte

er sein Sakko noch an, trug sogar einen Schal, und das bei echt schweißtreibenden Temperaturen.«

»Aber wenn er schwer verkühlt gewesen wäre, hätte er Fieber gehabt. Wenigstens ein bisschen. Und somit eine wärmere, keine kältere Haut. Außerdem, wenn ich verkühlt bin, lass ich die obersten Hemdknöpfe sicher geschlossen.«

Auf der Stirn meiner morgendlichen Klagemauer zogen leichte Gewitterfalten auf.

»Pauline, ich bitte dich! Vorgestern war dein Bauchgefühl noch mit den großen Pupillen vom Gansterer beschäftigt, heute ist es die Körpertemperatur einer Leiche, die dir deinen verbliebenen Verstand raubt. Der Mann wurde erschlagen, wir haben es deutlich vor Augen gehabt. Und beim derzeitigen Stand der Dinge spielt es sowieso keine Rolle, ob der Typ ernsthaft krank war, seine letzten Stunden in einer Gefriertruhe verbracht hat oder der Mörder ihm einen Eisbeutel aufgelegt hat. Es ist sechs Uhr morgens, und das Einzige, was zählt, ist dein jämmerlicher Zustand. Mit einem Nervenzusammenbruch ist deinem Neffen nicht geholfen. Mit Haarspaltereien auch nicht. Außerdem«, sie hielt mir den Kochlöffel an den Hals, »außerdem hast du in deinem ganzen Leben bestimmt noch kein Hemd angehabt.«

Darauf wusste ich nichts zu sagen. Sie hatte ja recht, wie so oft in letzter Zeit, selbst mit dem Hemd. Vielleicht hatte ich seinerzeit ein Taufhemd getragen, aber danach bestimmt nie wieder.

»Lass uns was tun«, sagte ich resigniert, »vielleicht bringt mich das auf sinnvollere Gedanken.«

»Hoffen wir's«, grummelte meine Nachbarin und ging daran, Knochenmehl, Hornspäne, Schachtelhalmpulver, Brennnesselkraut und einen Eimer abgestandenen Regenwassers zu einer entsetzlich stinkenden Brühe zu vermischen.

»Puh«, ich trat einen Schritt zurück, »dein Bio-Dünger fällt aber streng gerochen schon unter das Betäubungsmittelgesetz.«

»Was viel stinkt, hilft viel«, lachte sie und drückte mir eine Schöpfkelle in die Hand.

Dann schritten wir die Schneise der Verwüstung ab, die sie bei ihrer Jagd nach den Maulwurfsgrillen durch die Blühlandschaft gezogen hatte. Alle Krater waren mittlerweile neu bepflanzt, eine beachtliche gärtnerische Leistung, musste ich eingestehen, nun bekam das Erdreich rings um Ringelblumen, Freesien, Fingerhut, Husarenknöpfe, Lobelien und Ranunkeln eine letzte Schicht Humus ab, während ich mit einer Schöpfkelle die selbst angerührte Stinkbombe verteilen sollte.

»Gut fürs Wachstum, schlecht fürs Ungeziefer«, meinte sie und versetzte mir einen aufmunternden Klaps auf die Schulter.

Danach sprachen wir nicht mehr viel, da wir den Mund zum Atmen benötigten, denn ihre botanische Kraftbrühe erlaubte keine Luftzufuhr durch die Nase. Erst als wir gegen Ende der zierpflanzlichen Wiederaufforstung bei den Jungfern im Grünen angelangt waren, einem Symbol verschmähter Liebe, deren Samen seltsamerweise nicht nach Kümmel, sondern nach Erdbeeren und Waldmeister schmeckten, fiel mir ein, was ich Berta noch fragen wollte.

»Du gehst heute aber schon zu deinem Dinnerdate, oder?«, erkundigte ich mich bei ihrem gebeugten Rücken.

»Ich? Nach all dem, was passiert ist? Na, du hast Nerven.« Das klang wenig vielversprechend.

»Aber diese Veranstaltung findet in den Räumlichkeiten des Schlosses statt, dort bekommt man sonst keinen Zutritt. Und dort befindet sich die Werkstätte der Gräfin, wo die Rosenkugeln hergestellt werden. Hat zumindest der Kommissar behauptet. Und die Gräfin selbst ist bestimmt auch vor Ort.«

Langsam stellte Berta den Eimer mit der übel riechenden Masse nieder und sah mich an. »Du meinst, ich sollte herumspionieren? Dinge ausfindig machen, von denen ich nicht einmal weiß, wie sie beschaffen sind? Oder versuchen, eine Rosenkugel zu stehlen, nur um zu sehen, ob das möglich ist?«

Ich nickte. »Ich weiß schon, das ist sehr viel verlangt, es ist mein Neffe, nicht dein Neffe, mein Problem, nicht dein Problem, aber im Fernsehen findet der Kommissar ja immer irgendetwas, was einen dann auf die richtige Spur bringt. Und mir wird zu diesen hehren Hallen kein Einlass gewährt. Ich hab diese Harriet schon ein paarmal telefonisch kontaktiert, zweimal wegen einer Spende für unseren Ortsbildverschönerungsverein, mindestens dreimal im Namen unseres Lesezirkels, der seine Jahreshauptversammlung so gern dort abgehalten hätte, Pater Ägydius hätte ihr als Gegenleistung dafür sogar die Räumlichkeiten geweiht, und einmal vor Jahren wegen der Sache mit der Schulbushaltestelle kurz nach der Abzweigung zu ihrem Anwesen. Jedes Mal, wenn dort eine Jagdgesellschaft geplant war, haben sie die Parkbucht vom Bus zugeparkt, und die Kinder mussten mitten auf der Straße aussteigen.«

Damals hatte ich sogar persönlich vorgesprochen, es aber nur bis zur Pförtnerloge geschafft, dann hatte mich diese – wie ich von Berta erst erfahren hatte – eingeheiratete Gräfin mit einem bedauernden Schulterzucken hinauskomplimentiert. Ich ärgerte mich heute noch über diese Präpotenz der Bessergestellten, obwohl ich gar nicht mehr im Schuldienst war.

»Jedenfalls hat mich die feine Dame nur arrogant wie elegant abgewimmelt, ich fürchte, sie wird mich also auch jetzt nicht in ihre Gemächer einladen, nur weil wir eine Leiche auf ihrem Grund und Boden gefunden haben.«

»Mhmm.« Meine Seelentrösterin zupfte gedankenverlorenen an den nadelartigen Hochblättern ihres türkischen Schwarzkümmels herum. »Vielleicht hast du ja recht, und ich sollte doch dorthin gehen. Bezahlt hab ich das Ganze schließlich schon.«

Ich sah meine Chance. »Wie viel kostet denn so ein Romantikmenü im Schlossambiente?«, fragte ich mit unschuldig interessierter Miene.

»Fünfundneunzig Euro. Inklusive Getränken und Blumenbukett.« Wenn sie so weiterrupfte und -zupfte, würden die Jungfern im Grünen bald einem Kahlschlag gleichen.

»Ein stolzer Preis. Dafür gibt's bestimmt Champagner zum Einstand und Kaviar aufs Brot. Ganz zu schweigen von den ganzen anderen Delikatessen. Für so viel Geld wird garantiert echte Haubenküche kredenzt.«

»Kann sein«, meinte sie.

Schweigend gingen wir zurück zum Haus. Auf der gepflasterten Terrasse fiel mir auf, dass ich die Schöpfkelle immer noch spazieren trug. Ich sah mich nach einem geeigneten Platz um, wo ich das schmutzige Ding ablegen könnte, als Berta sagte: »Okay, ich geh hin. Aber nur unter zwei Bedingungen.«

Eilig legte ich die Kelle in einen Topf mit Oleander, um meine Nachbarin umarmen zu können. »Danke, ich weiß das echt zu schätzen.«

Sie grinste. »Unter zwei Bedingungen, hab ich gesagt.«

»Sag schon, soll ich dir die Kosten erstatten, vier Monate lang diesen ekligen Dünger verteilen, Gemüsebeete umstechen, Ungeziefer jagen, nach Traummännern Ausschau halten …? Was immer du willst.«

»Ich werde bestimmt keine Rosenkugel stehlen. Wozu auch? Der Diebstahl hilft niemandem weiter, nur der Dieb.«

Schon wieder hatte sie recht.

»Und die zweite Bedingung?«

»Ich will, dass du mitkommst!«

Ich schluckte. »Aber wozu? Ich bin kein Flower-Power-Single, ich kann mich ja nicht einfach hinter deinem Rücken verstecken und reinschmuggeln lassen.«

»Hinter meinem Rücken könnte ich locker zwei von deiner Statur reinschmuggeln«, sie griff nach der Kelle, drehte den Gartenschlauch auf und spritzte das Werkzeug damit ab, »aber ich brauch dich nicht als Unterstützung beim Händchenhalten, das eh nicht stattfinden wird, sondern als moralischen Halt draußen auf dem Ausstellungsareal. Wenn wir schon den wahren Umständen oder gar dem wirklichen Täter auf die Spur kommen wollen, dann müssen wir drinnen wie draußen die Augen offen halten. Und die Ohren natürlich auch.«

Erneut 1:0 für ihre Überlegungen.

»Gut, überzeugt, ich komme mit.«

Berta klopfte mir mit der freien Hand auf die Schulter. »Also abgemacht. Das Dinner beginnt um halb drei, ich hole dich so gegen Mittag ab, geschniegelt und gestriegelt und mit geputzter Brille und mindestens drei Sorten Notfallstropfen.« Sie hatte ihren Humor wiedergefunden, nun fehlte nur noch meiner.

»Aber wenn das ein Dinner ist, warum beginnt das um halb drei? Das ist doch keine Zeit fürs Abendessen«, wunderte ich mich. Vielleicht gingen die Uhren von Paniksingles anders, die Zeit verstrich zu schnell für sie, aber logisch kam mir das dennoch nicht vor.

»Weil die Gräfin nach Einbruch der Dunkelheit keine Fremden mehr auf ihrem Anwesen möchte und weil Dinner einfach besser klingt als achtgängiges Kennenlernmenü. Und weil das Ganze eben bei Kerzenschein stattfindet. Vielleicht haben die auch gar keinen Strom in ihrem Rittersaal.«

So gesehen war die ungewöhnliche Uhrzeit doch wieder irgendwie verständlich.

»Ich geh mir was anziehen«, seufzte ich, »so ein Flanellpyjama ist wenig spionagetauglich.«

»Und vergiss deine Tropfen nicht«, rief meine Heldin mir nach, als ich im Seniorensprint bereits den schützenden Schatten der Glanzmispel erreicht hatte. Die Furcht vor unliebsamen Begegnungen im Nachtgewand saß mir immer noch im Nacken.

***

Im Unterschied zum Vortag verlief die Fahrt zum Schloss Korallenburg diesmal recht schweigsam. Zwar erörterten wir mögliche Zusammenhänge zwischen dem abgängigen Pfarrer, den vergifteten Hühnern, Gustls zweifelhaftem Infarkt, dem unbekannten Teufel und dem toten Detektiv, aber die ganze Sache präsentierte sich verworrener als ein Schnittmusterbogen. Gerade weil es keinerlei Verbindungen zwischen den dörflichen Vorkommnissen und dem Verbrechen auf der Gartenschau zu geben schien, konnte im Grunde jeder mit jedem und alles mit allem in Zusammenhang stehen. Die einzige Gemeinsamkeit zwischen Gustl und dem Profischnüffler, die mir aufgefallen war, bestand aus abgerissenen Knöpfen und einer ungewöhnlich kühlen Haut. Was vermutlich kein zielführender Anhaltspunkt war.

»Lass uns von was anderem reden«, meinte Berta schon bald, und wir diskutierten noch eine Weile die Frage, ob sie ihr Speed-Date-Dinner-Kleid mit den Paradiesblumen besser mit oder ohne Gürtel tragen sollte. Aber auch das war ein wenig ergiebiges Thema, und so hingen wir den Rest der Fahrt einfach unseren Gedanken nach.

Ich machte mir wieder einmal Sorgen um meinen Mann, der

jetzt für das Wohl des Hundes verantwortlich war, ausgerechnet er, der sich nicht mal um sein eigenes kümmern konnte. Und er machte sich Sorgen um mich, weil ich erneut den Schauplatz eines Verbrechens aufsuchte, statt daheim in Sicherheit zu bleiben. Das Ergebnis unserer gegenseitigen Beängstigungen bestand aus viertelstündlichen Kurznachrichten, die so erbauliche Inhalte wie »Vergiss das Diabetes-Elixier nicht, zwei Schluck vor den Mahlzeiten«, »Halte dich von Rosenkugeln fern« oder »Geh keinesfalls allein aufs Klo« hatten.

Als mein Uralthandy erneut piepte, weil mein Mann etwas geschrieben hatte, und ich genervt auf das winzige Display blickte, sagte Berta etwas gereizt: »Sei doch froh, dass sich jemand um dich sorgt.« Und auf einmal verstand ich, warum sie sich einen Partner wünschte.

Bis zum Besucherparkplatz redete nur noch das Radio. Selbst auf dem Ausstellungsgelände, über das wahre Völkerwanderungen zogen – die Kunde vom Leichenfund hatte nicht nur Garten- und Naturfreunde, sondern auch Massen an sensationsgierigen Ausflüglern angezogen –, waren wir nicht sonderlich gesprächig. Einerseits mussten wir Augen und vor allem Ohren offen halten, um nichts zu überhören, was für »unseren Fall«, so nannten wir die Sache mit meinem Neffen, von Bedeutung sein könnte, andererseits zitterte Berta bereits ihrem Rendezvous bei Kerzenschein entgegen.

»Was, wenn ich dort tatsächlich auf einen tollen Mann treffe und mir vor lauter Nervosität die Erbsen von der Gabel fallen?«, sorgte nun auch sie sich.

»Dann lass halt die Erbsen weg«, beruhigte ich sie, »du musst nicht alles aufessen, was auf den Teller kommt. Morgen wird dennoch die Sonne scheinen.«

Wobei mir das Wetter völlig egal war, ich hätte auch Schnee, Regen oder einen Wirbelsturm akzeptiert, Hauptsache, Vincent war unbescholten und kam wieder frei.

Als meine Nachbarin sich zum letzten Mal im Schminkspiegel besah, ihre Frisur richtete und etwas Lippenstift auftrug, war es kurz vor halb drei.

»Ich mach mich mal auf den Weg«, sagte sie, »wenn ich früher dort bin, kann ich vielleicht noch mit der Gräfin reden oder mich ein wenig umschauen.«

Ich wünschte ihr alles Gute, den Mann ihrer Träume und mir ein paar wertvolle Indizien. Dann trennten wir uns. Sie begab sich Richtung Rittersaal, ich schlenderte auf der Suche nach irgendwelchen Hinweisen, von denen ich nicht einmal wusste, wie sie beschaffen sein könnten, planlos zwischen Zierpflanzen, Türkränzen, Keramikeulen und handgeschnitzten Heurechen herum.

✳✳✳

»Und damit werde ich ewig leben?«, fragte ich die giftgrün beschürzte Dame mit der Gretlfrisur am Stand der »1001 seltenen Kräuter« und betrachtete zweifelnd dieses kleinblättrige unauffällige Gewächs. Das Unsterblichkeitskraut sah so gar nicht nach Wunderwaffe im Kampf gegen den Tod aus.

»Nein, natürlich nicht«, erwiderte die Kräuterfrau, »aber Jiaogulan ist tatsächlich ein wirksames Anti-Aging-Mittel, stärkt das Immunsystem, hilft gegen Kopfschmerzen, verbessert Cholesterin- und Blutzuckerwerte und wurde im Süden Chinas angeblich sogar zur Giftausleitung verwendet.« Sie lachte. »Aber an Gift stirbt heute sowieso niemand mehr.« Ich lachte nicht. Diese Frau hatte ja keine Ahnung. »Außerdem können Sie Gynostemma pentaphyllum auch ganz einfach wie Spinat zubereiten, in halbschattigen, lehmigen Böden wächst das Kraut ziemlich gut«, betete sie weitere Vorzüge dieses kleinwüchsigen Kürbisgewächses herunter.

Ich hatte zwar nie zuvor von einem Unsterblichkeitskraut gehört, ich kannte nur Buchsbäume als Symbol der Unsterblichkeit, und die förderten wegen ihrer toxischen Inhaltsstoffe weniger ein langes Leben als einen baldigen Tod, aber wenn das Kraut gut für die Blutzuckerwerte war, wäre mir und vor allem Fred schon sehr geholfen.

»Na, packen Sie mir drei davon ein«, sagte ich und kramte in meiner Tasche nach dem Portemonnaie.

»Eine gute Entscheidung, Sie werden sehen, Jiaogulan wirkt

wie ein essbarer Jungbrunnen. Eine Handvoll Blätter pro Tag ist besser und gesünder als jeder Energydrink.«

Da ich dieses Zeugs in Dosen noch nie probiert hatte, nickte ich nur unverbindlich, während die Kräuterfrau meinen Kauf vorsichtig in Zeitungspapier wickelte. Dann überreichte sie mir das Paket mit den Worten: »Wichtig ist nur, dass Sie –«

Allerdings würde ich nie erfahren, was denn so wichtig war, denn im selben Moment stürmte eine Horde gekrümmter Gestalten mit verzerrten Gesichtern aus dem Rittersaal und torkelte mit bedrohlichen Verrenkungen auf uns zu. Sofort hechtete die Kräuterfrau vor ihren Stand und baute sich breitbeinig und mit verschränkten Armen davor auf, als wolle sie ihre zarten Jungpflänzchen zur Not auch mit Fäusten verteidigen.

Derweil rückte das panische Geschwader immer näher.

»Oh Gott, ist mir schlecht!«, stöhnte ein geschniegelter Mittfünfziger knapp neben dem panaschierten Thymian und riss an seiner Krawatte herum, als würde er keine Luft mehr bekommen. Nicht weit von ihm entfernt übergab sich ein weiterer, gleichfalls sehr sorgfältig gekleideter Mann vor den entsetzten Augen einiger Besucher in einen Bottich voller Seerosen, während eine kesse Blondine mit silbernen Stilettos und einer Art Trockenblumenkreation im Haar in einen bunt bepflanzten Weidenkorb reiherte.

»Jessas Maria«, entfuhr es der Kräuterfrau.

Ich griff nach meinem Einkaufsnetz, drückte der Frau einen Zwanzig-Euro-Schein in die Hand und näherte mich der kotzenden Horde, die sich direkt vor dem prunkvollen Portal des Barockschlosses zusammengerottet hatte.

Ein paar Menschen, vorwiegend Männer, hatten sich am Fuße der Eingangstreppe auf den Boden geworfen und brüllten lauthals durcheinander.

»Hilfe, ich sterbe, so helft mir doch.«

»Mein Bauch, mein Bauch explodiert.«

»Diese Scheißweiber wollen mich umbringen.«

»Ruft einen Arzt, bevor wir alle krepieren.«

Der Tumult wurde immer ärger, dennoch standen Aussteller wie Messebesucher fassungs- und reglos herum. Hände wurden gerungen, Haare gerauft, Augen aufgerissen, aber niemand unternahm etwas. Auch ich nicht, wofür ich mich noch tagelang genierte. Erst als ich Berta erblickte, die in meine Richtung taumelte, erwachte ich aus meiner Schockstarre, riss mich vom Epizentrum der Reiherei los und rannte ihr entgegen.

»Ist mir schlecht«, jammerte sie und rülpste.

Instinktiv trat ich einen Schritt zurück, um meine Schuhe aus der Gefahrenzone zu bringen.

»Was in aller Welt ist passiert?«, fragte ich besorgt, während ich in Gedanken den Inhalt meiner Handtasche sortierte. Natürlich hatte ich wie stets kein passendes Mittel bei mir. Was halfen Nerventropfen, wenn diesmal offenbar der Magen durchdrehte.

»Weiß nicht«, stammelte sie und wischte sich über die Stirn, die schweißnass glänzte, »wir haben gerade so französische Palatschinken gegessen, diese ganz dünnen, von denen man nie satt wird, mit nichts drum rum außer ein paar Tropfen Sirup, und auf einmal ist der Typ am Tisch gegenüber aufgesprungen und zur Tür gerannt«, erneut stieß es Berta schwer auf, »aber in genau dem Moment hat die Kathi die Käseplatte hereingerollt. Und, das musst du dir vorstellen, da hat ihr der Typ doch glatt auf die Käseplatte gekotzt.«

Es gab Dinge, die mochte ich mir lieber nicht vorstellen.

»Und dann?«, fragte ich stattdessen.

»Dann ist uns nach und nach allen schlecht geworden. Also den einen mehr, den andern weniger und einigen gar nicht, aber wenn da jemand auf den Gorgonzola speit, dann vergeht dir sowieso alles, Appetit und Romantik.«

Ich nickte. »In jedem Fall brauchst du einen Arzt. Und die anderen auch. Womöglich hat man euch vergiftet.«

Kaum hatte ich das Wort »Gift« ausgesprochen, machte sich auch in meinem Magen umgehend ein furchtbar flaues Gefühl breit. Meiner Freundin durfte auf gar keinen Fall etwas passieren. Nicht nur, dass ich sie in den letzten Jahrzehnten sehr lieb gewonnen hatte, sie war gleichsam zu einem Teil meines Lebens geworden, ich hatte sie auch noch höchstpersönlich zu dieser Veranstaltung gedrängt, fühlte mich also moralisch schuldig.

»Es tut mir so leid«, murmelte ich zerknirscht und drückte ihre Hand.

Berta blickte mich erstaunt an. »Was soll dir leidtun, du hast ja nicht gekocht. Und Quacksalber brauch ich auch keinen, ich fühl mich nur, als hätt ich in ranzigem Öl frittierte Wollsocken gegessen.« Angewidert verzog sie das Gesicht. »Die Gräfin hat übrigens schon alle verständigt, unseren Kurpfuscher, Rettung, Notarzt und Polizei.«

Sie rülpste erneut, schien aber einigermaßen standfest zu sein.

»Musst du dich übergeben?« Ich ging etwas weiter auf Abstand und sah mich rasch nach einem kotzkübeltauglichen Behältnis um, aber außer kleinen, mit Küchenkräutern bepflanzten Zinkwannen befand sich nichts in Reichweite.

Meine tapfere Nachbarin schüttelte energisch den Kopf. »Es geht schon, mein Magen rebelliert zwar ordentlich, aber hoch kommt mir nur die Wut. Da legst du ein Vermögen für weiße Zähne, ein neues Kleid und das Dinner hin, und dann schauen dich die halben Männer nicht an, weil es zu dunkel ist, und die andere Hälfte fängt noch vor dem Kuchen zu reihern an.«

»Aber warum? Selbst wenn das Essen total verdorben wäre, so rasch wirken nicht einmal Salmonellen.«

Nachdenklich betrachtete Berta ihre lila lackierten Fingernägel. Wahrscheinlich dachte auch sie an Gustls Hühner.

»Da ist noch was, das ich nicht verstehe«, meinte sie nach längerem Zögern, »ich hab viel gegessen, sehr viel, mir von fast allem einen Nachschlag geben lassen, so nach dem Motto ›Wenn schon die Seele hungert, dann stopf dir wenigstens den Körper voll‹, hab ja genug dafür bezahlt, aber mich hat's jetzt nicht so böse erwischt. So eine Wasserstoffblondine mit zehn Zentimeter hohen silbernen Salatstechern hat im Unterschied zu mir überhaupt nichts vom Braten gegessen, die drei Nudelvariationen verweigert und gerade mal ein Viertel von der Schrumpfpalatschinke verspeist, war aber dennoch eine der Ersten, die sich übergeben mussten. Dabei hat sie gekeucht wie eine Krähe mit Kehlkopfentzündung.«

Das war wirklich äußerst eigenartig, um nicht zu sagen unerklärlich. Womit wir nach Gustls Tod und dem Giftanschlag auf seine Hühner, dem Rosenkugelopfer am Bach und dem verschollenen Pfarrer ein fünftes Rätsel hatten.

»Wollen wir uns irgendwo hinsetzen?«, schlug ich vor, um in Ruhe meine Gedanken zu ordnen.

Der Rummel wurde mir auf einmal zu viel. Zudem verspürte ich wenig Lust, erneut über eine Leiche zu stolpern. Bei dem Pech, das mich derzeit verfolgte, würgte sich womöglich noch jemand die Seele aus dem Leib und spuckte sie genau mir vor die Füße.

»Ich hab überhaupt keinen Bock mehr auf irgendwas hier«, erwiderte meine rülpsende Nachbarin, »ich will einfach nur weg. Diese Gartenschau macht mich krank, kränker als jedes verdorbene Essen. Gestern eine Leiche in der Landschaft, heute ein Haufen Halbtoter am Esstisch, ich hab's echt satt.«

Ich nickte. Selbst mir, die ich nichts gegessen hatte, stieß die Sache zunehmend sauer auf. Und der Zweifel, dass sich die augenscheinliche Lebensmittelvergiftung als vorsätzlicher Giftanschlag entpuppen könnte, lag mir zudem schwer im Magen.

Zwar waren mittlerweile Rot-Kreuz-Helfer und Ärzte eingetroffen, doch für mein arg ramponiertes Nervenkostüm brauchte es zumindest den Seelenklempner. Oder gleich eine Gehirnwäsche.

Berta hatte jedenfalls recht, wir sollten dringend etwas Abstand von dieser mörderischen Idylle gewinnen. Ohne die Verhaftung meines Neffen als Tatverdächtigen wären die Tore des Schlosses heute ohnedies verschlossen geblieben, denn mit einem Mörder auf freiem Fuß hätten die Behörden eine Weiterführung der Gartenschau bestimmt unterbunden. Doch da man Vincent als vermeintlich Schuldigen bereits gefasst hatte, schien die Gefahr weiterer Verbrechen gebannt zu sein. Und obwohl ich von der Unschuld meines Neffen völlig überzeugt war, hatte auch ich nicht mit einem neuen Unglück gerechnet. Und ausgerechnet Berta musste für meine Blauäugigkeit büßen.

»Also, gehen wir«, stimmte ich ihr zu. Gemeinsam machten wir uns auf den Weg Richtung Ausgang. Mir schleuderten bedrohliche Gedanken im Kopf herum, ihr bedrohliche Essensreste im Magen; zumindest hörte es sich so an.

Doch kaum hatten wir die von prachtvollen Zypressen gesäumte Hauptallee erreicht, erwartete uns eine Barriere aus Polizeibeamten und Sicherheitskräften. Und im Unterschied zum Vortag erwies sich die improvisierte Ausgangssperre diesmal als unüberwindliches Hindernis.

»Tut uns leid, aber niemand darf das Areal verlassen, bevor alle Erhebungen abgeschlossen sind«, belehrte uns ein pickelhäutiger Uniformträger mit rot verquollenen Augen. Offensichtlich ein Pollenallergiker, der hier ganz besonders fehl am Platz war.

Suchend blickte ich mich nach Inspektor Kapplhuber um, doch der ließ sich ebenso wenig sehen wie ein Loch in dieser menschlichen Mauer.

»Wissen Sie«, ich setzte meinen Lehrerinnenblick auf, gepaart mit einer Doppeldosis altjüngferlichem Charme, und trat auf die uniformierte Schniefnase zu, »wir müssen aber ganz dringend nach Hause. Mein Mann leidet unter Diabetes und unter Alzheimer, weshalb er immer sein Insulin vergisst. Stellen Sie sich vor, der fällt mir ins Insulinkoma. Wo er doch erst vor einem Monat aus dem Bett gefallen ist, weil er geglaubt hat, am Sandstrand zu sein. Zwei Rippen hat er sich dabei geprellt.« Ich seufzte theatralisch. »Außerdem habe ich heute früh versehentlich den Hund meines Neffen ins Badezimmer gesperrt. Nicht auszudenken, wenn dem auch noch was passiert.«

Doch diesmal prallte mein Charme an der Uniformjacke des Beamten ab wie Wasser von einem gewachsten Autodach.

»Befehl ist Befehl«, schnauzte er mich ungerührt an und blickte über mich hinweg, als wäre ich ein Strich in der Landschaft. Oder nicht einmal das, ein Semikolon bestenfalls.

Selbst Berta schien verunsichert von dieser geballten Autorität. Sie stemmte die Hände in die Hüften, als wollte sie auf menschlicher Rammbock machen, trat ein paarmal von einem Fuß auf den anderen und ließ die Hände wieder sinken.

»Dann halt nicht«, meinte sie schließlich und drehte wieder um. Schweigend schlichen wir die Hauptallee retour, ich seufzend, sie rülpsend. Je näher wir uns erneut dem Epizentrum der Massenkotzerei näherten, desto größer wurde das Gedränge.

»Als wenn's da was zu sehen gäbe«, ätzte Berta, »da gibt's höchstens was zu riechen. Kommen mir vor wie die Schmeißfliegen, alle angezogen vom Gestank.«

»Die Leute sind halt fürchterlich sensationsgierig«, erwiderte ich. Elsbeth, Bobo und Emma standen ganz bestimmt an vorderster Front, dessen war ich mir sicher.

Wir beschlossen, uns in der Hoffnung auf ein ruhigeres Plätzchen bis zur Rückseite des herrschaftlichen Gebäudes durchzukämpfen.

»Ich hab übrigens Unsterblichkeitskraut gekauft, eins für dich, eins für mich und eins auf Reserve. Falls deine Maulwurfsgrillen Heimweh bekommen.«

»Mach keine blöden Witze. Ich hab das große Gekotze überlebt, aber wenn ich an diese Viecher denk, kommt mir die Galle hoch.«

»Dann lass wenigstens mich an sie denken, das lenkt mich von Vincent ab.«

Dann hingen wir beide etwa zehn Meter lang schweigend unseren Gedanken nach, während der Geräuschpegel ringsum immer höher stieg. Polizisten schwirrten umher und schienen wahllos Menschen zu befragen, zwei Sanitäter trugen, flankiert von einem Zivi, der in Endlosschleife »Macht Platz, so macht bitte Platz« rief, einen wild um sich spuckenden Lederhosenträger Richtung Ausgang, und von allen Seiten war das Wort »Gift« zu vernehmen.

»Glaubst, sie haben euch wirklich Gift ins Essen gemischt?«, fragte ich Berta, die das Meer an dicht gedrängten Körpern erneut erfolgreich teilte. Die Frau hatte echt das Zeug zum Eisbrecher.

»Aber ich hab doch eh schon gesagt, wenn da jemand Gift reingemischt hätte, warum bin ich als Vielfraß einigermaßen wohlauf und andere, die grad mal an der Tellerdeko geknabbert haben, liegen völlig flach?«

Stimmt, das hatte sie bereits gesagt, aber ich konnte es immer noch nicht glauben.

»Dann war vielleicht gar nicht das Essen vergiftet.«

»Sondern?«

»Keine Ahnung, der Wein vielleicht. Oder der Champagner.«
Berta zupfte an einem ihrer pinken Haarstacheln herum, was sie immer tat, wenn sie intensiv nachdachte. Diesmal dachte sie besonders lange nach. Wir hatten uns bereits bis zum Areal der Rosen durchgekämpft, als eine Antwort kam.

»Kann ich mir auch nicht vorstellen. Ich hab alles getrunken, was sie mir hingestellt haben.« Sie seufzte. »Aber kein einziger meiner traurigen Tafelgenossen ist davon schöner geworden.«

Wenn die Männer das ähnlich gesehen hatten, mussten wohl Ströme an Alkohol geflossen sein, dachte ich bei mir, während ich viel zu teilnahmslos nickte und mich gleich darauf meiner Gedanken schämte. Berta hatte sich aufgeopfert, und zwar letztlich für meine Herzensangelegenheit, nicht für ihre, dabei auch noch eine schwere Vergiftung riskiert, und ich machte mich insgeheim über ihre amourösen Enttäuschungen lustig.

»Tut mir leid«, murmelte ich betreten, »ich hätte dich nicht zur Teilnahme drängen sollen.« Und das war auch so gemeint. Ich hätte mir ein Leben lang Vorwürfe gemacht, wäre Berta etwas passiert.

Aber die zuckte nur mit den Schultern.

»Jetzt entschuldige dich doch nicht ununterbrochen«, meinte sie, »ich hab zwar statt Schmetterlingen im Bauch nur Magendrücken bekommen, aber spannend war die Sache allemal. Kategorie unvergessliche Erfahrung sozusagen.«

Eine Erfahrung, um die ich sie nicht beneidete.

»Zumindest scheint der Giftmischer die Rezeptur geändert zu haben«, stellte ich fest, »sonst hättet ihr möglicherweise Schaum vor dem Mund bekommen, und die Männer hätten auf dem Treppengeländer balanciert und lautstarkes Brunftgeschrei von sich gegeben.«

Eine unter anderen Umständen durchaus erheiternde Vorstellung, aber nach Lachen war uns gerade nicht zumute. Berta rülpste immer noch vor sich hin, ich zerbrach mir den Kopf.

Außerdem lagen die Temperaturen unverändert im schweißtreibenden Bereich. Ein von Kopf bis Fuß in Tweed gekleideter, sehr britisch wirkender Aussteller wässerte gerade sein prächtiges Sortiment an Edelrosen, wobei er derart beschwingt ans

Werk ging, dass neben Teasing Georgia und Golden Celebration auch ich einen Schwall garantiert kalkfreien Wassers abbekam.

Und auf einmal fiel es mir ein.

»Wasser. Wasser steht eigentlich immer schon auf den Tischen bereit, das wird nicht extra serviert. Könnte das Gift dadrin gewesen sein?«, fragte ich meine Begleiterin.

Berta bremste ab.

»Du hast recht. Das wäre eine Möglichkeit. Wasser hab ich wirklich kaum getrunken, das wär mir bei diesem Anlass zu billig vorgekommen.«

»Also müssen wir nur noch herausfinden, was genau in dem Wasser war«, sagte ich.

»Nur noch«, sagte meine Nachbarin. Mit besonderer Betonung auf »nur«.

Erneut marterte ich mein müdes Gehirn. Der Speisesaal war als Tatort garantiert von Polizisten umzingelt, da würde man mir keinesfalls Zutritt gewähren, damit ich in Seelenruhe herumschnüffeln und eine Wasserprobe entnehmen konnte. Noch dazu als nahe Verwandte eines vermeintlichen Mörders. Womöglich betrachtete man mich sogar als Komplizin, die Beweise vernichten wollte. Da mein Neffe bereits in Untersuchungshaft saß, würde man ihm diesen Giftanschlag kaum in die Schuhe schieben können. Außer man ging von einem Mittäter aus, eine abstruse Schlussfolgerung, die ich diesem harschen Kommissar ohne Weiteres zutraute. Und bei der ich bestimmt allererste Wahl war.

»So ein Idiot«, zischte ich.

Fragend blickte Berta mich an. Ich versuchte sie über mein besorgniserregendes Kopfkino aufzuklären, während ich gleichzeitig meinen Blick umherschweifen ließ. Der schmale gekieste Pfad verbreiterte sich stetig und ging in einen kleinen, von Trauerulmen und Steinskulpturen eingefriedeten Platz über, auf dem eher hochpreisige Aussteller ihr exklusives Angebot präsentierten. Vor einer mit Mauerpfeffer, Hauswurz, Steinkraut und Schleifenblume bepflanzten Mauer reckte ein Bataillon aus pompösen silbrig glänzenden Kandelabern die Arme ausladend in die Luft. Eine funkelnde Reminiszenz an aristokratische Zeiten, fand ich. Beinahe mannshoch waren die Dinger. Man benötigte bestimmt einen mittleren Rittersaal, um ein derartiges Leuchtobjekt passend zu platzieren.

Direkt daneben hatte man ein dickes Seil zwischen zwei schmiedeeisernen Laternen gespannt, an dem bunte Stoffbahnen aus einem, laut Aushang, handgewebten und Fair-Trade-zertifizierten Seide-Kaschmir-Gemisch durch die Luft flatterten. Umweht von ihren Luxusstoffen und daher nahezu unsichtbar, saß eine durchscheinende Gestalt da und schien sich an einem Rosenkranz zu schaffen machen. Beim Näherkommen erkannte ich, dass sich die Gestalt, deren Geschlecht nicht auszumachen war, keinen religiösen Gefühlen hingab, sondern nur hingebungsvoll kleine Glasperlen auf eine Schnur reihte. Sie hob nicht einmal den Blick, als wir vorübergingen.

Vielleicht hatten die Aussteller einfach resigniert, dachte ich, denn wegen der unerhörten Vorkommnisse auf der Vorderseite des Schlosses hatte sich der gesamte Kundenstrom fast zur Gänze dorthin verlagert. Hier, auf der eher schattigen Rückseite, waren nur vereinzelt Menschen zu sehen. Erneut ließ ich meinen Blick schweifen.

»Schau, da vorn ist dein Liebling, der Rosenölproduzent mit dem französischen Pseudonym«, sagte ich.

»Stimmt«, in Sichtweite seines Standes nahm Berta Haltung an, und ihre Stimme kletterte ein paar Oktaven höher, »aber was macht er da?«

Der Mann wirbelte wie ein Derwisch vor seinem Stand herum, riss die Arme in hölzern wirkenden Verrenkungen hoch, als würde er unter Strom stehen oder höhere Mächte anrufen, kreiste ein letztes Mal um die eigene Achse, ließ die Arme abrupt sinken und sich dann auf einen zartgrün lackierten Liegestuhl fallen, der direkt neben dem Schaukasten mit seinen olfaktorischen Preziosen stand.

Instinktiv beschleunigte ich meine Schritte. Aus der Ferne betrachtet sah der Mann zwar nach wie vor recht gut aus, aber sein Verhalten gefiel mir nicht, ganz und gar nicht.

»Komm, beeil dich«, trieb ich Berta an, die stehen geblieben war, um sich hastig etwas Lippenstift aufzutragen. Der grelllila

Farbton schlug sich wie stets ein wenig mit ihrem pinkroten Haar und den rötlichen Flecken auf Hals und Gesicht, die meine Freundin immer dann befielen, wenn sie sehr aufgeregt war. Wie etwa jetzt.

Dieser Mann, der nun absolut reglos in dem recht unbequem anmutenden Klappstuhl lag, musste sie ziemlich beeindruckt haben.

Und als könne Berta Gedanken lesen, versetzte sie gleich einer Bestätigung meiner Vermutung ihre Hüften in Vibrationsmodus, während sie mit der linken Hand auffordernd in seine Richtung winkte.

»Hallo, Marc«, flötete sie, als würden die beiden sich schon ewig kennen.

Doch der zeigte keine Reaktion. Aus müden Augen starrte er uns unbewegt entgegen, von der Stirn tropfte ihm der Schweiß, eine leichte Röte überzog sein Gesicht, und auf seinen Lippen schien sich trüber Schaum zu kräuseln. Auf einmal begannen seine Augenlider zu flattern.

Panisch begann ich zu laufen.

»Ein toller Mann«, seufzte Berta hinter mir, »ich glaub sogar, er hat mir gerade zugezwinkert.«

»Ich glaub, er ist gerade gestorben«, erwiderte ich. Meine Freundin hatte wirklich immer Pech mit den Männern.

Eine Minute später hatte ich mein Urteil schon revidiert. Im Grunde musste man wohl eher von Glück reden, denn Marc Mulière schien tatsächlich tot zu sein. Mausetot. Unvorstellbar, wenn meiner Nachbarin das Objekt ihrer Begierden unter den Händen oder gar Lippen weggestorben wäre. So ein Erlebnis konnte einen bestimmt für drei Wiedergeburten traumatisieren.

Aus mittlerweile fast tragischer Gewohnheit fühlte ich nach dem Puls des Verschiedenen, aber wie befürchtet war keiner zu spüren. Das Einzige, was ich wahrnahm, war ein leichter Luftzug, da Bertas Arm im selben Moment nach vorne schnellte, um dem Verstorbenen die immer noch weit aufgerissenen Augen zu schließen.

»Ich ertrage seinen Blick nicht mehr«, wisperte sie, wobei ihre Stimme gar nicht weinerlich, sondern eher wütend klang.

»Und ich ertrag keine Leichen mehr«, flüsterte ich ziemlich deprimiert. Zwei Tote und ein Halbtoter, mit denen ausgerechnet ich Erstkontakt hatte, dazu ein des Mordes verdächtiger Neffe, mein Ruhestand war eindeutig zum Unruhestand geworden.

Doch was sollte ich tun? Was würde eine scharfsinnige, weltgewandte und krisenerprobte Frau an meiner Stelle tun? Miss Marple etwa oder Angela Merkel. Sie würden bestimmt eine gute, glaubwürdige und wissenschaftlich fundierte Erklärung parat haben, warum sie ständig über Leichen stolperten, diese in perfekt formulierte Worte kleiden und sich mit einem Lächeln aus der mörderischen Affäre ziehen.

»Was tun Sie hier?«, riss mich eine schnarrende Stimme aus meinen Überlegungen.

Hauptkommissar Hartmann, das magersüchtige Ekelpaket, hatte sich wie ein Geist aus dem Nichts materialisiert und hinter meinem Rücken Stellung bezogen. Erschrocken wandte ich mich um. Der Kommissar fixierte mich mit einem Blick, der wenig Gutes verhieß.

»Ich, also wir, wir haben schon wieder einen Toten gefunden«, stammelte ich.

Nach guter, glaubwürdiger, wissenschaftlich fundierter und perfekt formulierter Erklärung klang das allerdings kein bisschen. Da zog sich Berta mit einem demonstrativen Schulterzucken fast souveräner aus der Affäre.

»Man könnte fast meinen, Leichen pflastern Ihren Weg«, zischte der Kommissar, während er uns ein paar Meter zur Seite winkte, um Arzt und Sanitäter vorbeizulassen, »muss wohl in der Familie liegen.«

Ich erstarrte vor Wut, leider auch meine Zunge.

Dafür geriet Berta in Bewegung. Zuerst schwoll ihre Halsschlagader an, dann blähte sich ihr Busen auf, und die Nasenflügel begannen gefährlich zu beben. »Was erlaubten Sie sich eigentlich, Sie vertrocknete Kabanossi, Sie!«, brüllte sie ihn an.

Und Berta musste man erst mal brüllen hören. Gegen ihr Resonanzvolumen kämen nicht einmal die Trompeten von Jericho an. Selbst auf Hartmann verfehlte ihr akustischer Blitzkrieg seine bedrohliche Wirkung nicht. Er zuckte sichtbar zusammen, und meine heldenhafte Freundin nutzte die Gelegenheit, um dem verdutzten Kriminaler auch noch ihren feisten Zeigefinger an die knochige Brust zu setzen.

»Wer sind Sie überhaupt?«, fuhr sie ihn in nahezu unverminderter Lautstärke an.

Mit einer brüsken Geste schob der erboste Arm des Gesetzes Bertas Finger von sich. Dann brüllte er zurück: »Wer ich bin?« Der Kommissar plusterte sich auf wie ein Kampfhahn, wenngleich ein sehr schmächtiger. »Hartmann. Landeskriminalamt.« Und etwas leiser setzte er ein »Sie werden mich schon noch kennenlernen!« nach.

Hätte der Arzt, bei dem es sich zum Glück nicht um Dr. Seidenbart handelte, ihn nicht zu sich gewinkt, hätte dieser Kampf der Giganten wohl zu einer Vorstrafe für Berta und einem blauen Auge für Hartmann geführt.

Rasch zog ich meine Freundin aus der Gefahrenzone.

»Pass auf, mit dem Typ ist nicht gut Kirschen essen«, flüsterte ich.

»So wie der aussieht, zerbeißt er eh nur die Kerne und spuckt das Fruchtfleisch wieder aus«, erwiderte sie, während wir uns vom Schauplatz entfernten.

»Und halten Sie sich gefälligst für eine Vernehmung bereit!«, rief der ermittelnde Hungerhaken uns noch nach, aber wir drehten uns nicht um.

Erst im Schatten einer alten Platane machten wir halt. Unter ihrer ausladenden Krone befand sich ein Verkaufsstand für Windspiele und Klangschalen, deren Betreiberin, laut Messingschild am Tresen eine gewisse Isidora Blum, nirgendwo zu sehen war. In mir keimte der Verdacht, dass hier offensichtlich alle unter falschem Namen ihre Waren anpriesen.

»Du«, Berta stupste mich an, »glaubst du, dass mich diese behördliche Pestbeule wegen Majestätsbeleidigung verklagen wird?«, fragte sie und grinste. Der Gedanke schien sie beinahe zu amüsieren.

»Findest du das lustig?«, fragte ich. Allein die Aussicht auf einen Auftritt vor Gericht würde mich an den Rand eines Nervenzusammenbruchs bringen. Und der schwarze Fleck, den eine

Vorstrafe auf meiner tadellos weißen Weste hinterlassen würde, brächte mich mit einem Fuß ins Grab.

Aber Berta lächelte immer noch. »Irgendwie schon. Ein längerer Aufenthalt hinter Gittern wäre vermutlich die einzige Diät, die auch bei mir funktionieren könnte. Außerdem«, schwerfällig hievte sie sich auf einen der bunten Holzkuben, die als Sitzgelegenheit für offensichtlich recht großwüchsige Messebesucher gedacht waren, »außerdem hat mir diese Szene vorhin super geholfen, den Schock über den Toten zu überwinden. Der ist mir schon echt nahegegangen«, gestand sie, und ihre Heiterkeit schien auf einmal wie weggeblasen. Ich erklomm gleichfalls einen der Hocker. Gespräche, die einem wichtig waren, sollte man immer in Augenhöhe führen.

»Ich meine, auf die Leiche von diesem Privatschnüffler zu stoßen hat mir schon mehr als gereicht. Aber den habe ich wenigstens nie zuvor gesehen, und schwul war er außerdem. Aber diesen Marc hätte ich gern mal privat getroffen.«

Das hatte sich schon beinahe weinerlich angehört. Tröstend legte ich ihr einen Arm um die Schulter, während ich dem Impuls widerstand, nach den Beruhigungstropfen in meiner Tasche zu kramen. Er wäre mir wie Verrat vorgekommen, einen so großherzigen Menschen, der sich für mich beinahe hatte vergiften lassen und dann auch noch gegen die Staatsgewalt angetreten war, mit ein paar banalen Tropfen ruhigzustellen. Sicher war ich mächtig stolz auf meine Mixtur, vor allem auf den hochwirksamen und perfekt dosierten Lerchenspornzusatz, aber meine Freundin hatte definitiv Besseres als handgemachte Kräutermedizin verdient.

»Es tut mir so leid für dich«, sagte ich, »du bist so eine tolle Frau, und ausgerechnet du gerätst immer an die falschen Männer.«

»Findest du?« Berta sah mich mit großen Augen an.

»Finde ich. Dein Ex war ein völliger Verlustposten, der war schlimmer als jede Heuschreckenplage, und dann dieser –«

»Aber nein«, unwirsch unterbrach sie mich, »ich hab doch nicht mein ewiges Pech mit den Männern gemeint, sondern das mit der ›tollen Frau‹. Ob du das wirklich so meinst?«

»Ja. Das hab ich genau so gemeint. Du bist eine tolle Frau,

und du bist eindeutig die Tollere und Bessere von uns beiden.«
Und das war keine Lüge. Berta hatte mir erst bewusst gemacht, was wahre Freundschaft bedeutete. Auf einmal war auch mir zum Heulen zumute, und zwei Sekunden später lagen wir uns mit feuchten Augen in den Armen.

»Na, da schau her, das heulende Elend im Doppelpack.«
Bobos süffisante Stimme bescherte unserem intimen Moment ein abruptes Ende. Wie ertappte Jugendliche bei der ersten Schmuserei schreckten wir auf. Zumindest schien diese affektierte Zimtziege allein unterwegs zu sein, denn Elsbeth und Emma waren nirgendwo zu sehen.

»Du würdest auch heulen, wenn der schönste Mann weit und breit in deinen Armen stirbt, oder?«, erwiderte Berta, die ihre Stimme erstaunlich gut im Griff hatte. Nichts wies auf ihre innerliche Gemütslage hin, selbst der feuchte Schimmer in den Augen war verschwunden.

»Wie? Wer?«, wollte Bobo natürlich umgehend wissen.

»Na, der Marc natürlich«, seufzte Berta mit theatralischem Getue, ganz so, als wäre sie mit dem Rosenduftfabrikanten innig bekannt gewesen.

»Welcher Marc?« Interessiert stöckelte sie auf ihren High Heels ein Stück näher.

»Na, der hübsche Mann, der diese exklusiven Rosenöle produziert. Oder besser gesagt produziert hat, wäre er nicht vor etwa zehn Minuten gestorben«, warf ich ein und wies ebenso theatralisch schräg nach hinten, wo der Stand des Pseudofranzosen mittlerweile von einem dichten Ring aus Polizisten, Sanitätern und Schaulustigen umzingelt war.

Fassungslos sah Bobo in Richtung meines Fingerzeigs, studierte die Menschenansammlung rings um den Tatort, kam zum Schluss, unserer Aussage Glauben zu schenken, kreiselte auf ihrem halsbrecherischen Schuhwerk wieder zurück und starrte uns an. Zuerst fassungslos, dann flehentlich, schließlich nahezu kämpferisch.

»Jetzt redet halt endlich«, herrschte sie uns an. Ihre ganze grazile Gestalt schien zu einem personifizierten Fragezeichen gekrümmt.

Und wir redeten. Natürlich nicht über Bertas peinliche Teilnahme an einem Singletreff und schon gar nicht über die tragische Figur meines Neffen, den wahren Grund unserer Anwesenheit, sondern über die hochdramatischen Umstände von Marcs Ableben.

»Berta ist ihm bei seinem tragischen Todeskampf ja bis zum Schluss zur Seite gestanden«, berichtete ich, was wenigstens nicht gelogen war, denn entsetzt dagestanden hatten wir ja wirklich.

Berta nickte zustimmend. »Ja, es war einfach furchtbar. Ich habe ihn im Arm gehalten, während Pauline seine Hand gedrückt hielt.«

Dass der arme Mann bereits mausetot gewesen war, als ich nach seinem Puls fühlte und meine Freundin ihre Arme nur um mich geschlungen hatte, um seine Augen zu schließen, ließen wir unerwähnt. Berta hatte eine Aufwertung ihres gesellschaftlichen Status durch diesen heldenhaften Einsatz – im wahrsten Sinne hautnah am Ort des schrecklichen Geschehens – ehrlich verdient, und ich beruhigte mein Gewissen, indem ich mir einredete, dass Phantastischer Realismus eine durchaus akzeptable, kulturhistorisch anerkannte Form der Wirklichkeitsabbildung war.

Nach einigen neidvollen »Ahs« und »Ohs« gewann Bobos pragmatische Weltsicht wieder die Oberhand.

»Aber ist es nicht seltsam, dass ausgerechnet ihr ständig über Leichen stolpert?«, fragte sie recht nachdenklich.

»Weiblicher Instinkt. Wir haben einfach gespürt, dass da etwas in der Luft lag, etwas Bedrohliches, Böses«, schwadronierte Berta, die zu rhetorischer Bestform auflief, »besonders gefühlvolle Menschen bemerken so atmosphärische Störfelder gleich, können ihnen richtiggehend nachfühlen. Im Grunde lag es also nur an unserer Empfindsamkeit, die sich höhere Mächte zunutze gemacht haben, um uns hierherzuleiten.«

Ich staunte. Nie hätte ich vermutet, dass sich in Bertas Wortschatz Ausdrücke wie »Empfindsamkeit« befanden. Offenbar hatten Rosamunde-Pilcher-Filme doch einen gewissen pädagogischen Wert.

Auch Bobo wirkte leicht erstaunt. »Ach ja«, murmelte sie zweifelnd und neigte ihr Haupt erst nach links, dann nach rechts, wodurch ihre bestimmt sehr teuren und offenbar auch sehr schweren Schildpattgehänge an den Ohren ins Schlackern kamen und mit einem leisen »Dong« unentwegt gegen ihre Wangen schlugen.

»Ja, es gibt Dinge zwischen Himmel und Erde, die man nur schwer in Worte fassen kann und die dennoch existieren«, unterstrich ich Bertas Erklärungsversuch.

»So wie Blasendruck vielleicht?«, meinte sie mit anzüglichem Grinsen. »Wenn ich mich nicht irre, habt ihr die erste Leiche ja nur gefunden, weil ihr allgemeinen Pinkelbedarf hattet. Also nicht wegen höherer Mächte, sondern nur wegen eurer Nierenfunktion.«

Berta schnaubte. Bobo hatte das Heldinnenepos durch einen unverzeihlich banalen Punkt beendet.

»Da fällt mir ein, dein Neffe war doch an vorderster Front mit dabei. Wie geht's dem mörderischen Knaben eigentlich?«, wandte sie sich an mich.

Seine Verhaftung war offensichtlich kein Geheimnis geblieben.

»Der ist so unschuldig, wie du es zuletzt bei deiner Geburt warst«, konterte ich, »und spätestens nächste Woche ist er sowieso wieder daheim.«

»Die einen vergreifen sich halt im Ton, die anderen gleich in der ganzen Person«, setzte Berta schlagfertig eins drauf.

»Nun, wir werden sehen. Vielleicht ist dein Neffe ja wirklich unschuldig, weil in Wahrheit du es gewesen bist.«

Herausfordernd blickte sie mich an.

»Und das Motiv?«, fragte ich so unaufgeregt wie möglich zurück. »Warum hätte ich einen mir völlig unbekannten jungen Mann erschlagen sollen? Noch dazu mit einer Rosenkugel.«

»Vielleicht aus Hass. Hass auf dein altjüngferliches Leben. Jahrzehntelang neben einem wachkomatösen Mann zu leben, der seinen Hintern nur hochkriegt, wenn er aufs Klo muss, davon kriegt man bestimmt eine Geisteskrankheit. Und wer weiß, was einem kranken Kopf dann für Gedanken entspringen. Also

Lust auf junges Frischfleisch vielleicht. Wobei ich wetten würde, dass dieser Rosenkavalier sicher auch nicht allein wegen eures Anblicks verstorben ist. Das war garantiert noch ein Mord.«

Ich schnappte nach Luft.

»Jetzt reicht's aber«, fauchte Berta und wandte sich zum Gehen. »Das ist kein Gehirnschnupfen mehr, das ist schon Gehirnschwund«, raunte sie mir zu und tippte sich mit einem Finger an die Stirn.

Ich schwieg. Die Anspielung auf mein Privatleben hatte mich mehr getroffen, als ich je würde zugeben können. Letztlich hatte diese affektierte Zimtzicke mit ihrer Behauptung ja nicht unrecht, also zumindest mit dem ersten Teil, Alfreds Antriebslosigkeit. Nur mit ihrer absurden Schlussfolgerung hatte sie völlig danebengelegen. Ich und Fleischeslust. Ich mochte nicht mal Rindsrouladen oder Schweinekotelett. Und der einzige junge Mann, der mir naheging, war mein Neffe.

Eine Zeit lang wandelten wir wie in Trance nebeneinanderher, ohne unser Umfeld auch nur wahrzunehmen. Meine Freundin hatte erneut einen feuchten Schimmer in den Augen, mir gingen die Worte »wachkomatös« und »Mord« nicht mehr aus dem Sinn. Meine Ehe war längst zu einer amtlich besiegelten Gütergemeinschaft verkommen, in der ich Nahrung herbeischaffte und Alfred diese an Bauch und Hüften einlagerte. Und obwohl wir gemeinsam bei Tisch saßen, meistens zumindest, und gemeinsam das Bett teilten, jeder auf seiner Seite mit einem halben Meter Zwischenraum, fühlte ich mich zunehmend einsam. Und seine lethargische Lahmarschigkeit ging mir tatsächlich seit Jahren auf den Lebensnerv. Nie konnte dieser Mensch sich zu was aufraffen, nie sein Trägheitsmoment überwinden, nie von selbst in die Gänge kommen. Der Schlag mit der ungarischen Hauswurst, den er mir auf meinen Wunsch hin versetzt hatte, war vermutlich die größte körperliche Anstrengung gewesen, der er sich in diesem Jahr ausgesetzt hatte.

Kurz gesagt, meine Ehe glich einem Trauerspiel in immer gleichen Akten. Doch bevor ich einen Heulanfall riskierte, griff ich gedanklich nach dem anderen Wort, das mich in Aufruhr versetzt hatte. Mord. Bobo war wie selbstverständlich davon ausgegangen, dass auch dieser Marc Mulière, der meiner Ansicht nach mit richtigem Namen eher Markus Müller oder Max Meier hieß, einen gewaltsamen Tod gestorben war. Womit sie gleichfalls recht haben musste. Wir hatten seinen Abgang ja quasi von Angesicht zu Angesicht miterlebt. Zwar hatte ich weder Blut noch Rosenkugeln oder gar riesige Pupillen bemerkt, dafür aber kalten Schweiß, seltsame Verrenkungen und Schaum vor dem Mund – das war garantiert weder ein Herzversagen noch ein Hitzschlag gewesen. So aus im wahrsten Sinn des Wortes heiterem Himmel. Und nach bedrohlichen Vorerkrankungen – seit Covid wussten wir ja alle über die Bedeutung von Vorerkrankungen Bescheid – hatte er eigentlich auch nicht ausgesehen, zumindest nicht am Tag zuvor. Es hatte mich eher an den Anfall vom Gustl Gansterer erinnert. Allerdings in abgeschwächter Form, weniger bewegungsintensiv und ohne diesen nachtvogelartigen Blick. Aber laut Arzt war Gustl Gansterer ja eines »natürlichen« Todes gestorben. Im Unterschied zu seinen Hühnern.

Das Ganze kam mir immer mehr wie ein Puzzle vor, bei dem alle Teile vorsätzlich an falscher Stelle eingefügt worden waren.

Nichts passte zusammen, und nichts war natürlicher Ursache. Zählte ich die Hühner mit, hatten wir es mittlerweile mit fünf, wenn nicht gar sechs Verbrechen zu tun, wobei man über den abgängigen Pfarrer noch nichts wusste, aber die Dauer seiner Abwesenheit versprach wenig Gutes.

Begonnen hatte die ganze Mordserie jedenfalls mit Christl und Franzl, die wegen einer Mischung aus Eisenhut und Bilsenkraut ins Gras gepickt hatten. Kurz darauf war auch deren Besitzer dem letalen Giftcocktail erlegen, dessen war zumindest ich mir mittlerweile absolut sicher. Nur atropinhaltige Substanzen vermochten derartige Pupillen hervorzurufen, da konnte dieser dörfliche Kurpfuscher tausendmal anderer Ansicht sein. Doch die beiden weiteren Opfer hatten einigermaßen normale Augen besessen, sofern man bei Toten überhaupt von »normal« reden konnte, und bei der romantischen Reiherbande vom Singletreff hatte ich gleichfalls weder starre Blicke noch Tobsuchtsanfälle bemerkt, die hatten es nur mit den Eingeweiden, wenngleich bestimmt nicht aus »natürlichen« Ursachen.

Die Palette an toxischen Substanzen aus dem Pflanzenreich bot jedem einigermaßen versierten Giftmischer ein riesiges Betätigungsfeld, da konnte man seine Rezepturen bestimmt bedarfsgerecht modifizieren. Andererseits war der Detektiv erschlagen worden. Zumindest auf den ersten Blick. Aber warum sollte ein Serientäter – und mittlerweile ging ich davon aus – viermal zu Gift greifen und einmal zu einer Schlagwaffe? Das war nicht logisch. Im Fernsehkrimi bedienten sich Serial Killer stets eines ganz spezifischen Modus Operandi. Und der konnte hier nur Gift sein.

Aber wie das Landeskriminalamt von meiner Theorie überzeugen? Oder wenigstens Berta, die zwar unfassbar hilfsbereit war, aber meinen Mutmaßungen auch eher skeptisch gegenüberstand. Ich brauchte Beweise oder zumindest eine konkrete Ahnung, wo diese Beweise zu finden waren, und dafür musste ich diese ganzen Morde auf einen gemeinsamen Nenner bringen, sonst würde ich durchdrehen. Meine kleinen grauen Zellen standen bereits kurz davor.

»Berta«, sachte zupfte ich meiner immer noch gedankenverlorenen Freundin am Arm, »haben diesem Marc eigentlich Knöpfe am Hemd gefehlt?«

»Knöpfe?«

»Ja, diese runden Dinger, mit denen man Hemden verschließt.«

»Himmelherrgott, Pauline, du brauchst mir nicht zu erklären, was Knöpfe sind. Erklär mir lieber, warum du das wissen willst. Warum in aller Welt interessieren dich Knöpfe am Hemd eines Toten?« Sie kniff ihre Augen zusammen, als könne sie dadurch besser verstehen.

»Als der alte Bauer kollabiert ist, hat er sich das Hemd aufund dabei ein paar Knöpfe abgerissen, am Hemd des toten Detektivs hat gleichfalls der oberste Knopf gefehlt, erinnere dich doch, wir haben heute früh in deinem Garten noch darüber geredet, über die kalte Haut, den Schal und das dennoch offene Hemd, daher dachte ich –«

»Ich denke, für heute hast du ausreichend gedacht«, fiel Berta mir ins Wort, »aber wenn es dir weiterhilft, ja, mir sind fehlende Knöpfe aufgefallen. Er hatte das Hemd ja beinahe bis zum Bauchnabel offen, und weil ich ihm eben nicht in die toten Augen blicken wollte, habe ich ihm zwangsläufig auf die Brust schauen müssen. Und da habe ich bemerkt, dass die obersten zwei nicht vorhanden waren. Weil ich mich noch gewundert habe, dass ein so gepflegter Mann so abgerissen daherkommt.«

Meiner Ansicht nach hatte sie zwar eher gedacht, dass dem armen Mann eine Frau fehlen musste, die sich seiner Wäsche annimmt, aber diese Überlegung behielt ich natürlich für mich.

»Und, was schließt du daraus? Dass Menschen mit Reißverschlüssen ein ewiges Leben beschieden ist?«, meinte sie.

Ich musste lächeln. Berta hatte zwar immer noch nicht verstanden, worauf ich hinauswollte, aber sie hatte ihren Humor wiedergefunden, und damit sah die Welt schon etwas heller aus. Meine notorische Schwarzmalerei ging mir ja manchmal selbst auf den Geist.

»Aber nein«, antwortete ich. »Ich finde es nur einfach sehr auffällig, um nicht zu sagen eigenartig, dass die einzige Gemeinsamkeit von drei auf den ersten Blick unterschiedlichen Todesfällen aus kaltem Schweiß, einer ungewöhnlich kühlen Haut und fehlenden Knöpfen besteht. Der Bauer hatte angeblich einen Herzinfarkt, der Detektiv wurde erschlagen, und der Rosenölfabrikant starb aus unbekannter, aber höchstwahrscheinlich nicht natürlicher Ursache. Wenn ich jetzt wieder an den Anfang zurückdenke, also an das erste Opfer, den Gustl, dann hat sich der seine Knöpfe ja vor meinen Augen selbst ausgerissen. Aber warum?«

Ich sah den armen Mann immer noch in Nahaufnahme vor mir, als wäre das Ganze erst gestern passiert. Schweißüberströmt war er gewesen, und nach Luft gehechelt hatte er wie ein Hund.

»Der Gustl war nicht normal. Totaler Eigenbrötler, völlig verschroben, schwerer Säufer, vielleicht hat er Wallungen gehabt oder Wahnvorstellungen. Oder Wechseljahrbeschwerden, verspätete Midlife-Crisis, bei dem seiner verzögerten Entwicklung wär das nicht verwunderlich«, sagte Berta.

Ich schüttelte den Kopf.

»Dem war nicht heiß gewesen, nicht mal warm, ihn hat gefröstelt.« Mir war eingefallen, wie er ständig seine Arme um sich geschlungen und sich förmlich in seinen Arbeitsjanker verkrochen hatte. »Außerdem war seine Haut so seltsam kühl gewesen, sehr kühl, wie die vom Detektiv und vom Rosenölfabrikanten.«

»Kann es sein, dass du vor Aufregung einfach kalte Hände bekommen hast? Wenn man so dünn ist wie du, kriegen Hände und Füße oft zu wenig Blut ab. Dann kommt einem alles kalt vor, was keine Herdplatte und keine Wärmeflasche ist.«

»Nein, kann es nicht. Ich fühle Fred zweimal täglich den Puls. Und obwohl der abends fast immer scheintot auf dem Sofa liegt, hat er sich noch nie kalt angefühlt. Davon abgesehen bin ich nicht zu dünn und brauch auch keine Wärmeflasche.« Was stimmte, da ich eine Heizdecke besaß, da konnte einem spätnachts kein kaltes Wasser ausrinnen.

»Ist schon gut, war nur so eine Idee«, lenkte Berta ein. »Also zurück zu den fehlenden Knöpfen, die Sache mit den riesigen Pupillen scheinst du ja endlich abgeschrieben zu haben. Mir fallen nur drei Gründe ein, sich die Kleidung vom Leib zu reißen. Eine hocherotische Anwandlung, der Wunsch nach Abkühlung oder die Angst, zu ersticken.«

»Erotik schließe ich zumindest beim Gustl mal aus. Den Wunsch nach Abkühlung können wir ebenfalls bei allen dreien ausschließen, denen war schon kalt.« Ich zog Berta neben mich auf eine lauschige Bank, wo wir, verdeckt von einer statisch etwas bedenklichen Pyramide aus rostigen Gießkannen, vor neugierigen Augen und Ohren geschützt waren. »Also bleibt die Angst, zu ersticken.«

Daran hatte ich noch nicht gedacht. Obwohl der Gustl sichtlich nach Luft gerungen hatte, doch das hatte ich auf seine übermäßige Erregung und die wahnwitzigen Scheingefechte zurückgeführt.«

»Ich glaube –«

»Psst, sag jetzt nichts, lass mich das überdenken«, fiel ich Berta ins Wort. Leider war mein Gedächtnis auch nicht mehr das beste.

»Du hast doch auch so ein Wischhandy, dem man alle möglichen Fragen stellen kann, oder?«, fragte ich.

Berta griff in ihren Beutel und zog das Teil auf Anhieb hervor. Eine bewundernswerte Leistung, zu der ich vermutlich nie fähig sein würde.

»Was willst denn wissen?«

»Frag es mal nach Körpertemperatur im Zusammenhang mit einer Eisenhutvergiftung.«

»Gugln, das nennt sich gugln«, klärte sie mich auf, während sie gekonnt auf dem winzigen Display herumdrückte, »wobei du jetzt wissen musst, dass du mich schwer enttäuschst. Warum weißt du das nicht selbst, du wandelnde Enzyklopädie der Kräuterheilkunde?«

»Die Kräuterheilkunde ist die gute Schwester der Giftmischerei, und ich bin eine Gute«, grinste ich, »mit dem Schadzauber kenne ich mich nur in groben Zügen aus. Ich weiß, dass Eisenhut bereits ab zwei Gramm tödlich sein kann, dass es kein Antidot gibt und man unter furchtbaren Schmerzen und mit dem Gefühl, Eiswasser in den Adern zu haben, stirbt. Aber ob dieses Kältegefühl auch einen realen Einfluss auf die Körpertemperatur hat, das weiß ich nicht. Und genau das muss ich wissen.«

Berta nickte.

»Dreiundsiebzigtausendvierhundertsiebzehn Antworten. Da ist bestimmt was für dich dabei. Welche willst du zuerst hören?«

Ich griff nach dem Telefon und starrte auf das Display, aber ich konnte rein gar nichts erkennen.

»Da steht ja nichts, nur mikroskopisch kleine Buchstaben und so blaue Zeichen.« Diese moderne Technik war wirklich nichts für mich.

»Das sind Links, wart mal, ich mach dir einen auf.« Erneutes Wischen.

»Lies bitte vor.«

»Gefühllosigkeit in Mund und Rachenraum, Sehstörungen, Brennen und Kribbeln, Übelkeit, Erbrechen, starkes Kälteempfinden, Frösteln, Lähmungen, Schweißausbrüche, Blutdruckabfall, herabgesetzte Körpertemperatur, Herz-Rhythmus-Störungen, starke Schmerzen, extreme Atembeschwerden.«

»Ich hab's gehofft, also ich meine, befürchtet«, stammelte ich nach einer gefühlten Ewigkeit. »Die sind alle drei vergiftet worden. Sie haben Atembeschwerden gehabt, keine Luft mehr bekommen, sich in letzter Not das Hemd aufgerissen, außerdem haben sie gefroren und waren stark untertemperiert. Eisenhut ist mörderisch.«

»Und das Bilsenkraut? Die großen Pupillen? Die durchgeknallten Hendln?« Meine Retterin in der Not schien immer noch nicht ganz durchzublicken.

»Das war ein erster Versuch, nehme ich an. Die Wirkung des Bilsenkrauts hat die furchtbaren Schmerzen vermutlich einigermaßen gedämpft, zumindest so lange, bis keine medizinischen Mittel mehr gegriffen hätten. Es gibt bislang kein Antidot bei Eisenhutvergiftungen, nur die Möglichkeit einer Giftausleitung, die nahezu unmittelbar nach der Einnahme passieren muss. Ich kann mir jedenfalls keinen anderen, plausiblen Grund für die Beimengung von diesem Hexenkraut vorstellen; aus purer Menschenfreundlichkeit hat er es bestimmt nicht getan.«

»Aber die Pupillen hätten ihn jedes Mal verraten, richtig?« Langsam begriff auch Berta diesen perfiden Plan.

»Genau. Den Blick und die wahnwitzigen Tobsuchtsanfälle hätte kein Arzt auf Dauer ignorieren können. Deshalb wird der Giftmischer die Rezeptur verändert haben, um weiterhin keinen Verdacht zu erregen. Vielleicht hat er Schlafmohn zugefügt, im Unterschied zu Bilsenkraut führt Opium zu einer Verengung der Pupillen und dämpft zugleich die Motorik, weshalb Marcs Anfall viel ruhiger ausgefallen ist als der vom Gustl.«

»Also du meinst, er hat nach der Panne beim Gustl, die nur dank Seidenbarts Unfähigkeit unentdeckt geblieben ist, auf eine todsichere Mischung aus Eisenhut, Bilsenkraut und Opium gesetzt.«

Ich nickte.

»Aber warum hat der Detektiv dann einen Schlag auf den Kopf bekommen?«

»Wahrscheinlich ist er nicht rasch genug gestorben. Zwar kann das Gift so einer Herrgottslatsche einen bereits nach einer halben Stunde ins Jenseits befördern, aber vielleicht war dem Mörder selbst diese Zeitspanne zu lang.«

»Mhm«, grübelte Berta, »also wenn ich es dermaßen eilig

hätte, jemanden ums Eck zu bringen, würde ich mir einen Revolver zulegen. Ob erschossen oder erschlagen, macht auch keinen Unterschied mehr, oder?«

Was theoretisch richtig war, praktisch aber bestimmt nicht zur Wahl gestanden hatte.

»Berta, stell dir mal vor, die Tat ist wirklich erst kurz vor unserem Eintreffen geschehen, der Täter hat uns kommen hören, wir haben ja laut genug geredet und gelacht. Und um dem Opfer keine Überlebenschance zu lassen und um selbst nicht auf frischer Tat ertappt zu werden, hat er dem armen Mann einfach noch eins mit der Rosenkugel drübergezogen.«

Berta schluckte. Diese Vorstellung schien auch ihr nicht zu behagen.

»Okay, okay, du hast mich fast überzeugt. Wir gehen also von einem giftmischenden Serial Killer aus. Überführt aufgrund deiner Intelligenz und einiger fehlender Knöpfe.«

»Als weitere Indizien bitte auch die kühle Haut ins Gedankenprotokoll aufnehmen.«

Ein Lächeln stahl sich in ihr Gesicht, das kurz darauf von einer tiefen Stirnfalte ausgelöscht wurde. Auf einmal schien sie intensiv über etwas nachzudenken. So intensiv, dass sie nicht einmal das putzige Eichhörnchen bemerkte, das direkt vor ihren Füßen herumhüpfte.

Minuten vergingen. Reglos saßen wir auf der Bank. Berta dachte nach, ich sah ihr beim Denken zu, während ich leise das Zwölf-mal-zwölf aufsagte, um mich von dieser apokalyptischen Vorstellung eines Seriengiftmischers zu erholen.

Bei acht mal zwölf rief sie: »Komm! Ich will jetzt wissen, ob du recht hast. Wir gehen zurück. Beeil dich.«

»Sechsundneunzig«, murmelte ich und setzte mich gleichfalls in Bewegung.

Berta raste voran, und wer diese Frau rennen sah, verstand, dass Hummeln fliegen konnten.

Im Laufschritt ging es um die Rückseite des Herrschaftshauses herum Richtung Ausgangspunkt der Misere, den Place de la Kotz, wie ich ihn insgeheim nannte. Wenigstens hatten sich die Menschenmassen verzogen, die nach der großen Reiherei noch sensationslüstern jeden Zentimeter Raum eingenommen hatten. Nun ging es vermutlich beim Stand des verstorbenen Rosenölfabrikanten hoch her.

Erst als wir bereits das Portal erreicht hatten, bremste sie ab.

»Wasser!«, japste sie. »Brauch das Wasser.« Schweißüberströmt und mit hochrotem Kopf rang sie nach Luft, während ihre Eingeweide bedrohliche Geräusche von sich gaben. Schon wieder diese Symptome! Einen Augenblick lang ergriff mich Panik, doch dann beruhigte ich mich beim Gedanken an ihre fassförmige Figur. Es bedurfte bestimmt gewaltiger Antriebskräfte, um diese derart in Schwung zu bringen und vor allem zu halten.

Rasch kramte ich in meiner Tasche herum und reichte ihr meine Trinkflasche. »Da, nimm, Sanddornsaft, der verleiht Energien und stillt den Durst.«

Wortlos griff Berta nach der Flasche und trank in großen Schlucken.

»Danke. Und jetzt gib mir noch deine Nerventropfen.« Ich kramte erneut in meinem tragbaren Kleinteilsammelsurium. Zwischen Monatsbinden, einem Knäuel Spagat, mit dem ich seit Wochen die Feuerbohnen hochbinden wollte, und diversen UHOs (unbekannten Handtaschenobjekten) aus gesprungenem Plastik fand ich das gewünschte Behältnis. Die ermattete Langstreckenläuferin riss es mir nahezu aus der Hand, schraubte den Verschluss auf, entfernte den Tropfeinsatz und schüttete sich den ganzen Inhalt auf die Zunge.

»Halt, höchstens zwanzig Tropfen, das ist keine Limonade, da ist Lerchensporn drin, die Knolle enthält Bulbocapnin und Corybulbin, das beruhigt nur in geringen Dosen«, ich versuchte vergeblich, ihr das Fläschchen zu entwinden, »wenn du zu viel erwischst, kannst du kataleptische Zustände bekommen. Lähmungen bis hin zur Leichenstarre.«

Warum glaubte stets jeder, dass alles, was grün war und aus der Natur kam, unbedenklich und gesund sei. Pflanzen konnten heilen – oder auch töten. Nur die Dosis machte das Gift. So was sollte man seit Paracelsus eigentlich wissen. Und Berta spätestens seit heute auch.

Aber die zuckte nur die Achseln und verstaute das leere Behältnis in ihrem Beutel. »Beruhige dich doch, da war gar nicht mehr viel drin. Außerdem hab ich den Giftanschlag im Rittersaal ja auch überlebt.«

Manchmal schien mir, als wolle meine Freundin das Schicksal auch noch vorsätzlich herausfordern. Im Interesse unserer Freundschaft verbiss ich mir dennoch jede weitere Gardinenpredigt und erkundigte mich stattdessen nach ihren Nerven. Aus Jux hatte sie meine Tropfen bestimmt nicht eingenommen.

»Der Alkohol hat gutgetan«, ließ sie mich wissen. »Nimm das nächste Mal am besten gleich eine Flasche Schnaps mit. Aber einfach nur hochprozentige Tropfen. Von pflanzlichen Zusätzen hab ich eh die Schnauze voll.«

Wie zum Beweis rülpste sie ein weiteres Mal, auch wenn es sich diesmal schon etwas weniger lebensbedrohlich anhörte.

In Gedanken notierte ich »Flachmann« und setzte erst ein Ruf-, dann ein Fragezeichen dahinter. Alkohol allein war bestimmt auch keine Lösung.

Derweil hatte Berta einen weiteren Sprint hingelegt und erklomm bereits die ersten Stufen der monumentalen Eingangstreppe. Diesmal hinkte offenbar ich in Gedanken und in Gehgeschwindigkeit hinterher.

»Was machen wir hier eigentlich? Und warum auf einmal diese Eile?«, fragte ich verwundert und ein klein wenig außer Atem, als ich sie eingeholt hatte.

»Wir beschaffen uns eine Wasserprobe, was sonst? Ich will endlich Klarheit haben. Wenn du richtigliegst, hat man uns zu vergiften versucht, und wir haben es tatsächlich und nicht nur in deiner blühenden Phantasie mit einem Serial Killer zu tun. Und wenn du ein zweites Mal richtigliegst, muss das üble Zeugs im Wasser gewesen sein. Salzstreuer und Pfeffermühlen standen zwar auch auf jedem Tisch, aber für meinen Geschmack war das Essen ausreichend gewürzt, vielleicht sogar eine Spur zu salzig. Zumindest der Koch scheint also verliebt zu sein.«

»Mhm. Kann sein. Könnte aber auch sein, dass der Giftmischer etwas nachgewürzt hat, um euch den Griff zum Wasserglas schmackhafter zu machen. Salz macht ja bekanntlich durstig.«

»Möglich«, meinte Berta, »jedenfalls hat er, falls du mit deinen Annahmen doppelt recht haben solltest, wahrscheinlich wieder zu Eisenhut gegriffen. Wird halt weitaus geringer dosiert gewesen sein. Dass der Wahnsinnige über vierzig Leute umbringen wollte, kann ich mir dann doch nicht vorstellen.«

»Vielleicht leidet er unter Größenwahn?«, warf ich ein, während wir die Treppe erklommen. »Aber was macht dich so sicher, dass erneut Eisenhut dabei war?«

»Deine Gänsehaut-Theorie. Ich hab mich nämlich erinnert, wie der Mann, der auf die Käseplatte gekotzt hat, kurz zuvor noch so eine wollene Strickweste angezogen hat und ich bei mir gedacht habe, dass ihm beim Anblick seiner Tischpartnerin offenbar gar nicht warm ums Herz geworden ist. Dabei hat die Blondine ihm gegenüber zwar recht einfältig, aber doch ziemlich gut ausgesehen.«

»Meinst du so eine mit silbernen Stilettos und einem Trockenblumengesteck im Haar?«

»Genau.«

»Die hab ich gesehen, die hat in einen Weidenkorb gereihert.«

»Das war auch die, die außer der Tellerdeko so gut wie nichts gegessen hat.«

»Es heißt nicht umsonst ›rund und gesund, aber schlank und krank‹«, merkte ich an, um meiner Freundin etwas Nettes zu sagen.

Sie nickte erfreut, wurde aber umgehend wieder ernst. »Im Nachhinein betrachtet glaub ich ja, dass der auch kalt war. Sie ist ja gleich am Nebentisch gesessen. Den Platz, also die Tischpartnerin, gewechselt haben immer die Männer. Und sie hatte eine Gänsehaut, aber ich hab das halt auf die Aufregung zurückgeführt. Es war ja nicht kalt im Saal, die Gräfin hat sogar den Kamin befeuern lassen.«

Schnaufend und schwitzend hatten wir die Empore erreicht, wo die herrschaftliche Treppe sich zu teilen begann, um sich in zwei kunstvollen Bogen links und rechts an der mit prachtvollen Stuckateurarbeiten verzierten Fassade hochzuschrauben, während eine schmalere Stiege aus Holz hoch hinauf bis zum Portalturm zu führen schien. Einen Augenblick lang hielten wir inne, ich bewunderte die kunstvollen Dekorationen an der Balustrade, meine Freundin rang nach Luft.

»Aber wie kommen wir in den Rittersaal?«, überlegte ich. »Und wer garantiert uns, dass das Wasser immer noch auf den Tischen steht?«

»Niemand. Wir können nur hoffen, dass die Polizei oder das Personal nicht schon alles abgeräumt haben. Und selbst wenn, vielleicht hat irgendwer irgendwo ein Glas abgestellt, das übersehen wurde. Weil es in einem finsteren Eck steht oder weil man wegen der turbulenten Ereignisse vergessen hat, den Geschirrspüler einzuräumen.«

Eine gar nicht so abwegige Hoffnung. Da der Rosenölproduzent bereits kurz nach dem Dinnerdesaster verstorben war, war es meiner Ansicht nach gut möglich, dass Kommissar Hartmann seine Mannschaft vom Rittersaal abgezogen hatte, um am Tatort eines Mordes vermehrt präsent zu sein. Verstärkung aus der Stadt kam bestimmt nicht so schnell, und der grassierende Personalmangel bei der Polizei war ja hinlänglich bekannt.

»Egal, wir versuchen es«, sagte ich. »Nur wer wagt, gewinnt. Wenn schon keinen Mann fürs Leben, so zumindest Gewissheit über meinen Geisteszustand.«

Berta grinste, warf sich in die Brust wie ein Sumoringer und wandte sich nach rechts, wo der Aufstieg zum Rittersaal begann. Auf der Rückseite des Schlosses befand sich zwar eine steinerne Brücke, auf der die alten Rittersleut einst in ihren Kutschen oder im Sattel feuriger Streitrösser direkt in die innen liegenden Gemächer gelangen konnten, aber wir vom Fußvolk mussten den beschwerlicheren Weg nehmen. Und das, obwohl wir gar nicht mehr im Mittelalter lebten.

Nach weiteren dreißig steinernen Stufen erreichten wir einen schattigen, von Efeu und wildem Wein überwucherten Arkadengang, wo ein doppelflügliges Holztor mit kunstvoll geschmiedeten Beschlägen zum Trakt mit Rittersaal, Speisesaal, einstiger Gesindekammer und der Küche führte. Vor der schwarzen Holztür, über der immer noch ein blumiges Banner mit der Aufschrift »Flower-Power-Singletreff mit Speed-Date-Dinner – nur für Mitglieder mit #Herz und #Humus« hing, thronten zwei nackte, in Stein gemeißelte Satyrn mit Genitalverstümmelung, die uns mit einer anzüglichen Grimasse entgegenblickten.

Und zwischen ihnen, nahezu in deren mächtigem Schatten verborgen, tauchten Inspektor Kapplhuber und Elsbeth auf.

»Was macht die denn hier?«, wunderten wir uns nahezu synchron.

Dass man den für Mordermittlungen vermutlich wenig hilfreichen Dorfgendarmen zur Bewachung des Rittersaals abgestellt hatte, schien ja eine durchaus nachvollziehbare Entscheidung zu sein, stand er den wahren Helden des Landeskriminalamts wenigstens nicht im Weg herum, aber die Anwesenheit unserer Vorzeigekatholikin konnten wir uns nicht erklären.

»Ich glaub, die heult«, bemerkte Berta, während wir uns vorsichtig näherten.

»Dann muss es um den verschwundenen Pfarrer gehen. Den hat sie ja wie Gottes Sohn verehrt«, erwiderte ich.

»Der ist aber doch schon eine Zeit lang verschollen, wenn ich mich recht erinnere«, erwiderte sie mit gedämpfter Stimme, denn wir hatten die beiden erreicht.

Elsbeth sah schrecklich aus. Sie heulte nicht nur, sie schien zur Gänze in einen flüssigen Aggregatzustand überzugehen. Auf Kapplhubers Uniformhemd – die Jacke hatte er unordentlich über die Brüstung gehängt – zeichneten sich im Brustbereich bereits Dutzende feuchte Flecken ab. Und die stammten im Unterschied zu den Schweißflecken an den Achseln bestimmt nicht von überhitzten Schweißdrüsen. Hilfesuchend sah er mir entgegen, während er einen Arm um die Betschwester gelegt hatte, die es vor Heulkrämpfen schüttelte, als würde sie unter Strom stehen. Starkstrom wohlgemerkt.

Ich trat auf die beiden zu und legte gleichfalls einen Arm um sie.

»Um Himmels willen, Elsbeth, was ist denn passiert?«, erkundigte ich mich, während Kapplhuber die Heulende mit dankbarem Blick in meine Obhut entließ. Erleichtert trat er seinerseits einen Schritt zurück und krempelte sich die Ärmel auf.

Elsbeth hingegen weinte ungebremst weiter, während sie etwas brabbelte, von dem ich exakt vier Worte verstand.

»Droht«, »Arnika« und »nichts getan«. Der Rest war in ihrem Geschluchze untergegangen.

»Sie hat einen Drohbrief erhalten«, erklärte der Inspektor, den ihr An- oder auch Überfall derart verwirrt zu haben schien, dass er weder an seine berufliche Schweigepflicht noch an dienstliche Kleidungsvorschriften dachte.

»Einen Drohbrief?«

Warum sollte man eine harmlose Rentnerin bedrohen? Mit ihrer Gottesergebenheit mochte sie vielleicht dem einen oder anderen Mitglied des Pfarrgemeinderats auf die Nerven gegangen sein, und ihre standhafte Weigerung, auch Wildblumen als Bestandteil der vom Ortsverschönerungsverein bepflanzten Tröge am Dorfplatz zu akzeptieren, war so manchem Natur- und Bienenfreund sauer aufgestoßen, aber deshalb schrieb man doch keinen Drohbrief. So etwas wurde bei einem Glas Sherry oder Nusslikör ausdiskutiert. Wer schrieb überhaupt noch Briefe?

»Eigentlich eine Morddrohung«, präzisierte der Inspektor, was Elsbeths sirenenartiges Geheul um zwei Oktaven steigen ließ.

»Ich hab vorhin meinen Lippenstift vergessen, in der Eile auf dem Tisch liegen lassen«, erklang auf einmal die Stimme von Berta, die bislang geschwiegen hatte. »Das ist ein ganz teurer, habe ich extra für das Romantikdinner gekauft, einer von Adélaide d'Orléans, hat siebenunddreißig Euro gekostet, und da war der Fünfzehn-Prozent-Rabatt von L'Oréal schon abgezogen«, sie schniefte hörbar, »ich hab ihn nur einmal verwendet, ein einziges Mal, heute. Bitte, ich muss ihn wiederhaben.«

Sie schniefte erneut, und Kapplhuber trat zur Seite und gab den Weg zum Rittersaal frei. Einer weiteren Heulboje fühlte er sich eindeutig nicht gewachsen. Was für ein genialer Schachzug meiner Freundin. Diesmal hatte sie die Gunst der Stunde perfekt zu nutzen vermocht.

Berta entschwand, und ich tätschelte Elsbeth die feuchten grauen Löckchen.

»Will nicht sterben«, nuschelte sie, aber zumindest sprachlich wie inhaltlich verständlich.

»Du wirst nicht sterben«, beruhigte ich sie. »Und jetzt erzähl mir noch mal, was dir passiert ist.« Aufmunternd drückte ich sie an mich, dennoch dauerte es weitere fünf Minuten, in denen nur ein Schwall Tränen, aber keine Worte flossen.

Erst als der Inspektor ihr Polizeischutz in Aussicht stellte, beruhigte sie sich einigermaßen.

»Da!«

Sie streckte mir ein zerknülltes, leicht angefeuchtetes Blatt entgegen. Ich ergriff das Schreiben, auf dem jemand eine recht kurze Nachricht mit ausgeschnittenen Buchstaben aufgeklebt hatte. Eine derartige Collage hatte ich zum letzten Mal in einer Verfilmung von Agatha Christie gesehen.

»Du bist die Nächste!«, las ich. »Du hast den Tod längst verdient. Ich nicht. Annika.«

Annika, nicht Arnika.

»Es wurde ihr in die Tasche gesteckt«, erklärte Kapplhuber, während er mir das Schreiben vorsichtig aus der Hand nahm, »irgendwo hier auf der Gartenschau.«

Elsbeth nickte. »Ich hab es in einem Kuvert gefunden, als ich nach einem Schweißtuch gesucht habe.« Nur ein fundamentalistischer Erzkatholik verwendete ein derartiges Wort. Aber »Taschentuch« oder gar »Schnäuzfahne« wurden den blütenweißen Lappen aus reiner Baumwolle vermutlich auch nicht gerecht.

Ich blickte auf die Tasche, die neben ihr auf dem Boden stand. Sie war offen, besaß keinen Reißverschluss, nur ein dünner Riemen mit einer goldenen Schnalle hielt das prall gefüllte und spaghettitopfgroße Behältnis aus Krokolederimitat zusammen. Da hätte man selbst Goethes gesammelte Korrespondenz unauffällig hineinschubsen können.

»Und wer ist diese Annika?«, fragte ich.

Zwar war ich erst vor zwei Jahrzehnten nach Oberdistelbrunn gezogen, was für eine umfassende Kenntnis der Ortschronik keinesfalls ausreichend war, doch hätte ich je von einer Annika gehört, würde ich mich bestimmt erinnern.

»Ich weiß es nicht. Ich kenne niemanden, der Annika heißt. Ich kenne überhaupt nur eine Annika, und das ist die von der Pippi Langstrumpf.«

Mir fiel zum Namen Annika auch nur die berühmte Serie von Astrid Lindgren ein.

»Ist das nicht so ein gelbes Gesundheitsblumerl?«, warf Kapplhuber ein.

»Nein, das ist Arnika, gut bei Prellungen und Verstauchungen, aber nur äußerlich anzuwenden«, rezitierte ich gewohnheitsmäßig, aber der Inspektor hörte mir gar nicht mehr zu.

Erschrocken sah er über mich hinweg, krempelte eilig die Ärmel nach unten, griff hektisch nach seiner Uniformjacke und nahm eine militärisch stramme Haltung an.

In der nächsten Sekunde erklang eine mir bereits gut bekannte Stimme.

»Schon wieder *Sie*!«

Ich dachte genau das Gleiche, schluckte eine Entgegnung jedoch umgehend hinunter. Dafür ratterten meine kleinen grauen Zellen los. Würde es mir diesmal gelingen, diesem wandelnden Katastrophengebiet eine zumindest gute und vor allem glaubwürdige Erklärung für meine Anwesenheit hier zu bieten? Und, was noch viel wichtiger war, würde es Berta gelingen, unentdeckt zu bleiben? Sie durfte keinesfalls ausgerechnet jetzt wieder auf der Bildfläche erscheinen. Angestrengt lauschte ich, ob bereits verdächtige Schritte zu vernehmen waren, aber Elsbeths Geschluchze in Endlosschleife übertönte jedes Geräusch aus dem Inneren des verbotenen Traktes.

»Ich tröste meine Freundin, man hat sie mit dem Tod bedroht, können Sie sich das vorstellen?«, rechtfertigte ich mich. Womit ich nicht einmal gelogen hatte, denn ich hielt die Weinende immer noch im Arm wie die Madonna ihr Kind. Ein kluger Schachzug. Ich war fast ein wenig stolz auf mich.

Zu meinem Glück nickte auch Elsbeth bejahend, so als hätte sie mich vorsätzlich zu Hilfe gerufen, und Kapplhuber wackelte gleichfalls ganz kurz mit dem Kopf, was seine Mütze in eine gefährliche Schieflage brachte. Wahrscheinlich hatte auch er, der intellektuell doch eher zu den langsamen Brütern zählte, verstanden, dass ein vergessener Lippenstift kein ausreichender Grund war, um seine dienstliche Aufsichtspflicht zu vernachlässigen. Selbst wenn das Ding mit Goldstaub und Swarovski-Kristallen verziert gewesen wäre und den Wert eines Jahresgehalts besessen hätte, hätte er Berta niemals Zutritt zum Rittersaal gewähren dürfen, dessen war ich mir sicher. Würde Kommissar Hungerhaken davon erfahren, stünde seinem gutmütigen Provinzadlatus wohl eine Zukunft als Spargelstecher bevor. Mit einer einfachen Abmahnung, die bei Hartmann ohnedies bereits in Richtung verbale Kastration ging, war die Sache bestimmt nicht erledigt.

Und als hätte Kapplhuber meine Gedanken gelesen, drängte er Elsbeth, mich und seinen Vorgesetzten in Richtung Stiege zurück.

»Ich habe Sie gerufen, weil dieser Drohbrief doch ein sehr wichtiges Indiz sein könnte«, stammelte er, »und weil Sie ja weitaus mehr Erfahrung im Umgang mit Kapitalverbrechen haben als ich.«

Mit zerknirschtem Blick und untertänigem Gehabe fingerte er den zerknitterten Brief aus der Tasche seiner Uniformhose und versuchte ihn notdürftig zu glätten, während er vorsichtig zwei weitere Schritte Richtung Treppe machte.

Hartmann riss ihm das Schreiben förmlich aus der Hand.

»Schon mal was von Fingerabdrücken gehört«, brüllte er ihn an, »oder vom achtsamen Umgang mit wichtigen Beweismitteln?«

Kapplhuber zuckte merklich zusammen, ließ die Schultern sinken und starrte äußerst achtsam seine Fußspitzen an. Mir fielen meine Fingerabdrücke ein, die sich mittlerweile gleichfalls auf dem Papier befanden. Ein weiteres unverzeihliches Vergehen, das der arme Inspektor wenn schon nicht gleich mit seinem Kopf, so zumindest mit einer nachhaltigen Gehirnwäsche und einem ordentlichen Disziplinarverfahren würde bezahlen müssen.

»Und was den Umgang mit Ihrer Dienstkleidung betrifft, das wird gleichfalls ein Nachspiel haben«, setzte der Mann vom LKA einen weiteren Punkt auf die Anklageschrift, bevor er sich zum Gehen wandte.

»*Sie* kommen mit«, knurrte er abschließend mich an, entwand die immer noch schreckensstarre Elsbeth meinen Armen und schob uns wie kleine, ungehorsame Kinder an den Ellbogen mit sich Richtung Abgang.

Kapplhuber musste die Stellung halten, was ihn nicht sonderlich zu betrüben schien. Als ich mich am Treppenabsatz noch einmal umsah, hob er eine Hand und winkte mir erleichtert nach. Ich atmete gleichfalls auf. Die Gefahr, dass Berta genau während Hartmanns Gardinenpredigt auf der Bildfläche erschien, war gebannt. Nun riskierte nur noch ich die Anklagebank.

***

Eine halbe Stunde später hatten sich meine Befürchtungen beinahe bewahrheitet. Auf der Anklagebank saß ich zwar noch nicht, aber der ramponierte Besucherstuhl auf dem Oberdistelbrunner Polizeirevier genügte mir als Vorgeschmack auf den ersten Kreis der Hölle. Hartmann, der sich mit dem klaustrophobischen Kabuff, in dem die örtliche Polizeidienststelle untergebracht war, als improvisiertem Verhörraum begnügen musste, thronte einen Meter von mir entfernt auf Kapplhubers gepolstertem Schreibtischsessel und biss mit lautem Krachen einen Bleistift entzwei. Der Mann musste ein beneidenswertes Zahnmaterial besitzen. Dabei erweckte er den Eindruck, als würde er lieber mir an die Gurgel gehen, aber das erlaubten die Dienstvorschriften vermutlich nicht.

Unruhig rutschte ich auf dem Besucherstuhl herum. Nach langen Jahrzehnten im Schuldienst fiel es mir ausgesprochen schwer, selbst Rede und Antwort stehen zu müssen. Bislang hatte die Fragen doch immer ich gestellt. Außerdem unterzog der wackelige Stuhl meine Bandscheiben einer schmerzhaften Belastungsprobe. Insgeheim fragte ich mich, ob das Budget des Bundespolizeiapparates nicht ausreiche, um einen altgedienten Bürostuhl in den verdienten Ruhestand zu schicken und durch einen neuen zu ersetzen, oder ob Kapplhuber dieses Relikt aus den Anfängen der Holzverarbeitung bewusst behalten hatte, um die Verweildauer der Besucher nicht unnötig in die Länge zu ziehen. Wer hier saß, brachte sein Anliegen garantiert in Rekordzeit vor.

Leider hatte ich gar kein Anliegen, das ich vorbringen konnte, mein einziger Wunsch war, diesem Ort – und vor allem diesem Menschen – so rasch wie möglich den Rücken zu kehren. Im Unterschied zum Kommissar, der keinerlei Eile zu haben schien.

Ganz im Gegenteil.

»Sie leugnen also weiterhin, etwas mit dem Mord an Lukas Wieselmayer und dem Ableben von Marc Mulière zu tun zu haben?«, fragte er mich bereits zum gefühlt hundertsten Mal.

»Ich leugne gar nichts«, erwiderte ich ein ums andere Mal, »ich habe mit den Morden nichts zu tun. Ich war rein zufällig vor Ort, mehr nicht.«

Ein neuer Bleistift krachte mittig entzwei. Dann herrschte wieder Schweigen. Nur draußen vor dem Fenster hörte man eine Amsel zwitschern. Es musste bald Abend sein, Mann und Hund waren allein zu Hause, keiner von beiden konnte einen Herd bedienen, und ich saß hier und schaute einem bärbeißigen Kriminalbeamten beim Fellationieren von Bleistiften zu.

Nicht einmal mein Lehrerinnenblick hatte dieses Ekelpaket beeindrucken können, er wich mit keiner Silbe von seiner Verhörtaktik ab: immer wieder dieselbe Frage stellen, bis sein Gegenüber gestand oder einen Nervenzusammenbruch erlitt. Zu gestehen hatte ich jedoch nichts, also zumindest keinen Mord, meine Beruhigungstropfen waren aufgebraucht, und meine Geduld neigte sich gleichfalls dem Ende zu.

Mit größter Anstrengung bemühte ich mich, eine aufrechte Position einzunehmen, der Stuhl bot allerdings wenig Rückhalt dafür. Daher rutschte ich ein Stück näher an den Tisch, stützte meine verschränkten Arme auf der schmierigen Platte ab, griff mir gleichfalls einen Bleistift aus dem Pokal, den der Inspektor laut Aufdruck bei einem Zielflugwettbewerb für C3-Drohnen gewonnen hatte und den er nun zur Aufbewahrung seiner Schreibgeräte nutzte, begann, damit auf die Tischplatte zu trommeln, holte tief Luft, überwand meinen angeborenen Respekt vor uniformierten Autoritäten und legte mit meinem Plädoyer los.

»Herr Oberhauptkommissar« – ein Titel mehr konnte hierzulande niemals schaden –, »wir reden hier nicht nur vom Mord an Lukas Weißichnichtmehr, sondern auch vom Mord an Marc Mulière und vom Mord an Gustav Gansterer. Ich war übrigens bei allen dreien zufällig vor Ort, und daher sage ich Ihnen was, damit Sie nicht weiterhin die falschen Leute wegen Ihrer falschen

Hypothesen verhaften. Nie und nimmer sind diese bedauernswerten Menschen einem Herzinfarkt erlegen oder mit einer Rosenkugel erschlagen worden, oh nein, man hat sie vergiftet. Und zwar alle drei. Mit Eisenhut, Bilsenkraut und ein paar weiteren tödlichen Zutaten, die mir noch nicht ganz klar sind. Jedenfalls muss der Täter, also der Giftmischer, bei den zwei letzten Morden noch irgendeine Ingredienz beigemischt haben, um die Pupillenerweiterung zu verhindern, die man beim sterbenden Gustl noch deutlich erkannt hat. Alles in allem eine heimtückische, von langer Hand geplante und sehr professionelle Vorgehensweise. Fragen Sie mal den Tierarzt nach Gustls Hühnern, wenn Sie mir nicht glauben. Aber verschwenden Sie Ihre und meine Zeit nicht weiter mit ermittlungstechnischen Irrungen und Wirrungen.«

Nach diesem selbst für meine Verhältnisse beachtlichen Wortschwall ging mir die Luft aus. Erschöpft lehnte ich mich zurück. Mit dieser Rede hatte ich mein Jahrespensum an Wagemut und Risikobereitschaft mehr als erfüllt. Schließlich hatte ich soeben eine Amtsperson kritisiert und deren intellektuelle Reichweite in Zweifel gezogen, noch dazu eine gerade amtshandelnde Amtsperson, die es durchaus in Händen hätte, mich zur Abkühlung meines erregten Gemüts ein paar Tage in Untersuchungshaft zu stecken.

Fürs Erste befand sich in Hartmanns Hand beruhigenderweise nur ein Bleistift. Allerdings hatten sich seine Augen zu bedrohlichen Schlitzen verengt, und am Hals sah man die Adern pulsieren. Eine rhetorische Gewitterfront stand kurz vor der Entladung, ich spürte es. Und der Blitz würde mich und mein loses Mundwerk treffen.

Instinktiv hielt ich den Atem an.

Drei Sekunden lang geschah gar nichts, dann brach das Donnerwetter los.

»Sie impertinentes Weibsbild, Sie!«

Der blutjunge Rekrut mit dem Pickelgesicht, der bislang schweigend Protokoll geführt hatte, blickte von seinem Notizblock hoch.

»Wie schreibt man ›imbertenent‹, Herr Oberkommissar?«, fragte er.

»Hauptkommissar, Sie Pfeife. Und das brauchen Sie gar nicht zu schreiben. Sie hören jetzt gefälligst weg, bis ich Ihnen sage, dass Sie wieder zuhören können. Das ist ein Befehl.«

»Wie Sie wünschen«, murmelte der Protokollant, klappte den Block zu und zog sein Handy hervor.

»Und nun zurück zu uns und Ihren altjüngferlichen Hirngespinsten. Sie sind also der Ansicht, dass meine Ermittlungen nichts weiter als blindgängerische Irrungen und Wirrungen sind?«

»Ich –«

»Sie halten den Mund!«

Ich gehorchte, auch wenn es mir schwerfiel. Ich hatte mich ohnedies schon um Kopf und Kragen geredet.

»Sie sind weiters der Ansicht, dass ein ortsbekannter Alkoholiker ebenso vergiftet wurde wie ein schwuler Detektiv mit schwersten Kopfverletzungen und ein Messestandbetreiber, über dessen Todesursache uns zum jetzigen Zeitpunkt noch gar nichts bekannt ist.«

»Ich –«

»Nein, ich!«, fiel Hartmann mir erneut ins Wort. Seine Stimme besaß den metallischen Klang einer Rolle Stacheldraht, die sich einem ruckartig in die Eingeweide bohrte.

»Und als Beweis Ihrer großmütterlichen Phantastereien präsentieren Sie mir einen Viechdoktor. Weil so einer ja bekanntlich Fachmann für Kriminologie und Giftkunde ist. Oder warum sonst sollte ich mit einem Kuhklempner reden?«

Ich hielt weisungsgemäß den Mund.

»Jetzt reden Sie halt!«

Dieser Mann wusste auch nicht, was er wollte. Einmal sollte ich den Mund halten, dann wieder aufmachen.

»Entschuldigung«, nuschelte ich, ohne es aufrichtig zu meinen, »aber der Tierarzt hat die Hühner im Landesklinikum obduzieren lassen. Weil ihm deren Symptome zu ungewöhnlich vorgekommen sind. Und er hatte recht mit seiner Vermutung. Gustls Hühner wurden mit Eisenhut und Bilsenkraut vergiftet, hatten Schaum vor dem Schnabel und haben sich auf dem Misthaufen zu Tode gekräht.«

»Soso«, merkte der Hauptkommissar an, »zu Tode gekräht. Höchst verdächtig.«

Er glaubte mir kein Wort, er hielt mich für eine alte, überdrehte Schachtel mit dementen Anwandlungen, was zwar immer noch besser war als eine Serienmörderin, aber ermittlungstechnisch brachte uns das keinen Schritt weiter.

»Glauben Sie mir, das war die Tat eines Giftmischers. Vielleicht ein erster Versuch. Und danach kamen die drei Männer dran. Der abgängige Pfarrer hat ja auch von Herrgottslatschen gesprochen, das ist eine andere Bezeichnung für Eisenhut. Und kurz darauf ist er zum Teufel gegangen. Fragen Sie Elsbeth. Wobei ich fürchte, dass Peter Ägydius eh schon längst in der Hölle schmort. Das spüre ich irgendwie.«

Mit neu erwachtem Interesse starrte Hartmann mich an. So wie man ein längst ausgestorben geglaubtes Tier anstarrte, einen Brontosaurier etwa oder eine Flugechse.

»Ich bin nicht gläubig, und ich spüre auch nichts und niemandem hinterher«, erwiderte er und wischte meine Überzeugungsversuche mit einem Schwenk aus dem Handgelenk beiseite, »ich vertraue auf meinen kriminalistischen Verstand, auf Fakten, Fakten und noch mehr Fakten. Sollte ich je anfangen, an höllische Gestalten und haarsträubende Hypothesen zu glauben, würde ich einen guten Arzt konsultieren und die Berufsunfähigkeitspension beantragen.«

Ich seufzte. Von einem derartigen Emotionsminimalisten konnte man vermutlich auch kein Bauchgefühl erwarten.

»Sie halten meine Theorie also für wenig wahrscheinlich?«, fragte ich resigniert.

»Sagen wir, ich halte sie für so wahrscheinlich wie einen Sieg der österreichischen Nationalmannschaft bei der Fußball-WM.«

Mit Fußball kannte ich mich gar nicht aus, aber dass die Österreicher besser Skier anschnallten, statt gegen Bälle zu treten, das wusste sogar ich. Mein Fred, als er noch jünger und sportlicher war, hatte ja Stunden vor dem Fernseher verbracht, und jedes Mal, wenn der Ball auch nur in die Nähe einer Stange kam, hatte er sein Bier weggestellt und war vor Aufregung im Sekundentakt auf und ab gesprungen. Seinen Knien war diese ungewöhnliche

Anstrengung aber bald zu viel geworden, seinen Leberwerten der Bierkonsum, und ohne Trinken und Hopsen hatte Fußball für ihn seinen Reiz verloren.

Jedenfalls hatte mir Hauptkommissar Hartmann somit unmissverständlich erklärt, was er von meinen Schlussfolgerungen hielt – nämlich nichts.

Männer waren aber auch unbelehrbare Wesen, stellte ich wieder einmal frustriert fest. Oder hieß das heute schon »beratungsresistent«? Jedenfalls hatte ich mit meiner meisterhaft ausgeklügelten These keinen Volltreffer gelandet.

»Also keinerlei Chance auf entsprechende Ermittlungen?«, erkundigte ich mich dennoch.

»Haben Sie vielleicht Beweise auch für Ihre Sensationsmeldungen?«, wollte der Großinvestigator von mir wissen.

Was für eine Frage. Und ob ich die hatte.

»Knöpfe, Herr Hauptkommissar, die ganzen fehlenden Knöpfe.« Bereitwillig erklärte ich ihm den Zusammenhang zwischen den Symptomen einer Vergiftung mit Aconitin, den dadurch verursachten Kältegefühlen und den tödlichen Erstickungsanfällen. Und dass man dem Detektiv bestimmt nur deshalb die Rosenkugel über den Kopf gezogen hatte, weil der sich beim Sterben zu lange Zeit gelassen hat, wobei der Giftcocktail zu dem Zeitpunkt schon gewirkt haben musste, denn sonst hätte der Mann sich ja gewehrt, da er den Schlag mit der Metallkugel in jedem Fall hätte kommen sehen müssen, was ich mit absoluter Gewissheit sagen konnte, weil ich den Tathergang dank Alfred und der Hartwurststange perfekt rekonstruiert hatte. Letzteres Eingeständnis meiner privaten Feldversuche hatte mich größte Überwindung gekostet, aber wenigstens wurde mein Gatte dadurch vom unausgesprochenen Verdacht der häuslichen Gewalt befreit.

Doch während ich mich noch zu meiner lückenlosen Indizienkette samt abgerissenem Beweismaterial beglückwünschte, hörte ich Hartmann sagen: »Ich fürchte, der Schlag mit der Wurst ist etwas zu stark ausgefallen, Sie haben doch viel Blut verloren. Aber glauben Sie mir«, er lächelte süffisant, »so ein Schädel-Hirn-Trauma kann einem übel mitspielen, da schlägt auch die Phantasie manchmal Purzelbäume.«

Definitiv entmutigt griff ich nach meiner Handtasche.

»Wenn Sie meinen«, erwiderte ich.

»Ganz bestimmt. Sie werden sehen, in ein paar Tagen sieht alles schon ganz anders aus. Bis dahin schonen Sie sich und hören Sie gefälligst auf, Miss Marple zu spielen. Dafür hätten Sie zwar das Alter, aber es fehlt Ihnen an Talent.«

Erbost umklammerte ich die Bügel meiner Tasche. Wie gern hätte ich jetzt Bertas Courage besessen und dieser vertrockneten Kabanossi ein deftiges »Was bilden Sie sich überhaupt ein?« an den Kopf geworfen, aber mein Kampfgeist verweigerte sich jeglicher Zugabe. Außerdem verfügte ich nicht über Bertas Kampfgewicht, das ihren Worten stets einen gewissen Nachdruck verlieh.

Und da mir keine höfliche Entgegnung auf diesen arroganten Affront einfiel, sparte ich mir jede Widerrede und verfiel in trotziges Schweigen.

Der Kommissar sagte auch nichts mehr, aber bei ihm klang es eher nach Zufriedenheit.

Am Ende hielt ich es nicht mehr aus.

»Wenn ich Ihnen weiter nicht helfen kann, kann ich dann gehen? Ich habe noch einiges zu erledigen.«

»Sie dürfen. *Hausarbeit* soll man nicht warten lassen.«

Ich ging. Wort- und grußlos. Allein für seine anzügliche Betonung des Begriffs »Hausarbeit« wünschte ich ihm, drei Jahre lang auf dem harten Besucherstuhl verbringen zu müssen – mit Handschellen an die Lehne gefesselt und blutigen Hämorrhoiden am Hintern.

※※※

Übellaunig verließ ich die örtliche Polizeistube, die im Obergeschoss eines einstöckigen Gewerbebaus untergebracht war, und tappte im Halbdunkel der schmalen Treppe nach unten. Der Lift befand sich wie meist »außer Betrieb«, die zwei Energiesparlampen im Stiegenhaus sparten vor allem an Leuchtkraft, und am Geländer hatte eben noch ein Kaugummi geklebt, der sich nun am Zeigefinger meiner linken Hand befand. Schlimmer ging offenbar wirklich immer. Ich verließ das Gebäude und trat vor die Auslage des Sanitärwarenladens, um das eklige Zeug zu entfernen, als direkt über meinem Kopf die Stimme des Kommissars erklang.

»Also entweder ist die Alte völlig durchgeknallt oder die raffinierteste Verbrecherin, die mir in meiner ganzen Karriere untergekommen ist.«

Verstohlen lugte ich unter der ausgebleichten Markise des Geschäfts hervor. Hartmann lehnte am Fenster und telefonierte. Leider verstand ich nichts von dem, was sein Gesprächspartner erwiderte, aber dem Wortlaut zufolge musste es sich um einen Kollegen handeln.

»Familiärer Gendefekt vielleicht«, verstand ich, »überall Fingerabdrücke« und: »Nein, keinerlei Vorstrafen, aber ich würde wetten, dass wir eine psychiatrische Anamnese von dieser senilen Möchtegern-Marple finden.«

Er lachte voller Hohn, ich schluckte meinen Groll hinunter. Warum verfuhr man mit uns Rentnern immer so, als hätten wir mit Pensionsantritt nicht nur unsere Arbeit, sondern auch unseren Verstand stillgelegt? Ein ständig wachsender Haufen an nutzlosen Golden Agern, denen man zuerst Faltencremes und Haarfärbemittel und später Windelhosen und Gehhilfen verkaufte und deren erlahmte Hirntätigkeit gerade noch ausreichte, um Socken zu stricken oder Marmelade einzukochen. Mit einer Mordswut im Bauch trat ich den Heimweg an. In Gedanken fügte ich den blutigen Hämorrhoiden eine Chlamydieninfektion, zwei eitrige Zahngeschwüre und ein Dutzend Schläge mit dem rostbraunen Pümpel hinzu, der im Schaufenster als preisreduziertes extrastarkes Hartgummimodell zwischen Klobrillen und Spülkästen ausgestellt war.

»Ihr Mann hat sie mit einer Hartwurst verprügelt, angeblich auf ihren Wunsch hin, das muss man sich erst mal vorstellen«, hörte ich Hartmann noch sagen, dann fiel das Fenster mit einem lauten Knall zu.

Die gute halbe Stunde, die ich für den Fußmarsch nach Hause benötigte, kam mir nach diesem qualvollen Verhör schier endlos vor. Das Wegstück zog sich bereits nach den ersten hundert Metern in die Länge wie der berühmte Strudelteig, meine Gedanken liefen Achterbahn, und wegen der abendlich kühlen Temperaturen fror ich in meinem kurzärmeligen Sommerkleid. Womöglich wurde man im Alter ja tatsächlich etwas dünnhäutiger, ging es mir gerade durch den Kopf, als Bremsen quietschten und mich ein kalter Wind umfing, der meinen Rocksaum zu einem peinlichen Höhenflug veranlasste.

»Na, da schau her, Pauline zeigt Bein«, erklang Sekunden später Bobos Stimme.

Verzweifelt versuchte ich, den Stoff wieder in seine Ausgangslage zu versetzen. Meine blassblaue Baumwollunterwäsche war nun wirklich nicht für fremde Augen bestimmt.

»Im Ortsgebiet gilt Tempo dreißig!«, fuhr ich sie an. »Stell dir vor, ein Hund rennt auf die Fahrbahn. Oder gar ein kleines Kind.«

»Um diese Uhrzeit hängt halb Oberdistelbrunn vor der Glotze und übt sich im Fernsehschlafen, während die andere Hälfte Wurstbrote belegt und Waschmaschinen befüllt. Eheliches Hauptabendprogramm sozusagen«, erwiderte sie ungerührt, »oder siehst du vielleicht noch irgendjemanden auf der Straße?«

Ich verneinte. Der Ort wirkte wie ausgestorben.

»Also komm endlich und steig ein, ich fahr dich nach Hause.«

»Aber nur, wenn du den Fuß öfter vom Gaspedal nimmst.«

»Versprochen. Ich werde dich chauffieren wie die Mutter aller Porzellankisten«, grinste sie und öffnete den Wagenschlag.

Zögernd umrundete ich den knallroten Boliden und ließ mich vorsichtig in dessen Innenraum fallen. Die mit dunkelrotem Leder überzogenen Sitze schienen sich nahezu auf Höhe des Bordsteins zu befinden, wodurch ich mich selbst dem Hydranten gegenüber unterlegen fühlte. Umgehend begann ich mich zu fragen, mit welcher ausgefeilten Technik man sich aus einer derart bodennahen Position wieder in eine aufrechte Haltung manövrieren konnte. Mein Kopf überragte meine Knie nur geringfügig, Haltegriffe waren nirgendwo zu sehen, und die Schalensitze umfingen einen wie die Venusfliegenfalle ein Insekt.

»Schon toll, mein flottes Cabrio, oder?«, meinte Bobo voller Besitzerstolz und gab Gas. Durch die Beschleunigung wurde ich noch tiefer in den Sitz gedrückt, während mein Haar sich schubartig in die Lüfte erhob.

»Mhm«, brüllte ich gegen den Fahrtwind an, »wer sich das freiwillig antut, der hat vermutlich auch ein Nagelbett daheim. Stell ich mir ähnlich angenehm vor.«

Bobo drückte das Gaspedal etwas weiter durch.

»Babyblau steht dir übrigens, das hat so etwas Jungfräuliches an sich. Oder muss ich schon ›altjungferlich‹ sagen?«

Ich hätte wohl besser zu Fuß gehen sollen, aber diese Einsicht kam zu spät.

»Mit deiner Reizwäsche kann ich natürlich nicht mithalten«, knurrte ich, »aber außer der Klobrille kriegt die vermutlich auch niemand zu sehen.«

Meine Chauffeuse trat auf die Bremse, der Wagen schlingerte um die gefährlich enge Kurve beim Gemeindeamt, und während ich eine Art Nahtoderfahrung erlitt, begann Bobo auf einmal zu lachen.

»Hast ja recht«, kicherte sie, »vergessen wir die Unterhosen und reden wir lieber von Priesterkutten.«

Sie schaltete einen Gang runter, da wir uns bereits dem verkehrsberuhigten Wohngebiet näherten, wo wir vor Jahrzehnten das letzte Haus in einer spärlich besiedelten Sackgasse erworben hatten. Zum Leidwesen aller Raser hatte man die Straßen hier mit Bodenschwellen versehen, was sich als gut für die Anwohner und schlecht für so manchen Achsträger erwiesen hatte. Vorschriftsmäßig entschleunigt rollten wir an den mickrigen Sommerlinden vorüber, die unsere Gemeinde vor einigen Jahren zur Aufhübschung der Zufahrtsstraße gepflanzt hatte. Angesichts des Klimawandels eine ganz schlechte Wahl, denn Sommerlinden vertrugen weder Hitze noch Trockenheit.

»Was ist denn nun mit dem Pfarrer passiert? Hat man ihn auch umgebracht? Oder war es ein Autounfall, ein Herzinfarkt, ein Schlaganfall? Du weißt da bestimmt mehr, du stehst bei Leichen ja letztlich immer an vorderster Front«, fragte sie mich und drosselte erneut die Geschwindigkeit.

»Der Pfarrer ist tot?«, fragte ich zurück. »Wer behauptet denn so was?«

Der rote Flitzer dümpelte mittlerweile in Schrittgeschwindigkeit dahin. Offenbar fürchtete Bobo nicht nur schwere Schäden an der Karosserie, sondern auch eine verfrühte Ankunft am Ziel. Wenn sie mich aussteigen ließ, bevor ich ihr zum erhofften Erkenntnisgewinn verholfen hatte, hatte sich die Fahrt für sie vermutlich kein bisschen gelohnt. Aber im konkreten Fall wusste ich ohnedies nichts zu berichten.

»Er muss tot sein«, beharrte sie, »warum sonst sollte Elsbeth sich verbarrikadieren und mit Heulkrämpfen und einer Bibel am helllichten Tag im Bett liegen? Ihr Mann hat gesagt, sie wäre völlig von Sinnen und absolut unansprechbar. Sie hat mir ja weder geöffnet, noch hat sie das Telefon abgehoben, aber ich hab bis vor die Haustür gehört, wie sie Gott mit gebrochener Stimme um Beistand angefleht hat.«

Das konnte ich einigermaßen nachvollziehen. Bis auf die Bibel und den göttlichen Beistand.

»Ob der Pfarrer schon bei seinem Chef im Himmel weilt oder nach wie vor den Teufel auf Erden sucht, das weiß ich nicht, aber seine Abwesenheit deutet meiner Ansicht nach eher auf ein Verbrechen hin als auf einen akuten Anfall religiöser Einsiedelei. Für ein Happy End scheint mir der gute Mann schon viel zu lange verschollen«, erklärte ich meiner Chauffeuse. »Was ich aber seit heute Nachmittag weiß, ist, dass man Elsbeth mit dem Umbringen bedroht.«

Dann stieg ich aus. Also ich versuchte es, indem ich erst eine Vierteldrehung Richtung Ausstieg machte, Füße und Knie zur offenen Tür schwenkte und mich dann an der Kopfstütze nach oben ziehen wollte, aber der Versuch misslang, die Kopfstütze kippte abwärts, und ich sank zurück in den Schalensitz.

Mit verschränkten Armen und ausdrucksloser Miene sah Bobo meinen Befreiungsbestrebungen zu.

»Erzähl mir auf der Stelle, was du weißt, und ich bugsiere dich unverletzt und knitterfrei hier raus.«

»Das ist Erpressung.«

»Ich weiß.«

»Ich könnte um Hilfe rufen. Fred käme, um mich zu retten, Berta auch.«

»Und ich könnte mich beim nächsten Einkaufsbummel in lustiger Runde an die babyblaue Unterhose erinnern.«

Das war ein äußerst schwerwiegendes Argument.

Also berichtete ich Bobo vom handgefertigten Erpresserbrief, den Elsbeth in ihrer Tasche gefunden hatte.

»Wer bitte macht so was?«, stammelte sie. Sie rang sichtlich um Fassung und Worte. »Bislang habe ich ja keine Zweifel gehabt, dass der Mörder ein Auswärtiger ist. Ich meine, weder der Detektiv noch der Rosenölkavalier haben etwas mit uns zu tun, also mit Oberdistelbrunn und seinen Einwohnern, zumindest ist mir nichts bekannt, aber Elsbeth, die hat doch fast ihr ganzes Leben hier verbracht. Warum sie?«

»Ich weiß es nicht. Ich kann mir überhaupt kein Motiv vorstellen. Und von einer Annika habe ich auch noch nie gehört. Außer bei Astrid Lindgren.«

Bobo zog die Stirn in Falten, zumindest sah es im trüben Schein der Solarleuchte vor meinem Haus danach aus, zupfte nachdenklich an ihren monumentalen Ohrgehängen herum und meinte dann: »Doch. Irgendwo hab ich diesen Namen schon einmal gehört. Aber es muss Ewigkeiten her sein, ich habe keine Ahnung, wann und in welchem Zusammenhang mir eine Annika untergekommen ist.«

»Du musst dich erinnern. Es geht um Leben oder Tod.«

»Ich werde es versuchen. Versprochen.«

Dann schubste sie mich Richtung Ausstieg, fasste mich unter die Achseln, drückte mir ihr knochiges Knie ins Kreuz und stemmte mich in die Höhe. Ich hielt mich am Rahmen des Schiebedachs fest, und als ich mit beiden Beinen auf dem festen Boden meiner gekiesten Hauszufahrt stand, fühlte ich mich fast so euphorisch wie der erste Mensch auf dem Mond.

**

Leise öffnete ich die Haustür, die mein Mann wie meist nicht abgesperrt hatte. Seiner Ansicht nach waren Sicherheitsvorkehrungen auf dem Land vergeudete Mühe. Verbrecher verschlug es nicht an den Allerwertesten der Welt, sprich: nach Oberdistelbrunn, und sollten sich doch ein paar Nachwuchsganoven bis hierher verirren, würden ihn die Tarotkarten schon rechtzeitig davon in Kenntnis setzen. Außerdem würde kein Dieb so dämlich sein, in ein Haus einzudringen, in dem es außer Bergen an getrockneten Kräutern, Blümchenporzellan und reihenweise vergilbter Klassiker der Weltliteratur nichts zu holen gab. Dass man als Frau noch weitaus schlimmere Sachen als den Verlust von Hab und Gut befürchten musste, hatte er als Mann ohnedies nie verstanden.

Sorgfältig verschloss ich die Tür, zog die Schuhe aus, stellte meine Handtasche auf die Vorzimmerkommode und schlich auf Zehenspitzen ins Wohnzimmer. Dort lag der Hund auf dem Teppich und schnarchte sabbernd vor sich hin, und mein Mann lag auf dem Sofa und tat genau das Gleiche. Nur etwas lauter. Kurz fühlte ich mich hin- und hergerissen zwischen der Erleichterung, dass wenigstens zu Hause alles in Ordnung schien, und einer gewissen Bestürzung, dass mein Angetrauter so selig schlummern konnte, obwohl die Gartenschau bereits um achtzehn Uhr geschlossen hatte und ich um einundzwanzig Uhr immer noch nicht zu Hause gewesen war. Wenn er mich nach über dreißig Ehejahren schon nicht mehr sehnsüchtig erwarten wollte, hätte er sich zumindest ein wenig Sorgen um mich machen können.

Auf Zehenspitzen, um weder Hund noch Ersatzherrchen zu wecken, tapste ich weiter in die Küche, um mir einen heißen Kräutertee mit einer Dreifachdosis Baldrian aufzusetzen. Immerhin wartete auf dem Tisch noch das dreckige Geschirr auf mich. Den Speiseresten nach zu urteilen, hatte Fred sich damit vergnügt, alle in seinen Augen verwertbaren Nahrungsmittel aus dem Kühlschrank zu nehmen, um eine neue Art von Fusionsküche zu kreieren. Zwei Schalen, zwei Dessertteller und einen Suppenteller hatte er für seinen kulinarischen beziehungsweise kalorischen Rundumschlag benötigt, denn alles war angepatzt mit Wursthäuten, Brotkrusten, Eierschalen, Olivenkernen und Käserinden, dazu Rückstände von Mayonnaise und Senfkaviar, von Marillenmarmelade, Topfenaufstrich, Kartoffelpüree, Thunfischpaste und einer gelblichen Masse, die ich auf Anhieb keiner Geschmacksrichtung zuordnen konnte. Zögernd tunkte ich einen Finger in die cremeartige Substanz und roch daran.

Beinwell. Das war eindeutig meine erst kürzlich angerührte Beinwellsalbe. Freds unersättlicher Appetit machte wirklich vor gar nichts halt. Dabei war diese krautige Staude wegen der gefährlichen wie unaussprechlichen Pyrrolicitinalkaloide in größeren Mengen keinesfalls zum Verzehr geeignet, aber ich ging mal optimistisch davon aus, dass die zähe Konsistenz und der pelzige Nachgeschmack auf der Zunge meinen verfressenen Gatten vor der Aufnahme größerer Mengen bewahrt hatte. Außerdem sollte die Salbe ein Geschenk für Bertas geplagte Knochen sein. Seit der Maulwurfsgrillenepisode bemerkte ich immer öfter einen vor Schmerz verzerrten Zug um ihren Mund, wenn sie sich bückte oder länger im Auto saß.

Verdrossenen trug ich das Geschirr zur Spüle, befüllte den Wasserkocher und kontrollierte den Pegelstand des Salbentiegels im Kühlschrank. Zum Glück für sein Wohlbefinden und meine Nerven hatte mein Vielfraß sich tatsächlich mit einem kleinen Löffel voll begnügt.

Einigermaßen beruhigt goss ich meinen Schlaftee auf und zog mich mit der Tasse ins Schlafzimmer zurück. Sollte Fred ruhig weiter im Wohnzimmer schnarchen, dann hatte ich wenigstens meine Ruhe. Nach den dramatischen Ereignissen der vergangenen Tage fühlte ich mich derart ermattet, als wäre ich um ein ganzes Jahrzehnt gealtert. Ein Blick in den Spiegel spendete auch nur geringen Trost. Immerhin sah ich äußerlich betrachtet nur fünf Jahre älter aus. Wobei sich die Ringe unter den Augen mit Bertas kosmetischer Hilfe bestimmt wegretuschieren ließen, und einem dringend nötigen Friseurbesuch stand auch nichts im Weg. Außer einem inhaftierten Neffen, drei toten Männern zu meinen Füßen und der betrüblichen Erkenntnis, als Möchtegern-Miss-Marple trotz passendem Alter gescheitert zu sein.

Es war zum Heulen. Hätten derartige Ignoranten wie dieser selbstgerechte Kommissar den Lauf der Welt bestimmt, würden wir wohl immer noch auf einer Scheibe leben. Dabei hatte ich diesem überheblichen Menschen eine lückenlose Indizienkette präsentiert, die garantiert jeder polizeilichen Überprüfung standgehalten hätte. Aber nein, Hartmann hatte meine Hypothese nicht einmal im homöopathischen Bereich in Erwägung gezogen. Er hielt mich für ein seniles altes Weib, das stets zur falschen Zeit am falschen Ort war, um seine neugierige Nase unentwegt in behördliche Angelegenheiten statt in Kochbücher oder Strickzeitschriften zu stecken. Jedem Blumentopf brachte man mehr Wertschätzung entgegen. Von Respekt gegenüber dem Alter ganz zu schweigen.

Trübsinnig trank ich meinen Tee. Nur nicht in Selbstmitleid verfallen, schalt ich mich bei jedem Schluck. Früher oder später würde sich alles in Wohlgefallen auflösen, ich musste nur daran glauben. Und hoffen, dass ich diesen Tag noch erleben durfte. Dann zog ich mein Nachtgewand an, beschloss, ausnahmsweise auf jegliche Art von Körperhygiene zu verzichten, und legte mich zur Ruhe, doch der Schlaf wollte sich trotz dreifacher Dosis an Baldrian nicht einstellen. Ich begann mit dem Einmaleins, um auf andere, weniger deprimierende Gedanken zu kommen, bei siebzehn mal siebzehn (zweihundertneunundachtzig) gab ich auf.

Ich dachte an Berta und wie es ihr mit ihren Nachforschungen wohl ergangen war, danach an meinen Neffen, von dem ich seit seiner Verhaftung nichts mehr gehört hatte. Nur eine SMS hatte er mir geschickt, mit der Aufforderung, mir keine Sorgen zu machen. Als könne man Sorgen abdrehen wie einen Wasserhahn. Der arme Junge bekam bestimmt nicht genug zu essen, hungerte möglicherweise bei Wasser und Brot, weil er die tägliche Ration Dosenfleischpampe verweigerte, und wurde schlimmstenfalls sogar mehr oder weniger brutalen Verhörmethoden ausgesetzt. Kannte man ja aus dem Fernsehen. Guter Bulle, böser Bulle.

Erneut schalt ich mich für mein blödes Benehmen. Solche Überlegungen sollte man nicht anstellen, bevor man zu Bett ging, und schon gar nicht, wenn man bereits in ihm lag. Ich wollte schließlich keine Nervenkrise herbeidenken, sondern in Orpheus' Arme sinken. Schlaflose Nächte in Oberdistelbrunn hatten gar keinen Reiz.

Also sah ich mich nach etwas Ablenkung um. Die Vorhänge müssten wieder einmal gewaschen werden, fiel mir auf, an den Brokatbordüren hingen Nester voller Wollmäuse, und die goldgerahmte Fotografie der Lagunenlandschaft von Lignano, ein Andenken an unsere Hochzeitsreise in dieses damals noch beinahe exotische Gebiet, war von derart dichten Staubschichten überzogen, dass man meinen könnte, wir hätten unsere Flitterwoche inmitten von Nebelbänken verbracht. Vielleicht sollte ich tatsächlich besser Putzpläne aufstellen, als auf Mörderjagd zu gehen. Wobei, mit einem Mann wie Fred an meiner Seite würde ich es ohnedies nie zu einem porentief gereinigten Haushalt wie etwa dem von Elsbeth bringen. Mein holder Gatte hatte nach jahrzehntelangem Zusammenleben noch nicht einmal den Unterschied zwischen einem Armlehnstuhl und einem Wäschekorb verstanden.

Nach wie vor türmten sich auf dem bequemen Fauteuil vor der Ankleide Berge an schmutzigen Hosen und stinkenden Socken, was dem Raumklima eine herbe Note verlieh.

Doch da ich keine Lust auf einen nächtlichen Waschgang hatte, ließ ich das Chaos Chaos sein und griff mir etwas Lesestoff vom Nachtkästchen. »111 tödliche Pflanzen, die man kennen muss«, ein kulturell-krimineller Giftpflanzenführer. Nun, von toxischen Substanzen wollte ich erst mal Abstand gewinnen. »20 effiziente Methoden gegen Echten Mehltau«, viel zu anstrengend zu so später Stunde. Ich lange nach dem Stapel Papier auf Alfreds Seite. »Anleitung zur Inbetriebnahme eines Wasserkochers Modell KX Superheat Turbo 8734 KNV4. Wickeln Sie das Netzkabel (Abbildung 13) an der Unterseite des Sockels (Abbildung 9) ab und führen Sie das Kabel durch die Aussparung (Abbildung 12) am Sockel. Nun platzieren Sie die Führungsnasen am Sieb (Abbildung 8) auf dem Steg des Wassertanks, füllen den Wasserbehälter (Abbildung 2) mit Wasser und erhitzen dieses wie in Kapitel ›Wasser erhitzen‹ beschrieben.«

Besagtes Kapitel war ganze sieben Seiten lang.

Ich bin ein Genie, befand ich, kochte ich doch seit Jahrzehnten unfallfrei Wasser mit einem derart komplizierten Gerät. Nach diesem tröstlichen Gedanken schlief ich endlich ein.

***

Der nächste Morgen begann zu früh und mit Kopfschmerzen, eine unerfreuliche Kombination. Ich stand auf, warf mir meinen Schlafrock über und ging in die Küche. Es war knapp nach fünf, die Sonne schien, die Vögel zwitscherten, und im Beet vor dem Küchenfenster hatten Hortensien, Brandkraut und sogar die afrikanischen Traumwurzeln ihre ersten Blüten entfaltet. Unter anderen Umständen perfekte Voraussetzungen für einen wunderbaren Tag.

Übernächtigt und unausgeruht goss ich mir ein Glas Milch ein, gab zwei Teelöffel Kurkuma und einen Löffel Honig dazu und setzte mich auf die Terrasse. Ich liebte den leicht herben Geschmack der »goldenen Milch«, auch wenn ich längst nicht mehr unter Menstruationsschmerzen litt, aber heute kam mir alles zu bitter vor. Sogar auf meiner rituellen morgendlichen Gartenrunde stellte sich keine rechte Freude ein. Versonnen rupfte ich am Indischen Basilikum, dem Tulsi, das angeblich die pflanzliche Manifestation des Gottes Vishnu sein sollte, aber darüber würde meine Schwester nach der Rückkehr von ihrem spirituellen Nepaltrip vermutlich besser Bescheid wissen. Jedenfalls stand die Königin der Kräuter im Ruf, gut gegen Stress und geistige Erschöpfung zu sein. Ich langte kräftiger zu. Als ich den kleinen Strauch schon beinahe kahl gerupft hatte, erklang Bertas Stimme.

»Heiliger Strohsack, du lebst noch!«, brüllte sie in altbekannter Manier über die Hecke.

»Am Limit, aber immerhin«, rief ich zurück.

»Komm rüber, ich hab Kuchen. Und Eier mit Speck. In Zeiten wie diesen soll man nicht so viel Grünzeug essen, hast eh gesehen, was da passieren kann.«

Ich hatte zwar in meinem ganzen Leben noch nie Spinat mit Fingerhut verwechselt und kultivierte aus Sicherheitsgründen auch nur krause Petersilie, da die glatte der tödlich giftigen Hundspetersilie sehr ähnlich war, aber ein etwas üppigeres Frühstück als Basilikumblätter war bestimmt keine schlechte Idee.

Mit meinem Milchglas in der Hand umrundete ich die Mauer aus Glanzmispeln und betrat Bertas Refugium.

»Ich bin stolz auf dich«, strahlte sie mich an, »auf deine alten

Tage entwickelst du dich noch zu einer richtig selbstbewussten Frau. Immerhin hast du gerade im Morgenmantel die Straße gequert. Ohne Rücksicht auf deinen damit auf alle Ewigkeit ruinierten Ruf als Trendsetterin in Sachen Frühstücksoutfit. Mit diesem schicken Schnürlsamtteil undefinierbarer Farbe hast du garantiert alle Oberdistelbrunner Blicke auf dich gezogen.«

Entsetzt blickte ich an mir hinunter. Tatsächlich. Ich trug immer noch meinen Schlafrock.

»Du kannst einem vielleicht einen Schreck einjagen«, brummte ich und ließ mich in einen ihrer weich gepolsterten Korbstühle sinken. »Und bitte lass diese Anspielungen auf mein Alter. Ich fühl mich schon wie hundert.«

»Kein Wunder.« Fürsorglich schob sie mir einen Teller zu und wies einladend auf die gusseiserne Pfanne, die statt dem üblichen Blumenbukett auf dem Tisch stand. »Du führst in letzter Zeit ja ein Leben wie in einem James-Bond-Film, nur weniger motorisiert halt. Das muss ja Spuren hinterlassen.«

Tief im Innern hatte ich auf eine andere Antwort gehofft. Dass ich nie und nimmer so alt aussehen würde und die furchtbaren Ereignisse der vergangenen Tage natürlich gar keine sichtbaren Spuren in meinem Gesicht hinterlassen hätten.

»Wo hast du denn die Eier her? Hoffentlich keine Relikte vom Gustl, oder?«, fragte ich eine Spur zu unfreundlich. Langsam sollte ich mir eingestehen, dass ich offenbar doch ein kleines Problem damit hatte, älter zu werden.

»Gesunde Eier von glücklichen Hühnern, hab ich gestern eigenhändig vom Bio-Laden in Unterdistelbrunn geholt«, erwiderte sie, eine Spur zu freundlich.

Ich lud etwas Eierspeise auf den Teller und griff nach einem Stück Brot.

»Tut mir leid«, murmelte ich, »ich verkrafte das alles einfach nicht mehr. Und dann gestern noch das Verhör bei diesem Kotzbrocken von Kommissar.«

»Jetzt schlag dir erst mal ordentlich den Bauch voll. Und dann erzähl. Bis dahin erzähle ich. Mir verbietet meine Erziehung zum Glück nicht, mit vollem Mund zu reden.«

Ich musste lächeln. Berta war ein echter Fels in der Brandung.

Sie schaffte es immer wieder, mich aus meinem Stimmungstief herauszureißen.

»Also ich bin gestern wie ein Geist durch den Rittersaal geschlichen. Im Halbdunkel, da die Deckenbeleuchtung abgedreht war. Nur an den einzelnen Tischen haben die Petroleumlampen noch gebrannt und mehr Gestank als Helligkeit verbreitet.« Sie rümpfte die Nase. »Und nirgendwo auch nur ein einziges Wasserglas. Auch kein Krug, keine Karaffe, nichts. Dabei standen die Weinflaschen noch herum, und das Geschirr hatte man teilweise auch noch nicht abgeräumt. Jedenfalls war nichts zu finden, also hab ich noch einen kurzen Blick in die anderen Räumlichkeiten geworfen. In einem Zimmer haben sich nur Paletten befunden und Berge an Katzenfutterdosen, dann gab's noch eine Besenkammer voller Putzmittel, und der Lagerraum der Gräfin hat gleichfalls offen gestanden. Da hätte sich jeder bedienen können und eine Rosenkugel entwenden.« Ohne ihren Redefluss zu unterbrechen, schaufelte Berta sich einen Nachschlag von der Eierspeise auf den Teller, biss gleichzeitig vom Brot ab und sprach weiter, ohne sich ein einziges Mal zu verschlucken. »Ich persönlich würde mir ja niemals so ein potthässliches rostiges Metallding in den Garten stellen. Aber gut, Geschmäcker sind halt verschieden. Jedenfalls habe ich nichts entdeckt, was Klarheit schaffen würde.« Etwas verstimmt über ihren Misserfolg, lud sie sich einen dritten Nachschlag auf.

Da ich meinen Teller mittlerweile leer gegessen hatte, berichtete ich nun meinerseits von der Angst, die ich ausgestanden hatte, als der Kommissar wegen Elsbeths Drohbrief aufgetaucht war und ich befürchten musste, dass Berta ihm nach ihrer Erkundungstour direkt in die Arme lief.

»Der hätte Kapplhuber den Kopf abgerissen und dir den Allerwertesten aufgerissen«, sagte ich.

»Also an meinem Arsch hätte der sich gar nicht vergreifen können«, erwiderte sie, »der hat ja viel zu kurze Arme dafür. Aber mit dem Inspektor hast schon recht, den hätte es bestimmt seinen Job gekostet. Vernachlässigung der Aufsichtspflicht, sicher ein Todesurteil bei so einem Vorgesetzten.«

Wir wandten uns der üppig belegten Kuchenplatte zu.

»Schoko-Mandel-Cupcakes, Tiramisutorte mit Erdbeerflan, schwedischer Apfelstreuselkuchen, Kirschstrudel und das hier sind Esterházy-Schnitten. Mit Haselnüssen, Vanillepudding und Buttercreme.« Mit geübten Handgriffen trug sie nahezu die halbe Platte ab und auf meinem Teller wieder auf.

»Und jetzt lang einmal ordentlich zu, sonst fällst du ja ganz vom Fleisch. Am besten, du fängst mit der Buttercremeschnitte an, die hat ordentlich Kalorien. Ein paar Kilo mehr an den Rippen würden dir eh gut zu Gesicht stehen, Fett bügelt Falten aus.«

Ich nickte ergeben. Um meine Sorgenfalten verschwinden zu lassen, müsste ich mir die Buttercreme wohl direkt auf die Haut schmieren.

Aber angeblich sorgten Süßspeisen ja auch für eine vermehrte Produktion von Glückshormonen. Das könnte erklären, warum Berta, sofern sie nicht gerade gegen Maulwurfsgrillen in den Kampf zog, so ein heiteres Gemüt hatte, während ich über Wochen Trübsal blasen konnte, wenn mir eine Laus über die Leber oder eine Nacktschnecke über den Schnittsalat kroch.

Behutsam kostete ich ein kleines Stück der Schnitte. Die Buttercreme schmeckte so gallenschädigend, wie sie aussah.

»Sag, willst du gar nicht wissen, was Elsbeth passiert ist?«, fragte ich, um von der fetten Schnitte abzulenken.

»Weiß ich doch längst.« Sie stopfte sich einen Cupcake in den Mund. »Kapplhuber hat mich ausreichend informiert, als ich von meiner Schnüffeltour zurückgekommen bin. Der ist ja unentwegt vor dem Eingang auf und ab geschlichen, mit Leichenbittermiene, und war froh, mit jemandem reden zu können.«

So viel also zur behördlichen Schweigepflicht.

»Und? Was hältst du davon?«

Berta zuckte mit den Schultern, während sie den zweiten Schoko-Cupcake in Angriff nahm. »Ich mag weiße Schokolade lieber als dunkle«, sagte sie, hingebungsvoll kauend, »die hinterlässt nämlich keine Spuren an den Zähnen, nur an den Hüften.«

»Ich meinte den Drohbrief, nicht den Kuchen«, präzisierte ich.

Kurz überlegte sie. Ihrer Ansicht nach handelte es sich diesmal entweder wirklich um einen dummen Streich, mit dem man die Obfrau des Pfarrgemeinderates in ihre Schranken weisen wollte, weil Elsbeth sich allzu oft als moralischer Imperativ des gesamten Dorfes aufgespielt hatte. Oder wir waren tatsächlich einer ganz großen Sache auf der Spur.

»Bobo meint, sie hätte schon mal was von dieser Annika gehört. Sie kann sich nur nicht erinnern, in welchem Zusammenhang«, teilte ich meiner Hilfsdetektivin mit.

»Bobo hat ein Gedächtnis wie ein Nudelsieb. Die hat doch sogar ihren auftoupierten Pudel im Caféhaus vergessen, wenn sie beim dritten Vormittagsprosecco angelangt war«, schmetterte sie meinen Einwand ab.

Aus der Ferne erklang das Läuten der Kirchenglocken. Sechs Uhr. In Kürze würde die Frühmesse beginnen, wenn es noch einen Pfarrer gäbe.

»Erzähl lieber, wie es dir mit diesem Ungustl gestern ergangen ist. Mich wundert ja, dass er dich nicht gleich hinter Schloss und Riegel verfrachtet hat, wo du doch die Tante vom Hauptverdächtigen bist und immer gleich Hand an die Leichen gelegt hast.«

Ich schob die zweite Hälfte der Schnitte auf den Tellerrand und griff nach dem Kirschstrudel. Die Buttercreme hatte keinerlei Glücksgefühle ausgelöst, nur ein beginnendes Magendrücken.

»War anfangs bestimmt auch seine Absicht. Aber dann hab ich ihm meine ganze lückenlose Giftmordtheorie auseinandergesetzt, angefangen mit Gustls Hühnern bis hin zu den fehlenden Knöpfen, und dann wollte er mich eher in eine Klapsmühle verfrachten.«

Berta nickte verständnisvoll. Ob aus Mitleid mit mir oder aus Nachsicht, weil ihr meine Massenmordhypothese selbst etwas verrückt vorkam, blieb allerdings dahingestellt. Und ich fragte sicherheitshalber nicht nach.

Stattdessen unterhielten wir uns eine Zeit lang über unverfängliche Themen wie etwa die Klimakrise, die Flüchtlingsproblematik und Hartz IV.

»Ich find's aber auch arg, dass man heute nirgends mehr mehlige Erdäpfel kriegt. Ohne die kann man einfach keine gescheiten Knödel machen. Oder cremiges Püree.«

Das mit den Kartoffeln war ein echtes Dilemma. Vor einigen Jahren hatten wir daher selbst zwei Beete mit Augusta und Bintje angelegt, aber die Kultivierung der Knollen war mühsam, und mit der Lagerung hatte es auch nicht geklappt. Spätestens im Winter, wenn man so richtig Appetit auf Knödelkost bekam, waren die meisten verfault oder ausgetrieben.

»Die Leute wollen sich heute nicht mehr selbst an den Herd stellen, kaufen alles vordosiert, vorgekocht und – wenn es ginge – vorgekaut auch noch. Und was sie damit an Zeit sparen, geben sie an Geld wieder aus«, entgegnete ich. »Keiner will sich mehr mit Nahrungsmitteln die Hände schmutzig machen, aber die dreckigen Machenschaften der Lebensmittelindustrie stören niemanden.«

Berta betrachtete die Reste auf dem Kuchenteller. »Ich mach mir die Hände lieber im Garten schmutzig«, meinte sie. »Aber die Kuchen stammen auch vom Bio-Laden in Unterdistelbrunn. Solides heimisches Handwerk sozusagen.«

Backen war meiner Freundin verhasst. Seit Lebensmittelintoleranzen gesellschaftsfähig geworden waren, berief sie sich sogar auf eine ausgewiesene Mehlstauballergie, um ihre Abneigung gegen alles, was man abwiegen, rühren oder ausrollen musste, zu rechtfertigen. Nur gegen den Verzehr von Mehlspeisen war sie ganz und gar nicht allergisch.

»Seit wann fährst du eigentlich zum Einkaufsbummel nach Unterdistelbrunn?«, fragte ich.

»Seit gestern. Die Unterkofler Kathi hat mir nämlich erzählt, dass der dortige Bio-Laden Esterházy-Schnitten im Angebot hat. Gibt's in unserer Konditorei ja nie.«

Für Süßes war meiner Freundin definitiv kein Weg zu weit.

»Also nach einem fleischlichen Zwischenstopp an ihrem Stand«, mutmaßte ich. »Wie geht's denn ihrem Mann? Der hat vorgestern ja ausgesehen wie verdaut und wieder ausgeschieden.«

»Keine Ahnung. Ich war nicht am Stand, die Kathi ist mir auf dem Weg zum Rittersaal begegnet. Mit weißer Schürze, Haube und Handschuhen.«

Bei einer frisch aufgebrühten Tasse Kaffee erfuhr ich, dass die

Frau des Schweinebauern der Gräfin regelmäßig zur Hand ging, wenn größere Gesellschaften anstanden. Sie servierte, trug ab, hielt die Böden sauber und putzte die Küche, weil das Geschäft mit dem Schweinefleisch spürbar zurückgehe, der Traktor kaputt und der Mann immer wieder bettlägerig sei und ein finanzielles Zubrot sowieso nie schaden würde, berichtete Berta. Sie habe ja auch bei dem fatalen Romantikdinner die Speisen aufgetragen.

»Stimmt. Hast du eh erwähnt. Ständig am Arbeiten, das arme Kind.« Kathi war zwar bestimmt schon an die dreißig, könnte aber locker meine Tochter sein, mit etwas Frühreife sogar meine Enkelin.

»Tja, schon« meinte Berta, während sie aufstand und Richtung Haus ging, »aber für den Tipp mit den Esterházy-Schnitten bin ich ihr echt dankbar.«

»Ich nicht«, murmelte ich, als meine Freundin außer Hörweite war. Die hochkalorische Mehlspeise hatte meine ohnedies schon bedrückte Stimmung vom Kopf auf den Magen ausgedehnt. Von Glückshormonen weiterhin keine Spur.

»Du hängst her wie eine Trauerweide«, merkte Berta nach ihrem Klogang prompt an. »Die Toten werden von deiner Leichenbittermiene aber nicht mehr lebendig, und die Lebenden werden bei deinem Anblick noch sterbenskrank. Mach dir doch einfach einen entspannten Tag, geh spazieren, jäte Unkraut, sammle Schnecken und koch deinem Göttergatten was Feines.«

»Du hast leicht reden. Ich habe nichts erreicht, im Gegenteil, ich habe mich lächerlich gemacht, meinen Neffen in keinster Weise entlasten können, und mein Göttergatte liefert sich Schnarchduelle mit dem Hund.«

»Aber du hast alles versucht, allein das zählt. Mehr kannst du nicht tun.«

Sie langte nach dem verbliebenen Stück der Esterházy-Schnitten. Ich erhob mich. Im Grunde hatte meine Freundin natürlich schon wieder recht.

»Zu Befehl. Ich mache mir einen schönen Tag, keine Sorgen und Fred ein Omelett.«

»Und füll dein Nerventonikum wieder auf!«, rief sie mir lachend nach.

Kurz bevor ich die Straße erreichte, nahm ich dennoch ein bunt gemustertes Tischtuch mit Fransen von Bertas Wäscheleine und schlang es mir um die Schultern. Der improvisierte Poncho mit den knalligen Farben würde ausreichend von meinem altväterischen Schlafrock ablenken. Hoffte ich zumindest.

※※※

Als ich erneut meine Terrasse betrat, saß Fred bereits im Schatten des Blauregens, die Beine auf den Tisch gelegt, und trank Kaffee. Ihm zu Füßen döste der Fledermaushund und wackelte ein wenig mit seinem Stummelschwanz. Mein Mann sah von der Zeitung auf.

»Endlich! Wo warst du denn die ganze Zeit?«, fragte er mich, eher neugierig als erleichtert.

»Ich war bei Berta. Warum?«

Mein Angetrauter kratzte sich nachdenklich an der linken großen Zehe.

»Aber wenn du bei Berta warst, warum hat sie dann sieben Mal hier angerufen und nach dir gefragt?«

Ich bückte mich, um etwas Fingerkraut zu jäten, das langsam, aber konsequent den blühenden Portulak überwucherte.

»Ich nehme an, du sprichst von gestern?« Verständliches Formulieren gehörte nicht zu Freds Stärken.

»Ja. Den halben Nachmittag und bis zum Hauptabendprogramm. Dann bin ich eingeschlafen. Sie war ziemlich aufgeregt und wollte wissen, ob du noch lebst«, erklärte er mir vollen Ernstes.

»Und? Was hast du gesagt?«

»Dass ich es nicht weiß.«

Mit voller Wucht riss ich an den Ausläufern des kriechenden Fingerkrauts, das meinem Kraftakt nur seine schwächlichen Pfahlwurzeln entgegensetzen konnte und sich haltlos wie eine grüne Girlande in die Luft erhob. Dieses wuchernde Unkraut stellte den perfekten Wutableiter dar. Schließlich hatte ich mir gerade eingestehen müssen, dass ich einen Mann geheiratet hatte, der beim Fernsehen einschlief, ohne zu wissen, ob seine

Frau überhaupt noch am Leben war. Ob dem so war, weil er keine Lust gehabt hatte, sich über meinen Verbleib den Kopf zu zerbrechen, oder einfach einem Optimismusanfall erlegen war, wollte ich gar nicht weiter hinterfragen. Jedenfalls würde ich mangelnde Besorgnis neben der Schmutzwäsche im Schlafzimmer als Scheidungsgrund notieren.

»Gut. Nun weißt du es. Wenn du keine weiteren Fragen hast, geh ich jetzt meine Hexenküche befeuern.«

Um jeglicher Aufregung aus dem Weg zu gehen, hatte ich mir vorgenommen, ein paar Tinkturen und Kräutermischungen für den kränkelnden Unterkofler zu bereiten. Er konnte es brauchen, und mich lenkte es von meinen Sorgen ab.

»Doch, etwas würde mich schon noch interessieren«, fragte Fred, als ich schon beinahe im Haus verschwunden war. Erleichtert atmete ich auf. Eben noch hatte ich doch tatsächlich befürchtet, dass mein eigener, mir seit über dreißig Jahren ehelich verbundener Mann nicht einmal wissen wollte, wo ich denn den gestrigen Abend verbracht hatte.

»Was denn?«, fragte ich lächelnd zurück.

»Was ist das eigentlich für ein komischer Umhang, den du da trägst?«

In Gedanken strich ich das Omelett vom mittäglichen Menüplan. Für so einen Mann genügte ein Käsebrot.

※※※

Erst als ich mein altes Damenrad bestieg, um mich auf den Weg zum Hof der Unterkoflers zu machen, fiel mir das passende Wort für meinen Gefühlszustand ein. Desillusioniert. Nach anfänglicher Wut fühlte ich mich zutiefst desillusioniert. Und das bereits zum zweiten Mal innerhalb von vierundzwanzig Stunden. Dieser kriminalistische Spürhund ohne jeden Riecher hatte mein Selbstwertgefühl bereits ausreichend sabotiert. Und dazu noch Freds völliges Desinteresse an meiner Person.

Warum gab es eigentlich keine Kräuter gegen derartige Empfindungen, fragte ich mich, während ich gemächlich Richtung Wolfsleiten radelte. Zwar trieb sich dort längst kein wildes

Tier mehr herum, seit der Unterkofler seinen Zuchteber durch Gefriersamen ersetzt hatte, aber der Name war ebenso geblieben wie die leichte Steigung, die mir jedes Jahr ein wenig anstrengender vorkam. Dabei hatte ich kein Gramm zugenommen, aber möglicherweise an Knochendichte abgenommen. Keuchend nahm ich mir vor, zum Frühstück ab nun zwei Gläser Kurkuma-Milch zu trinken und vermehrt Chinakohl zu pflanzen, obwohl ich das Gemüse kaum mochte. Als Salat schmeckte es wie Pergamentpapier, gratiniert nicht einmal mehr das, doch galt es neben Spinat als hervorragende Kalziumquelle.

Und gegen meine Übellaunigkeit sollte ich auch etwas unternehmen. Berta hatte schon recht. Ich brütete über meinen Sorgen wie eine Glucke, ließ jeden Hang zur Leichtigkeit vermissen, sah man von meinem Gewicht einmal ab, und legte es förmlich drauf an, mir von nichtsnutzigen Männern den Tag versauen zu lassen. Außer giftigen Alraunen, unbezahlbarem Safran und dem heiligen Basilikum, das ich schon fast aufgegessen hatte, gab es leider kaum nachhaltig wirksame Gute-Laune-Kräuter, sah man vom leuchtend gelben Johanniskraut einmal ab. Dieses pflanzliche Antidepressivum wirkte zwar zuverlässig als Stimmungsaufheller, brauchte aber noch ein paar Wochen zur vollen Blüte.

Bis dahin würde ich mich wohl aus meinem Stimmungstief befreit haben. Oder auch nicht. Obwohl ich meine Wechseljahre bereits hinter mir hatte, wechselte ich meine Laune immer noch häufiger als mein Mann seine Socken.

Als die Straße zunehmend holpriger und steiler wurde, stieg ich ab. Aus olfaktorischen Gründen hatte es durchaus seine Vorteile, dass der Schweinebauer seine Ferkelmast in dieser recht entlegenen Gegend betrieb, verkehrstechnisch betrachtet eher nicht. Allein die im Vorjahr erst errichtete Reihenhaussiedlung, eine potthässliche Ansammlung an schuhschachtelähnlichen Betonklötzen mit handtuchgroßen Schottergärten und Gabionenmauern, hatte man aus Kostengründen in diese Einöde verbannt und ihr als Trost für die aussichtslose Lage zwischen Maisäckern, Silotürmen und dem Umspannwerk der regionalen Energiegesellschaft den Namen »Wohnoase Waldesruh« verliehen. Die Bäume hatte man mit Baubeginn allerdings gerodet und durch vier Windkrafträder ersetzt, die Ruhe wurde durch das Gequieke der Schweine und das Surren des Umspannwerkes merklich gemindert, aber zumindest der Verkehrslärm blieb ihnen erspart. Und Rasenmäh-Krawalle vermutlich auch, denn Steinplatten und Schotterbeete musste man nicht mähen.

An einer Weggabelung legte ich eine kleine Pause ein. Linker Hand führte die asphaltierte Rumpelpiste Richtung Umspannwerk, rechts mäanderte eine geschotterte Forststraße weiter zum Hof der Unterkoflers, mehr gab es nicht zu erkunden. Ich streckte meine müden Beine von mir und genoss die Rast auf der alten Holzbank. Mitten im Dorf hatte man in einem Anfall von geistiger Kurzsichtigkeit ja sämtliche Sitzgelegenheiten durch Metallbänke ersetzt. Vom Buswartehäuschen bis zur Tratschbank vor dem Gemeindeamt. Weil Chromstahl angeblich hygienischer war, hatte es geheißen, nur saß nun leider niemand mehr drauf. Im Sommer verbrannte man sich sein Hinterteil, im Winter fror man fest, und einen ästhetischen Gewinn stellten sie auch nicht dar. Ein garantiert von Männern getroffener Entschluss, fand ich. Frauen hatten mehr Sinn fürs Schöne und ein empfindsameres Sitzfleisch.

Wobei ich wieder beim Thema war und mir einfiel, dass ich den Hund völlig vergessen hatte. Futter hatte Vincent ja hinterlassen, aber Fred würde mit diesem wandelnden Rollmops bestimmt nicht Gassi gehen, was bedeutete, dass das Tier seine Geschäfte in meinem Garten erledigen musste.

In meiner Tasche, die ich nach wie vor nicht von dem ganzen unnötigen Ballast vergangener Jahrzehnte befreit hatte, kramte ich minutenlang nach dem Mobiltelefon, bekam es endlich zu fassen und stellte fest, dass es ausgeschaltet war. Entweder hatte ich gestern in meiner Aufregung einen falschen Knopf gedrückt, oder der Akku war leer. Leider wusste ich meinen PIN-Code nicht auswendig. Den hatte ich gemeinsam mit dem Bankomat-Code, der Ziffernkombination vom Fahrradschloss und unserem einstigen Autokennzeichen auf einen Zettel geschrieben, der an der Innenseite des Geschirrschranks klebte. Damit diese sensiblen Daten an einem sicheren Ort verwahrt würden. Nun ja, dort war er nicht nur sicher, sondern auch unerreichbar.

Ich räumte meine Tasche wieder ein und machte mich erneut auf den Weg. Margeriten, Glockenblumen, Wilde Möhren, Malven und Knoblauchrauken säumten den Straßenrand. Ein optischer Lichtblick für mich und die Insekten, denen immer weniger Lebensraum geboten wurde. Ein weiterer Lichtblick bot sich mir beim Anblick des Unterkofler-Hofes. Seit Jahren war ich nicht mehr hier gewesen, hatte den Weg weitaus weniger beschwerlich in Erinnerung, aber vielleicht war es damals einfach nicht so warm gewesen.

Schließlich hatte ich das Wohnhaus erreicht, das im Schatten der Silotürme lag und recht heruntergekommen aussah. Die Fassade hätte einen neuen Anstrich vertragen, die Blumen in den Trögen eine ordentliche Wassergabe. Ein beißender Geruch nach Ammoniak lag in der Luft, aber ohne den kam ein Schweinemastbetrieb vermutlich nicht aus. Ich klopfte und rief, aber niemand erschien. Um den weiten Weg nicht umsonst gemacht zu haben, zwängte ich mich zwischen einer längst aus der Form geratenen Thujenhecke und einem Gabelstapler durch, umrundete das Haus und betrat den weitläufigen Hof, der von Stallungen, Geräteschuppen, Kühlhaus und Silotürmen beinahe wie eine Festung eingefasst wurde. Industrielle Landwirtschaft hatte längst nichts mehr mit süßen rosa Ferkelchen zu tun, die selig grunzend über blühende Wiesen sprangen und fast nur noch im Werbefernsehen vorkamen.

»Hallo, ist da jemand?«, rief ich und ließ mich auf den Rand eines alten Brunnentroges fallen.

»Ja«, antwortete eine schwache Stimme von irgendwo.

Dem Klang nach musste das Kathi sein. Sehen konnte ich sie nicht, da im Hof ein paar ausladende Kastanienbäume und zwei Viehtransporter standen.

»Wo bist du denn?«

»Hinten beim Kühlhaus.«

Vorsichtig querte ich den Hof. Jeder freie Zentimeter wurde von Europaletten, Futtersäcken, Plastikeimern und Topfgeranien vereinnahmt. Dazwischen scharrten einige Hühner nach Würmern.

Kathi stand vor dem Kühlhaus und manövrierte ein blassgelbes Leintuch auf eine Wäschespinne.

»Ich hab dir ein paar Sachen für deinen Mann gebracht«, meinte ich statt einer Begrüßung. »Er macht mir einen recht angeschlagenen Eindruck. Was sagt denn der Arzt dazu?«

»Ach, der vermutet eine übergangene Sommergrippe oder so. Jede Woche kriegt er eine Spritze, er nimmt haufenweise Tabletten, aber besser ist es immer noch nicht geworden.« Sie seufzte. »Bettruhe hat ihm der Doktor verordnet, aber er gibt halt keine Ruhe.«

Sie hievte einen karierten Bettüberzug über die Leine. »Ist halt auch viel Arbeit derzeit. Auf dem Hof liegt ja noch eine Hypothek, weil der Stallausbau so teuer war. Die Preise für ein Kilo Schweinefleisch sinken Jahr für Jahr, das Futter wird immer teurer. Wir kriegen gerade mal einen Euro dreißig für ein Kilo, also nicht viel mehr als hundert Euro für eine ganze Sau, die wir monatelang gemästet haben, das geht ins Geld. Der Strom, die Versicherungen, die Kosten für den Ankauf. Dann ist ständig was mit den Viechern. Allein was der Tierarzt jeden Monat kostet. Und der Traktor ist auch noch nicht repariert.«

Das hörte sich nach einem echten Verlustgeschäft an. Leider fiel mir dazu auch nichts Tröstliches ein. Meiner Meinung nach war industrielles Schweinefleisch ohnedies ungesund, dennoch aßen die Leute zu viel davon. Der Nährwert von Leberkäse, Wurst oder Braten war sowieso umstritten und führte in erster Linie zu Bauchspeck und Gichtzehen. Sah ich ja bei meinem Mann. Aber derartige Gedankengänge behielt ich natürlich für mich. Stattdessen griff ich nach der Tüte, in der ich Tropfen, Säfte und eine Mischung Trockenkräuter für den Sepp hatte.

»Hier, nimm.« Ich reichte ihr die Papiertüte. »Also das in der Flasche ist ein Hagebutten-Sanddorn-Schlehen-Sirup. Der hat mehr Vitamin C als ein Kübel Zitronen, schmeckt aber besser. Das wird dein Mann schon trinken. Mindestens fünfmal am Tag ein paar Löffel. Bringt das Immunsystem wieder auf Touren. Und das hier«, ich wies auf eine andere Flasche, »das ist ein Ingwersaft mit Sonnenhutextrakt, ebenfalls super für das Immunsystem, und den Kreislauf stärkt er auch. Da kannst ein wenig Honig dazutun, weil Ingwer einen recht scharfen Geschmack hat.«

Kathi blickte gleichfalls in die Tüte, dann strahlte sie mich an.
»Das ist wahnsinnig lieb von Ihnen. Ich kenn mich ja überhaupt nicht aus mit Pflanzen und Kräutern, aber ich glaube schon, dass so natürliche Sachen echt was bewirken können. Die Tabletten haben bis jetzt eh kaum geholfen.«
Sofort sah sie wieder zutiefst betrübt aus.
»Kopf hoch, das wird schon wieder. Dein Mann ist zäh«, sagte ich voller Mitleid.
Kathi nickte.
»Stimmt, das ist er«, wisperte sie mit brüchiger Stimme, während sie andächtig die Tüte anstarrte, als befände sich in ihr der Heilige Gral.
»Ich hab dir auch Tropfen mitgebracht«, fuhr ich in meinen kräuterheilkundigen Belehrungen fort. »In dem kleinen dunklen Fläschchen ist ein Auszug aus Zistrosenkraut drin, das wirkt bei Grippe Wunder. Es gibt sogar eine Studie, bei der man grippekranke Mäuse mit einem Zistrosenextrakt geheilt hat. Da hat das Virus keine Chance mehr gehabt. Schmeckt allerdings auch ein wenig intensiv, daher hab ich Zitronenverbene beigemengt. Auch fünfmal am Tag zehn Tropfen.«
Eine Dosis, die selbst ein krankes Pferd wieder auf die Beine bringen müsste.
Kathi, die meinen Anweisungen aufmerksam gelauscht hatte, sah mittlerweile schon richtiggehend gerührt aus. Mit nahezu kindlicher Bewunderung strahlte sie mich an.
»Meine Güte, was Sie alles wissen! Ich kann ja nicht mal Kamillen von Margeriten unterscheiden, und Sie finden im Garten eine ganze Apotheke. Wahnsinn. So super. Das würde ich auch gern können.«
Einen Moment lang betrachtete sie ihre Hände, während ich die in letzter Zeit schmerzlich vermisste Anerkennung genoss wie eine gute Mahlzeit.
»Sie haben bestimmt zwei grüne Daumen, ich leider gar keinen.«
Sie wandte den Blick wieder mir zu.
»Ich bin im Ruhestand, ich habe ja sonst nichts zu tun«, schwächte ich meine Leistungen umgehend ab. Eigenlob stinkt,

hatte meine Mutter immer gesagt. Und die arme Kathi schien tatsächlich rund um die Uhr zu arbeiten. »Bei einer Landwirtschaft, Geldsorgen und einem kranken Mann hast du ja gar keine Zeit, um die Hände in den Schoß zu legen«, tröstete ich sie und meinte es auch so.

Die Jungbäuerin, die ich in alter Lehrerinnengewohnheit duzte, obwohl sie nicht hier zur Schule gegangen war, erweckte einen ziemlich abgerackerten Eindruck. Ich nahm mir vor, beim nächsten Mal auch etwas für sie mitzubringen, zumindest eine selbst gerührte Ringelblumensalbe mit Kamille, Olivenöl und Propolis. Bestimmt hatte sie vor lauter Waschen, Putzen und Stallarbeit schon eine wunde, rissige Haut, und die Arbeitshandschuhe aus Plastik, die sie trug, verschlimmerten die Sache noch zusätzlich. Zumindest bei Hitze, wenn man unter dem Gewebe aus Kunstfaser zu schwitzen begann.

Und heiß war es jetzt schon, obwohl die Sonne noch lange nicht am Zenit stand, wie es in literarischen Werken oft so poetisch formuliert wurde.

»Ich muss jetzt dann kochen gehen«, sagte Kathi in meine Denkpause hinein. »Wollen Sie einen Kaffee oder was zum Trinken?« Sie griff nach dem leeren Wäschekorb, stellte meine Papiertüte hinein und wandte sich Richtung Haus. »Ach Gott, ich bin immer so unhöflich, Sie müssen mir verzeihen, wir kriegen so selten Besuch. Ich hätte Ihnen schon vor Stunden was anbieten sollen. Sie müssen ja furchtbar durstig sein nach dem langen Weg hier rauf zu uns.«

Ich nickte. »Nichts zu entschuldigen. Erstens bin ich nicht seit Stunden hier, sondern seit höchstens fünfzehn Minuten. Und zweitens kann niemand gleichzeitig Wäsche aufhängen und Kaffee kochen. Aber jetzt hätte ich doch gern ein Glas Wasser.«

Im Haus war es dunkel und angenehm kühl. Ich folgte Kathi in die Küche, die im Unterschied zum Hof fast klinisch sauber war. Die Möbel waren zwar in die Jahre gekommen, aber es stand nichts herum. Kein Nippes, keine Kalender, keine Topfpflanzen, kein Frühstücksgeschirr, nicht einmal ein Kruzifix im Herrgottswinkel, nur ein Messerblock, eine Kaffeemaschine, ein Ein-Liter-Zinnkrug und ein Mörser waren zu sehen. Insgesamt erweckte alles einen sehr spartanischen Eindruck. Kathi räumte den Inhalt meiner Tüte auf die Anrichte, sortierte Tropfen und Tinkturen akkurat nebeneinander auf, faltete die leere Tüte dreimal zusammen und gab sie mir zurück.

Hier wurde offenbar an allen Ecken und Enden gespart. Ich hätte die Tüte einfach zusammengeknüllt und ins Altpapier geworfen.

»Limonade? Mineralwasser? Kaffee? Bier? Wein habe ich leider keinen«, sagte sie, während sie dem gleichfalls auffallend leeren Kühlschrank einen Bund Suppengrün entnahm und in die blitzblank polierte Spüle legte.

»Nur ein Glas Leitungswasser. Ich muss ja noch heimfahren«, erwiderte ich. Zwar nur mit dem Fahrrad, aber auf der abschüssigen Straße mit den riesigen Schlaglöchern war selbst das ein Balanceakt.

Während ich, angelehnt an den kühlen metallischen Küchentresen, das Wasser trank, klärte ich Kathi noch rasch über die getrockneten Kräuter auf. Ich hatte eine Mischung aus Königskerzen, Holunder und Lindenblüten zusammengestellt, die ich beim ersten Anzeichen von Grippe oder Erkältung einzunehmen pflegte und die mich bislang vor einer längeren Bettlägerigkeit bewahrt hatte.

»Trinken sollte dein Mann ihn halt auch«, merkte ich abschließend an. Wenn der Unterkofler Sepp auch nur vage Ähnlichkeiten mit meinem Fred hatte, würde er Gesundheitstees scheuen wie der Teufel das Weihwasser.

»Ich werd's versuchen«, meinte sie, »schlimmstenfalls lass ich den Tee halt kalt werden und schütte ihn in den Bierkrug.«

Das wäre natürlich auch eine Möglichkeit.

Nach einem zweiten Glas Wasser verabschiedete ich mich. Es war an der Zeit, das Käsebrot für meinen Mann zu schmieren. Kathi begleitete mich bis zur Hecke, an die ich das Fahrrad gelehnt hatte. Ich schwang mich in den Sattel und rollte langsam hügelabwärts, während sie mir überschwänglich nachwinkte, bis ich um die erste Kurve bog.

Ein nettes Mädchen. Die hatte es sicher auch nicht leicht im Leben, dachte ich, dann musste ich mich auf die gemeindeeigene

Buckelpiste konzentrieren. Als ich bei der Wohnoase Waldesruh vorbeikam, stand ein junger Mann in seinem Schottergarten und sprühte die Steine mit einem Gartenschlauch ab.

***

Ich zerbrach mir immer noch den Kopf über mögliche und unmögliche Gründe, ein Kiesbeet zu wässern, in dem nichts außer Steinen und Solarlampen wuchs, als ich bereits in die Zielgerade einbog. Bergab war es doch um einiges schneller gegangen als bergauf. Der frische Fahrtwind hatte mich angenehm erfrischt und die trüben Gedanken vertrieben.

Nur noch gute hundert Meter trennten mich von unserem Haus, als der Hund wie verrückt zu bellen begann. Unser Hund, also der Gast- beziehungsweise Waisenhund. Ich trat rascher in die Pedale. Als das fledermausohrige Tier zum letzten Mal einen derartigen Höllenlärm veranstaltet hatte, waren wir ja kurz danach über sein totes Herrchen gestolpert. Aber jetzt befand der Hund sich auf unserem Grund und Boden, allein mit meinem Mann. Nicht auszudenken, wenn ich nun über einen toten Fred fallen würde. Ein schrecklicher Gedanke. Mein morgendlicher Groll löste sich auf wie eine Brausetablette.

Auf den letzten Metern und meine alten Tage gab ich noch einmal richtig Gas, bremste erst ganz knapp vor dem Gartentor ab und schwang mich in Rekordtempo vom Sattel. Das Rad ließ ich vorsichtig zu Boden gleiten, da der Ständer bereits seit Jahren nicht funktionierte, griff nach der Fahrradpumpe und hetzte zur Eingangstür. Mittlerweile war das Gebell in ein durchdringendes Gejaule übergegangen. Wie damals auf der Gartenschau.

Ohne die Schuhe abzustreifen, sprintete ich weiter Richtung Wohnzimmer, die Pumpe wie einen Schlagstock einsatzbereit in der rechten Hand. Bei meinem notorischen Pech in letzter Zeit würde sich der Täter womöglich noch im Haus befinden.

Mit einem Kampfschrei stürmte ich gleich Superwoman den Raum. Ein dumpfes Geräusch, gefolgt von splitterndem Glas, erklang.

»Tante Pauline?«

Mein Neffe stand mit dem Rücken zur Schrankwand und starrte mich entsetzt an. Dino, die Französische Fledermausbulldogge, hopste laut japsend um ihn herum. Mein Mann saß völlig unversehrt auf dem Sofa und blickte zu Boden, wo ein Scherbenhaufen in einer Pfütze schwamm.

»Jetzt ist die Teekanne kaputt«, sagte er und schüttelte tadelnd sein ergrautes Haupt.

»Vincent!« Ich ließ die Pumpe fallen, um ihn mit beiden Händen an mich zu drücken. »Haben sie dich endlich gehen lassen.«

Das war mehr eine Feststellung als eine Frage, doch der Neffe nickte umgehend.

»Mussten sie. Es gibt schon einen neuen Verdächtigen«, meinte er und drückte mich gleichfalls an sich.

Eine Zeit lang standen wir innerlich bewegt und äußerlich reglos da, nur der Hund hüpfte weiterhin euphorisch herum. Dann riss uns Alfred aus unserer Zweisamkeit.

»Der Junge hat bestimmt Hunger«, meinte er und blickte mich dabei treuherzig an.

Ich schob den wiedergewonnenen Neffen ein Stück von mir. »Und du würdest bei der Gelegenheit auch ein wenig mitessen, richtig?«

Angesichts dieses so schmerzlich vermissten Gastes musste ich das Käsebrot wohl vom Menüplan streichen und durch ein ordentliches Essen ersetzen. Vincent hätte ja eigentlich ein Festmahl verdient, aber dafür reichten meine Vorräte wahrscheinlich nicht.

»Ein Kaiserschmarrn würde ihm bestimmt guttun«, insistierte mein verfressener Gatte, ohne auf meine Stichelei einzugehen.

Und ausgerechnet der liebe Junge fiel ihm ins Kreuz.

»Mach dir wegen mir keine Mühe, Tante, ich bin nicht hungrig, ich fühle mich nur ziemlich erschöpft. Total ausgelaugt.«

Fred erhob sich mit beachtlichem Schwung vom Sofa und schritt stoisch über die Pfütze zu seinen Füßen hinweg.

»Nein, nein, so geht das nicht.« Er ergriff Vincent am Arm und schob ihn vor sich her. »Wie willst du je wieder zu Kräften kommen, wenn dein Magen auf Sparflamme läuft? Ohne Nahrung muss dein ganzer Körper ein Notprogramm fahren, der

Kopf wird unterversorgt, du kannst keinen klaren Gedanken mehr fassen, dein Blick wird trüb, in den Ohren beginnt es zu rauschen, alles dreht sich, und über kurz oder lang riskierst du einen völligen Zusammenbruch deiner Vitalfunktionen. Und das nur, weil du dich weigerst, lebensnotwendige Nährstoffe zu dir zu nehmen.«

Wenn es um sein Futter ging, konnte Fred mit Worten jonglieren wie ein Sprachakrobat. Ich musste lächeln. Mein Mann, das Musterbeispiel eines Energiesparmodells, hatte für den Sinn seines Lebens soeben eine nahezu wissenschaftliche Begründung geliefert. Amüsiert folgte ich den beiden in die Küche.

»Und an den Hund denkst du wohl gar nicht«, eiferte er sich gerade. »Schließlich trägst du die volle Verantwortung für ein Lebewesen, das außer dir niemanden mehr hat. Wie willst du seinen Bedürfnissen nach Auslauf und Bewegung gerecht werden, wenn du schon an der Türschwelle kraftlos aus den Pantoffeln kippst?« Er schnaubte, dann folgte das furiose Finale. »Soll vielleicht ich, ein alter, kranker Mann, mit diesem Energiebündel dreimal täglich um den Häuserblock hetzen, bis mich ein Herzinfarkt ereilt?«

Würde man Dino dreimal täglich um den Häuserblock hetzen, ereilte der Herzinfarkt zwar meiner Meinung nach eher den Hund, aber der logischen Stringenz von Freds bravourös vorgetragenem Schuldgefühlmanagement musste selbst ich aufrichtige Bewunderung zollen. In Momenten wie diesen wusste ich wieder, warum ich ihn einst geheiratet hatte.

»Gut, du hast gewonnen«, gestand ich ihm zu. »Ich mach uns jetzt einen feinen Kaiserschmarrn, damit Vincent sich auch morgen noch auf den Beinen halten kann.«

Mein Mann strahlte und begab sich Richtung Esstisch. So einfach würde er mir aber nicht davonkommen.

»Und du wischst inzwischen die Bescherung im Wohnzimmer auf.« Ich drückte ihm Eimer, Kehrblech und Putzfetzen in die Hand, bevor er sich setzen konnte. Etwas weniger strahlend zog er ab.

»Denk an den Hund. Was, wenn dieses Energiebündel sich einen Glassplitter eintritt? Dann muss der arme Junge ihn um den Häuserblock tragen«, rief ich ihm zur Motivationssteigerung nach.

Der Fledermaushund hatte seine Energiereserven allerdings schon erschöpft, denn er war zu Vincents Füßen friedlich eingeschlafen.

Während ich Eier, Milch und Mehl verrührte, berichtete mein Neffe mir von seinen Erlebnissen im Polizeigewahrsam. Erlebt hatte er im Grunde aber nicht viel, es hörte sich eher nach erlitten an. Immer noch schwer traumatisiert vom gewaltsamen Ableben seines Freundes, hatte er stundenlange Vernehmungen über sich ergehen lassen müssen, als wäre er ein Schwerstverbrecher.

»Ich hätte am liebsten nur geheult«, gestand er mir nach einem Seitenblick zur Wohnzimmertür, wo Fred auf den Knien lag und den Boden säuberte. »Wir sind uns ja erst vor ein paar Wochen begegnet, aber es war, als hätten wir uns immer schon gekannt. Lukas war mein Mann fürs Leben.«

Ich setzte die Pfanne auf den Herd. Bei der ersten großen Liebe machte es wohl keinen Unterschied, welche sexuelle Orientierung man verfolgte, alle verfielen sie derselben Illusion. Der Junge tat mir dennoch leid, er hatte nicht einmal mehr die Chance erhalten, aus seinen rosaroten Träumen zu erwachen und auf dem Boden der Tatsachen zu landen.

»Wo habt ihr euch denn kennengelernt?«, fragte ich.

»Zuerst bei einem Tangokurs, aber da Lukas in die Fortgeschrittenengruppe gewechselt ist und ich noch Anfänger bin, haben wir uns wieder aus den Augen verloren.«

Der Gedanke, dass zwei Männer ihre Körper eng umschlungen aneinanderrieben, fühlte sich seltsam an. Ich fand Tango schon zwischen Mann und Frau grenzwertig, was die provokative erotische Note betraf. Für mich war alles Geschlechtliche immer noch eine reine Privatangelegenheit, aber möglicherweise war ich wirklich ein wenig zu prüde für dieses Jahrhundert, wie Fred mir vor Ewigkeiten mal vorgeworfen hatte.

Vorsichtig wendete ich den Teig, damit er beidseitig schön goldbraun wurde.

»Und wo seid ihr euch wieder über den Weg gelaufen?«

Insgeheim hoffte ich, dass er nicht »Tabledance« sagen würde. Das hatte ich im Vorjahr mal im Fernsehen gesehen, genau genommen während eines Sonntagabend-Krimis. Mit der Tänzerin hatte es aber auch kein gutes Ende genommen, zumindest nicht im Film.

Doch Vincent meinte nur: »Bei einem Mittelerde-Larp.«

»Mittelerde-Larp? Ist das auch ein Tanz, oder was?« Es gab offensichtlich noch sehr viele Dinge, von denen ich noch nie im Leben gehört hatte.

In diesem Moment gesellte Fred sich mit dem vollen Kehrblech wieder zu uns und blickte sich suchend um. Von seinem Zeigefinger tropfte Blut.

»Suchst du den Verbandskasten oder den Mülleimer?«, fragte ich, während ich begann, seine Leibspeise mit der Schmarrnschaufel in mundgerechte Stücke zu reißen.

Keine Antwort. Ich nahm die Pfanne vom Herd, leerte die Glassplitter in den Restmülleimer, betrachtete die Schnittwunde, drückte ihm ein Geschirrtuch in die Hand und schickte ihn zur Wundversorgung ins Badezimmer.

»Wasch dir das Blut ab. Das Isolierband ist in der Schublade unter dem Spiegel.«

»Habt ihr denn kein Heftpflaster daheim?«, erkundigte Vincent sich erstaunt.

»Doch, aber wir finden es nicht.«

Wortlos verließ der Neffe die Küche.

Als Fred mit sauber gewaschenen Händen aus dem Bad kam, stand das Essen bereits auf dem Tisch, und Vincent erschien mit einem Verbandskasten unter dem Arm.

»Neu gekauft«, sagte er und entnahm der Kassette eine Rolle Wundpflaster.

Ich holte noch rasch den Zwetschgenröster und die Flasche Schnaps aus der Speisekammer, desinfizierte den kleinen Schnitt und klebte ein Pflaster drüber.

»Und nun zurück zum Thema.« Ich häufte Vincent eine zweifache Portion Schmarrn auf den Teller. »Was in aller Welt ist ein Mittelerde-Larp?«

»Das ist ein Live Action Roleplay«, erklärte er, als würde

so was bereits an Grundschulen gelehrt, »und ich hab da einen Waldelben gespielt.«

»Ist das so was Ähnliches wie ein Waldhorn?«, mischte Fred sich ein, während ich darüber nachdachte, wo diese Mittelerde sich wohl befand. Ich kannte Lehmböden, Lössböden, Parabraunerden und Schluff, aber Mittelerden kannte ich nicht.

Ratlos blickten Fred und ich uns an.

»Aber nein.« Endlich zeichnete sich auf Vincents Gesicht ein Anflug von Lächeln ab. »Das sind einfach so Rollenspiele, eine Art Freilufttheater, wo man irgendeine literarische Vorlage nachspielt. Und sich halt entsprechend verkleidet. Ich steh auf Tolkien. Und Lukas auch. Und da haben wir uns wiedergetroffen. Er als Ork und ich als Elbe.«

In unausgesprochener Übereinkunft beschlossen mein Mann und ich, das Thema nicht weiter zu vertiefen.

»Klingt spannend«, meinte er konziliant, »aber Hauptsache, du bist wieder frei. Und von jedem Verdacht befreit hoffentlich auch.«

Vincent zuckte die Schultern. »Das weiß ich nicht. Ich war am Tatort, habe Lukas am Abend zuvor noch getroffen, weil er mir den Hund übergeben wollte, wir haben ein wenig, na ja, geredet und so halt, jedenfalls fanden sich dann überall meine Fingerabdrücke«, beschämt starrte er auf den Teller, »da war es natürlich logisch, dass ich in den Augen der Polizei zum Hauptverdächtigen wurde.«

Geknickt wie Goldlack nach einem Hagelschauer, ließ mein Neffe den Kopf hängen. Den köstlichen Kaiserschmarrn hatte er noch gar nicht gekostet.

»Logisch vielleicht, aber völlig an den Haaren herbeigezogen«, befand ich. »Dieser verbissene Kommissar sollte besser mal über seinen ermittlungstechnischen Tellerrand hinausblicken, dann würde er vielleicht den wahren Mörder finden. Wenn der immer so kurzsichtig arbeitet, muss seine Aufklärungsquote nahezu im Promillebereich liegen. Dann wird er hoffentlich bald in den Innendienst versetzt.«

Fred nickte und murmelte etwas, das Zustimmung war oder auch nur euphorisches Schmatzen.

»Da sie dich heute auf freien Fuß gesetzt haben, scheint dieser Blindgänger letztlich zumindest *eine* investigative Erleuchtung gehabt zu haben«, sagte ich. Hartmann hatte den falschen Täter zwar laufen gelassen, war dem richtigen aber bestimmt noch keinen Schritt näher gekommen, darauf würde ich wetten. Außerdem schmerzte mich seine völlige Ablehnung meiner brillanten Theorie nach wie vor.

Der Neffe zuckte erneut die Schultern. Er schien die Gründe seiner Enthaftung selbst nicht ganz zu verstehen. »Dieser pummelige Polizist, der, der mir die Anzeige aufs Auge gedrückt hat, der hat mich schließlich hierhergebracht und nur gemeint, es gäbe einen neuen Toten und einen neuen Verdächtigen und er selbst erwäge die Frühpension.«

Fred verharrte mit der Gabel in der Luft, ich verschluckte mich fast an einem Stück Schmarrn.

»Wen verdächtigen sie denn jetzt?«, fragte ich hustend.

»Keine Ahnung, Tante. Der Inspektor hat gesagt, dass er nicht mehr sagen dürfe. Er hat mir nicht mal den Namen des Toten verraten. Ist aber auch egal, außer euch kenne ich hier eh niemanden.«

Ich schob meinem Neffen die Schale mit dem Zwetschgenröster über den Tisch. Der Junge aß definitiv zu wenig für sein Alter und seine traurige Lage. Dann berichtete ich ihm von den Geschehnissen der letzten vierundzwanzig Stunden, vom Mord am Rosenölfabrikanten und von meinem Verdacht eines giftmischenden Serientäters.

Vincent blieb der Mund offen.

Fred nutzte die Gelegenheit und zog die Schale wieder näher zu sich.

Ich klopfte ihm auf die Finger.

»Fruchtzucker ist auch Zucker, mein Lieber.« Und jedes Stück Zucker war ein Sargnagel mehr für einen Diabetiker.

Hätte der Junge nur auch diesen gesegneten Appetit. Am liebsten hätte ich ihn gefüttert, wenn er den Mund schon offen hielt.

»Schau nicht so entsetzt, iss lieber was. Den Schmarrn hab ich nur für dich gekocht«, forderte ich ihn mitsamt Lehrerinnenblick auf.

Und da der Neffe bis vor Kurzem selbst noch die Schulbank gedrückt hatte, tat das auch seine Wirkung. Brav nahm er ein paar Bissen zu sich, zuerst recht zögerlich, doch dann schien es ihm sogar zu schmecken.

Eine Zeit lang kauten wir friedlich vor uns hin. Erst als Vincent seinen Teller beinahe leer gegessen hatte, ließ ich meinem Miss-Marple-Syndrom, wie der kriminalistische Kotzbrocken es genannt hatte, wieder freien Lauf.

»Ich versteh aber nicht, was ein Detektiv auf einer Gartenschau zu suchen hat. Also beruflich. Er wird ja kaum engagiert worden sein, um den Diebstahl von Topfpflanzen oder Rosenkugeln zu verfolgen.«

Mist. Die Dekokugeln hätte ich nicht erwähnen sollen, wie taktlos von mir.

Umgehend sah Vincent wieder aus wie das sprichwörtliche waidwunde Reh. Möglicherweise waren Männer mit seiner Neigung – mit dem Wort »schwul« tat ich mich immer noch ebenso schwer wie mit dem Wort »Leiche« – doch eine Spur sensibler.

»Ich weiß nicht, worauf man ihn angesetzt hat, aber wenn es um den Diebstahl von Rosenkugeln gegangen wäre, dann muss er den Dieb wohl erwischt haben und wurde deshalb umgebracht«, stellte er nach einer Weile betrübt fest. »Aber das kann ich mir nicht vorstellen. Man begeht doch keinen Mord wegen so was. Das sind ordinäre Deko-Objekte, noch dazu potthässliche, und keine Skulpturen von Erwin Wurm.«

Ich verkniff mir die Frage nach Erwin Wurm. Vielleicht ein bildhauender Rollenspieler oder ein Idol der Jugendkultur, ich kannte ihn jedenfalls nicht.

»Und dein Lukas hat nicht einmal eine Andeutung gemacht, was er hier zu tun hatte?«, insistierte ich. Oft erwiesen sich ja die unbedeutendsten Bemerkungen als Schlüssel zum ganzen Fall. Zumindest in Büchern oder auf dem Bildschirm.

Doch Vincent schüttelte nur traurig den Kopf. »Ehrlich gesagt haben wir nicht viel über seinen Auftrag hier gesprochen. Natürlich habe ich ihn danach gefragt. Es war ja ein unglaublicher Zufall, dass es uns beide in dieselbe Gegend verschlagen hat, aber er hat gemeint, er hätte mich halt nicht aus den Augen verlieren wollen. War natürlich ein Scherz, aber damit war das Thema für mich erledigt.« Unvermittelt hatte er ganz feuchte Augen bekommen. »Wenn ich das geahnt hätte, ich hätte jedes einzelne Detail seines Auftrags aus ihm herausgequetscht. Jedes noch so kleine Detail.« Seine Stimme klang auf einmal wie die eines kleinen Buben, der sich mit dem Hammer auf den Daumen gehauen hat und tapfer die Tränen zurückhält.

»Er hätte dir wahrscheinlich gar nichts sagen dürfen«, mischte Fred sich ein. »Ich gehe davon aus, dass ein Detektiv einer Art Schweigepflicht unterliegt, also Auftraggeber und Auftrag geheim halten muss und nichts davon ausplaudern darf. Da hättest du dir den Mund fusselig fragen können, fürchte ich.«

Ein guter Einwurf, fand ich. Damit hatte Fred nicht nur ganz sicher recht, er hatte auch die offensichtlichen Selbstvorwürfe, mit denen Vincent sich zu quälen schien, entkräftet.

»Möglich«, erwiderte der auch prompt. »Er hat tatsächlich nie von seiner Arbeit erzählt, höchstens mal ein paar kryptische Bemerkungen gemacht.«

»Ich versteh nicht ganz, was hat er gemacht?«, fragte mein Mann, wobei nicht klar war, ob er sich auf das Fremdwort bezog oder ein Beispiel hören wollte.

Der Junge schob seinen Teller, auf dem sich noch ein Rest Schmarrn befand, von sich.

»Wie soll ich sagen? Das Einzige, was er zum Beispiel über seinen Auftrag hier erwähnt hat, war, dass es offenbar Menschen gab, die ständig Schwein hatten und trotzdem unglücklich waren.«

Er seufzte, wir seufzten mit. Eine derartige Aussage half mir nicht weiter.

»Mhm.« Fred betrachtete sehnsüchtig Vincents Schmarrnreste. »Demnach muss es sich beim Mörder um einen tieftraurigen Lottomillionär handeln.«

»Den es hier garantiert nicht gibt«, führte ich seinen Gedankengang zu Ende.

Oberdistelbrunn und Umland zählten nicht einmal zu den begehrten großstädtischen Speckgürteln, wo sich gut situierte Tagespendler niederließen, um ihr fettes Einkommen in ein überdimensioniertes Architektenhaus mit Swimmingpool, Vierfach-Carport und Tausend-Euro-Grill zu investieren. Von Neureichen, die sich alte Adelssitze unter den Nagel rissen, ganz zu schweigen. Wobei es herrschaftlichen Baubestand ohnedies keinen gab, sah man von Schloss Korallenburg einmal ab.

»Vielleicht hat er sich aber gar nicht auf Geld bezogen, sondern auf Gefühle«, warf ich ein. »Etwa auf jemanden, der eine Traumfrau geheiratet hat und dann nichts mit ihr anzufangen weiß, obwohl ihn alle anderen um seine Partnerin beneiden.«

»Schwachsinn«, murmelte mein Mann und begann unaufgefordert, den Tisch abzuräumen. Er fühlte sich wohl betroffen, dabei hatte ich wirklich nur ganz kurz an uns gedacht.

»Auch möglich«, meinte Vincent, und man sah ihm an, dass ihn Ursachen und Umstände von Lukas' Tod nicht weiter interessierten. Der arme Junge wünschte ihn sich einfach noch am Leben.

»Auch wenn dir im Moment alles unerträglich scheint, du wirst sehen, in ein paar Monaten tritt ein neuer Mann in dein Leben, glaub mir.«

Ich ergriff seine Hand und drückte sie, so wie man es bei ganz kleinen Kindern oder ganz alten Menschen tat. Fred, der an der Anrichte stand und eine Gabel in Händen hielt, wandte sich kurz um und warf mir einen verständnislosen Blick zu.

Bestimmt hatte er insgeheim das Gleiche gedacht wie ich. Wir hatten nicht die geringste Ahnung, wie man als Mann überhaupt einen Mann kennenlernen sollte, also für mehr als gemeinsame Kegelabende oder Kartenrunden. Gab es geheime Treffpunkte, von denen nur Eingeweihte wussten, oder musste man auf zufällige Begegnungen hoffen, und, wenn ja, woran erkannten sich Homosexuelle überhaupt? An bunten Einstecktüchern, einer besonderen Zeichensprache oder einer bestimmten Kennmelodie? Diese modernen Telefone konnten ja auch schon Musik machen. Und dass schon bald ein neuer Mann in sein Leben trat, das wünschte ich ihm von Herzen, konnte aber auch dabei nicht aus Erfahrung sprechen. Nach zwei halbherzigen Kurzzeitbeziehungen, zwischen denen beinahe fünf Jahre lagen, hatte ich Fred kennengelernt, und das war's auch schon gewesen.

Vincent schienen ähnliche Gedanken durch den Kopf zu gehen. »Ach Tante, du hast ja keine Ahnung«, sagte er und stand etwas zu abrupt vom Tisch auf. »Ich geh jetzt mal Dino ausführen, den hab ich nun wohl geerbt.«

Er erklärte mir noch kurz, dass sein ermordeter Freund gleich ihm ein Einzelkind gewesen sei und dass dessen Eltern beim Anblick Dinos immer ganz hysterisch wurden, weil die Mutter eine Tierhaarallergie und der Vater Angst um seine chinesischen Seidenteppiche hatte.

Ich verkniff mir die Frage, was er mit der Bulldogge zu machen gedachte, während er seinen Zivildienst absolvierte, und setzte die Hundefrage als wichtigen, aber nicht dringenden Punkt auf meine gedankliche Problemsammelliste.

Dann tat ich etwas, was ich seit Jahren nicht getan hatte. Ich kehrte dem Küchenchaos den Rücken, ignorierte Fred, der genüsslich die letzten Reste Schmarrn von Vincents Teller aß, ging ins Wohnzimmer und legte mich aufs Sofa. Nachdem ich die tausend Schritte bereits vor dem Essen getan hatte, konnte ich mir jetzt ohne Gewissensbisse ein Verdauungsschläfchen gönnen. Der Vormittag war ausreichend und in jeder Hinsicht bewegt gewesen, nun wollte ich nur noch zur Ruhe kommen.

Als Vincent hinter sich und dem Hund die Haustür schloss, war ich bereits eingeschlafen.

✳︎✳︎✳︎

Leider währte meine wohlverdiente Ruhe nicht allzu lange. Bereits nach einer halben Stunde wurde ich von Stimmen geweckt. Sehr lauten Stimmen. Dann flog die Wohnzimmertür auf, und Berta betrat den Raum.

»Tagwache! Du musst aufstehen. Jetzt auf der Stelle. Dr. Watson hat wichtige Neuigkeiten.« Sie trommelte sich auf die Brust wie ein Gorilla, der soeben seinen Rivalen in die Flucht getrieben hatte. »Ich warte im Garten auf dich, dein Holder deckt schon den Tisch und macht uns Kaffee.«

Ich richtete mich auf.

»Freiwillig?«, fragte ich.

»Nein.« Sie stemmte die Hände in die Hüften und grinste. So sahen Sieger aus.

Eine Minute später gesellte ich mich zu ihr. Aus Neugierde auf die wichtigen Neuigkeiten, aber auch, um meinen Mann mal als Servierkraft zu erleben.

Berta hatte es sich im Schatten des Sonnenschirms gemütlich gemacht und strahlte mich an. Diesmal war sie in ein dunkelblaues Twinset aus Feinstrick gehüllt, Schultern und Dekolleté zusätzlich mit einem blassgelb gemusterten Schultertuch bedeckt. Das großmütterliche Ensemble kam mir irgendwie bekannt vor.

»Sag, hast du das bei der Firmung deiner Tochter nicht auch angehabt?«

»Hab ich. Gutes Gedächtnis. Kram ich auch nur zu besonderen Anlässen hervor.«

Sie nickte anerkennend. Es war aber auch echt keine Leistung, sich an dieses bestimmt schon vor zwanzig Jahren aus der Mode gekommene Ensemble zu erinnern. Noch dazu, wo meine Freundin dunkle Farben auf den Tod nicht ausstehen konnte. Außerdem musste sie bei den heutigen Temperaturen arg schwitzen in diesem Aufzug.

»Und was hat es heute für einen besonderen Anlass gegeben? Hattest eine Audienz beim Papst, oder ist das jetzt dein Trauergewand? Im Andenken an den verstorbenen Rosenkavalier?«

Berta grinste noch breiter, während Fred auf der Bildfläche erschien und meinen ausgeschlagenen Weitling vorsichtig auf der Tischplatte abstellte.

»Kuchen hast uns auch gebacken?«, frotzelte sie und blickte belustigt auf meine alte Rührschüssel aus Emaille.

Mein Mann verzog keine Miene und entnahm der Schüssel zwei Tassen, zwei Teller, zwei Löffel, zwei Wassergläser, Kaffeesahne und den Zuckerstreuer.

»Ist sicherer als das Tablett«, sagte er und verschwand wieder.

»Ich hab übrigens auch ganz tolle Neuigkeiten für dich«, meinte ich euphorisch.

»Dein Neffe ist wieder daheim. Das ist eine wunderbare

Nachricht, aber längst keine Neuigkeit mehr«, erwiderte sie, während sie Jacke und Halstuch ablegte.

»Verstehe. Du hast also mitgekriegt, dass Kapplhuber ihn höchstpersönlich mit dem Dienstauto zurückgebracht hat.« Ein Polizeiwagen blieb in unserer Straße vermutlich nicht lange unbemerkt.

»Hab ich nicht, ich bin ja gar nicht hier gewesen. Aber ich weiß, dass er auf freien Fuß gesetzt wurde, weil sie an seiner Stelle«, sie legte eine dramatische Pause ein, bevor sie weitersprach, »die Gräfin verhaftet haben. Wegen zweifachen Mordes.«

»Sag das noch einmal!«, schrie ich sie nahezu an.

Dass Fred mit der Kaffeekanne in der Hand an den Tisch getreten war, hatten wir gar nicht bemerkt.

»Der Kaffee ist fertig!«, brüllte er und stellte die Kanne mit lautem Knall auf den Tisch.

Ich brüllte ihm ein ebenso lautstarkes »Danke« nach, dann galt meine ungeteilte Aufmerksamkeit wieder Berta.

»Sie haben die Gräfin unter Tatverdacht gestellt. Die Beweise gegen sie scheinen ziemlich schwer zu wiegen. Es war ihre Rosenkugel, mit ihren Fingerabdrücken drauf, und zwar nur mit ihren. Sie war es, die den Detektiv engagiert hat, und damit nicht genug.« Erneut unterbrach sie sich an der spannendsten Stelle und goss in aller Ruhe Kaffee ein.

Ich entwand ihr die Kanne.

»Du konzentrierst dich jetzt auf deinen Bericht, ich mach das schon.«

»Also, wo war ich stehen geblieben?« Gemächlich schüttete sie ordentlich Zucker in die Tasse, um mich ein wenig länger auf die Folter zu spannen.

»›Damit nicht genug‹, hast du soeben gesagt.«

»Stimmt. Also damit nicht genug, hat die Gräfin vorgestern erst einen heftigen Streit mit Marc gehabt und ihm dabei mit der Polizei gedroht.«

»Ich fasse es nicht«, stammelte ich. Mein Neffe war wieder frei, Fred hatte Kaffee gekocht und aufgetragen, und die Gräfin stand unter Mordverdacht.

»Gell, unglaublich. Der anonyme Drohbrief für Elsbeth hat sich übrigens auch als Beweis gegen unsere Pseudoadelige entpuppt. Man hat bei ihr nämlich eine englische Jagdzeitschrift gefunden, so ein teures dickes Hochglanzmagazin, das außer ihrem Mann bestimmt niemand im ganzen Land liest, und von dort sind die Buchstaben für den Brief ausgeschnitten worden.«

Vor lauter Erregung vergaß ich ganz meinen Kaffee. Herzklopfen hatte ich trotzdem.

»Woher weißt du das alles? Hast du Kommissar Hungerhaken gekidnappt, oder was? Das sind doch total brisante ermittlungstechnische Ergebnisse und kein Wirtshaustratsch. Im Fernsehen sagt die Kripo doch immer, dass sie sich zum laufenden Stand der Dinge leider noch nicht äußern kann. Und du weißt vermutlich schon mehr als der Staatsanwalt.«

Berta bekam sich vor lauter Grinsen schon fast nicht mehr ein. »Ich bin halt klüger, als ich ausschaue. Also eigentlich schon raffiniert. Genau genommen besitzt du vermutlich die raffinierteste Nachbarin weit und breit.«

»Ich besitze die raffinierteste Nachbarin von ganz Europa, ach was, von der ganzen Welt«, stimmte ich ihr zu. »Aber wenn du weder den Kommissar gekidnappt hast noch der Gerüchteküche aufgesessen bist und nicht einmal die Akten aus dem Polizeirevier geklaut hast, woher dann dieses Wissen? Fred hat dir wohl kaum die Karten gelegt?«

Aus dem Garten gegenüber erklang eine Motorsense. Oder vielleicht auch ein Schleifgerät. Jedenfalls eins der tausendundein nervtötenden Geräusche, die Rudi erzeugte, sobald er sich in seinen Garten begab. Berta und ich rückten ein Stück näher zusammen.

»Ich hatte halt meinen superraffinierten Plan. Zuerst bin ich extra nach Unterdistelbrunn gefahren, um im Bio-Laden einen Kirschkuchen zu kaufen. Mit Butterstreuseln. Den habe ich dann hübsch verpackt und zu Kapplhubers Mutter getragen, unter dem Vorwand, mich bei ihrem Sohn für dessen professionelle Umsicht bei der Gartenschau bedanken zu wollen. Clever, nicht?«

Ich nickte. Dieses Mordsweib kam auf Ideen.

Kapplhubers Mutter sei total angetan gewesen von so viel Lob für ihren Sohn und habe sie auf der Stelle hereingebeten, berichtete die Hobbydetektivin. Und um sicherzugehen, dass der Dorfpolizist nicht zufällig selbst daheim sei, habe sie zuvor sogar mit verstellter Stimme auf dem Revier angerufen und nach Hercule Poirot gefragt.

»Stell dir vor, der hat vollen Ernstes geantwortet, bei ihnen würden keine Ausländer arbeiten. Unglaublich, nicht? Jedenfalls hab ich gewusst, dass er nicht gerade seinen freien Tag hatte.«

Meine geniale Freundin.

»Und weiter?«

»Dann haben wir gemütlich Kaffee getrunken, ich hab ihr meinen Kuchen offeriert, sie hat mir ihren Garten gezeigt. Und über die Tücken von Echtem und Falschem Mehltau, den Segen von Brennnesseljauche und die Kunst, Frauenschuhe zum Blühen zu bringen, sind wir uns sozusagen etwas nähergekommen.«

Sie trank einen Schluck Wasser und wischte sich mit dem blassgelben Tuch den Schweiß von der Stirn. Selbst im Schatten war es mittlerweile unerträglich warm geworden, was unseren lärmenden Nachbarn aber nicht von seinen Krawallorgien abhielt. Dem Geräusch nach zu urteilen, hatte er Motorsense – oder auch Schleifgerät – mittlerweile aber weggelegt und stattdessen seinen Rasenmähtraktor bestiegen.

Ich rückte meinen Stuhl noch ein wenig näher an Berta heran, um nur nichts zu überhören.

Fasziniert lauschte ich ihr, wie sie erzählte, dass sie über ihren Krieg mit den bösen Maulwurfsgrillen langsam zum Thema böse Menschen übergegangen war. Und dann letztlich auf die Morde der Gartenschau zu sprechen kam.

»Schließlich habe ich mich total entsetzt gezeigt, dass ausgerechnet der allerliebste Neffe meiner Nachbarin ein Mörder sei und ich immer noch Alpträume hätte wegen dem Leichenfund und wie unverständlich das Ganze sei, weil der Neffe beim zweiten Mord ja schon verhaftet gewesen war. Dass da offenbar ein weiterer Mörder sein Unwesen triebe und ich jetzt Angst hätte, als ältere alleinstehende Frau.«

Sie prustete los.

»Ich hab wirklich ›ältere alleinstehende Frau‹ gesagt. Und gemeint, sie müsse sich ja keine Sorgen machen, mit einem so toughen Polizistensohn könne ihr natürlich nichts passieren.«

Ich prustete mit. An meiner Freundin war eine ganz große Schauspielerin verloren gegangen. Eine derartige Charakterrolle, noch dazu selbst geschrieben und inszeniert, zeugte von wahrem Talent.

»Du solltest deinen Garten vergessen und zum Bühnenfach wechseln. Großartig, einfach großartig. Reif für den Oscar.«

Lachend nahm sie meine Huldigung entgegen.

»Aber nun lass dir fertig berichten. Mutter Kapplhuber bekam also Mitleid mit mir, oder das Privileg ihres privaten Polizeischutzes wurde ihr peinlich bewusst, jedenfalls hat sie mir dann vom neuesten Stand der Ermittlungen berichtet. Damit ich mich nicht mehr zu fürchten brauchte.«

Ich stellte mir vor, wie Berta mitsamt ihrem Kampfgewicht auf armes schwaches Geschlecht machte, in der Nacht Fenster und Türen verbarrikadierte und mit dem Schnitzelklopfer schlaflos im Bett saß. Eine völlig absurde Vorstellung.

»Und das Ganze hat sie dir natürlich unter dem absoluten Siegel der Verschwiegenheit erzählt.«

»Natürlich. Nahezu ins Ohr geflüstert. Wobei ›flüstern‹ es nicht so ganz trifft, die alte Dame scheint etwas schwerhörig zu sein.«

In den eigenen vier Wänden nahm es unser Herr Inspektor offensichtlich nicht so genau mit seiner Schweigepflicht. Oder er verließ sich darauf, dass seine Mutter, eine doch schon recht betagte Frau, an keinem der dörflichen Tratsch-und-Klatsch-Zirkel teilnahm und im Allgemeinen nur mit ihren Pflanzen und einem gleichfalls recht betagten Kater namens Kasimir verkehrte.

Nachdem ich Berta gefühlt zwanzigmal zu ihrem großartigen strategischen Schachzug und dem daraus resultierenden investigativen Erfolg gratuliert hatte, besprachen wir noch die Stolpersteine der neuen Theorie. Etwa, dass Hartmann und seine Kripo-Konsorten von einem Gewaltverbrechen am Rosenöl-produzenten ausgehen mussten, wenn sie die Gräfin eines Doppelmordes beschuldigten. Obwohl man im Unterschied zum Detektiv keinerlei äußerliche Spuren am letzten Opfer gesehen hatte.

Oder die Frage, warum Harriet della Casa, die, wie mir Berta erklärte, in Wahrheit Henriette hieß, einen Detektiv engagiert hatte, um ihn dann einfach umzubringen.

»Er muss etwas herausgefunden haben, von dem sie keinesfalls wollte, dass es an die Öffentlichkeit durchdringen könnte«, mutmaßte ich.

»Engagiert man einen Privatschnüffler, wenn man selbst zu viel Dreck am Stecken hat?«, hielt Berta dagegen. Gedankenversunken zwirbelte sie eine der herrlich duftenden Blüten meines Blauregens zwischen den Fingern.

»Pass auf, die Wisteria ist giftig. In allen Teilen. Außerdem kriegst du die braunen Flecken vom Pflanzensaft nie wieder aus deinen Kleidern raus.«

»Braun auf Dunkelblau ist komplett egal. Das kann man gar nicht sehen«, kommentierte Berta völlig unaufgeregt. »Und essen will ich sie eh nicht, ich bin noch satt von den Butterstreuseln.«

Behaglich lehnte sie sich zurück und strich über ihren Bauch, als das Gartentor aufschwang. Vincent hatte seine Hunderunde beendet.

Hinter ihm trottete ein hechelnder Dino nach, die Fledermausohren auf halbmast, die Zunge nahezu auf dem Boden. Das Tier machte einen noch griesgrämigeren Eindruck als sonst. Seine tägliche Bewegungseinheit bei Sonnenschein an der frischen Luft schien es schwer überfordert zu haben, oder vielleicht besaßen Französische Bulldoggen auch generell ein sehr schläfriges Naturell. So wie mein Mann, der in diesem Moment gähnend auf die Terrasse schlurfte und gleichfalls den Eindruck erweckte, als wäre er soeben von einem Gewaltmarsch zurückgekehrt.

Schnaufend ließ er sich auf einem Stuhl nieder. Ich bedeutete dem Neffen, gleichfalls Platz zu nehmen, während ich mich erhob.

»Ich hole dem Hund etwas Wasser«, sagte ich, »und dir was zu trinken. Wasser, Saft, Kaffee, Tee?«

»Wasser, für mich auch nur Wasser«, sagte Vincent und blickte schuldbewusst auf den Hund nieder, der sich unter den Tisch verkrochen hatte und alle viere von sich streckte.

»War wohl etwas viel für ihn«, bemerkte mein Mann, dessen Mitleid allen Wesen galt, die gezwungen wurden, sich mehr als hundert Meter von Sofa oder Esstisch zu entfernen.

Als ich mit dem Wasser zurückkam, hatte Berta meine beiden Männer bereits auf den letzten Stand der Ermittlungen gebracht.

»Und dass ihr mir ja nichts weitererzählt. Das sind absolute Geheiminformationen, von denen ich selbst nichts wissen dürfte«, hörte ich sie sagen.

»Und warum weißt du sie dann?«, fragte Fred provokant.

Er hatte meiner geliebten Nachbarin offenbar immer noch nicht verziehen, dass sie ihn zu hausfraulichen Tätigkeiten verdammt hatte. Dieser Mensch konnte vielleicht nachtragend sein, wenn er sich in seiner männlichen Ehre gekränkt fühlte.

»Wusstest du, dass Frauen in ganz Europa etwa dreißig Prozent weniger Pension erhalten als Männer?«, fragte sie retour.

Fred wirkte etwas verwirrt und schüttelte automatisch den Kopf.

»Ist aber leider so. Daher fette ich meine karge Rente durch einen Nebenjob als Doppelagentin auf.«

Und bevor mein Gatte noch etwas erwidern konnte, hatte sie Jacke und Halstuch umgelegt, sich erhoben und verabschiedet. »Ich muss dann mal«, meinte sie lächelnd. Am Gartentor drehte sie sich noch einmal um und warf uns eine Kusshand zu.

Mein Neffe hingegen, der schweigend zugehört hatte, schien von Berta recht angetan zu sein.

»Ich mag sie. Eine coole Socke«, kommentierte er ihren Abgang. »Aber ihr scheint mir überhaupt ein schräges Volk hier zu sein. Ich meine«, er sah etwas verschämt zu Boden, »ich hab ältere Menschen bislang immer für ein wenig, nun ja, gleichförmiger gehalten.«

Ich hätte einen Kaiserschmarrn verwettet, dass er »langweiliger« hatte sagen wollen.

Fred schwieg. Er wirkte immer noch leicht verwirrt.

»Gell, Langweiler und Schwerenöter sind wir nicht, nicht mal in unserem Greisenalter«, zog ich Vincent auf und entlockte ihm ein ganz kleines Lächeln.

»Ich habe übrigens diese, ähem, also diese Bekannte von dir getroffen, die mit dem schnittigen Wagen und den Mega-Ohrgehängen.«

»Du meinst die Bobo. Bibiana Bohlen mit vollem Namen. Zu ihrem großen Leidwesen nicht im Geringsten verwandt mit dem Dieter. Sie hat sich deshalb sogar mal eine Ahnentafel erstellen lassen, aber selbst da fand sich über Jahrhunderte kein einziger gemeinsamer Vorfahr. Außer dem Nachnamen haben sie nichts gemein.«

Erneut zeigte sich ein ganz zarter Anflug von Erheiterung auf seinem Gesicht.

»Blöd für sie«, grinste er verhalten, »aber der Dieter ist auch blöd. Jedenfalls hat sie mich aufgehalten, als ich mit Dino vom Fußballplatz zurückgekommen bin.«

»Du spielst Fußball?« Fred schien heute gar nicht mehr aus seiner Verwirrung herauszufinden. »Aber dann musst du Juventus Turin doch kennen!«

»Nein, ich spiele nicht, und ich habe nie gespielt. Aber als jemand, der bis vor ein paar Stunden noch unter Mordverdacht stand, hatte ich keine Lust, über den Hauptplatz zu spazieren und mich von allen blöd anschauen zu lassen.«

Was ich voll und ganz verstand. Wer den Schaden hatte, brauchte für den Spott bekanntlich nicht zu sorgen, schon gar nicht in Oberdistelbrunn, wo die Anzahl an Lästermäulern schon fast die an Straßenlaternen übertraf.

»Tut mir leid, dass du ausgerechnet auf Bobo getroffen bist«, sagte ich. Diese Frau hatte das Lästern überhaupt zur olympischen Disziplin erhoben.

»Sie hat mir nichts getan, Tante, aber sie war voll komisch. Drei Mal wollte sie wissen, ob ich einen Herrn Nilsson kenne oder einen kleinen Onkel hätte. Und als ich das ebenso oft verneint habe, hat sie gesagt, das hätte sie sich eh schon gedacht. Ist das nicht völlig verrückt?«

Nein, völlig verrückt war das nicht. Ich klärte Vincent über den Drohbrief auf, den Elsbeth erhalten hatte und der mit »Annika« unterzeichnet war. Aber dieser Name war uns allen nur von Pippi Langstrumpf bekannt. Dort gab es auch einen Affen namens Herr Nilsson und ein Pferd, das Kleiner Onkel hieß.

»Aber du bist eindeutig zu jung, um das zu wissen. Pippi Langstrumpf ist ein Kulturgut von uns Alten. Ich habe die Filme mit ihr geliebt«, sagte ich.

»Verstehe«, erwiderte Vincent und sah dabei aus wie jemand, der nichts verstanden hatte. »Aber warum fragt diese Bobo dann ausgerechnet mich danach?«

»Sie ist die Einzige, die den Namen Annika noch in einem anderen Zusammenhang gehört haben will. Scheint ihr aber bislang nicht eingefallen zu sein, in welchem. Wahrscheinlich geht sie jetzt nach dem Ausschlussverfahren vor und fragt einfach alle danach, die ihr über den Weg laufen.«

Und das tat sie bestimmt mit großer Begeisterung, lieferte es ihr doch den perfekten Vorwand, um mit ihrem knallroten Boliden den ganzen Tag lang die Gegend unsicher zu machen.

»Aber wenn man doch diese Adelige verhaftet hat. Was bringt das dann noch?«, warf der Neffe ein.

»Nichts. Selbst wenn sie von der Festnahme der Gräfin erfahren hat, kann sie nicht wissen, dass man dort auch die Zeitschrift sichergestellt hat, aus der die Buchstaben für den Drohbrief stammen. Und von uns wird sie es ganz sicher nicht erfahren!«

Letzteres hatte ich im Befehlston gesagt, damit die beiden Mitwisser auch bestimmt ihren Mund hielten.

Doch während Vincent zustimmend nickte und »Großes Ehrenwort« murmelte, meinte Fred: »Hätte ich diesem magersüchtigen Knatterton gar nicht zugetraut, mal die Richtige zu verhaften.«

Wir starrten ihn an.

»Du hast es gewusst?«, fragte der Neffe fassungslos.

»Die Karten haben es mir gesagt«, antwortete mein Mann. »Die sieben Münzen stehen für eine bäuerliche Figur, eine, die geduldig auf ihre Ernte wartet, dafür viel Zeit und Energie aufgewandt hat und deren Beweggründe irgendwo in der Vergangenheit zu suchen sind.«

Als ich kommentarlos – und zugegeben recht fluchtartig – die Terrasse verließ, starrte Vincent immer noch entgeistert auf meinen Mann.

***

Die Waldesluft tat mir gut, unvorstellbar gut. Über allen Gipfeln war Ruh, und in den Wipfeln spürte ich auch keinen Hauch. Im Unterschied zu Goethe zwitscherten allerdings ringsum die Vögel, was die angenehme Stille aber nur unterstrich. Amseln, Kleiber, Eichelhäher und Pirole machten ja keinen Lärm wie Rudis Rasenmäher, sie besänftigten mit ihrem melodischen Tirilieren mein strapaziertes Nervenkostüm. Im Schatten der Bäume wandelte ich befreit über einen moosgrünen Teppich, auf dem sich einzelne Sonnenstrahlen wie eine Perlenkette ausmachten. Die Süße der Maiglöckchen lag ebenso in der Luft wie der aromatische Duft der Holunderblüten. Bereits in der Vorwoche hatte ich Sirup aus diesem heilsamen Strauch, vor dem man anerkennend den Hut ziehen sollte, angesetzt, nun hielt ich Ausschau nach frischem Waldmeister. Bei diesem herrlichen Wetter war eine Maibowle bestimmt keine schlechte Idee. Nach all den mörderischen Ereignissen konnte selbst ich mir vorstellen, dem Alkoholgenuss zu verfallen. Zumindest ein paar Gläser lang. Wenn die Geschehnisse sich in diesem Tempo weiterentwickelten und wenn ich mir weiter darüber den Kopf zerbrach, dann würde mir dieser bald platzen.

Vor nicht einmal zwei Wochen hatte ich noch ein beschauliches Rentnerdasein geführt, mich über meinen Mann gegrämt und im Garten Unkraut gejätet. Aufregung hatte es höchstens gegeben, wenn Alfreds Zuckerwerte in bedrohliche Höhen stiegen oder die Frischvermählten vom Eckhaus ihren Vorgarten mit einem FKK-Strand verwechselten.

Und auf einmal, quasi über Nacht, fielen mir die Toten vor die Füße wie madiges Fallobst. Darüber hinaus hatte ich einen Neffen am Hals, der nicht nur schwul und vegan war, sondern auch noch unter Mordverdacht gestanden hatte. Wobei ich mir eingestehen musste, dass mir der Junge mittlerweile sehr ans

Herz gewachsen war. So sehr, dass mir seine kulinarischen und geschlechtlichen Vorlieben eigentlich nur noch ganz selten etwas ausmachten. Ich verstand sie zwar nicht, aber ich akzeptierte sie, ganz nach dem Motto »De gustibus non est disputandum«. Über Geschmäcker ließ sich bekanntlich nicht streiten.

Außer mit Fred, dessen gefräßiger Gaumen nach allem lechzte, was ihm der Arzt verboten hatte. Mehr als dreißig Ehejahre, fünfunddreißig, um genau zu sein, hinterließen halt nicht nur an den Hüften Spuren, sondern auch an der Toleranzschwelle, die bereits äußerst abgetreten war. Und das, obwohl Fred und ich aus Liebe geheiratet hatten, er ein aufstrebender junger Ingenieur, ich eine enthusiastische Junglehrerin, der Himmel voller Geigen, die Erde ein fruchtbares Feld, das wir nur zusammen zu beackern brauchten. Die ersten zwanzig Ehejahre hatten wir auch einigermaßen gut und zu beidseitiger Zufriedenheit gemeistert, obwohl mein Mann schon damals ein beachtliches Talent zum Energiesparen bewiesen hatte, das nicht nur den Stromverbrauch betraf, sondern auch seine Arbeitsleistung im Haushalt. Bis sich die Emanzipation endlich nach Oberdistelbrunn durchgesprochen hatte, hatten wir bereits unseren Ruhestand angetreten. Dadurch blieb mir viel mehr Zeit für die alltäglichen Dienste einer Ehefrau, aber auch viel mehr Zeit, um über die Sinnhaftigkeit einer Ehe nachzudenken. Mit den Jahren schienen sich Liebe und Leidenschaft leider zunehmend verabschiedet zu haben, und wir dümpelten in einer Art Gütergemeinschaft dahin. Fred kam damit auch bestens klar und sofadisierte zufrieden vor sich hin, während ich mir mehr Zuneigung wünschte, in Worten und vor allem in Taten. Stattdessen fühlte ich mich wie ein unverzichtbares Stück Inventar, das immer an Ort und Stelle war, putzte, kochte, für einen reibungslosen Ablauf des Alltags sorgte und dem man keinerlei Gefühle mehr entgegenbrachte. Kinder hatte ich nach einer schlimmen Eileiterschwangerschaft keine mehr bekommen können, was mich immer noch ein wenig schmerzte, aber heute wären sie ohnedies längst aus dem Haus. Mein Mann hingegen war immer noch hier. Und ich bemutterte ihn.

Resigniert setzte ich mich auf einen moosbewachsenen Baumstumpf und dachte über mein Leben nach.

Die Jahre vergingen einfach zu schnell. Kaum lernte man laufen, musste man sich schon zur Schule und später zur Arbeit schleppen, und wenn man endlich damit aufhören konnte, nahte bereits die Zeit der Rollatoren.

Ein paar betrübte Sekunden später hoppelte ein kleiner Hase vor mir über den Weg, schnupperte kurz an einem Salomonsiegel und verschwand hinter einem Wall aus Kletten und Beifuß.

Schlagartig hob sich meine Laune, ich schalt mich wie so oft ein trübsinniges altes Weib. Ich war doch im wahrsten Sinn des Wortes kilometerweit von Gehhilfen jeglicher Art entfernt, sonst würde ich gar nicht hier sitzen. Und wenn ich wollte, konnte ich immer noch locker ganze Karden ausreißen, wenn schon keine Bäume.

Berta hatte schon recht, wenn sie mich als personifizierte Besorgnis bezeichnete. Sie hatte selbst so vieles mitgemacht im Leben, litt insgeheim gleichfalls unter emotionaler Dürre und hatte dennoch ihr heiteres Gemüt bewahrt.

Pauline, sagte ich mir, du bist in den Wald gegangen, um die mörderischen Ereignisse ein wenig zu vergessen, nicht, um ein neues Trauerspiel zu beginnen. Und als ich es mir zum gefühlt zehnten Mal gesagt hatte, funktionierte es sogar.

Ich konzentrierte mich nur noch auf das Sammeln von Waldmeister und den Gesang der Vögel. Erst als mein Korb bis obenhin gefüllt war, gestatte ich mir ein paar kriminalistische Überlegungen.

Da mein Neffe wieder daheim war und nicht mehr als Hauptverdächtiger galt, sah die Sache schon etwas weniger dramatisch aus. Die Familienehre war gerettet, selbst wenn der arme Bub nach wie vor aussah wie eine Leiche auf Sommerfrische.

Bei all dem, was er in seinem jungen Leben schon mitgemacht hatte, aber auch kein Wunder. Von der eigenen Mutter abgeschoben, den Freund durch ein Gewaltverbrechen aus dem Leben gerissen und dann auch noch unter Mordverdacht gestellt. Der Titel »Pechvogel des Jahres« wäre ihm sicher.

Dass die Gräfin eine Massenmörderin sein sollte, erschien mir aber auch nicht sonderlich wahrscheinlich. Harriet della Casa war arrogant, aber bestimmt nicht dumm. Warum hätte sie zu ihrer eigenen Rosenkugel greifen sollen, um den Verdacht damit auf sich zu lenken? Da greift man doch zu einem Wetterhahn oder Wagenheber aus Fremdbesitz. Außerdem, was war mit dem Rosenölproduzenten passiert? Dem war der Schädel nicht eingeschlagen worden. Ganz abgesehen vom Gustl, dessen Hühnern, der Kotztruppe vom Romantikdinner und Elsbeths Drohbrief. Ich konnte mir nicht vorstellen, dass die Gräfin dabei ihre pseudoadeligen Finger im Spiel haben sollte. Elsbeth hatte mir doch selbst erzählt, dass sie mit dieser hochgeheirateten Zimtzicke nur einmal länger gesprochen hatte, um Spenden für ein neues Altartuch zu sammeln. Dabei habe die hochmütige Henriette sich als knausriger erwiesen als der Rauchfangkehrer von Unterdistelbrunn, der zudem evangelisch war und seinen Beitrag gar nie hatte bewundern können.

Damit nicht genug, musste man geistig schon fast das Niveau eines Schafwollpullovers besitzen, um Buchstaben aus einer Zeitschrift zu schneiden, die niemand außer einem selbst abonniert hatte.

Das Ganze klang für mich so unglaubwürdig wie die Unbefleckte Empfängnis, was mich daran erinnerte, dass auch Pater Ägydius' Höllenfahrt noch nicht geklärt war. Meiner Meinung nach hatte der verschollene Priester seine Suche nach dem Teufel und dessen Herrgottslatschen ja längst mit dem Leben bezahlt, aber mich fragte ja niemand.

Doch da Denken bekanntlich nicht verboten war, zermarterte ich mir noch bis vor die Haustür das Hirn über diese ganzen mörderischen Angelegenheiten und bekam eine Viertelstunde später sogar das logische Ende meiner Gedankenspinnerei zu fassen. Ein Ende, das keinesfalls »happy« war.

»Aber dann ist der Täter ja immer noch frei«, erklärte ich dem Wasserkocher, der ein leises Glucksen von sich gab.

Fred, der am Küchentisch saß und ein Kreuzworträtsel löste, blickte kurz auf.

»Für mich keinen Tee«, sagte er und bewies damit einmal mehr, wie gut er die Kunst des selektiven Ohrenverschließens beherrschte. »Aber weißt du zufällig, wie die Hauptstadt von Usbekistan heißt?«

»Nimmerfroh«, antwortete ich und schüttete das kochende Wasser auf die energetisierende Trockenkräutermischung in meiner Tasse.

»Zu lang«, antwortete mein Mann und kaute nachdenklich auf seinem Schreibgerät herum.

Ich wies ihn wenig liebevoll darauf hin, dass in Deutschland jährlich etwa dreihundert Menschen den Erstickungstod starben, weil sie Kleinteile von Kugelschreibern verschluckten, aber Freds Aufmerksamkeitsspanne mir gegenüber hatte sich bereits erschöpft.

Mit dem Tee in einer Hand und der Tageszeitung in der anderen verließ ich die Küche, um den restlichen Nachmittag im Garten zu genießen. Auf der Terrasse hielt ich kurz inne, um einen verstohlenen Blick in Vincents Zimmer zu werfen. Der Junge lag auf dem Bett und las, durch das gekippte Fenster erklang leise Musik, und das unförmige dunkle Ding am Fußende musste wohl Dino sein, da ich keine dunkelbraunen Kissenbezüge besaß. Einen Moment lang starrte ich das sabbernde Vieh auf meiner Bettwäsche böse an, dann schluckte ich meinen Groll hinunter und wandte den Blick ab. Hauptsache, der Junge war wieder daheim. Und wenn die Nähe des Hundes dazu beitrug, dass es ihm ein wenig besser ging, dann sollte ich dem Tier wohl eher dankbar sein. Schließlich hatte mein Neffe mehr Mitleid verdient als jedes Baumwollgewebe.

Beschämt schlich ich auf Zehenspitzen davon. Auf der Rückseite des Hauses stand unsere abgenutzte Hollywoodschaukel, die wir uns einst zu unserem zweiten Hochzeitstag geleistet hatten. Damals galten diese quietschenden Schaukelsofas mit Sonnenschutz ja gemeinhin als begehrtes Statussymbol aller Gartenbesitzer, heute verströmte das gute alte Teil nur noch einen gewissen Retro-Charme. So wie Nierentische, Toast Hawaii oder gehäkelte Einkaufsnetze, die mittlerweile ehrfürchtig betrachtet wurden, während man sich insgeheim fragte, was für Menschen das gewesen sein mussten, die Gefallen an solch abartigen Dingen gefunden hatten.

Behutsam ließ ich mich auf den ausgebleichten Kissen nieder, um mich nicht mit meinem Tee zu verbrühen. Die Schaukel quittierte meine knapp sechzig Kilo mit einem bedrohlichen Knarzen, wie es Kellertüren in den Schwarz-Weiß-Krimis von Edgar Wallace zu tun pflegten. Mehr war aber allerdings nie passiert, da ich Fred aus Sicherheitsgründen bereits vor Jahren verboten hatte, sich auf dem fragilen Stück mit dem rostigen Gestänge in den Schlaf zu schaukeln.

Gedankenverloren nippte ich an meinem Kräutertee. Hier auf der Ostseite des Hauses genoss man am Nachmittag einen angenehmen Schatten, was nicht nur den Kopfsalat freute. Auch ich war seit den Wechseljahren empfindsamer gegenüber hohen Temperaturen geworden.

Früher, in meiner Kindheit, da hatte man die Tomaten ja noch im Gewächshaus ziehen müssen, so kühl waren die Sommer oft gewesen, heute baute man selbst bei uns schon Artischocken an. Nachbar Rudi besaß seit einigen Jahren sogar einen Olivenbaum, der im Vorjahr sieben Früchte getragen hatte. Wenn das so weiterging mit der Erderwärmung, würde es ringsum statt Kartoffeläckern und Maisfeldern bald Weingärten und Zitrusplantagen geben.

Aber mir genügte mein bodenständiger Bauerngarten, der auch heuer wieder prächtig gedieh. Zufrieden betrachtete ich mein Werk. Die Zuckererbsen waren bereits reif, die Erdbeeren würden bald folgen, Akelei und Tränendes Herz blühten um die Wette, nur den Rittersporn hatten die gefräßigen Nacktschnecken auf Bonsaigröße minimiert. Aber das war der Lauf der Natur. Ich trank den Tee aus, stellte die leere Tasse auf den Boden und griff nach der Zeitung.

»Mord im Schwulenmilieu?« lautete die haarsträubende Schlagzeile auf dem Titelblatt. Mein Magen krampfte sich zusammen, meine eben noch so pazifistische Stimmung löste sich schneller auf als ein WC-Stein. Mit zusammengekniffenen Augen las ich weiter, dennoch verschwammen die Buchstaben zu einer einzigen unfassbaren Anklage. Dringend der Tat verdächtig sei der neunzehnjährige arbeitslose Vincenz W., der bei der vierundsechzigjährigen Pauline K. Unterschlupf gefunden hatte. Nicht einmal ordentlich recherchieren konnte dieser verdammte Schmierfink. Mein Neffe hieß Vincent, mit »t«, hatte das Abitur mit Auszeichnung bestanden – und ich war erst vor Kurzem dreiundsechzig geworden. Kurz gesagt: ein Lügenmärchen der allerübelsten Sorte, verfasst von einer Dreckschleuder namens F. S., der ich für jedes einzelne Wort gerne höchstpersönlich eine Rosenkugel an den Kopf geknallt hätte.

Meine Wut erreichte ein Ausmaß, das mich selbst erschreckte. Dagegen war bestimmt kein Kraut mehr gewachsen, außer Schlafmohn. Oder vielleicht Giftlattich, aber ich besaß beides nicht. Viel zu gefährlich. Um erneut meinen inneren Frieden zu finden, gab ich mich eine Weile allen nur erdenklichen Mordphantasien hin, während ich die Seiten mit dem Bericht in kleine Stücke riss. Nur gut, dass mein Neffe die Zeitung nicht zu Gesicht bekommen hatte. Aber das ganze Dorf hatte sie bestimmt schon gelesen und sich über mich und meine Sippe ausreichend das Maul zerrissen.

»Fahr zur Hölle, verdammtes Miststück«, kreischte ich, prügelte mit beiden Fäusten auf die gepolsterten Armlehnen der Schaukel ein und erschlug dabei versehentlich eine Wespe.

»Argggghhhh! Miststück! Miststück! Verdammtes Miststück!«

Eiskalte Hände griffen nach mir.

Die Hände gehörten zu meinem Mann, der mich entsetzt anstarrte. Knapp hinter ihm trat die voluminöse Gestalt Emmas in mein Blickfeld. Sie starrte mich noch entsetzter an.

»Na, das ist ja mal ein netter Empfang«, fauchte sie, die Arme abwehrend vor dem Busen verschränkt. »Da will man eine liebe Freundin besuchen, bringt gute Nachrichten mit und kriegt statt Kaffee und Kuchen ein ›verdammtes Miststück‹ an den Kopf geknallt.«

Empört wandte sie sich zum Gehen.

»Ich hab doch nicht dich gemeint«, rief ich ihr nach, während Fred mir gebetsmühlenartig zuflüsterte, dass alles gut sei.

»Sondern?«, rief Emma über die Schulter zurück.

»Die Wespe natürlich«, log ich. »Mich hat gerade eine gestochen.« Demonstrativ hielt ich den linken kleinen Finger hoch, an dessen Außenseite sich bereits eine rote Schwellung zu bilden begann.

Emma kam wieder ein paar Schritte näher, blieb aber in einem gewissen Sicherheitsabstand stehen.

Ich sah zu Boden. Einerseits, weil ich eine schlechte Lügnerin war. Natürlich hatte ich den Schmierfinken vom Distelbrunner Anzeiger gemeint, nicht die Wespe, oder zumindest nicht primär, aber auf diese familiäre Angelegenheit wollte ich unter gar keinen Umständen angesprochen werden. Und andererseits, weil ich hoffte, das tote Insekt zu erspähen, als stichhaltigen Beweis sozusagen. Die wunde Stelle brannte zwar fürchterlich, aber ich war keine Allergikerin, machte mir deshalb also die geringsten Sorgen.

Während ich das Gras nach gelben Streifen absuchte, tätschelte Fred mich immer noch mit seinen Frostfingern.

»Warum sind deine Hände eigentlich so furchtbar kalt?«, fragte ich ihn, den Blick weiterhin konzentriert auf den Boden gerichtet. Vielleicht würde Emma ja wieder verschwinden, so unbemerkt, wie sie aufgetaucht war. Oder sich überhaupt als optische Wahnvorstellung erweisen.

Aber die Halluzination im schwarz gepunkteten Sommerkleid blieb.

»Ich hab im Eisfach nach Tiefkühlgemüse gesucht«, antwortete mein Mann und studierte gleichfalls den Rasen. Auch er war ein schlechter Lügner.

»Das Gemüse wächst im Garten, nicht im Gefrierfach. Und Eiscreme haben wir keine daheim«, zischte ich ihm zu, schüttelte seine Hände ab und erhob mich. Tiefkühlgemüse. Dieser Mann hatte in seinem ganzen Leben noch nie nach Grünzeug verlangt.

Emma hingegen stand immer noch etwas unschlüssig herum. Erst als ich die tote Wespe erspäht und aufgehoben hatte und ihr vor Augen hielt, entspannte sie sich zusehends.

»Tut's weh?«, wollte sie wissen.

»Nicht zum Sterben.« Ich rang mir ein Lächeln ab. »Setz dich auf die Terrasse, ich mach uns Kaffee.« Mit aufgesetzter Heiterkeit schob ich sie vor mir her.

Fred folgte mir nach.

»Warum hast du die Zeitung zerrissen?«, erkundigte er sich, erhielt aber keine Antwort, nur einen tödlichen Blick.

Als ich mit der teuren goldgerandeten Porzellantasse und einer halbierten Zwiebel wieder auf der Terrasse erschien, hatte Emma es sich bereits bequem gemacht.

»Kaffee kommt gleich«, sagte ich und stellte die kostbare Tasse vor ihr auf den Tisch. Dann nahm ich gleichfalls Platz und drückte mir die Zwiebelhälfte auf die Einstichstelle.

»Du hast was von guten Nachrichten gesagt«, erinnerte ich sie an den Grund ihres Kommens. Schließlich war es bald sechs. Da saß man normalerweise schon beim Aperitif, nicht beim Kaffeeklatsch.

Emma betrachtete die Tasse.

»Schönes Stück«, meinte sie, »geerbt oder ehrlich erworben?«

»Hochzeitsgeschenk«, murmelte ich und beging in Gedanken einen weiteren Mord.

»Sehr fein.« Mit ihren feisten Fingern hatte sie die Tasse ergriffen und umgedreht. »Augarten-Porzellan, da schau her.«

Ich zählte die Sekunden, bis mein Mann mit dem Kaffee erscheinen würde, während der Zwiebelgeruch mir Tränen in die Augen trieb.

Endlich kam Fred, und Emma musste ihr Studienobjekt wieder abstellen.

»Milch? Zucker? Kuchen hab ich leider keinen«, zwang ich mich weiterhin zu stoischer Gelassenheit. Warum kam diese Frau nicht endlich zur Sache?

Aber Emma musste erst noch zwei Löffel Zucker akribisch im Kaffee verteilen, danach im und gegen den Uhrzeigersinn umrühren und einen Schluck trinken, bevor sie endlich Klartext redete.

»Also, stell dir vor, jetzt haben sie den Gustl auch aufgeschnitten«, sagte sie und schaute mich erwartungsvoll an.

Mir fiel vor Überraschung die Zwiebel zu Boden. Das war tatsächlich eine Neuigkeit, die es in sich hatte.

»Warum? Erzähl schon!«

Und sie erzählte, dass die Obduktion des Rosenölproduzenten Eisenhut, Bilsenkraut und Mohnsaft als Todesursache ergeben hatte und dass das Wasser des Romantikdinners gleichfalls fachmännisch vergiftet worden war. Allerdings hatte die

Staatsanwaltschaft danach Zweifel an der Todesursache der anderen beiden Toten bekommen und eine ordentliche Autopsie angeordnet. Das Ergebnis kenne sie aber leider noch nicht.

Eine bessere Nachricht hatte ich schon lange nicht mehr vernommen.

»Also hatte ich von Anfang an recht.« In meinen Ohren erklang der Triumphmarsch.

»Sieht ganz danach aus. Du warst die Erste, die von Gift geredet hat«, erwiderte sie. »Ich hab dir natürlich schon damals geglaubt.«

Natürlich …

»Weißt du Näheres? Und woher?«, fragte ich ungeduldig. Wenn Emma das Monopol auf Neuigkeiten besaß, dann ließ sie sich jedes kleine Detail zuerst dreimal genüsslich auf der Zunge zergehen, bevor sie es schließlich ausspuckte. So auch jetzt. Ich war bereits bei neun mal sechs angelangt, als sie antwortete.

»Die Elsbeth hat es mir erzählt. Weil sie wegen dem Drohbrief so um ihr Leben fürchtet, hab ich sie zum Tierarzt begleiten müssen. Diesmal scheint ihr Kater irgendetwas Falsches gefressen zu haben.«

Sie trank einen Schluck Kaffee.

»Du trinkst keinen?«, fragte sie, um Zeit zu schinden.

»Ich hab heute schon mehr als genug getrunken. Also eigentlich mehr, als mir guttut. Außerdem kann ich nicht einschlafen, wenn ich so spät noch einen trinken würde. Aber jetzt erzähl weiter.«

Verärgert warf ich ihr einen besonders tadelnden Lehrerinnenblick zu, aber sie sah gekonnt darüber hinweg.

Berichtete dann aber doch, dass Elsbeth es wiederum vom Tierarzt hatte, weil der nach der Obduktion der Hühner bereits auf eine Untersuchung von Gustls Leiche gedrängt hatte, der örtliche Kurpfuscher und die Leute vom LKA aber keine Notwendigkeit dafür gesehen hatten, und nun würde er sich halt doppelt freuen, dass er als »Viechklempner«, wie ihn der Seidenbart bezeichnet hatte, letztlich doch der Gescheitere gewesen war.

»Also aus direkter und zuverlässiger Quelle, wie du siehst«, schloss sie ihre Erzählung.

Ich sah zwar nichts, ich hörte nur, glaubte ihr aber nur zu gerne. Und wenn der Tierarzt offenbar mehr von Menschen verstand als der Gemeindearzt, dann sollte ich das nächste Mal vielleicht gleich ihn konsultieren, wenn Fred einen Gichtanfall hatte.

»Aber ich hab's schon geahnt, bevor man die Hühner untersucht hat«, merkte ich zur Sicherheit an. Meine kriminalistische Poleposition wollte ich mir dann doch nicht nehmen lassen, auch nicht vom Tierarzt.

»Miss Marples mörderischer Instinkt, nicht wahr?«, grinste sie ein wenig zu anzüglich, aber nach dieser Offenbarung war ich milde gestimmt.

»Vielleicht sollte ich auf meine alten Tage noch eine Beraterstelle bei der Kripo annehmen«, grinste ich retour.

»Elsbeth ist jedenfalls nur noch ein nervliches Wrack. Es ist ihr doch relativ schnell aufgegangen, dass der Gustl ihr Nachbar war. Und wenn der einen gewaltsamen Tod gestorben ist, dann könnte sie das nächste Opfer sein. Wie es in dem Drohbrief steht, den sie erhalten hat.« Sie griff nach der Kaffeetasse.

»Aber man hat doch schon die Gräfin verhaftet«, warf ich ein.

Emma stellte die Tasse wieder ab und blickte mir tief in die Augen.

»Pauline, wir wissen alle, dass diese Henriette ein hochnäsiges und unsympathisches Weib ist, aber eine Mörderin ist sie garantiert nicht«, sagte sie mit Nachdruck.

Ich widersprach nicht, da ich der gleichen Meinung war, fragte sie aber dennoch, warum sie sich da so sicher sei.

»Weil sie geizig ist. Die große Gartenschau war ganz allein ihre Idee, und den Ausstellern dort hat sie horrende Summen für einen Platz auf dem herrschaftlichen Gelände abverlangt. Über dreihundert Euro pro Tag haben sie bezahlen müssen. Und das insgesamt drei Mal, von Freitag bis Sonntag. Und das, obwohl die Gartenschau am Sonntag gar nicht mehr stattgefunden hat. Macht dennoch neunhundert Euro. Ganz zu schweigen vom Veranstalter dieser Turteltaubenshow, der nochmals viertausendsiebenhundert extra für die Saalmiete berappt hat. Außerdem haben Hunderte Menschen Eintrittskarten gekauft, um dort dann ihr Leben zu riskieren.«

Emma hatte zwar meines Wissens zu keinem einzigen Zeitpunkt irgendetwas riskiert außer einem Sonnenbrand und schlechter Sicht auf die mörderischen Ereignisse, bei denen sie – bestimmt zu ihrem größten Bedauern – nie in erster Reihe gestanden hatte, aber sie darauf hinzuweisen schien mir gerade gar keine gute Idee. Ich fürchtete ohnedies schon um mein teures Porzellan, denn sie hatte sich derart in Rage geredet, dass sie meine fragile Tasse richtiggehend auf den Untersatz geknallt hatte.

»Ja, das ist natürlich sehr viel Geld«, stimmte ich ihr zu, verstand aber immer noch nicht, worauf sie eigentlich hinauswollte.

»Eben. Unter dem Strich sind da über hundertvierunddreißigtausend Euro zusammengekommen, wenn man fünfhundert Besucher annimmt, wobei es meiner Ansicht nach weitaus mehr waren, aber ich hab das mal mit dem Minimum ausgerechnet. Schon da ist ein Riesengewinn durch leicht verdientes Geld herausgekommen. Und ihre eigenen komischen Kunstwerke hat sie auch noch an den Mann gebracht.«

Meine Bekannte aus unserem literarischen Quintett zählte definitiv zu den Menschen, die von allem den Preis und nur von wenigem den Wert kannten.

»Als Buchhalterin hättest du jedenfalls echt Karriere gemacht«, meinte ich, »aber ich versteh den Zusammenhang zwischen hundertvierunddreißigtausend Euro Gewinn und deiner Unschuldsvermutung nicht. Geld ist doch ein altbekanntes Mordmotiv.«

»Pauline, denk mit! Ich hab doch gesagt, die Gräfin ist geizig. Und wer geizig ist, ist auch habgierig. Die würde doch nie im Leben ihre beste Einkommensquelle ruinieren, indem sie auf dem eigenen Grund beim eigenen Großevent Leute umbringt.«

Das war allerdings ein ziemlich gutes und sehr schlüssiges Argument. So viel logischen Hausverstand hätte ich Emma niemals zugetraut. Da glaubte man, Menschen jahrzehntelang zu kennen, und dann überraschten sie einen mit völlig neuen Seiten.

Ich nickte. »Da ist was dran. Auf diese Überlegung bin ich noch gar nicht gekommen.«

Amüsiert blickte Emma mich an. »Gell, da schaust. Ich denk halt doch nicht nur ans Essen.«

Kann die Frau jetzt auch schon Gedanken lesen?, schoss es mir peinlich berührt durch den Kopf. Verlegen zupfte ich an den Bommeln des Tischläufers herum und hoffte, nicht errötet zu sein, wie es mir in jungen Jahren zu jeder unpassenden Gelegenheit passiert war.

»Blödsinn!«, brummte ich im Brustton der Überzeugung, strich zur Sicherheit aber noch die Fransen glatt, bevor ich es wagte, Emma erneut anzusehen. »Aber sag, kann man Elsbeth irgendwie helfen? Soll ich ihr einen Nerventee bringen? Oder Tropfen? Oder vielleicht was fürs Herz?«

Sie schüttelte entschieden den Kopf.

»Elsbeth hat panische Angst davor, auch vergiftet zu werden. Denk an den Drohbrief. Die nimmt bestimmt keine selbst gebrauten Tropfen von dir ein.«

»Willst du damit sagen, *ich* wäre eine Giftmischerin?« Emma hatte ihre Sympathiepunkte von vorhin soeben verspielt.

»Ich wollte damit nur sagen, dass du könntest, wenn du wolltest.« Sie schenkte mir ein vielsagendes Lächeln.

Wenn ich wollte, würde ich bei dir beginnen, dachte ich, lächelte zurück und meinte: »Den Kaffee kannst aber ruhig austrinken, heute ist mein Ruhetag.«

»Da hab ich aber Glück gehabt«, erwiderte sie und trank den letzten Schluck. »Aber jetzt mal ganz im Ernst: Hast du eine Ahnung, wer der Mörder sein könnte? Also wenn du es nicht bist.«

Stirnrunzelnd betrachtete sie einen Zitronenfalter, der auf dem goldenen Rand der Untertasse gelandet war und sich manierlich seine Fühler putzte.

»Ich bin es nicht. Und ich hab auch keine Ahnung, wer es sein könnte, obwohl ich seit Tagen über nichts anderes mehr nachdenke«, gestand ich ein.

Emma stützte sich am Tisch ab und erhob sich schwerfällig.

»Na, dann können wir wohl nur noch auf Bobo hoffen. Der komische Kommissar scheint ja absolut keinen Riecher für Verbrecher zu haben.«

Ich hatte mich gleichfalls erhoben. »Warum Bobo? Hat sie von der Männerjagd zur Mörderjagd gewechselt?«

»Sie hat was von ganz heißer Spur gefaselt. Und dass sie diese Annika finden müsse.«

Der Pfarrer fiel mir ein.

»Aber sie ist nicht verschollen, oder?«

»Nein, nur in den Untergrund gegangen. Schon seit gestern sitzt sie den ganzen Tag lang im Keller vom Gemeindeamt und kramt in verstaubten Unterlagen herum.«

Gefunden habe sie bis auf eine mumifizierte Ratte in einer Schachtel mit ausgemusterten Uniformen der örtlichen Blasmusik allerdings noch nichts.

»Hat wahrscheinlich zu viele Mottenkugeln gefressen«, sagte sie zum Abschied und ging, grußlos und ohne sich noch einmal umzudrehen.

Ich sah ihr nach, bis die schwarzen Punkte von Emmas zeltartigem Sommerkleid zu einem wogenden Zebrastreifen verschmolzen. Aber vielleicht gaukelte mir auch nur die immer noch drückende Hitze etwas vor.

Mit der leeren Tasse in der Hand zog ich mich ins Haus zurück. Drinnen herrschte eine angenehme Kühle, dafür aber auch eine unangenehme Dunkelheit. Da mein Gatte unter den sommerlichen Temperaturen noch weitaus stärker litt als ich, verbannte er jeglichen Sonnenstrahl aus seinem Umfeld. Wie oft hatte ich ihn schon damit geneckt, dass ihm irgendwann Vampirzähne wachsen würden, aber er hatte stets erwidert, da bestehe gar keine Gefahr, da er den metallischen Geschmack von Blut verabscheue. Dennoch verbarrikadierte er sich im Sommer oft schon bei Tagesanbruch im Wohnzimmer, als würde er draußen riskieren, zu Staub zu zerfallen. Die positive Wirkung von Sonnenlicht und Frischluft auf das Immunsystem interessierten ihn ebenso wenig wie sein Vitamin-D-Spiegel.

Auch jetzt saß er im Dämmerlicht des Wohnzimmersofas und starrte die Mauer an.

»Was machst du da?«, fragte ich und kam mir im selben Moment vor wie eine Figur von Loriot. Aber im Unterschied zu dem berühmten Sketch des deutschen Humoristen tat Fred nicht nichts, auch wenn es ganz danach aussah, sondern er dachte nach. Über die Gräfin und deren Mordmotiv, wie er mir erklärte.

Ein Thema, über das ich keinerlei Diskussionen mehr führen wollte.

Wenn er glaubte, dass seine komischen Karten ein ausreichender Beweis für die Schuldhaftigkeit dieser Frau waren, dann sollte er halt. Andere vertrauten dem Horoskop, der Planetenkonstellation, einer Kristallkugel oder der Heiligen Schrift, und deren Absurditätsinzidenz war genauso hoch.

Ich nahm mir ein Joghurt aus dem Kühlschrank und setzte mich an den Küchentisch. Wenn der Tod des Bauern gleichfalls auf einen Giftmord hinauslief, woran ich keinen Zweifel hatte, dann gnade mir Gott, denn Hartmann würde es nicht tun.

Wie hatte er doch gemeint, entweder sei ich total meschugge oder aber die raffinierteste Verbrecherin, die ihm je untergekommen sei.

Dass ich einfach einen besseren kriminalistischen Instinkt zu besitzen schien, zog er garantiert nicht in Betracht.

Trübsinnig zog ich die Tischlade auf und griff nach dem Haushaltskalender, in dem ich alles notierte, von dem ich meinte, es mir merken zu müssen, aber befürchtete, es dennoch zu vergessen. Kochrezepte, Geburtstage, Arzttermine, Blutzuckerwerte, Kontostände und dergleichen mehr. Nun aber schlug ich im wahrsten Sinn des Wortes ein neues Kapitel auf, beginnend mit dem 23. Mai, dem Tag vor unserem mörderischen Lesezirkel.

**

»Was schreibst du denn da?«, riss mich Bertas Stimme aus meinen Überlegungen.

Verwirrt blickte ich auf. Ich hatte mich derart auf meine Notizen konzentriert, dass ich nicht einmal Schritte gehört hatte.

»Mein Alibi«, gestand ich. »Aber ich komm nicht richtig weiter. Dinge vor vorgestern wollen mir einfach nicht einfallen, obwohl ich mich noch genau an den selbst gepflückten Blumenstrauß erinnern kann, den mir die kleine Miesenbichler Karin zum Pensionsantritt überreicht hat und den sie neben Berufkraut, Glockenblumen, Färberkamillen und Blutweiderich auch mit Beifuß-Ambrosia geschmückt hat, weshalb die Hälfte der Anwesenden vor lauter Niesen fast gestorben ist. Ich weiß sogar noch, dass sie ein blassgelbes Rüschenkleid und rote Schleifchen im Haar getragen hat.«

Kommentarlos zog Berta einen Stuhl heran und nahm mir gegenüber Platz.

»Was du nicht sagst«, stellte sie stirnrunzelnd fest.

»Und das seltsame Zopfmuster der tonnenschweren Teekanne, die dein Ex-Schwager dir zu deinem Fünfziger geschenkt hat und die du am nächsten Tag gleich umgetauscht hast, selbst das habe ich noch vor Augen, als wäre es gestern gewesen. Dabei ist das bestimmt schon Ewigkeiten her.«

»Ewigkeiten? Du spinnst wohl, das ist höchstens ein paar Jahre her«, erwiderte Berta harsch und funkelte mich an. »Es war übrigens kein Zopfmuster, sondern Hahnentritt.«

»Tut mir leid, ich leide offenbar schon unter Demenz«, stotterte ich.

»Statt Nerventropfen solltest du dir mal was gegen Zeitverschiebungen brauen!«, fiel Berta mir ins Wort. »Dement ist man, wenn einem die Farbe seines Taufkleids einfällt, aber nicht die der Unterhose, die man grad anhat. Man erinnert sich also an sehr weit Zurückliegendes, vergisst aber, was gestern geschah. Mein Fünfzigster ist allerdings weder weit noch sehr weit zurückliegend! Also sag nie wieder so was. Oder ich ruinier dir dein Alibi!«

Einen Augenblick lang starrten wir uns an wie zwei Kampfhennen, dann brachen wir in Lachen aus.

»Tut mir leid«, sagte ich zum zweiten Mal.

»Einmal Unkraut jäten und es sei dir vergeben«, sagte Berta.

Dann berichtete sie mir, dass sie gerade beim Protzmann gewesen war, weil sie Lust auf Rahmfisolen mit Bratwurst gehabt hatte und daher vor Ladenschluss noch rasch eine Wurst kaufen wollte. Und während sie in Ottokars servicetechnischer Warteschleife hing, hatte sich der Kapplhuber dazugesellt, den seine Mutter um fünfhundert Gramm gemischtes Hackfleisch und ein Glas Gewürzgurken geschickt hatte.

»Hört sich nach faschiertem Braten an«, mutmaßte ich und langte nach dem Nähkorb, der im Herrgottswinkel stand. Unter der Futterseide hatte ich ein geheimes Lager für Kekse, Plätzchen und Makronen angelegt.

»Da, bedien dich. Die Mandel-Rum-Schnittchen sind besonders gut.«

Berta nahm sich ein Stück und berichtete kauend weiter, wie sie sich bei der Gelegenheit halt nochmals dafür bedankt habe, dass er sie bei ihrer verbotenen Rittersaalschnüffelei nicht verpfiffen hatte, und wie sehr sie ihn für seinen Vorgesetzten bedauere.

»›Wie halten Sie das nur aus mit diesem präpotenten Schrumpfhirn?‹, hab ich ihn gefragt. Und dass er sich dafür eine Tapferkeitsmedaille verdient hätte.«

Sie griff sich ein zweites Mandel-Rum-Gebäck. »Nun ja, jedenfalls hat er dann gemeint, dass der Kommissar gar nicht mehr so präpotent sei, seit sich herausgestellt hat, dass auch der Bauer und der Detektiv vergiftet wurden. Also bist du als Giftmischerin wohl wieder im Rennen«, grinste sie. »Ich war jedenfalls so baff über diese Neuigkeit, dass ich glatt die Bratwurst vergessen habe.«

Stattdessen stopfte sie sich eine weitere Mandel-Rum-Leckerei in den Mund, murmelte was von einer Serie im Vorabendprogramm, die sie sich unbedingt ansehen wollte, und ließ mich zum zweiten Mal an diesem Tag mit brisanten Neuigkeiten zurück.

An der Tür drehte sie sich noch einmal um und meinte: »Aber mach dir keine Sorgen. Wenn du in den Knast kommst, gieß ich die Blumen und bringe dir auch täglich was zum Essen vorbei.«

Ich schluckte. Bertas schwarzen Humor hatte ich gerade noch gebraucht.

Deprimierter als zuvor stellte ich den Nähkorb wieder an seinen Platz zurück und bastelte weiter an meinem Alibi.

Als Fred zwei Stunden später in der Küche erschien, quälte ich mich immer noch mit genauen Zeiten und Orten herum. Was hatte ich vor Gustls Sterbeversuch eigentlich getan? Eisenhut und Bilsenkraut wirkten im Unterschied zu Herbstzeitlosen oder Pfaffenhütchen recht schnell. Der Bauer musste die tödliche Dosis also kurz vor Beginn unseres pseudoliterarischen Quintetts zu sich genommen haben. War ich da zu Hause gewesen und hatte das Abendessen bereitet oder Kräuter gesammelt, den Garten gegossen, eingekauft …?

Ich konnte mich einfach nicht mehr erinnern. Und mein Mann natürlich noch weniger. Seit er in Ruhestand getreten war, schien für ihn sogar die Zeit stehen geblieben zu sein. Es war schon Glück, wenn er mit der Jahreszahl richtiglag.

Enttäuscht gab ich meine Befragung auf und bereitete ein schnelles Abendessen vor.

»Was wird das Gutes?«, erkundigte Fred sich interessiert.

»Gerösteter Blumenkohl.«

»Und was gibt's dazu?«

»Nichts.«

Als das Gemüse gar war, deckte ich den Tisch für zwei, schnitt etwas Brot auf und ermahnte ihn, sich ordentlich um Vincent zu kümmern.

»Du isst nichts?«

Wenn es um schnödes Gemüse ging, das für meinen Mann ohnedies nur eine bunte Form von verdichtetem Wasser darstellte, war er nur zu gern bereit, sein Essen zu teilen.

»Nein. Ich muss jetzt packen«, erklärte ich ihm und verließ die Küche.

Bald darauf war ich über der Frage, ob man im Gefängnis besser Pyjama oder Nachthemd tragen sollte, eingeschlafen.

※※※

Der nächste Tag begann, obwohl ich mit dem alten noch nicht fertig war. Um die ganzen Ereignisse zu verdauen, hätte ich noch mindestens achtundvierzig Stunden Stillstand gebraucht. Außerdem hatte ich schlecht geschlafen, war immer wieder aus Alpträumen hochgeschreckt, in denen stets die Kleidungsfragen hinter schwedischen Gardinen, der schreckliche Kommissar und eine noch schrecklichere Guillotine die Hauptrollen spielten, und als mir erneut die Augen zufielen, kletterte Fred aus dem

Bett und schlich in die Küche, um den Kühlschrank zu plündern. Dabei fiel ihm die Butterdose auf den Fliesenboden, was den Hund weckte, der diese nächtliche Ruhestörung mit empörtem Gekeife quittierte.

An Einschlafen war nicht mehr zu denken. Mit müden Augen und noch müderen Knochen stand ich gleichfalls auf, um mir ein Glas warme Honigmilch zu bereiten. Danach würde ich den Hund erschlagen und meinen Mann erwürgen. Oder auch umgekehrt.

Fred sah erschrocken auf, als ich im Türrahmen erschien. Er schichtete gerade einen Berg Wurstscheiben auf ein Stück Brot, das in etwa doppelt so dick war wie die Vollholztischplatte, auf dem es lag. Vor ihm auf dem Fußboden die zerbrochene Butterdose.

»Was soll das?«, fuhr ich ihn an, stieg über den schmierigen Scherbenhaufen hinweg und entnahm dem Kühlschrank die Milch.

Mit routiniertem Dackelblick hielt der nächtliche Vielfraß kurz inne und suchte mir allen Ernstes zu erklären, dass er vor lauter Hunger nicht hatte schlafen können. Weil er in einem Anfall von Nächstenliebe das ganze Gemüse dem Jungen überlassen habe und deshalb mit leerem Magen ins Bett gegangen sei. Aber dann habe das bedrohliche Knurren in seinen Eingeweiden jede Nachtruhe unmöglich gemacht. Und nun sitze er eben hier, gerade noch dem Hungertod entkommen.

»Du weißt aber schon, dass heute deine ärztliche Blutzuckerkontrolle ansteht«, erwiderte ich resigniert, nahm die lauwarme Milch vom Herd und rührte etwas Honig hinein.

Fred nickte, sagte kein Wort und schnitt seine Stulle mittig entzwei. Die Küchenuhr zeigte drei Uhr morgens an, und der Hund lärmte noch immer.

Wollte ich irgendwie noch meinen Frieden finden, musste ich das Tier zum Schweigen bringen, bevor auch noch die ganze Nachbarschaft geweckt wurde. Ich stellte die Tasse auf den Tisch und ging, um Nachschau zu halten. Entweder hatte meinen Neffen ein für sein Alter sehr verspäteter Kindstod ereilt, was ich für wenig wahrscheinlich hielt, oder er war mit diesen neumodischen Kopfhörern, die man sich wie Knöpfe in die Ohren steckte, eingeschlafen und bekam das Dauergekläffe gar nicht mit.

Vorsichtig öffnete ich die Tür zu seinem Zimmer und steckte den Kopf hinein, als der Hund auch schon zwischen meinen Beinen nach draußen schoss. Er musste direkt an der Tür gestanden haben. Gleichzeitig umfing mich ein kühler Luftzug, und die Vorhänge blähten sich im Wind. Offenbar hatte Vincent weder das Fenster geschlossen noch die Gardinen zugezogen, bevor er zu Bett gegangen war. Womöglich war der Bub ja so mitgenommen von seinem Verlust und dem Gefängnisaufenthalt, dass ihn der Schlaf im Stehen übermannt hatte. Leise betrat ich den Raum, der vom einfallenden Mondlicht sanft erhellt wurde, um nach Vincent zu sehen. Vielleicht lag er voll bekleidet danieder, oder er fror, weil ihm vor lauter bewegten Träumen die Decke zu Boden gefallen war. Die Nachtluft war doch noch recht frisch, da konnte man sich schnell eine Verkühlung einfangen.

Auf Zehenspitzen umrundete ich die monumentale Monstera, die hier seit über zehn Jahren ungestört vor sich hin wuchern durfte, und sah nach dem Jungen. Aber da war kein Junge. Nicht im Bett, nicht vor dem Bett, nirgendwo. Ich schaltete das Licht an, das Zimmer war leer.

Fassungslos rannte ich zurück in die Küche, wo mein Mann und der Hund sich die Reste der Wurst teilten.

»Er ist weg!«, schrie ich.

»Wer?«, fragte Fred, beim Denken wie stets um einiges langsamer als beim Essen.

»Vincent natürlich. Sein Bett ist leer, das Zimmer ist leer, das Fenster steht offen«, fuhr ich ihn an.

Mein Mann schob sich bedächtig ein Stück Brot in den Mund. »Vielleicht hat er auch nicht schlafen können und einen Spaziergang gemacht«, meinte er kauend.

»Dann hätte er den Hund mitgenommen«, konterte ich.

»Vielleicht wollte er Dino nicht wecken«, schlussfolgerte Fred mit einer derart stoischen Ruhe, dass ich mich ernsthaft fragte, ob ihm sein nächtlicher Fressanfall die Gehirntätigkeit lahmgelegt hatte.

Ich ließ mich auf einen Stuhl fallen, studierte kurz die Haut, die sich auf der einst warmen Milch gebildet hatte, und griff zur Flasche mit der Baldriantinktur.

Zwanzig Tropfen später fühlte ich mich zwar immer noch nicht ruhiger, konnte aber zumindest wieder einigermaßen klar denken, ohne gleich in Panik zu verfallen.

»Du meinst also nicht, dass wir die Polizei verständigen sollen?«, wandte ich mich erneut an Fred, der gleich einer personifizierten Fettsäure auf der Küchenbank hockte. Wenigstens war er nicht mehr ungesättigt.

Verständnis für meine Sorgen brachte er dennoch nicht auf. »Warum? Der Junge ist volljährig, und du solltest froh sein, mal nichts mit der Polizei zu tun zu haben«, sagte er offenbar ungerührt.

Und dann fragte er mich mit zittriger Stimme, ob ich die Absicht hätte, ihn zu verlassen, weil im Schlafzimmer ein gepackter Koffer stand. Eine Vorstellung, die ihm sichtlich naheging, denn auf einmal wirkte er zutiefst traurig und grenzenlos verunsichert. Er kam mir vor wie ein kleiner Hund, den man kommentarlos im Tierheim abgegeben hatte und der die Welt nicht mehr verstand.

»Ich muss –«, hob ich gerade zu einer Erklärung an, als die Fledermausohrenkreatur, die eben noch lautlos unter dem Tisch gelegen hatte, erneut zu bellen begann und im Schweinsgalopp Richtung Tür rannte. Im selben Moment tauchte Vincent aus der Dunkelheit des Vorzimmers auf.

Einen Moment lang hing die Luft voller Fragezeichen. Dann blickte der Junge beschämt zu Boden.

»Es ist drei Uhr früh«, sagte ich mit vorgetäuschtem Ärger. Der dumme Junge sollte nicht merken, wie erleichtert ich über sein Erscheinen war.

Mein Neffe warf einen schnellen Blick auf die Uhr, bevor er zu uns an den Tisch trat.

»Es tut mir leid, ich wollte euch auf gar keinen Fall wecken, ich habe das Haus sogar in Socken verlassen, nur um ganz leise zu sein.« Zerknirscht und mit hängenden Schultern blieb er direkt vor mir stehen.

»Du hättest den Hund mitnehmen müssen, der hat dich leider recht lautstark vermisst.«

Vincent ließ den Kopf noch etwas tiefer hängen.

»Wo warst du überhaupt?«, wollte Fred wissen. Eine mehr als berechtigte Frage angesichts der Uhrzeit.

Der Angesprochene stellte kurzfristig die Atmung ein, dann holte er tief Luft und sagte: »Auf der Polizeiwache.«

Fred und ich sahen uns an. Hätte er gesagt, von Außerirdischen entführt oder von einer Meerjungfrau geküsst, hätte es uns weniger überrascht.

»Ein Verhör nach Mitternacht? So was darf es doch gar nicht geben. Das ist ein Fall für die Menschenrechtskommission«, stammelte ich.

»Unerhört! Eine Sauerei ist das! Diesem Kommissar werde ich was erzählen«, pflichtete mein Mann mir bei. »Und zwar jetzt und auf der Stelle.« Empört griff er nach der alten Obstschüssel, in der wir seit Jahren all jene Kleinteile aufbewahrten, von denen man nie wissen konnte, ob man sie nicht doch noch brauchen würde. Knöpfe, Briefmarken, Sicherheitsnadeln, Schrauben, Heftklammern, rostige Nägel, Gutscheine mit Supermarktpickerln und Visitenkarten. »Der Typ hat doch damals seine Karte mit der Handynummer hiergelassen«, brummte Fred und wühlte in der Schale herum.

Der Neffe trat noch einen Schritt näher und zog die Schale an sich. »Nicht anrufen, bitte«, flüsterte er. »Niemand hat mich vernommen, es ist ja mitten in der Nacht.«

Es dauerte eine Weile, bis diese Mitteilung bei uns ankam. Einen Reim konnten wir uns dennoch nicht drauf machen.

»Wenn dich niemand dorthin bestellt hat, dann sag uns jetzt auf der Stelle, was du mitten in der Nacht auf dem Polizeirevier getan hast.« Jetzt trieb mich der Junge auch schon in den Wahnsinn mit seinem unverständlichen Geschwurbel.

»Eingebrochen.«

»Waaaaas hast du?«, entfuhr es Fred und mir nahezu zweistimmig.

»Ich habe dort eingebrochen.«

Was sagte man, wenn der eigene Neffe, kaum hatte er sich vom

Verdacht eines Schwerverbrechens einigermaßen befreit, sich selbst eines neuen Verbrechens beschuldigte? Zu einer Zeit, wo anständige Menschen wie unschuldige Lämmer in ihren Betten lagen und schlimmstenfalls eingebildete Schäfchen zählten.

Uns jedenfalls fielen keine passenden Worte dafür ein. Dafür redete Vincent. Wie ihn der Kummer über Lukas' rätselhaften Tod dazu getrieben hatte, mehr über das Leben seines Freundes zu erfahren, über dessen Umgang, dessen Vorleben und natürlich über den Auftrag, der ihn letztlich das Leben gekostet hatte.

»Ich musste Einsicht in die Akten haben, versteht ihr«, sagte er schluchzend, »ihn kann ich ja nicht mehr fragen, und niemand sagt mir was. Vielleicht hat er mich betrogen, vielleicht hat man ihn betrogen, vielleicht hätte ich ihn retten können, wenn er mir mehr erzählt hätte. Ich habe einfach Klarheit gebraucht.«

»Und hast du sie jetzt?«, fragte Fred mit belegter Stimme, während ich in Gedanken bereits einen weiteren Koffer für den Neffen packte.

»Nein.« Seufzend schüttelte er den Kopf. »Aber ich bin schon klüger als zuvor.«

Und während mein Neffe berichtete, warum die Gräfin den Detektiv engagiert hatte, sprang mein Mann auf und floh förmlich aus der Küche.

»Ich will das alles gar nicht hören, verdammt noch mal«, fluchte er. »Ihr zwei werdet euch noch um Kopf und Kragen reden, wenn ihr weiterhin überall eure Nasen reinsteckt. Und außerdem ist das verboten. Hört ihr, verboten! Einbruch ist kein Kavaliersdelikt!«

Dann knallte die Schlafzimmertür hinter ihm zu.

Vincent und ich sahen uns an.

»Onkel Fred wird mich doch nicht verraten?«, fragte er besorgt.

»Aber nein, bestimmt nicht«, beruhigte ich ihn, »er hat einfach nur Angst um uns.« Oder um sein behütetes Pensionistendasein, fügte ich in Gedanken hinzu.

Aber der Neffe schien mit meiner Erklärung zufrieden und nahm seine Erzählung wieder auf. Nach und nach erfuhr ich, dass der Rosenölproduzent in Wahrheit tatsächlich anders geheißen hatte, nämlich Fritz Frauenhofer, und dass der demnach falsche Fünfziger früher einmal auf dem elterlichen Gutsbetrieb der heutigen Gräfin gearbeitet hatte.

»Sie haben sich also gekannt?« Das war mehr eine Feststellung als eine Frage, aber Vincent nickte aufgeregt.

»Haben sie, auch wenn Henriette zu der Zeit im Ausland studiert hat und, also, ähem …« Mein kriminalistischer Neffe geriet ins Stottern, blickte sich vorsichtig um und zog sein Mobiltelefon aus der linken Hosentasche. Mit geübten Fingern wischte er darauf herum und reichte mir das Gerät.

»Lies selbst.«

Auf dem Display erschienen wie durch Zauberhand die gesamten Vernehmungsunterlagen.

»Sag bloß, du hast die fotografiert … Guter Gott, Vincent, wenn das herauskommt.« Vermutlich hatte mein Neffe soeben den Beweis geliefert, dass ein Hang zur Delinquenz durchaus genetisch bedingt sein konnte. Eine DNA-Sequenz mit Miss-Marple-Syndrom sozusagen.

Doch Vincent winkte ab. »Mach dir mal keine Sorgen, Tante. Ich hab die ganze Zeit über Handschuhe getragen, die Bruchbude von Polizeirevier verfügt über keine Alarmanlage, und Schlösser knacken hab ich vom Lukas gelernt. Der hat niemals auch nur den kleinsten Kratzer an einer Tür hinterlassen.«

Eine Sekunde lang spürte ich beinahe so etwas wie Erleichterung, dass es den Lehrherrn Lukas nicht mehr gab. Womöglich hätte er noch weitere Beispiele seiner kriminellen Handwerkskunst geliefert.

Aber die Neugierde überwog letztlich alle moralischen Skrupel. Ich nahm meine Lesebrille aus der Tischschublade und begann zu lesen. Henriette hatte in Florenz Kunstgeschichte studiert, doch kurz vor ihrem Studienabschluss war der elterliche Holzhandel rettungslos in den Konkurs geschlittert, worauf sich ihr Vater das Leben genommen hatte und die Mutter dem Alkohol verfallen war. Bereits damals hatte dieser Frauenhofer im Verdacht gestanden, durch undurchsichtige Finanztransaktionen am Ruin der Gutsherrschaft beteiligt gewesen zu sein, aber man hatte ihm nie auch nur die geringste

Schuld nachweisen können. Zwölf Jahre lang hatte Henriette – laut eigener Aussage – den vermeintlichen Totengräber ihrer Familie dann völlig aus den Augen verloren, weil er sich ins benachbarte Ausland abgesetzt hatte. Bis zu dem Tag, an dem die ersten Aussteller sich für die Gartenschau angemeldet hatten.

»Auf dem Firmenfolder, den er der Anmeldung beigelegt hat, habe ich den Fritz sofort erkannt«, hatte sie zu Protokoll gegeben. Und danach einen Detektiv engagiert, der es mit dem Gesetz nicht so genau nahm und der dem Mann in beruflicher und privater Hinsicht ein wenig auf den Zahn hätte fühlen sollen. Vor allem die Herkunft der Gelder, die ihm die Produktion einer derart kostspieligen Ware wie Rosenöl ermöglichten, hatte sie interessiert. Allerdings sei der Detektiv ermordet worden, bevor er seinen Auftrag zu ihrer Zufriedenheit erledigen konnte.«

»Wenn das stimmt und sie nicht gelogen hat, dann hat Lukas' Tod ihr nur geschadet und in keinster Weise genutzt«, stellte ich fest. »Dass sie also nach dem Mord an dem von ihr engagierten Schnüffler den Rosenöl-Fritz zur Rede stellt, weil sie möglicherweise ihn für den Mörder hält, und deshalb ein heftiger Streit zwischen den beiden ausbricht, scheint mir jetzt auch nicht verwunderlich.«

Es gab ja mehrere Zeugen, die eine heftige Auseinandersetzung zwischen der Gräfin und dem Aussteller bemerkt und bezeugt hatten.

Vincent nickte.

Ich las weiter.

Der Rest der Vernehmungsakten gab nicht mehr viel her. Die Gräfin gab zu, Frauenhofer gehasst, aber keinesfalls umgebracht zu haben. Mit Giften kenne sie sich zudem gar nicht aus, sie hätte ihn eher mit dem Jagdgewehr erschossen, aber irgendjemand hatte ihr netterweise diese Arbeit abgenommen.

Des Weiteren gab sie zu Protokoll, den Bauern Gustav Gansterer seit Jahren nicht gesehen zu haben, mit dem Giftanschlag auf die Teilnehmer der Flower-Power-Singlebörse nichts zu tun zu haben, sich nicht vorstellen zu können, warum sie Elsbeth einen Drohbrief hätte schreiben sollen, und im Übrigen sei sie selbst ein Opfer, denn diese ganzen mörderischen Vorkommnisse hätten ihr das Geschäft ihres Lebens versaut.

Ich musste an Emma denken. Sie hatte voll und ganz recht behalten mit ihrer Annahme. Eine eierlegende Wollmilchsau schlachtete man nicht.

»Über kurz oder lang werden sie wohl einen neuen Tatverdächtigen brauchen«, meinte Vincent nach längerem Schweigen.

»Das fürchte ich auch«, erwiderte ich und dachte an meinen gepackten Koffer.

***

Ich hatte das Gefühl, gerade erst eingeschlafen zu sein, als mich ein grauenvoller Krawall hochschrecken ließ. Als hätte man direkt neben meinem Kopfkissen eine Schrottpresse aufgestellt, die mit ihren metallischen Kiefern einen Lkw zu zermalmen versuchte. Ich stöhnte. Selten zuvor war mir der Weg bis ins Badezimmer derart lang und beschwerlich vorgekommen. Alles tat mir weh. In der Küche riskierte ich einen vorsichtigen Blick auf die alte Uhr. Es war gerade mal acht, und ich war erst gegen fünf Uhr morgens ins Bett gekommen.

Drei Morde, drei Stunden Schlaf, aller schlechten Dinge waren wohl auch immer drei. Mehr konnte ich schon nicht mehr denken. Ich wollte Ruhe. Einfach nur Ruhe. Von den ohrenbetäubenden Geräuschen, den Menschen, der Welt da draußen, kurz gesagt von allem.

Aber dann dachte ich an die Worte, die Berta mir vor einigen Jahren auf eine Glückwunschkarte geschrieben hatte. »Gib jedem Tag die Chance, der beste in deinem Leben zu werden.«

Der heutige Tag sah derzeit zwar nicht einmal in Ansätzen nach einem guten aus, aber man sollte ihn ja bekanntlich nicht vor dem Abend loben.

Hätte ich zu diesem Zeitpunkt schon geahnt, dass der Tag mich fast das Leben kosten sollte, ich hätte mein Bett garantiert nie verlassen. So aber zog ich mich an, brühte Kaffee auf und ging in den Garten, um die Herkunft dieses Höllenlärms auszumachen. Entweder die Gemeinde riss gerade die gesamte

Straße auf, oder mein Nachbar hatte einen neuen Zeitvertreib gefunden.

Und tatsächlich. Rudi stand im Garten und schnitt mit einem riesigen Winkelschleifer große rostige Teile aus einem alten Traktor, der mir vage bekannt vorkam. Ich winkte ihn zu mir. Rudi nickte und kam mitsamt der Lärmquelle an den Zaun.

»Sag, geht's ein wenig leiser? Ich hab heute schreckliche Kopfschmerzen, fühle mich mehr tot als lebendig«, bat ich ihn. Schließlich konnte so eine Flex bis zu hundert Dezibel erreichen, was in etwa einem Livekonzert der Rolling Stones entsprach.

»Du siehst auch wirklich nicht gut aus«, meinte er wenig diplomatisch, stellte das Gerät aber ab. »Ich weiß eh, das ist furchtbar laut, aber ich hab dem Sepp schon so lang versprochen, seinen Traktor zu reparieren. Da gehört die ganze Bodenplatte ausgetauscht, das Ding ist völlig durchgerostet, und er kann sich keinen neuen leisten. Der ist ja selbst schon total kaputt.«

»Sprichst du vom Unterkofler?«, fragte ich, obwohl ich es eigentlich schon wusste. Deshalb war mir der Traktor bekannt vorgekommen, er war mir wohl unbewusst aufgefallen, als ich seine Frau besucht hatte.

Rudi nickte. »Ein alter Freund von mir. Wir sind schon zusammen in die Schule gegangen«, erzählte er, »und jetzt, wo es ihm so mies geht, muss ich ihm irgendwie helfen. Arzt bin ich ja keiner, aber mit Fahrzeugen kenn ich mich aus.«

»Geht es ihm immer noch nicht besser?«, erkundigte ich mich.

Rudi verneinte. »Er ist so schlimm beieinander, dass er es nicht mal geschafft hat, den Traktor anzulassen. Ich hab ihn abholen müssen. Also den Traktor, nicht den Sepp. Der ist fast im Stehen umgefallen, so schwach war er.«

»Ich hab der Kathi vorgestern ein paar Stärkungsmittel vorbeigebracht, Heilkräuter und Sanddorn, Hagebutten, Zistrosen, pflanzliches Zeug halt. Die kommt ja auch schon auf dem Zahnfleisch daher, das arme junge Ding, ist wohl alles zu viel für sie. Also die ganze Arbeit und dazu die Sorge um den Mann. Und um das Geld natürlich.«

Rudi starrte mich an.

»Pauline, ich werde dir jetzt etwas sagen.«

Vorsichtig legte er den Winkelschleifer auf seinem mustergültig gestutzten Rasen ab. »Die Kathi ist kein armes Ding, ganz im Gegenteil. Das ist ein durchtriebenes, durchgeknalltes Luder. Ich hab den Sepp ja von Anfang an gewarnt, sich diese Irre ins Haus zu holen. In der Klapsmühle ist sie gesessen, als er sie kennengelernt hat.« Er tippte sich mit dem Zeigefinger mehrmals an die Stirn. »Er hat dort Fleisch ausgeliefert und sich in sie verknallt. Restlos verknallt. Das Leben hat sie sich nehmen wollen, deshalb wurde sie eingeliefert, aber nicht mal das hat sie auf die Reihe gekriegt. Und mein Freund hat sie dort rausgeholt und alles für sie getan. Weißt, der Sepp ist ein plumper Kerl, aber er hat die Kathi aus Liebe geheiratet. Aber bei ihr hab ich immer den Eindruck gehabt, sie hasst ihn.«

Mittlerweile hatte er seine Hände zu Fäusten geballt, und aus seinen Augen funkelte kalte Wut.

»Das kann ich mir überhaupt nicht vorstellen«, warf ich ziemlich verunsichert ein.

»Man kann sich vieles nicht vorstellen«, entgegnete Rudi. »Aber glaub mir, die hat den Sepp weder geliebt noch verdient. Nie hat er ein gescheites Essen von ihr gekriegt, von einem Kind ganz zu schweigen, und seine Gesundheit ist ihr auch egal. Die kümmert sich einen Dreck um ihn.«

»Wirklich?«, sagte ich. »Vielleicht zeigt sie es ja nicht so, aber ich hab schon den Eindruck gehabt, dass sie sich sehr um ihren Mann sorgt.«

»Nie im Leben. Da sorgst du dich wahrscheinlich mehr. Ich halt ja generell nichts von Grünzeug als Medizin, aber du hast ihm ein paar Kräuter gebracht, den weiten Weg auf dich genommen, und wenn's auch nichts geholfen hat, hast dich wenigstens bemüht. Aber sie, sie als gelernte Floristin, sie hätt ihm nicht mal ein Gänseblümchen gerupft, das garantier ich dir.«

Das Dröhnen in meinem Kopf wurde zu einem unerträglichen Pochen.

»Die Kathi ist Floristin?«, flüsterte ich.

»Ja, gelernte Floristin. Hab ich dem Sepp damals auch gesagt. Jemand, der sein ganzes Leben mit zarten Blümchen verbringen will, der passt halt nicht zu einem Schweinebauern.«

Mir wurde übel.

»Um Himmels willen«, stöhnte ich auf und ließ Rudi einfach stehen.

Eine Minute später stürmte ich bereits in Vincents Zimmer. Der Junge schlief tief und fest, ich rüttelte ihn wach.

»Vincent«, fuhr ich ihn an, kaum hatte er ein Auge geöffnet, »was genau hat Lukas über seinen Auftrag noch mal gesagt? Das war doch irgendwas mit Schweinen und Pechvögeln?«

Der Neffe grunzte, zog die Decke bis zum Kinn, schloss das Auge wieder und sagte dann mit schlaftrunkener Stimme: »Es gibt Menschen, die haben so viel Schwein und sind doch unglücklich.«

Dann drehte er sich zur Wand und war schon wieder eingeschlafen, als ich das Zimmer verließ.

Kathi hatte Schweine, bestimmt Hunderte. Und unglücklich war sie auch. Sehr sogar.

Ich rannte ins Wohnzimmer und rief Berta an. Sie hob nicht ab. Dann versuchte ich es bei Emma und zuletzt sogar bei Bobo. Aber auch sie schienen das schöne Wetter fernab von Festnetzanschlüssen zu verbringen. Und mit Handys führte meine Generation noch viel zu oft eine echte Fernbeziehung. Bis auf Bobo, die ihres zumindest eingeschaltet hatte, aber laut Bandansage derzeit nicht erreichbar war.

Sogar mein Mann hatte sich in Luft aufgelöst, was mehr als ungewöhnlich war. Aber dann fiel mir auf, dass der Hund gleichfalls verschwunden war. Offenbar hatte Fred sich tatsächlich zu einer Gassirunde aufgerafft, was dem achten Weltwunder gleichkam.

Aber ich konnte nicht warten, nicht jetzt, wo ein derart ungeheuerlicher Verdacht in mir keimte. Und die Polizei konnte ich genauso wenig anrufen. Was, wenn mein Verdacht sich als völlig haltlos erwiese? Dann hätte ich eine Familie, die ohnedies schon am Abgrund stand, mit meiner ausufernden Phantasie hinabgestoßen. Kathi und Sepp kämpften ums Überleben, der Mann krank, die Frau abgerackert und offenbar nicht sonderlich beliebt, finanziell schienen sie gleichfalls alles andere als gut dazustehen, da käme eine Verhaftung wegen Mehrfachmordes einem Todesurteil gleich, und zwar nicht nur in gesellschaftlicher Hinsicht, sondern auch für den Bauern und sein Vieh, die auf Hilfe angewiesen waren. Ich durfte mir auf gar keinen Fall voreilige Schlüsse erlauben, ich brauchte handfeste Beweise.

Rasch holte ich mein Fahrrad aus dem Schuppen. Nachdenken konnte ich auch unterwegs. Zur Vorsicht steckte ich mein Mobiltelefon ein, kontrollierte sogar den Akkustand, nahm ein Fläschchen homöopathischer Eisenhuttropfen mit, hinterließ auf dem Gartentisch eine Nachricht, dass ich zu den Unterkoflers gefahren war, und trat in die Pedale.

Mein Bauchgefühl kämpfte gegen meinen Verstand an. Dieses unterwürfige Ding – Kathi war bestimmt zwanzig Jahre jünger als ihr Mann, was die bösen Zungen von Anfang an zu übler Nachrede inspiriert hatte – konnte ich mir einfach nicht als Serienmörderin vorstellen, so zart und zerbrechlich und schicksalsergeben wirkte sie. Immer höflich, immer freundlich, nie hatte ich ein böses Wort von ihr gehört.

Auf der anderen Seite schienen die Indizien schlichtweg erdrückend zu sein. Sie hatte gelogen. Vorsätzlich. Sie hatte behauptet, keine Ahnung von Pflanzen zu haben, nicht einmal Kamillen von Margeriten unterscheiden zu können, und das als gelernte Floristin. Warum? Oder hatte Rudi die Unwahrheit gesagt? Doch aus welchem Grund? Rudi war Single, seit ich hier wohnte. Hatte er die Kathi selbst mal gewollt und war abgewiesen worden? Ich schüttelte den Kopf. Auch schwer vorstellbar. Die Eroberungen unseres Nachbarn waren stets blond, langbeinig und discoaffin gewesen, keine brünetten, mageren Mauerblümchen.

Indiz Nummer zwei: Sie war mit Ausnahme des Gansterer Gustls bei jedem Mord vor Ort gewesen, hatte einen Stand auf der Schau betrieben und war der Gräfin während des Romantikdinners zur Hand gegangen. Sie hätte ohne Weiteres eine Jagdzeitschrift entwenden und den Drohbrief an Elsbeth verfassen können. Aber auch in diesem Fall scheiterte ich am Motiv. Warum sollte man eine moralinsaure Erzkatholikin in Angst und Schrecken versetzen, wozu einen einsiedlerischen Bauern samt Hühnern vergiften? Was hatte sie mit dem Detektiv oder dem Rosenölproduzenten überhaupt zu tun gehabt?

Auf Höhe der Schuhschachtelsiedlung stieg ich, ermüdet vom Treten oder auch vom Denken, vom Rad. Ohne einen Blick auf die grauenvollen Schottergärten zu werfen, versuchte ich vergeblich, mein Gedankenknäuel zu entwirren.

Als ich vor zwei Tagen am Hof der Unterkoflers gewesen war, hatte Kathi gerade Wäsche aufgehängt. Und dabei Handschuhe getragen. Ein neues Warum ploppte auf. Bislang war ich davon ausgegangen, dass sie das allein aus Gewohnheit getan hatte, denn beim Schinkenschneiden oder wenn sie der Gräfin im adeligen Ambiente geholfen hatte, musste sie ihre Hände ja vorschriftsmäßig bedeckt halten. Ich hatte mir demnach nichts Böses dabei gedacht.

Heute hingegen kam mir eine weitere Deutungsmöglichkeit in den Sinn. Müsste ich mit einer in Eisenhut geschwemmten oder damit imprägnierten Bettwäsche hantieren, dann würde ich gleichfalls Handschuhe tragen, denn die toxischen Substanzen des Aconits wurden auch über die Haut aufgenommen, was im Unterschied zur oralen Verabreichung keinen raschen Tod, sondern ein langsames, aber ebenso tödliches Siechtum verursachte. Dem Opfer ging es über Wochen, wenn nicht gar Monate, schlecht und immer schlechter, aber kein Hausarzt schöpfte Verdacht, und keine Medizin half. Eine wahrhaft perfide Mordmethode, die von Frauen über Jahrhunderte praktiziert wurde, um unliebsame Ehegatten, Erbonkel oder Schwiegerväter unauffällig aus dem Weg zu räumen. Schlimmstenfalls war die Sommergrippe vom Unterkofler Sepp also gar keine Sommergrippe gewesen, sondern Sterben auf Raten.

Ich stöhnte vor Aufregung und vor Anstrengung.

Je näher ich dem abgelegenen Hof kam, desto müder wurden sowohl Beine als auch Denkapparat. Als ich bereits die letzte Kurve in Angriff nahm, gesellte sich zu meiner Müdigkeit auch noch eine gehörige Portion Angst. Was, wenn ich mit meiner Annahme recht hatte? Dann würde ich in Kürze einer skrupellosen Mörderin gegenübertreten. Völlig schutz- und wehrlos. Wer drei Menschen auf dem Gewissen hatte, dem kam es auf eine vierte Leiche bestimmt nicht mehr an. Andererseits hatte Miss Marple ihre Fälle fast immer im Alleingang gelöst, sich todesmutig in die Höhlen der Verbrecher gewagt, die Täter stets mit List und Tücke überführt und war dabei stets mit dem Leben davongekommen.

Ich nahm mir jedenfalls vor, aus Sicherheitsgründen keinesfalls etwas zu trinken oder zu essen anzunehmen, selbst wenn mir der Schweiß mittlerweile aus allen Poren troff. Dann tastete ich nach dem Telefon in meiner Tasche, überzeugte mich erneut, dass es einsatzbereit war, und nahm die homöopathischen Eisenhuttropfen in die Hand. Ein bewährtes Mittel gegen Erkältungskrankheiten und Sommergrippe, das dem Sepp zwar nicht helfen würde, wenn seine Frau ihn langsam vergiftete, aber zum einen hatte ich dadurch einen glaubwürdigen Vorwand für meinen erneuten Besuch, zum anderen hoffte ich auf irgendeine verräterische Reaktion, wenn Kathi tatsächlich schuldig war und ich ihr ausgerechnet Eisenhut als Heilmittel empfahl. In homöopathischen Dosen besaß die Pflanze ja durchaus auch gute Seiten.

Im Fernsehen funktionierten derartige Konfrontationen aufgrund des Überraschungseffekts ja ziemlich oft. Entweder zuckten die Schuldigen ein wenig mit den Mundwinkeln, hielten etwas zu lange die Luft an, oder sie bekamen einen ausweichenden Blick. Ich nahm mir jedenfalls fest vor, ganz genau hinzusehen.

Vor dem Hof lehnte ich mein Fahrrad an die Mauer, zwängte mich durch die Spalte zwischen Hecke und Wohnhaus und drehte suchend meine Runden.

»Kathi«, rief ich mehrmals, erhielt aber keine Antwort.

Ich betrat das Haus durch den Hintereingang, spähte in die Küche, blitzblank wie immer, warf einen Blick in die Stube, wo der Bauer schlafend auf dem Sofa lag, ging wieder nach draußen, bemerkte das Fehlen des alten Traktors, marschierte zur Wäscheleine, auf der diesmal nur Geschirrtücher und zwei Arbeitshosen hingen, schaute durch ein winziges verdrecktes Fenster in den Schweinestall, wo Hunderte Tiere im Dunkeln auf engstem Raum zusammengepfercht waren, wagte mich ein paar Meter in den Geräteschuppen, inspizierte die Selche und wollte schon wieder gehen, als mir das Kühlhaus neben der Wäschespinne einfiel, dessen Eingang hinter hohen Weiden verborgen war. Tatsächlich stand die Tür einen Spaltbreit offen. Hier hielt sie sich also auf.

Vorsichtig trat ich ein und tastete nach einem Lichtschalter. Mir graute beim Gedanken, ungewollt gegen blutige Schweinehälften zu stoßen. Endlich hatte ich ihn gefunden, ein fahles bläuliches Licht erhellte den Raum, ich atmete auf und sah mich ein wenig um. Drei Sekunden lang, dann blieb mein Herz stehen. Oder sagen wir, es fühlte sich genauso an, denn am Ende der dritten Reihe, dort, wo ein weiteres Schwein hätte hängen sollen, dort hing Pater Ägydius.

Meine Knie wurden zu Wackelpudding, während ich mich umwandte, um dieses Leichenschauhaus auf schnellstmöglichem Weg zu verlassen, doch bevor ich den Ausgang erreicht hatte, betrat Kathi den Raum. Bekleidet mit einer grünen Gummischürze, wie man sie beim Schlachten von Schweinen trug, hielt sie ein langes Messer in der linken Hand und ein Glas Wasser in der rechten.

»Hallo, Kathi«, sagte ich und rang mir ein Lächeln ab, während ich hoffte, dass alles nur ein grotesker Irrtum war. »Musst du noch ein Schwein zerlegen?«

Sie schüttelte den Kopf und trat auf mich zu, das Messer genau auf meine Brust gerichtet. »Hilfsbereitschaft macht sich selten bezahlt, liebe Frau Klingel.«

Ich trat einen Schritt zurück.

»Vor langer Zeit bin ich auch hilfsbereit gewesen, sehr sogar, und was hat es mir gebracht?«, fragte sie mich, und ihre Stimme klang so ruhig, als würden wir übers Wetter reden.

»Weiß nicht«, flüsterte ich.

»Nichts! Es hat mich im Grunde umgebracht. Schon vor vielen Jahren. Und Sie wird es halt auch das Leben kosten.« Kathi zuckte die Schultern, als wäre das der ganz normale Lauf der Dinge.

Reden, ermahnte ich mich, du musst sie in ein Gespräch verwickeln, das ist deine einzige Chance.

»Was ist dir denn passiert?«, erkundigte ich mich so mitleidsvoll wie möglich. »Von deiner Vergangenheit weiß ich ja so gut wie nichts.«

Sie trat einen Schritt näher.

»Ich war noch jung, gerade mal achtzehn«, erzählte sie, ohne das Messer dabei sinken zu lassen, »da sind meine Eltern gestorben, und ich habe mich verliebt. So richtig verliebt.« In ihren Augen erschien ein verträumter Ausdruck. Ich nutzte den Moment, um in meiner Tasche, die ich immer noch umgehängt hatte, nach dem Telefon zu tasten.

»Hier drin ist kein Empfang«, belehrte Kathi mich, und der verträumte Ausdruck verschwand. »Nun ja, während ich also unsterblich in dieses Scheusal verliebt war und wir gemeinsam Zukunftspläne geschmiedet haben, hat er nur mein Geld gewollt. Ich hab ja einiges geerbt nach dem Tod der Eltern. Als er meine Kohle hatte, hat er mich pleite und schwanger sitzen lassen und sein Rosenöl ohne mich produziert.«

»Das ist ja furchtbar, du armes Kind, was musst du gelitten haben, so ein böser Mensch«, säuselte ich. »Ich hoffe, er hat die Strafe bekommen, die er verdient hat.«

Meine zukünftige Mörderin nickte. »Aber erst nach zwölf Jahren. Bis dahin hatte er im Ausland ein schönes Leben.« Sie missgönnte dem Mann offenbar immer noch jeden Tag, den er auf ihre Kosten genossen hatte. Aber das sagte ich natürlich nicht. Jetzt galt es allein, gute Miene zum tödlichen Spiel zu machen.

»Er hat seinen Tod mehr als verdient und schmort garantiert in der Hölle«, pflichtete ich Kathi im Brustton geheuchelter Überzeugung bei, »aber warum der Gustl, der Detektiv, der Pfarrer, die Leute vom Romantikdinner und dein eigener Mann? Die haben dir doch nichts getan?«

Sie lächelte. Der Gedanke an ihre Opfer schien sie richtiggehend glücklich zu machen. Mich schauderte.

»Das werde ich Ihnen gleich sagen«, meinte sie und hielt mir das Wasserglas hin, »schließlich haben Sie ein Recht, zu erfahren, warum nun leider auch Sie sterben müssen.«

Panisch kreuzte ich meine Arme hinter dem Rücken. Besser ein Messerstich ins Herz als Höllenschmerzen mit Eisenhut und Bilsenkraut.

»Nehmen Sie. Und trinken Sie. Es ist gar nicht so schlimm, für

Sie hab ich extra mehr Bilsenkraut und Mohnsaft dazugegeben. Wenn Sie das ausgetrunken haben, spüren Sie gar nichts mehr.«

»Ich hab jetzt aber gar keinen Durst«, erwiderte ich, »es ist doch recht kühl hier drin.«

Es blitzte kurz auf, ein brennender Schmerz, dann tropfte Blut auf den Boden. Kathi hatte mich in die Schulter gestochen. Ich ergriff das Glas.

Sie nickte anerkennend. »So ist's brav. Und nun schön trinken.«

Das Messer befand sich knapp neben meiner Halsschlagader. In Gedanken relativierte ich die Sache mit dem tödlichen Stich ins Herz. Ich wollte überhaupt nicht sterben, weder durch Gift noch durch einen Messerstich.

Vorsichtig setzte ich die Lippen ans Glas und nahm einen mikroskopisch kleinen Schluck. Wenige Sekunden später fühlte es sich an, als würde ich an einer brennenden Fackel lecken.

Aber wenigstens nahm sie die Waffe wieder weg.

»Wo waren wir stehen geblieben? Ach ja, warum die anderen. Das ist schnell erklärt. Ich musste die richtige Dosierung ja irgendwie ausprobieren. So was steht nun mal nicht in Kochbüchern drin. Also hab ich mir beim alten Gustl Eier geholt und seinen Hühnern eine Handvoll Samen und ein paar vergiftete Kuchenstücke hingeworfen. Dass der alte Depp den Kuchen wieder aufhebt und selbst frisst, da kann ich echt nichts dafür.«

Kathi schien tatsächlich zu glauben, was sie da sagte. Ich war einer Irren ausgeliefert. Hilflos ausgeliefert, denn außer mir und ihr waren im Kühlhaus schon alle tot.

»Und der Pfarrer?«, fragte ich, während mein Gaumen brannte wie Feuer, dabei hatte ich gerade mal die Lippen in die tödliche Flüssigkeit getunkt.

»Ach, der Pfaff war auch selbst schuld. Der ist mir blöderweise über den Weg gelaufen, als ich grad zum Gustl gegangen bin wegen der Eier. Und weil wir ja selbst Hühner haben, ist ihm das komisch vorgekommen. Dann ist der Gustl mit seinen Hendln gestorben, und der Pfaff muss sich auf seinem Hof umgeschaut haben. Jedenfalls ist er auf einmal bei mir aufgekreuzt, hat mir ein paar Eisenhutsamen vor die Nase gehalten und eine

Beichte von mir verlangt. Die depperten Hendl haben offenbar nicht alles aufgefressen, und weil der Kuttenbrunzer selbst einen Klostergarten hat, hat er die Samen glatt als Eisenhut erkannt. Was hätte ich da tun sollen? Ich hab ihn ja umbringen müssen, sonst wär mir der zur Polizei gegangen. Verstehen Sie?«

»Verstehe«, krächzte ich. »Völlig klar.«

»Der«, sie deutete mit dem Messer kurz Richtung Pater Ägydius, »der ist ja auch dran schuld, dass es meinem Mann so schlecht geht. Was glauben Sie, was da los gewesen wäre, wenn der ins Kühlhaus geht und die Leiche vom Pfaffen findet? Der Schlag hätte meinen armen Sepp getroffen. Also hab ich ihm halt die Wäsche mit Eisenhut gewaschen, dass er alle Zustände kriegt und schön brav im Bett bleiben muss. Ist besser für ihn, viel besser.«

»Das ist Mord«, konnte ich mich nicht mehr zurückhalten.

»Trinken«, zischte sie. Das Messer kam wieder näher. Ich nahm einen weiteren Zwergenschluck und verzog vor Schmerzen das Gesicht.

»Im Kuchen spürt man die Schärfe vom Eisenhut nicht«, sagte sie nahezu entschuldigend, »aber ich hab ja nicht gewusst, dass Sie kommen, sonst hätt ich Ihnen auch einen Kuchen gebacken oder Pralinen gemacht. Für den Fritz und den Schnüffler hab ich ja Schokopralinen präpariert. Mit Bilsenkraut und Mohnsaft wegen der Pupillen. Und damit sie nicht zu laut schreien. Der Schnüffler hat sich aber ewig Zeit gelassen mit dem Sterben, den hab ich auch noch erschlagen müssen. Anstrengend war das, ich sag's Ihnen.«

Ich wurde panisch. Was sollte mein Hausverstand gegen diesen Wahnsinn ausrichten? Insgeheim bedauerte ich mittlerweile, dass der Kommissar mich nach meiner Vorladung nicht verhaftet hatte. Dann würde ich jetzt nicht hier sein.

»Die anderen?«, würgte ich mühsam hervor.

»Der Detektiv hat einfach zu viel erschnüffelt. Der ist drauf gekommen, dass der Fritz meine Jugendliebe war. Und dass er mich ohne Geld, aber mit einem Kind im Bauch hat sitzen lassen. Wissen Sie«, treuherzig sah sie mich an, »ich hab in meiner Verzweiflung damals ja versucht, mir das Leben zu nehmen, hab

Tabletten geschluckt, jede Menge, aber dieses chemische Zeug hat zu wenig gewirkt, nicht wie die Pflanzen, die sind todsicher«, wieder erschien dieses kindlich unschuldige Lächeln auf ihrem Gesicht, »jedenfalls haben sie mich dann in einer Nervenheilanstalt eingesperrt, und das hat dieser Schnüffler in Erfahrung gebracht. Stellen Sie sich vor, der wollte mich glatt erpressen damit.«

Das Messer tanzte knapp vor meinem entsetzten Gesicht auf und ab.

»Unglaublich«, presste ich hervor.

»Finde ich auch. So ein Schwein. Männer sind sowieso alles Schweine. Deshalb hab ich Eisenhut, Wurmfarnpulver, Efeu- und Zaunrübenextrakt ins Wasser gegeben, als diese Turteltaubenschau im Rittersaal war, damit sie alle scheißen gehen und ihre dreckigen Pfoten von den Frauen lassen.« Sie seufzte. »Wir sind ja so dumm. Verlieben uns in irgendeinen Idioten und bezahlen das ganze Leben lang dafür.«

Betrübt schüttelte sie den Kopf, ich nickte zustimmend. Hätte sie behauptet, die Erde sei eine Scheibe oder Männer gehörten von Geburt an kastriert, ich hätte ihr gleichfalls begeistert beigepflichtet. Nur keine Widerworte.

»Gut gemacht«, röchelte ich.

Kathi strahlte. »Finde ich auch.« Dann fiel ihr Blick auf das Glas in meiner Hand. »Aber Sie trinken ja gar nicht.« Das Messer fuhr hoch, ich zuckte zurück, warf das Glas nach ihr und rannte hinter eine Schweinehälfte. Im selben Moment, in dem ich versuchte, mit dem toten Tier das Messer abzuwehren, erhob sich lautes Gebrüll im Hof.

Ich hörte meinen Namen rufen, erkannte Freds Stimme, Bertas Bariton, und Bobo schien auch dabei zu sein.

»Hier«, kreischte ich hinter dem Schwein hervor, obwohl es mir beinahe den Gaumen verbrannte, »hinten im Kühlhaus.«

Das Messer sauste haarscharf an meinem Ohr vorbei und fügte mir einen Stich im Oberarm zu.

Dann überstürzten sich die Ereignisse. Mein Mann erschien in der Türöffnung, hinter ihm zeichnete sich Bertas Masse ab. Fred stürmte nach drinnen, meine Nachbarin folgte ihm auf dem

Fuß. Kathi wirbelte herum und zielte mit dem Messer auf Fred, mir stockte der Atem, aber er ließ sich nicht aufhalten. Dann bekam ich nur noch wirbelnde Gliedmaßen mit, alle schrien durcheinander, Kampfschreie, Schmerzensschreie, ich konnte es nicht sagen, das Gerangel wurde immer ärger. Plötzlich stand auch Emma im Raum. Sie schwang einen silbrig glänzenden Spaten, schlug nach kurzem Zögern auf das kämpfende Knäuel und landete offenbar den entscheidenden Treffer, denn Sekunden später war alles vorbei.

»Pauline«, wisperte mein Mann mit Tränen in den Augen und drückte mich an sich.

»Fred«, seufzte ich und ließ mich an seine Brust sinken, während ich gleichfalls feuchte Augen bekam. Er war ein Held, mein Held.

Eine Zeit lang standen wir einfach nur so da und hielten uns in den Armen wie seit Jahren nicht mehr. Dann erklang Bobos Stimme.

»Muss Liebe schön sein. Aber Rettung und Polizei sind schon unterwegs, ich glaub, die legen auf eure romantische Darbietung wenig Wert.«

Ganz behutsam, als könnten wir uns erneut verlieren, löste ich mich von Freds Brust.

»Du bist verletzt«, stammelte ich. Von seinem Oberschenkel tropfte dickes dunkles Blut.

»Du auch«, antwortete er.

»Aber ihr lebt«, sagte Bobo. »Und das ist am wichtigsten.«

Das stimmte. Ich lebte nicht nur, ich fühlte mich wie nach einer zweifachen Wiedergeburt, nachdem mir selbst mein Eheleben auferstanden schien.

Aus der Ferne waren bereits die Klänge des Martinshorns zu vernehmen, während hinter mir lautes Stöhnen erklang. Die Giftmischerin lag am Boden und blutete aus einer Wunde am Kopf, neben ihr stand Emma und stützte sich auf den Spaten. Berta trat auf sie zu und klopfte ihr anerkennend auf die Schulter.

»Alle Achtung«, sagte sie.

Und Emma lächelte sie an und erwiderte ganz freundlich: »Danke.«

So als wären sie neue beste Freundinnen. Das neunte Weltwunder war geschehen.

Ich atmete tief durch.

»Meine Güte, was bin ich froh, dass du den Zettel gelesen hast«, krächzte ich nahe Freds Ohr.

Mein Mann blickte mich erstaunt an. »Welchen Zettel, Liebling?«

»Den auf dem Gartentisch. Wo ich draufgeschrieben habe, dass ich zu den Unterkoflers gefahren bin.«

»Ich hab keinen Zettel gesehen«, antwortete er stirnrunzelnd.

»Aber wie habt ihr mich dann gefunden?« Nun kannte ich mich auch nicht mehr aus.

»Das ist Bobo zu verdanken«, mischte Emma sich ein. »Sie hat nämlich diese Annika gefunden.«

Und so erfuhr ich, dass Annika der Name von Kathis einzigem Kind gewesen war, das Mädchen seine verfrühte Geburt wegen des Medikamentenmissbrauchs der Mutter aber nur wenige Tage überlebt hatte.

»Sie wollte es unbedingt hier auf dem alten Friedhof hinter der Kirche beerdigen lassen, und Elsbeth, die damals schon das Sagen im Pfarrgemeinderat hatte, hat ihr das verwehrt. Weil sie ihrer Ansicht nach selbst schuld am Tod des Kindes war, es ihrer erzkatholischen Logik zufolge sogar eigenhändig umgebracht hätte«, klärte Bobo mich auf. »Du weißt, wenn es um Glaubensfragen geht, ist sie eine schreckliche Fundamentalistin. Und weil der damalige Pfarrer der Elsbeth ja richtiggehend hörig war, hat er das Kind auf ihr Anraten hin auch nicht getauft, was damals für einen ziemlichen Wirbel im Pfarrgemeinderat gesorgt hat.«

Sie habe Tonnen von Altpapier durchgesehen, um in einem alten Gemeindebrief endlich auf die Notiz vom Ableben der kleinen Annika Mader zu stoßen. Mader hatte der Mädchenname von Kathi gelautet. Und erst als sie Elsbeth eine Kopie der vergilbten Gemeindenachrichten gezeigt hatte, hatte die sich langsam an den Vorfall erinnert.

»Kathi hat ja auch ein paar Monate auf dem Gutshof gearbeitet, und zwar zur selben Zeit wie dieser falsche Rosenölheini.«

»Also ganz kalte Rache«, flüsterte ich, da mein Hals immer noch schmerzte, mehr als die Verletzung an der Schulter.

Bobo nickte. »Als ich endlich wusste, was es mit dieser Annika auf sich hat, bin ich sofort zu Emma gerast, dort haben wir dann dich angerufen, aber dein Mann hat gemeint, du wärst nicht da. Also sind wir zu Berta gefahren, in der Annahme, du sitzt bei Klatsch und Kuchen in ihrem Garten.«

»Genau so war's«, mischte meine Nachbarin sich nun ein. »Ich bin am Zaun gestanden und habe Rudi wegen seinem Krawall zur Rede gestellt, als die beiden aufgetaucht sind und nach dir gefragt haben. Und da hat uns der Rudi von eurem morgendlichen Gespräch berichtet und wie panisch du geworden bist, nur weil er erwähnt hat, dass die Kathi gelernte Floristin sei. Also sind wir weiter zu Fred, der nachgesehen hat, ob dein Fahrrad im Schuppen steht. Und da es dort nicht stand, haben wir auch alle die Panik gekriegt. War ja irgendwie klar, dass du deine Nase wieder in lebensgefährliche Angelegenheiten steckst.«

Vorwurfsvoll blickte sie mich an, ich senkte schuldbewusst den Kopf.

»Du und dein verdammtes Miss-Marple-Syndrom«, seufzte mein Mann und drückte mich noch fester an sich.

Anhang

Bilsenkraut, Hyoscyamus niger (sehr giftig)
Bierbrauerpflanze, Narkosemittel und Erbschleicherkraut

Bereits in der Antike genoss das Bilsenkraut einen Ruf, um den es jede Femme fatale beneidet hätte. Geliebt, gefürchtet, geheimnisvoll und gefährlich. Mit der Macht über Leben, Tod und geistige Gesundheit. Im geräucherten Zustand diente es einst der orgiastischen Enthemmung, in der griechischen »Odyssee« soll Circe dem Odysseus einen mit Bilsenkraut versetzten Trank gereicht haben, woraufhin dieser dem Wahnsinn verfiel. Auch die alten Römer wussten von dieser delirogenen Wirkung und der damit verbundenen Gefahr, je nach Dosis und körperlicher Konstitution recht schnell vom euphorischen Rauschzustand in eine betrübliche Leichenstarre zu verfallen. Einer Gefahr, die im Mittelalter bei jedem Umtrunk lauerte, wurde das Bier damals ja gleichfalls mit Hyoscyamus niger versetzt. Eine wahrhaft berauschende Ingredienz, die erst durch das Reinheitsgebot 1516 aus den Braukesseln verbannt wurde.

 Dennoch erfreute sich diese halluzinogene, schmerzstillende und euphorisierende Pflanze über lange Zeit ungebrochener Beliebtheit – vor allem als Flugsalbe für Hexen, als Narkotikum im Operationssaal, als Wundermittel gegen Zahnschmerzen und als wirkungsvoller Abschiedstrunk für Erbtanten und Altbauern, deshalb noch heute gebietsweise als »Altsitzerkraut« bekannt. Wegen der immensen Wirkung – bereits der Verzehr von fünfzehn Samenkörnern oder einem halben Gramm Wurzelextrakt kann letal sein – war diese hübsche Staude ein Dauerbrenner unter den Giftmischern und Erbschleichern. So schrieb bereits Shakespeare in seinem Theaterstück »Hamlet«: »Da ich im Garten schlief, wie immer meine Sitte nachmittags, beschlich dein Oheim meine sichere Stunde mit Saft verfluchten Bilsenkrauts in einem Fläschchen und träufelt in den Eingang meines Ohrs das schwärende Getränk …«

 Heute hingegen riskieren Drogen-Freaks oft freiwillig ihr Leben, wenn sie sich »Traum-Tee« aus dem Garten brühen.

Info: auch als Hexenkraut, Teufelswurz, Zankkraut, Teufelsauge, Hühnertod, Hundsgift oder Zahnwehkraut bekannt. Ein- bis zweijähriges Nachtschattengewächs, 30–80 cm hoch, mit weichen, zottigen Trieben und gelblichen, violett geäderten, kelchartigen Blüten; Staubbeutel und Blütenschlund ebenfalls dunkel. Die krautige Pflanze verströmt einen eigenartigen, unangenehmen Geruch. Blüte: Juni–Oktober | **Inhaltsstoffe:** Gerbstoffe, Hyoscyamin, Scopolamin, Atropin, Alkaloide | **Vergiftungserscheinungen:** anfängliche Euphorie, Bewusstlosigkeit, erweiterte Pupillen, Schluck- und Sprechstörungen, Tobsuchtsanfälle, starke Übelkeit, brennender Durst, Wahnvorstellungen, beschleunigter Pulsschlag und Atemstillstand

Eisenhut, Blauer, Aconitum napellus (sehr giftig)
Serienkiller und letaler Waschmittelzusatz

And the winner is: Aconitum napellus, denn schlimmer geht nimmer. Die wohl giftigste Pflanze Europas galt bereits im antiken Rom und bei den Hellenen als »Lösungsstrategie Nummer eins«. Selbst Kaiser Claudius (54 nach Christus) und Papst Hadrian VI. (1523) wurden durch Aconitin rasch ins Jenseits befördert, während der berühmte Dichter Ovid den Eisenhut als Gift bezeichnete, das die Stiefmütter benutzen. Aber nicht nur. Getrocknete und pulverisierte Wurzelextrakte beendeten zuverlässig Erbschaftsstreitereien, Eifersuchtsdramen und Herrschaftsdispute. Zwar stand auf den Besitz des Aconits, des Blauen Eisenhuts, die Todesstrafe, dennoch lebten viele Giftmischer recht gut damit, da ihre Dienste häufig gebraucht und Giftmorde selten aufgeklärt wurden. Kaiser Trajan verbot 117 nach Christus sogar kategorisch den Anbau dieser teuflischen Pflanze, doch ohne Erfolg. Als Mordinstrument, Pfeilgift, Rauschdroge oder Hexensalbe war sie stets erste Wahl.

Bis vor gar nicht langer Zeit nutzte man die hübsche blaue Blume in unseren Breiten zudem als »Witwenkraut«, indem man Bettwäsche und Pyjama unliebsamer Ehemänner mit einer Abkochung aus Eisenhut schwemmte. Da dieses perfide Gift auch über die Haut aufgenommen wird, verfielen die Gatten in ein langsames Siechtum, verstarben recht unauffällig, und niemand schöpfte Verdacht. Der Verzehr von Blättern, Wurzelwerk oder Blüten hingegen führt zu einem äußerst schmerzhaften – demnach kein Gift für Selbstmörder – und raschen Tod. Zur Freude der Sargtischler passiert auch heute noch genug durch diese Pflanze. Immerhin reichen vier Blätter oder zwei Gramm Wurzelextrakt zum Atemstillstand. Egal, ob böswillig von einer Münchner Hausfrau in die Kaffeedose geraspelt oder im Zuge einer allzu naturnahen Pflanzenkost unabsichtlich verzehrt, was den kanadischen Schauspieler Andre Noble das Leben kostete, der psychedelische Eisenhut hat immer Saison.

Info: auch Mönchskappe, Herrgottslatsche, Gifthut, Wolfswurz, Würgling, Apollonienkraut, Ziegentod und Fuchswurz genannt. Mehrjähriges Hahnenfußgewächs, das bis zu 150 cm hoch werden kann. Die robuste Staude besitzt knollige Wurzeln, handförmige, tief eingeschnittene Blätter und traubige, helmförmige Blütenstände in Blau-Violett-Tönen. Blüte: Juni–August | **Inhaltsstoffe:** Aconitin in allen Pflanzenteilen | **Vergiftungserscheinungen:** Frösteln, Brennen, Übelkeit, Durchfälle, Lähmungen, Tod durch Herzversagen oder Atemlähmung – bereits 20 Minuten nach Einnahme; kein Antidot bekannt | **Dosis:** ab 0,2 g toxisch, ab 2 g Wurzelstock tödlich

Mohn, Klatschmohn (Papaver rhoeas), Islandmohn (Papaver nudicaule), Schlafmohn (Papaver somniferum)
Zum Strudel backen oder Leut' umbringen

Eins vorweg: Es gibt Hunderte Arten von Mohn, doch als Rauschgift gilt nur der Schlafmohn, dessen Anbau in Deutschland heute streng verboten ist. Früher war das anders, denn Mohn wurde bereits in der Jungsteinzeit kultiviert, ist Nahrungsmittel, Droge, Medikament und Zierpflanze zugleich, hat hässliche Kriege entfacht, schöne Träume beschert und sich selbst in der Literatur einen Namen gemacht. So schrieb Paul Celan in »Corona«: »Wir lieben einander wie Mohn und Gedächtnis« – eine offenbar recht widersprüchliche Liebe –, während Goethes Dr. Faust zu einer Phiole Mohnsaft sagt: »Du Inbegriff der holden Schlummersäfte, Du Auszug aller tödlich feinen Kräfte«.

Der Übergang zwischen Leben und Tod war beim Papaver ohnedies meist fließend. Oft schaffte er Linderung von Kummer und Schmerz, hatte bei vielen Morden seine Säfte im Spiel, diente als riskantes Betäubungsmittel wie das Bamberger Narkotikum, das aus einer Mischung aus Mohn, Bilsenkraut, Alraune, Maulbeere, Lattich und Schierling bestand, oder wurde als Schlummertrunk für kleine Kinder gebraut, die danach in ewigen Schlaf fielen. Ähnlich erging es einigen Freiern der Berliner Prostituierten Rosa Gentschow, die statt im Lotterbett im Leichenschauhaus landeten. Aber auch die aktuellen Trends, sich aus Ziermohnkapseln des Blumenladens einen »O-Tee« oder eine »polnische Suppe« zu kochen, enden immer wieder in den Armen des Morpheus. Selbst die kaum psychoaktiven Sorten Klatschmohn und Islandmohn können für ernste Vergiftungen sorgen. So verschafft Papaver rhoeas Pferden und Schweinen epileptische Anfälle, während Papaver nudicaule im Kräutertee vereinzelt schwer auf Magen und Darm schlägt. Den besten – wie auch ungefährlichsten – Gebrauch der saftigen Samenkapseln machen vermutlich die Österreicher, denn dort sind primär

Mohnstrudel, Mohnweckerl und Mohnkuchen in aller Munde, was höchstens der Bikinifigur schadet.

Info: einjährige Pflanze mit haarigem Stängel, gezähnten Blättern und luftigen Blüten (Klatschmohn rot, Islandmohn bunt, Schlafmohn grau-weiß). Nach der Blüte erscheinen grüne, aufrechte und große Samenkapseln. | **Inhaltsstoffe:** Opiumalkaloide (Schlafmohn), Rhoeadin (Klatschmohn), Isochinolin (Islandmohn) | **Vergiftungserscheinungen:** Krämpfe, Müdigkeit, Übelkeit; Schlafmohn: Muskelerschlaffung, Tiefschlaf, Gesichtsrötung, Pupillenverengung, Tod durch Atemstillstand

Klaudia Blasl
BÖSE BLUMEN
Broschur, 272 Seiten
ISBN 978-3-7408-0609-5

»Schwarzer Humor und kluger Sprachwitz mit fundiertem Pflanzenwissen, als Duo sind die Bücher unschlagbar.« Münchner Merkur

»Klaudia Blasl versteht es, mit schwarzem Humor zu spielen – ihre Geschichten sind nie todernst, sondern immer mit einem Augenzwinkern erzählt.« ORF/Guten Morgen Steiermark

»Spannend und lehrreich zugleich, denn man lernt, was alles an Giftigkeiten um uns herum wächst, gedeiht und teuflisch wirkt.«
Kleine Zeitung

www.emons-verlag.de

Klaudia Blasl
NOCH MEHR BÖSE BLUMEN
Broschur, 288 Seiten
ISBN 978-3-7408-1110-5

Der Tod lauert immer und überall – vor allem in Gartenbeeten, Gewürzregalen, Tiefkühlfächern und Blumenvasen. Mit Eisenhut oder Sauerklee, Lerchensporn oder Muskatnuss wird selbst Gesundheitskost zum letzten Abendmahl. Und wenn hinterhältige Menschen mit bösen Absichten, fiesen Kräutern und botanischem Fingerspitzengefühl ausgestattet sind, tragen die Gärten Trauer.

www.emons-verlag.de

Klaudia Blasl
**111 TÖDLICHE PFLANZEN,
DIE MAN KENNEN MUSS**
Broschur, 240 Seiten
ISBN 978-3-7408-0441-1

»*Was vor der Haustüre so anmutig blüht, kann so manchen Ehemann ins Jenseits befördern.*« NaturLust

»*Ein spannendes, morbides Pflanzen-ABC.*« Kleine Zeitung

www.emons-verlag.de

Klaudia Blasl
MIEDERHOSENMORD
Broschur, 288 Seiten
ISBN 978-3-95451-355-0

»Ein teuflisches Vergnügen. Klaudia Blasl frönt in ihrem Buch ihrer Spezialdisziplin: gnadenlosem Humor. ›Miederhosenmord‹ ist ein saftiges und zugleich hochartistisches Possenspiel. Erstaunlich diese Gabe, in jedem einzelnen Satz die Fallhöhe für eine Pointe zu konstruieren! Das schafft nur jemand, der eine teuflische Freude daran hat.« Via Airport Journal

www.emons-verlag.de

Klaudia Blasl
GAMSBARTMASSAKER
Broschur, 256 Seiten
ISBN 978-3-95451-814-2

»*Sprachwitzige Pointen, humorige Dialoge, wahre Worte.*«
Die Presse am Sonntag

Klaudia Blasl
KERNÖLKRIEG
Broschur, 288 Seiten
ISBN 978-3-7408-0303-2

»*Wer die herzhaft-deftigen Bücher von Wolf Haas mag, der wird sich auch bei Klaudia Blasl wunderbar (un)wohl fühlen.*« Kronen Zeitung

www.emons-verlag.de